# 문학의 죽음에 대한
## 소문과 진실

**강창래의 세계문학 강의**

**일러두기**

• 역자를 밝히지 않은 한국어 인용문은 필자가 직접 번역한 것이다.

# 문학의 죽음에 대한
# 소문과 진실

## 강창래의 세계문학 강의

교유서가

# 서문

인문학은 우리가 살아가고 있는 이 세상이 어떻게 만들어졌고 어떻게 작동하는지 알려준다. 그런 의미에서 매우 실용적이다. 조금 과장하면 이 세상의 모든 비밀을 알게 해주는 학문이다. 그런만큼 범위가 넓어 해야 할 공부가 많다.

가장 큰 문제는 '언어'이다. 인문학이 사용하는 용어는 거의 모두가 '만들어진 것'이다. 문학 텍스트에도 그런 문제가 없는 것은 아니지만 대개는 일상생활과 관련된 것이어서 상상할 수 있고, 그러면 어렵지 않다. 그러나 인문학 용어는 다르다. 대개는 복잡한 역사와 맥락이 축적되면서 지식인 공동체에서 만들어진 것이다. 더 헷갈릴 수밖에 없는 것은 일상용어 가운데 일부를 골라서 복잡다단한 의미를 부여하거나 조금 변화시켜서 사용하기 때문이다. 아예 일상용어에는 없는 단어를 만들어 쓰기도 한다. 외국어 공부와 마찬가지다. 문법책이나 사전은 그저 필수조건일 뿐, 제대로 된 의미를 파악하려면 그 언어가 쓰이는 사회의 역사와 전통, 그리고 구체적인 맥락을 알아야 한다.

예를 들면 이런 문장이 있다.

> 낭만주의는 거북해하고 모더니즘은 아니꼬운 사람들, 그러면서 리얼리즘은 버거워하는 사람들이 아마 『오만과 편견』에 제일 열광했을 것이다.[1]

『오만과 편견Pride and Prejudice』은 로맨티시즘 시대의 작품이다. 굳이 분류해야 한다면 작가도 로맨티스트이다. 작품에서 '무엇을 보느냐'에 따라서 로맨틱하다기보다 리얼하다고 볼 수 있고, 심지어 리얼리즘 작품이라고 주장할 수도 있다. 리얼이라는 단어가 사실이라는 의미이니 판타지나 괴기소설이 아닌 한 아주 잘못된 말은 아니다.

그러나 19세기 초중반에 등장한 '리얼리즘'이라는 용어는 조금 다른 의미를 지닌다. 새로이 시작된 자본주의라는 사회구조적인 문제 때문에 소외되어 고통스럽게 살아가는 대중의 모습이 리얼리즘이라는 용어에서 사용된 리얼의 의미이다. 그것도 개인적인 경험에

---

[1]    제인 오스틴, 김정아, 『오만과 편견』, 펭귄클래식코리아, 2009, 전자책

바탕한 '리얼'이 아니라 문제가 되는 삶의 현장에 대한 조사와 연구 결과였다.

예를 들면 프랑스의 발자크Honoré de Balzac, 1799~1850는 왕당파에 가까운 세계관을 가지고 있었음에도 불구하고 대중들의 삶을 조사·연구하여 쓴 작품에는 상당히 객관적인 사실(리얼리티)이 담겨 있다. 당시 대중들의 삶은 끔찍할 정도로 불행했기 때문에 지배층이나 중산층은 리얼리즘 소설을 불편해했다. 위의 문장에서 '리얼리즘을 버거워하는 사람들'이란 그와 비슷한 경우를 가리킨다.

그럼에도 불구하고 제인 오스틴Jane Austen, 1775~1817의 소설은 당시 로맨티시즘의 전형은 아니었다. 주인공 엘리자베스는 당시 '전형적인 여자들'과 달리 특별히 영특하고 개성적일 뿐 아니라 나름대로 특이한 존재이다(이런 점이 로맨티시즘의 요소이다). 비록 당시 사회제도의 억압에 적응한다는 한계는 있지만(고전주의적인 요소), 자신의 의도를 관철하는 뛰어난 능력을 보여준다(로맨티시즘). 그 과정에서 행동을 결정하는 이유들은 상당히 현실적이다. 엘리자베스의 상대역인 남주인공 다아시는 귀족이면서 부자이다. 하필 사랑을 분명히 확인하는 시점이 다아시의 유서 깊은 저택을 방문한 뒤다. 로맨틱하기만 한 사랑 이야기가 아닌 것이다. 그런 점들이 열정적인 로맨티스트들을 거북하게 만들 것이다.

마지막으로, '모더니즘이 아니꼬운 사람들'이라는 말은 재치 있고 그럴듯하지만 『오만과 편견』뿐 아니라 제인 오스틴의 모든 작품과 그다지 관련이 없어 보인다. 그 점은 모더니즘이 무엇인지 알고 나면 쉽게 이해할 수 있을 것이다.

필자가 이 책을 쓴 이유 가운데 하나가 그것이다. 문학 분야에서 사용되는 어려운 용어를 쉽게 풀어주고 싶었다. 그 용어를 전부 다룰 수는 없었지만 기초적인 배경과 지식이 되는 내용을 광범위하게, 필요한 경우에는 조금 깊이 다루기도 했다. 그러기 위해 세계문학사의 중요한 작품들과 함께 전체 흐름을 다루었다. 덧붙여 현대적인 해석학이론과 최신 문학이론에 대해서도 소개했다. 그런 면에서 지금까지 어디에서도 볼 수 없는 내용일 것이다.

이 책을 다 읽고 나면 어려운 평론이나 작품 해설마저도 아주 재미있는 글이 되면 좋겠다. 모든 독서에서 말이 잘 통하는 지적인 상대와 대화를 나누는 듯한 즐거움을 만끽할 수 있기를 바란다. 더 나아가 이 책을 통해 어려운 인문학 텍스트를 독자들이 직접 읽어낼 수 있는 힘을 가질 수 있으면 더할 나위 없이 좋겠다. 어떤 용어든 다른 분야에서의 쓰임새까지 알고 나면 어려운 인문학 텍스트를 좀더 잘 이해할 수 있다.

## 3.  프랑스 문학

## 4.  영국 문학

## 10. 문학이론―해석학, 정신분석학, 해체론까지

# 1. 문학이란 무엇인가?
## — 채털리 사건

1959년 영국에서 문학의 자유를 위한 법이 제정되었다.

그 책을 읽는 사람을 부패시키거나 타락시킬 위험이 있다 하더라
도 (…) 그 책을 출판함으로써 (…) 과학, 문학, 예술, 학문 및 기타
대상의 이익에 봉사한다는 의미에서 공공의 이익을 증진한다는
것이 증명될 수 있다면 처벌이나 규제를 받지 않는다.[1]

이는 바이런George Gordon Byron, 1788~1824 이래로 주장해온 로맨
티스트들의 관점이 법으로 공식화된 것이었다. 예술가는 공공의

---

1    Alvin Kernan, *The Death of Literature*, Yale University Press, 1990(p.44)

이익에 반하는 내용이라도 표현할 자유가 있으며 그 자유에는 어떤 제한도 없어야 한다. '도덕적으로 나쁜 영향을 미치거나, 독자의 판단을 그르치거나, 독자를 도덕적으로 타락시키고 부패시키거나 (…) 훌륭한 소양의 도덕적 순수성이나 순결성을 파괴하거나 그런 소양을 그르치거나 파괴하거나, 인간을 비하하거나 모독할 소지가 있다 하더라도' 그 책이 문학이라면 보호한다.

이제 어떤 주제를 어떻게 표현하든 공적인 제약이 가해질 경우 법정 투쟁으로 승리할 발판이 마련되었다. 구약성경이 대량학살이나 유아살해, 근친상간 같은 사회적 금기를 다루지만 신성한 책이기 때문에 제작 및 유통이 가능한 것처럼, 문학 역시 그 비슷한 지위를 얻게 되었던 것이다.

그러자 곧바로(1960년) 펭귄출판사는 D. H. 로렌스David Herbert

1929년에 찍은 D. H. 로렌스의 여권사진이다.

Lawrence, 1885~1930의 소설 『채털리 부인의 연인Lady Chatterley's Lover』 무삭제판을 출간했다. 이 작품은 작가가 죽기 전인 1928년에 쓰였지만 그 '음란성' 때문에 영국에서는 출판되지 못했다. 출판사는 예술의 자유를 내세우기는 했지만, 초대형 베스트셀러가 되리라는 기대도 컸다. 초판을 2만 부씩이나 찍었던 것이다(대개의 초판부수는 5천 부였다). 실제로 석 달 만에 3백만 부가 팔렸다![2]

게다가 로렌스는 이미 영국의 위대한 문학가 가운데 한 사람으로 자리잡은 상태였다. 당시 영국의 유명한 평론가였던 F. R. 리비스Frank Raymond F. R. Leavis, 1895~1978가 그를 영국 문학의 가장 위대한 작가 중 한 사람으로 꼽았을 정도다. 로렌스는 최고의 현대 예술가이자 문학의 성자로 추앙받은 것이다.

『채털리 부인의 연인』역시 고전의 반열에 올라 있었다. 다만 세 가지 버전이 있었다. 첫번째는 피렌체에서 (물론 영어판으로) 출간되었는데, 여기에서는 '적나라한 섹스 장면이나 외설적인 언어를 사용하지 않았다. 그런 것들은 이후 버전에서 추가되었는데 예술적 가치를 위해서라기보다는 판매 부수를 늘리기 위해서였다는 의심이 든다. 실제로 로렌스는 플로렌스에서 고가의 증보판을 발행했고, 꽤 많은 수입을 올렸다.'[3]

영국에서는 1932년에 출간되었지만 심하게 검열당해서 삭제된 구절이 많았다. 당시 리뷰 기사를 보면 그래서 오해받고 평가절하되었다고 한다. 그랬으니 당시 영국 사람들은 위대한 예술가의 작품을 무삭제판으로 읽고 싶은 열망이 아주 강했을 것이다. 더군다나 젊고 아름다운 채털리 부인의 '혼외 정사 이야기'가 아닌가.

---

2    Geoffrey, R. (2010, October 22). The trial of Lady Chatterley's lover. The Guardian. Retrieved May 23, 2022, https://www.theguardian.com/books/2010/oct/22/dh-lawrence-lady-chatterley-trial

3    Alvin Kernan, *The Death of Literature*, Yale University Press, 1990(p.53)

이 소설에는 산업화된 영국 북부의 대저택과 그 저택의 경제적인 기반이 되는 탄광을 배경으로, 허리 아래가 마비된 남편과 애인을 바꿔가며 애정행각을 벌이는 아내 채털리 부인이 등장한다. 채털리 부인은 마침내 사냥터지기인 멜러즈의 품 안에서 '자궁과 내장이 부드럽게 녹아내리는' 쾌락을 찾는다. 이 작품이 큰 문제가 된 것은 상류층 부인과 하층 노동자의 혼외정사라는 설정 때문이었다. 게다가 로렌스는 하층민의 성적 언어를 적나라하게 사용하여 정사 장면을 묘사했다. 한국어 번역판에도 '씹'이라는 단어가 그대로 등장한다. 그 장면들은 분명 포르노에 버금간다. 조금 인용하면 이런 식이다.

흔들거리는 그녀의 양 젖가슴이 꿈틀거리며 꼿꼿이 선 남근의 귀두에 닿으면서, 귀두로부터 축축한 물방울 같은 것이 묻어 나왔다. 그녀는 사내를 꼭 껴안았다.
"누워요." 그가 말했다. "어서! 들어가야겠소!"[4]

이런 장면이 여러 번 되풀이된다. 오죽하면 재판 과정에서 이런 질문이 나왔겠는가?

이 책에는 씹fuck, 또는 씹할fucking[5]이라는 단어가 적어도 서른 번

---

4    D. H. 로렌스, 이인규, 『채털리 부인의 연인 2』, 민음사, 2013

은 나옵니다. 이런 단어가 이 작품의 문학적 가치와 어떤 관계라고 보십니까?[6]

## 대학교수와 비평가들의 평가에 달려 있다?

재판 초기에는 이 작품이 음란물인가 아닌가에 초점이 맞추어졌지만 이내 쟁점은 이 작품이 문학인가 아닌가로 바뀌었다. 문학이라면 법의 보호를 받게 될 것이기 때문이었다. 이 물음에 답할 사람들은 당시 문학 전문가인 대학교수들이었다. 그들이 '문학'을 설득력 있게 정의할 수 있다면 위대한 문학작품이 편협한 규제로부터 완전히 벗어날 수 있게 될 것이었다. 그런 '사명감'으로 똘똘 뭉친 내로라하는 작가, 교수, 비평가 들뿐 아니라 '교양 있는' 성직자와 정치가들까지 증인으로 나섰다. 그러나 그들은 '문학이란 무엇인가?'에 대해서 조금도 알지 못하는 것처럼 보였다.

우선 변호사는 이 소설이 문학임을 증명하기 위해 '문학적 지위'에 초점을 맞추었다. 한때 로렌스가 다닌 적이 있는 노팅엄대학의 원

---

5    참고로 성적인 단어를 사용한 빈도는 다음과 같다. cunt는 7번, fuck은 26번, 조금 점잖은 단어인 팔로스phallos는 9번, 의인화한 비속어로 남자 성기를 가리키는 토마스Thomas는 13번, 여자 성기를 지칭하는 제인Jane은 14번 나온다. 모두 69번 등장하는 셈이다.

6    Alvin Kernan, *The Death of Literature*, Yale University Press, 1990(이하 재판 중 발언의 출처는 동일함)

로 교수인 비비앙 드 솔라 핀토Vivian de Sola Pinto, 1895~1969에게 이 작품이 문학 제도권에서 어떤 지위를 차지하고 있는지 물었던 것이다.

도서전시회에서 문학 분야의 작품 목록에 포함되는지, 대학도서관의 문학 분야의 장서에 포함되는지, 학생들에게 권하는 문학작품인지, 학위 시험에서 문학으로 언급되는 작품인지, 더 나아가 이 작품이 유럽 대부분의 국가뿐 아니라 전 세계어로 번역되었는데, 그것도 문학적 가치의 지표가 되는 것인지 물었다.

당연히 대답은 긍정적이었다. 더불어 핀토는 문학성이라는 것은 (그것이 무엇인지 말하기는 어렵지만) 대학교수와 비평가의 능력으로 알 수 있는 것임을 분명히 했다. 말하자면 문학은 문학을 판단하고 해설하고 가르치며 비평하는 전문가에 의해 판별된다는 것이었다. 그런 의미에서 위대한 작품이란 비평가들의 이론에 잘 들어맞는 작품이다. 그러나 핀토는 그 이론이 무엇인지는 구체적으로 설명하지 못했다.

현대의 독자들 입장에서 보면 이건 지나치게 권위적인데다 문학이 무엇인가에 대해서는 아무것도 설명해주지 못하는, 전문가의 권리옹호일 뿐이다. 그런 평가가 당시에도 없었던 것은 아니다. 영국에서 기사 작위까지 받은 작가 레베카 웨스트Rebecca West, 1892~1983는 증언에서 질문에 대한 대답 방향을 묘하게 비틀었고 논의를 다시 '문학이란 무엇인가?'로 돌렸다.

소설의 문학적 가치는 독자가 읽고 비평가가 평가하면서 인정되는 것입니다. 그렇지만 문학적 가치를 정의하는 일은 결코 쉬운 일이 아닙니다.

법정은 다시 문학의 본질적 속성을 탐구하는 토론의 장이 되었다. '문화연구'의 창시자로 잘 알려진 리처드 호가트Herbert Richard Hoggart, 1918~2014는 이렇게 증언했다.

제가 받은 감명은 한 인간이 사랑하는 사람에게 마땅히 지녀야 할 엄청난 경외감이었습니다.

그는 당시 최고의 문학이론가 가운데 한 사람이었던 F. R. 리비스의 영향을 받았다. 예술을 비평적인 안목으로 읽어야 한다고 생각했던 문화평론가의 증언 치고는 매우 감상적이었다. 문학 혹은 예술의 역할 가운데 하나가 감동을 통한 공감의 확대라는 점을 생각해보면 이 주장을 받아들일 수 있다. 다만 지나치게 주관적이어서 화자의 취향을 드러낼 뿐이었다.

## 문학은 독자가 만드는 것

문학의 본질에 조금 더 접근한 대답은 헬렌 가드너Helen Gardner, 1908~1986의 증언이었다. 그는 옥스퍼드대학의 학장이었고 훗날 기사 작위까지 받았을 정도로 영향력이 큰 비평가였다.

문학적 가치를 논할 때는 다음과 같은 두 가지 문제를 따져보아야 합니다. 작가의 의도가 무엇인가? 그리고 그 의도가 제대로 전달되었는가? 작가의 의도가 언제나 성공적으로 표현되는 것은 아닙니다. 그렇다고 해도 독자는 감동할 수 있습니다. 작가가 사소하게 여겼던 부분에서 독자 나름대로 매우 중요한 문학적 가치를 찾아낼 수도 있으니까요. 저는 『채털리 부인의 연인』이 보기 드물게 그 어려운 작업에 성공했다고 봅니다. 다른 작가들 어느 누구도 이런 정도의 용기와 열성으로 이만큼 성공적이지 못했습니다. 언어화하기 정말 너무 어려운 경험을 글로 써낸 것입니다.

여기에는 부분적이지만 매우 현대적인 사고방식이 스며 있다. 문학의 의미는 '독자'가 만든다는 것이다. 1960년대 후반이 되면 독일의 볼프강 이제르Wolfgang Iser, 1926~2007가 '독자수용이론 reader-response theory'을 주창한다. 비슷한 시기에 롤랑 바르트Roland Barthes, 1915~1980는 「저자의 죽음La mort de l'auteur」(1967)에 대해 말한다. 그들에 따르면 문학 텍스트의 의미는 작가가 아니라 창조적으로 해석한 독자의 몫이다.

1960년이었음에도 불구하고 영국에서는 '아직' 잘 정리된 문학 이론이 자리잡지 못하고 있었다. 헬렌 가드너는 아마 고심 끝에 '언어화하기 정말 너무 어려운 경험'을 '용기와 열성으로 이만큼 성공적으로 해낸 작가'라고 말했을 것이다. 그 말은 곧 다음과 같은 의미를 지닌다. 합리성으로 미쳐버린 세계에서 인류를 구원할 유일한 방법은 '씹'이었고, 그 육체적 쾌락과 성적 에너지를 표현하기 위해 비속어를 사용한 것이 문학적 성공이다. 헬렌은 아직도 천재적인 작가가 창작하고 뛰어난 안목을 가진 비평가가 인증한 것이 '문학'이라는 로맨티스트의 관점에서 벗어나지 못하고 있었다. 문학이란 무엇인가에 대한 충분한 설명은 아니었던 것이다.

그렇다고 해도 아직 답답하기 이를 데 없던 영국의 보수적인 분위기에서 최고의 지위에 오른 비평가가 포르노에 가까운 '표현'에 문학적 성공이라는 가치를 부여할 수 있었던 것은 놀라운 일이다. 아마 1950년대 이후의 사회 변화가 그럴 수 있게 만들었을 것이다.

## 혁명적인 성행위 보고서의 출현

1940년대 말 혁명적인 보고서가 미국에서 발표되었다. 『남자의 성행위*Sexual Behavior in the Human Male*』(1948)와 『여자의 성행위*Sexual Behavior in the Human Female*』(1953)에 대한 '킨제이 보고서Kinsey Report'였다. 생식을 위한 이성애 외에는 금욕적으로 살아가는 것처럼 보였던(또는 그런다고 주장했던) 미국 사회가 전혀 그렇지 않았다. 동성애, 혼외정사, 혼전 성교, 난교 등 충격적인 내용이 많았다. 그 덕분에 숫자와 도표, 그래프로 가득찬 학술 보고서가 출간 즉시 베스트셀러가 되었다.

이후 성윤리를 완화해야 한다는 내용을 담은 토론이 자주 열렸고 성적인 자유를 보장하는 풍조가 조장되었다. 그럴 수 있게 만든

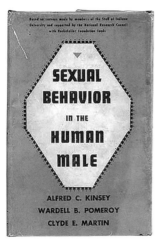

킨제이 보고서 가운데 한 권인 『남자의 성행위』, 1948년 초판 표지이다.

중요한 발명 가운데 하나가 1961년에 발매되기 시작한 여성용 경구피임약이었다. 여성도 자신의 몸을 자유롭게 통제할 수 있게 된 것이다.

킨제이 보고서는 또 한 명의 젊은 기자, 휴 헤프너Hugh Hefner, 1926~2017를 자극하여 새로운 사회적 현상을 만들어내었다. 인간이 성적 억압으로 받는 상처가 심각하다고 보았던 그는 성적 판타지를 구체화할 매체를 창간했다. 〈플레이보이Playboy〉 (1953년 12월)였다. 창간호 표지 모델은 당시 섹스 심벌로 떠오른 마릴린 먼로Marilyn Monroe, 1926~1962였다. 그가 주연한 〈나이아가라Niagara〉가 (1953년 1월 21일) 개봉된 이후 폭발적인 인기를 얻은 때였다. 삽시간에 5만 부가 팔려나갔다. 이후 〈플레이보이〉는 승승장구하여 60년대 성혁명을 이끈 대중매체가 되었고, 70년대 초에는 발행부수가 7백만 부를 넘기도 했다.

이런 성 개방 풍조는 거의 혁명적이었다. 그런 분위기가 영국에도 전해졌다. 진보적인 성향의 정치가로 대중에게 인기가 높았던 로이 젠킨스Roy Harris Jenkins, 1920~2003가 음란출판물에 대한 검열 제도를 완화하는 새로운 법률을 제안했던 것이다. 구식이고 촌스럽다는 비난을 받고 싶지 않았던 의원들은 찬성표를 던지지 않을 수 없었고, 반대표를 던진 사람들은 하늘이 무너질까 두려워하는 보수주의자라는 조롱 섞인 말을 들어야 했다.

이쯤에서 『채털리 부인의 연인』 무삭제판을 다시 한번 읽어보시기를 권하고 싶다. 그 음란성과 음란성이 주는 즐거움을 느껴보기 바란다. 소설 뒤에 붙어 있는 해설까지. 이런 경우 해설은 대개 지나칠 정도로 '긍정적'이다. 모든 텍스트는 과장된 표현이다. 무엇을 보고 듣고 읽든 그 점을 잊지 말자.

마지막으로, 이런 논의가 대대적으로 이루어진 시기가 1960년대 초라는 것도 새겨두기를 바란다. '문학이란 무엇인가?'라는 질문에 대해 제대로 답하지 못했던 것은 그리 오래된 일이 아니다. 어쩌면 영원히 그럴지도 모른다.

앞에서도 강조한 적이 있지만 어떤 사건이든 연도를 기억해두면 역사의 흐름을 이해하는 데 크게 도움이 된다. 필자는 그래서 자잘한 사건의 연도를 모두 정확하게 기억하려고 노력한다. 모든 것이 뜻대로 되는 것은 아니지만.

재판과 관련된 내용은 주로 다음 책들을 참고했다.
『The Death of Literature』(Alvin Kernan, Yale University Press, 1990) 『문학의 죽음』(앨빈 커넌/최인자, 문학동네, 1999년) 『The Trial of Lady Chatterley』(C. H. Rolph, Paul Hogarth, Penguin Books, 1961) 『The Four Trials of Lady Chatterley's Lover and Other Essays on D. H. Lawrence』(Saburo Kuramochi, Mami Kanaya, etwas Neues, 2nd edition, 2016) 『The Trial Of Lady Chatterley's Lover』(Sybille-Bedford, Daunt Books, 2016)

## 『채털리 부인의 연인』, 뜻밖의 줄거리

이야기는 세 사람을 축으로 전개된다. 우선 권력의 화신인 클리퍼드 채털리가 있다. 그는 '현대의 산업 및 금융 세계의 굉장한 가재와 게 무리 중의 하나로서, 기계처럼 강철로 된 껍데기를 하고 안쪽의 몸은 부드러운 과육으로 된 갑각류 무척추동물이나 다름없는 존재'이다. 그는 전쟁에서 돌아온 뒤 허리 아래쪽이 마비되어 모터가 달린 의자를 타고 다닌다. 불구가 된 한 생명이 기계의 힘으로 다른 수많은 생명을 죽이는 모습은 숲에 들어서는 장면에서 적나라하게 묘사된다. '선갈퀴와 자난초 등이 덜컹거리며 지나가는 바퀴에 짓밟히고, 덩굴 좀가지풀의 작은 노란 꽃받침이 으깨어진다.'[7]

클리퍼드의 곁을 지키며 시중들고 보살펴야만 했던 코니(채털리 부인)는 '앞뒤가 가로막혀 꼼짝 못 하는 처지가 되고' 만다. 스물일곱의 나이에 그의 삶은 삶이 아니었다. 그는 마침내 '바짝 야윈데다 얼굴은 흙빛이었고, 목은 비쩍 말라서 누르스름해진 채 헐렁한 윗도리 밖으로 쑥 빠져나온 모습'이 되었다. 클리퍼드는 코니의 그런 모습에 아랑곳하지 않았다. 이런 상황을 알게 된 언니가 나타나 간병인을 채용하게 만든다. 그렇게 자유를 조금 얻은 '채털리 부인'은 저택 바깥의 숲으로 '자주' 산책을 나갔다.

거기에는 사냥터지기인 멜러즈가 있었다. 코니는 그와 사랑에 빠져 새로운 삶을 계획한다. 멜러즈는 독서가였다. 그의 오두막에

---

7    D. H. 로렌스, 이인규,『채털리 부인의 연인 1』, 민음사, 2013, 전자책

꽂혀 있는 책 목록은 대충 이랬다. '볼셰비키주의 러시아에 관한 책들과 여행서 몇 권, 원자와 전자에 관한 책 한 권, 그리고 지구 중심부의 구성과 지진의 원인에 관한 책도 한 권이 있었다. 그리고 소설이 몇 권 있었고 인도에 관한 책이 세 권 있었다.'[8]

작가는 멜러즈를 통해 자신의 생각을 드러내는 듯하다. 특히 소설의 마무리가 되는 편지 내용은 아예 작가의 목소리를 듣는 듯하다. 그는 이런 식으로 당시 사회를 비판하며 그 안에서 희망을 이야기한다.

'산업화된 이 세상에는 이제 엄청난 인구가 살고 있으며, 그들은 모두 먹여 살려야 하는 존재들이오. 따라서 이 빌어먹을 연극은 어떻게 해서든 계속 진행될 수밖에 없소.' '그렇게 하려면 돈이 있어야만 하는데, 그 돈이라는 게 바로, 있으면 독이 되고 없으면 굶어 죽게 만드는 것이지.' '악마는 호시탐탐 우리를 노릴 것이오.' '누구든지 삶을 삶답게, 즉 돈을 초월하여 진정으로 살아가려고 하는 자가 있으면 그의 목을 졸라 생명을 빼앗아 없애버리려 하는 것을 나는 느끼고 있다오.' '이대로 계속된다면 앞으로 산업사회의 대중을 기다리고 있는 것은 오직 죽음과 파멸밖에 없을 것이오.' '비록 내가 무서워 떨고 있지만, 나는 당신이 나와 늘 함께하고 있다는 것을 믿고 있소.' '진정한 봄이 돌아오고 마침내 서로 합치는 때가 돌아오면, 우리는 이 자그만 불꽃이 노랗게 타올라 찬란하도록, 눈부

---

8　앞의 책

시게 타오르도록 섹스를 나눌 수 있을 것이오.' '우리는 잘못되거나 하지 않을 것이오.'[9]

독자들이 직접 소설을 읽었기를 바란다. 그러지 않고 필자가 쓴 줄거리만 본다면 '그동안 듣던 것'과 달라 뜻밖이라고 느낄 수도 있다. 어쩌면 읽었다고 해도 마찬가지일지 모르겠다. 그렇다면 소설의 첫 구절을 다시 새겨보자.

우리 시대는 본질적으로 비극적이다. 그래서 우리는 이 시대를 비극적으로 받아들이려 하지 않는다. 큰 격변이 일어났고 우리는 폐허 가운데 서 있다. 우리는 자그마한 보금자리를 새로 짓고 자그마한 희망을 새로 품기 시작하고 있다. 이것은 좀 어려운 일이다. 미래로 나아가는 순탄한 길이 이제는 전혀 없기 때문이다. 하지만 우리는 장애물을 돌아가든지 기어 넘어가든지 한다. 아무리 하늘이 무너진다 해도 살아나가야 하는 것이다.[10]

소설의 시작과 끝을 읽어보았으니 조금은 짐작할 수 있을 것이다. 이 소설의 주제는 섹스가 아니라 사회비판이다. 위의 세 인물을 상징적으로 이해하면 이런 해석을 좀더 쉽게 받아들일 수 있을 것이다(민음사판 작품 해설을 참고해도 좋겠다).

---

9    앞의 책
10   앞의 책

작가인 로렌스는 자신의 스토리를 극적으로 조직화할 때 '그 소재가 무엇이든' 조금도 타협하지 않고 거침없이 묘사하고 표현했기 때문에 당대의 문제 작가가 되었다. 지나치게 앞서간 사고방식을 가졌기 때문인지도 모른다. 그가 죽은 뒤에 흩어져 있던 산문을 모아 출간된 『불사조 1 *Phoenix 1*』(1936)과 『불사조 2 *Phoenix 2*』(1968)를 보면 그가 근대에 살았던 현대인임을 알 수 있다. 거기에는 푸코Michel Foucault, 1926~1984와 들뢰즈Gilles Deleuze, 1925~1995, 가타리 Felix Guattari, 1930~1992, 네그리Antonio Negri, 1933~로 이어지는 생각의 실마리가 담겨 있다(이들은 주로 1960년대에 활동한 이론가들이다. 이와 관련된 내용은 현대철학에서 다룰 것이다). 그는 특히 성적인 문제를 거침없이 다룸으로써 당시의 '상식'과 소모적인 갈등을 겪어야 했다. '외설 시비'가 부풀려지고 법정에까지 서게 되면서 대중들에게 '그렇고 그런 소설'로 오해받기도 했다. 출판사들 역시 오랫동안 '판매'에 도움이 되는 이미지만 퍼뜨렸다. 7백 쪽이 넘는 소설이지만 섹스 장면은 겨우(?) 여덟 번 등장한다. 그럼에도 불구하고 책 표지를 보면 하나같이 섹스와 관련된 이야기임을 강하게 암시한다.


### 나쁜 문장으로 쓰인 띵작?

재판 관련 자료를 보면 놀라운 증언이 한둘이 아니다. 그 가운데 하나가 레베카 웨스트의 '의견'이다.

이 작품은 어린아이도 비웃을 만한 나쁜 문장으로 가득차 있습니다. 여기서는 로렌스가 정식으로 가정교육을 받지 못한 사람이었다는 것을 감안해야 할 것입니다. 또한 로렌스는 이 책의 가치를 손상시키는 중대한 잘못을 저질렀습니다. 그것은 유머감각이라고는 조금도 찾아볼 수 없다는 점입니다. 터무니없는 페이지도 많습니다. 하지만 이 모든 결점에도 불구하고 나는 이 책에 의심할 수 없는 문학적 가치가 있다고 생각합니다.[11]

이 증언에는 대단히 보수적인 시인이었던 T. S. 엘리엇T. S. Eliot, 1888~1965이 로렌스를 비판했던 관점이 그대로 드러나 있다. 그는 로렌스가 노동계급 출신이라 제대로 된 전통을 경험하지 못했으며(물론 이때의 전통이란 지배층의 전통이다), 좋은 교육을 받지 못해 무식할 뿐 아니라 논리적으로 사고할 줄도 모른다고 보았던 것 같다. 그는 다음과 같이 말하기도 했다. '로렌스는 가끔이라도 잘 쓰기 위해 별 볼 일 없는 글을 써대야 하는 작가였다.' 그러나 F. R. 리비스는 거꾸로 그가 노동계급 출신이었기 때문에 구체적이고 자유로운 사고방식을 가질 수 있었으리라고 주장했다. 게다가 '로렌스의 사유는 보통 사유라 부르는 것을 넘어서는 것이어서 사유로 인식되지 않을 수 있다'고 말하기도 했다. 리비스의 이 말은 로렌스에 대한 찬사이면서 엘리엇에 대한 반박이다. '너처럼 추상적이고 관념

---

11    앨빈 커넌, 최인자, 『문학의 죽음』 문학동네, 1999(p.77)

적일 수밖에 없는 지배층 엘리트의 머리로는 광부의 아들이었지만 대단히 지적인 로렌스를 이해하지 못하는 게 당연해.'12

소설을 읽어보면 '나쁜 문장'은 작가가 의도적으로 쓴 것임을 알 수 있다. 그렇다면 레베카 웨스트는 작품을 꼼꼼하게 읽어보지 않았던 것인지도 모른다. 지금도 여전히 읽어보지 않고 귀동냥으로 목소리를 높이는 '바쁜' 인사들이 있지만. 작품을 읽어보면 남주인공인 멜러즈는 작가의 분신에 가까운 존재라는 것을 알 수 있다. 그는 '신사들이 사용하는 훌륭한 영어'를 얼마든지 구사할 수 있지만 일부러 '어머니의 언어'인 사투리를 사용한다. 그러면서 훌륭한 표준말을 잘 알면서 왜 사투리를 쓰느냐는 질문에 '나는 사투리가 편하기 때문'이라고 대답한다. 듣는 사람이 '부자연스럽다'고 지적하자 '이 지방에서는 오히려 당신의 표준말이 부자연스럽게 들릴 것'이라고 반박한다. 그러니까 지배계층의 언어가 아니라 노동자들의 언어로 쓰겠다는 것이다.

『채털리 부인의 연인』은 적나라한 섹스 장면 때문에 정식으로 출간하기 어려웠다. 그게 당시 사회 분위기였다. 로렌스는 그 편견의 벽을 깨뜨리고 싶었을 것이다. 결국 자비로 적은 양을 찍었는데, 그 인기는 하늘을 찔렀다. 유럽과 미국에서 사진으로 찍어 인쇄한 수많은 종류의 해적판이 만들어져서 비싼 값에도 불티나게 팔렸다.

---

12  이 문단의 내용은 〈스크루티니〉 1951년 6월호에 실린 F. R. 리비스의 「Mr. Eliot and Lawrence」(pp.66~73)와 '아트앤스터디'의 정남영 교수 강의를 참고했다.

1959년 미국에서 출간된 『채털리 부인의 연인』 해적판 가운데 하나로, 무삭제판임을 강조했다.

그 이야기는 1929년에 로렌스가 쓴 글, 「『채털리 부인의 연인』 이야기」[13]에 나온다.

그러다 1960년, 영국의 펭귄출판사에서 출간한 무삭제판이 어마어마하게 팔렸다. 그것이 가능했던 이유는 두 가지였다. 먼저, 가난한 사람들도 사 볼 수 있을 정도로 책값이 쌌다. 겨우 담배 반 갑 가격에 책 한 권을 살 수 있었다. 그리고 아마도 더 중요한 요인은 '교육받지 못한 가난한 사람들'도 읽을 수 있는 언어로 쓰였다는 점일 것이다.

이 소설의 문제의식은 (조금 진부하지만) '기계적 관념성과 물질적 탐욕에 사로잡힌 자본주의 산업사회의 비인간성에 대한 철저한 비판과 거부이며 이에 대응할 구원적 가치로서 살아 있는 인간적 관계의 회복 가능성에 대한 모색'[14]이라고 말할 수 있다. 그런 의도가 생명력이 펄떡이는 건강한 섹스를 통해 표현된다. 작가의 설명[15]에 따르면, 그러기 위해서는 교육받지 못한 하층민들의 상스럽고 외설적인 언어가 제격이다. 왜냐하면 그 언어만

---

13   D. H. 로렌스, 최희섭, 「『채털리 부인의 연인』 이야기」, 『채털리 부인의 연인』, 펭귄클래식코리아, 2009, 전자책

14   이인규, 「작품 해설」, 『채털리 부인의 연인 2』, 민음사, 2013, 전자책

15   D. H. 로렌스, 최희섭, 「『채털리 부인의 연인』 이야기」, 『채털리 부인의 연인』, 펭귄클래식코리아, 2009, 전자책

이 육체에 대한 자연스러운 의식일 뿐 아니라 성적인 에너지를 가장 잘 환기시키기 때문이다.

레베카 웨스트는 왜 어린아이도 비웃을 정도로 나쁜 문장이라고 했을까? 정확하게는 알기 어렵지만 아마도 그가 지배층의 우아한 언어를 사용했던 작가였기 때문이 아닐까 싶다. 웨스트는 정치적 토론이 활발하고 책과 음악을 누릴 수 있는 매우 지적인 가정환경에서 자라 작가가 되었고 나중에 귀족 작위까지 받았다. 그렇게 보면 나쁜 문장이라는 평가는 지극히 주관적인 의견일 뿐이다. 그럼에도 불구하고 문학적 가치란 경험의 분석과 종합이라는 설명은 새길 만하다. 아무리 형편없는 문장이라 해도 거기에 대단한 삶의 통찰력이 담겨 있다면 '문학적 가치'를 지닌다니, 좀 이상한 논리다. 특히 20세기 초 형식주의자들이 들었다면 '말도 안 되는 소리'라고 했을 것이다.


### 〈정밀한 조사Scrutiny〉가 없었던 재판

'오늘날에는 모두 코페르니쿠스파라고 할 수 있듯이 영문학도는 죄다 리비스파이다.'[16] 이 얼마나 엄청난 말인가. 리비스 그룹은 1932년(출범과 동시)에 〈스크루티니Scrutiny〉지를 창간했다. 그들은 '단순하게 문학적'인 것을 거부했다. 역사와 사회에 대한 통찰

---

16   테리 이글턴, 김현수, 『문학이론입문』, 인간사랑, 2001(p.71)

력이 담긴 작품을 높이 평가했다. 문학은 취향으로밖에 볼 수 없는 미학적 이유가 아니라 현대문명의 정신적 위기를 드러내고 저항하는 것이어야 했다. 기계화된 사회에서 개인을 살아남게 해줄 분별력 있는 반응이 필요하다고 보았던 것이다. 그들의 언어관 역시 그런 생각을 드러내는 것이었다. 대도시적이거나 귀족적이어서는 안 되고 시골적이고 민중적이며 지방적이어야 했다. 그 언어는 실제 경험의 감각으로 채워져 있거나 현실적인 삶의 즙으로 채워진 것이어야 했다. 이런 설명은 로렌스의 작품에 거의 그대로 구현되어 있다. 한국어판으로 대략 7백 쪽에 달하는 이 소설에는 당시 비인간적인 자본주의사회를 비판적으로 묘사하는 장면의 분량이 꽤 많다. 2015년에 BBC에서 만든 영화 〈채털리 부인의 연인Lady Chatterley's Lover〉도 상당히 그런 관점에서 제작되었다.

그랬으니 『채털리 부인의 연인』 재판에 리비스가 증언했더라면 '문학이란 무엇인가'에 대해 나름대로 논리적이고 설득력 있는 설명을 내놓았을지 모른다. 그러나 리비스는 『채털리 부인의 연인』이 로렌스의 가장 뛰어난 작품이 아니라는 이유로 증언을 거부했다고 한다. 그 말이 사실이라면, 자신의 사회적인 입장 때문에 증언하지 않았던 것인지도 모른다.

육체와 성의 표현으로서의 언어는 가장 은폐된 하층의 수위에 있고, 점잖음/고상함과 천박함/불경함이라는 언어문화의 계급을 형성하고 반영한다. 성 표현이 외설이냐 여부가 문제되었을 때 사람들이 선뜻 그 다툼에 뛰어들어 통제의 본질을 공격하고 드러내기보다는 뒷걸음치게 되는 것도 이러한 사람들에게 체화되고 입력된 성문화와 언어의 한계를 뛰어넘지 못하기 때문인 것 같다.[17]

이런 설명은 이 재판에서도 유효해 보인다. 증인으로 나선 전문가들은 하나같이 '난교와 음란'을 감싸려는 것이 아님을 분명히 했다(그 시대에는 그렇게 받아들일 정도였을지 모르지만, 작품을 읽어보면 '난교와 음란'이라는 표현도 지나치다). 그러면서 모두가 문학을 구하기 위한 비논리를 구사했다. 추악하고 천박한 섹스를 아름다운 문학으로 승화했다는 입장을 취했던 것이다. 이런 분위기는 지나칠 정도였다. 진보적인 성직자 한 사람은 이 소설이 매우 도덕적이며, 이 책을 통해 신의 사랑인 성적인 사랑을 알 수 있다고 말했다. 어떤 증인들은 이 소설이 혼외정사를 다루지만 그것이 진정한 결혼을 배신하는 것은 아니라고 주장했다. 남편이 불구이기 때문에 혼외정사를 통해서라도 자식을 낳아야 한다는 것이다. 그런 사고방식은 소설에도 나타난다. 클리퍼드는 아내인 코니에게 아이를 낳아주기만 하면 후계자로 키우겠다고 약속한다.

레베카 웨스트는 이 작품이 '강렬한 원초적 삶'을 추구하는 영혼을 창조하려 했다는 인상을 받았다고 했다. 그러나 적나라한 섹스

---

17    강금실, 「장정일을 위한 변론」, 『장정일 화두, 혹은 코드』, 행복한책읽기, 2001
      (pp.197~198)

에 대한 묘사를 그렇게 해석했다는 사실을 감당하기 어려웠던 모양이다. 이어서 소설 속 등장인물들의 감정은 '우리와 다른 종교적, 문화적 신념을 가진 것 같다'고 덧붙였다. 당시 일반인들의 상식적인 평가에 무심할 수 없었던 것이다.

이런 분위기를 보면 리비스가 왜 증언을 거부했는지 짐작할 수 있다. 리비스 그룹은 모두가 중하층계급 출신이었다. 리비스는 악기상의 아들이었으며, 동료 비평가이자 부인이었던 퀴니 로스Queenie Roth, 1906~1981는 포목과 양말, 속옷을 취급하는 상인의 딸이었고, I. A. 리처즈Ivor Armstrong Richards, 1893~1979는 작은 공장을 경영하는 집안 출신이었다. 그들은 모두 역사와 전통을 자랑하는 지배계급의 대학에 처음으로 입학한 사회계급이었다. 사회적인 위치가 충분히 굳건하지 않았을 것이다. 문화 권력의 중심이 아니라 주변부였다. 그렇지 않았다 해도 쓸데없이 소모적인 논쟁에 휘말리고 싶지 않았을지 모른다.

외설이냐 예술이냐는 논쟁 끝에는 언제나 등장하는 질문이 하나 있다. 이런 음란한 소설을 자기 부인이나 자식들, 하인들에게도 읽어보라고 권하겠느냐는 것이다. 검사나 판사들은 '사회질서를 위해서는 예술보다 도덕이 우선되어야 한다'고 생각했다. 그 질서란 가부장적이고 계급적인 것이었다. 판사는 이렇게 말했다.

예술가도 다른 모든 사람과 마찬가지로 공동체의 구성원입니다. 모든 구성원은 공동체의 다른 구성원들에게 정신적으로나 물리적

문학의 죽음에 대한 소문과 진실

으로나 영적 위해를 가해서는 안 될 의무가 있으며, 예술가라고 해서 예외가 될 수는 없습니다. 만일 화가나 작가에게 자기를 표현하려는 욕망과 도덕이 공동체의 복지에 근본적이라는 인식 사이에 갈등이 존재한다면 도덕이 우선해야 할 것입니다.[18]

판사는 피고측의 소송비를 반환할 수 없다고 판결했지만, 배심원들의 생각은 달랐다. 하층민들의 언어로 쓰인 '나쁜 문장'의 음란한 소설을 훌륭한 문학으로 자리매김했던 것이다. 문학의 재료는 어떤 것이든 될 수 있었다. 그리고 '사람들이 문학이라고 생각하는 것이 문학'이 되었다. 이런 결론은 대단히 신실용주의적이다. 문학이 무엇인지 규정하기는 불가능에 가깝다. 어떤 것이 문학이라고 규정하는 순간 그것은 문학이 아니다. 잡초가 어떤 것인지 규정하기 어려운 것과 다를 바 없다. 사람들이 원하는 초목을 제외하면 모두 잡초다. 그처럼 문학이 아닌 것을 제외하면 모두 문학이다. 어떤 것이 문학이 아닌가 하는 것은 상황에 따라 달라진다. 필요하다면 '채털리 재판'처럼 토론해보아야 한다. 세상은 언어를 통해 파악되지만 그 언어는 비교될 때 의미를 가진다. 그러므로 어떤 것의 정체는 상상의 공동체가 만들어내는 대화를 통해서 어렴풋하게 알 수 있을 뿐이다.

---

18    앨빈 커넌, 최인자, 『문학의 죽음』 문학동네, 1999 (p.84)

## 적나라한 섹스 장면이 꼭 필요한가?

검사는 표현 방법을 두고도 문제를 제기했다. 좋은 문학작품이라면 같은 말을 '지겨울 정도'로 되풀이하면 안 되지 않느냐는 것이었다.

"자궁과 창자, 자궁과 창자, 자궁과 창자…… 이런 식으로 여러번 되풀이하는 것도 좋은 글이라고 생각합니까? 그렇게 쓴 것이 진정으로 전문가의 예술적인 글이라고 할 수 있습니까?"

작품에는 '자궁과 창자'라는 말이 네 번 나온다. 두 사람이 함께 오르가슴을 느낀 세번째 정사를 끝내고 집으로 돌아가는 길에 채털리 부인이 생각하는 장면에서다. 7백 쪽이나 되는 장편소설에서 그게 전부다. 이 질문을 받은 그레이엄 휴Graham Hough, 1908~1990는 검사의 이전 발언을 떠올리며 대답했다. 검사는 로렌스가 성경을 인용한 것을 긍정적으로 평가한 적이 있었다.

"성경에도 반복되는 구절이 많습니다. 반복은 자주 사용되는 표현법이지요. 그리고 그게 로렌스가 글을 쓰는 방식입니다. 그런 식으로 자신의 문학적 가치를 이룬 거지요."

비유적인 표현도 문제가 되었다. 검사는 이렇게 질문했다.

"사람이 자궁과 창자 속에서 흘러넘치면서 살아 있다는 표현이 있는데 말이 안 되지 않나요? 어떻게 그게 가능합니까?"

대답은 간단했다.

"은유적인 표현으로는 얼마든지 가능합니다."

이런 유치한 문답이 오갔던 것은 이 사건을 맡았던 검사의 사명

문학의 죽음에 대한 소문과 진실

감 때문이었을 것이다. 그는 그저 소설의 내용이 비도덕적이라는 데 꽂혀 있었다. 이 작품의 문학적 가치를 인정하면서도 계속해서 '음란과 비도덕성'을 문제삼았다. 검열 제도를 완화하는 법안을 제도화하는 데 결정적인 역할을 했던 젠킨스는 그를 가리켜 '불순한 시대가 낳은 불굴의 해악'이라고 했을 정도다.

당연히 '되풀이되는 적나라한 섹스 장면'도 문제되었다. '단순히 반복되는 섹스 장면들은 문학적 가치를 떨어뜨린다'는 것이었다. 그러나 그 섹스 장면들은 단순히 반복되는 것은 아니었다. 형식주의적인 태도로 꼼꼼히 읽어보면, 작품에서는 여덟 번의 섹스 장면이 나오지만 모두 '같지 않다'. 두 사람의 사랑이 깊어가는 과정을 육체관계의 변화를 통해 보여주고 있다.

첫번째 장면에서는 두 사람 모두 어색하다. 빠르게 끝난 성행위는 오로지 '그의 것'이었다. 채털리 부인은 이렇게 자문한다. '왜 이런 일이 필요할까? (그런데) 왜 이것이 평화를 주는 것일까?' 처음에는 섹스가 조금도 만족스럽지 않았지만 '사랑'은 이어질 것임을 암시한다. 두번째는 채털리 부인이 좀더 적극적으로 반응하고 장면 묘사도 길어진다. 그러나 여전히 절정을 경험하지는 못한다. 세번째 장면에서야 비로소 새롭고 이상야릇한 전율의 물결을 느낀다. 마침내 '알아들을 수 없는 비명을 무의식적으로 내'질렀던 것이다. 그리고 두 사람은 아무것도 의식하지 못한 채, 서로의 존재까지도 잊고서 둘 다 멍하니 누워 있었다. 사냥터지기 멜러즈는 채털리 부인에게 이렇게 말한다. "평생 그걸 한 번도 경험하지 못하는 사람들도 많다오." 톱니바퀴처럼 맞물려 돌아가야 하는 기계적인 산업사회의 억압에 의해 자연스러워야 할 인간의 성행위가 '자연스럽지 않은 어떤 것'이 되어버렸다는 것이다. 훨씬 더 일반적인 사랑은 '차디찬 가슴으로 하는' 성행위이고 그것을 '설탕처럼 달콤한 것'으로 꾸민다. 그런 성행위는 '백치 같은 어리석음과 죽음을 낳는 근원'이다. 이어지는 나머지 성행위 장면들은 서로의 사랑을 확인하고 즐기는 과정이며 마침내 두 사람은 합법적인 결혼을 결심하게 된다.

## 문학은 문학으로 읽어야 한다

사실 이런 형식주의적인 논쟁은 당연한 일이었다. 당시는 형식주의 시대였기 때문이다. 형식주의의 뿌리를 찾는다면 아리스토텔레스의 그 유명한 『시학』으로도 거슬러올라갈 수 있다. 그 내용을 현대적인 어법으로 간단하게 정리하면 이렇다.

문학은 삶을 모방하지만 상상력으로 쓰인 허구이다. 작품에는 인간의 경험에 대한 진지하고 보편적인 통찰이 반영된다. 그런 작품을 경험함으로써 독자는 카타르시스를 얻을 수 있고, 미래를 준비할 수 있다. 그런 목적에 맞는 '좋은 작품'을 쓰려면 적절한 수사법이나 플롯과 같은 형식적인 요소에 주의를 기울여야 한다.

이렇게 정리하고 보면 형식주의 사고방식은 그리 특별해 보이지 않는다. 오늘날의 독자들이라면 누구나 다 아는 말이다. 전통에 각별한 애정을 가졌던 T. S. 엘리엇은 '시는 시로 읽어야지 다른 어떤 것으로 읽어서는 안 된다'고 했다. 요즘 어법으로 말하면 예능은 예능으로 받아들여야지 다큐로 받아들이면 안 된다는 뜻이다.

게다가 작품에 대해 평가하려면 작품 그 자체(텍스트)를 꼼꼼하게 읽고 거기에서 찾아낸 구체적이고 명확한 증거를 바탕으로 한 논리를 보여주어야 한다(앞에서 보여주었듯이 『채털리 부인의 연인』에 등장하는 적나라한 성행위 묘사가 성적 자극을 위한 단순한 되풀이가 아니라는 것을 주장하는 방식으로). 사실 꼼꼼히 읽기는 형식주의만이 아니라 다른 모든 비평이론에서도 당연한 전제조건이다. 작품에 대해 말하면서 작품을 제대로 살피지 않는다는 게 말이나 되는가.

이처럼 뻔한 이론이 당시에 왜 유행했을까? 그것은 그 이전의 주류 문학이론이었던 역사주의에 대한 반발이었다. 역사주의는 작품에 담긴 저자의 의도를 정확하게 알아내려 했는데, 그것은 저자의 삶과 당대의 역사를 연구함으로써 가능하다고 보았다. 극단적인 역사주의는 저자와 관련된 역사를 자세히 살피는 것으로 텍스트 분석을 대신하기도 했다. 예를 들면 이런 식이었다.

윌리엄 워즈워스William Wordsworth, 1770~1850의 작품을 설명할 때, 작품과 관련된 시인의 개인사와 지적인 이력, 가족, 친구, 연인, 습관, 교육, 신념 등에 대해 자세히 다룬다. 그런 뒤 다음과 같이 마무리한다. '이것으로 워즈워스의 이 작품이 가진 의미는 모두 밝혀진 겁니다.' 그러면서도 텍스트에 대해서는 일언반구도 없는 경우가 많았다. 역사주의는 문학작품을 그 자체로 연구할 만한 예술이라기보다는 역사의 산물 정도로 취급했던 것이다. 형식주의자들은 이런 태도에 반발하여 '텍스트 그 자체'도 중요하다고 주장했던 것이다.

형식주의자들은 역사주의자들이 '의도의 오류'에 빠져 있다고 주장했다. 무엇보다 작가가 어떤 의도로 그런 텍스트를 생산했는지를 정확하게 알기는 불가능에 가깝다. 이미 죽은 작가라면 물어볼 수도 없는 노릇이고, 설사 물어본다고 해도 작가가 텍스트에 담긴 의도를 모두 잘 아는 것도 아닐 뿐더러, 설사 안다고 해도 그것은 의도일 뿐이다. 텍스트가 언제나 작가의 의도대로 쓰이는 것도 아니다. 작가의 의도보다 훨씬 더 풍요롭고 복잡한 의미를 담고 있을 수 있을 뿐 아니라, 저자의 의도와 다른 텍스트가 될 수도 있다. 그러니 역사주의적인 방법을 통해 밝혀낸 저자의 의도가 작품에 대해 말해주는 것은 아주 적다.

그뿐만 아니라 독자는 자신의 경험에 따른 감정(영향)의 오류에 빠질 수도 있다. 『채털리 부인의 연인』에서도 그렇다. 사냥터지기 멜러즈의 입장에서 볼 때와 채털리 부인의 입장, 또는 클리퍼드 채털리의 입장에서 볼 때 텍스트의 의미는 아주 다르게 해석될 수 있다. 독자가 누구의 입장에서 읽느냐에 따라 정서적인 반응은 다를 수밖에 없는 것이다. 이런 식으로 누구나 자기 나름대로의 입장에서 텍스트를 읽고 모두의 해석이 옳다고 한다면 작품에 대한 평가는 지나치게 상대화되어 합리적인 평가나 논리적인 토론은 불가능해진다.

그런 문제를 해결하기 위해 형식주의 비평가들은 언어로 표현된

　문학의 죽음에 대한 소문과 진실

형식 요소인 이미지, 상징, 비유, 각운, 시점, 배경, 인물, 구성 등을 분석한다. 그리고 그 요소들이 만들어내는 구체적인 표현인 역설, 아이러니, 중의성(뜻 겹침), 긴장관계를 점검한다.

여기에서 역설은 자기모순적인 내용에 통찰력을 담는 방식이다. 쉬운 예로는 '영원한 젊음' 같은 것이 있다. 시간이 흐르면 그 무엇이든 늙어간다. 영원히 젊을 수는 없다. 모순된 표현이지만 많은 사람이 그것을 바란다. 바람이 담긴 역설이다. 일상적으로 많이 알려진 표현을 하나 더 든다면, '사라진 뒤에야 그 존재를 느낀다'와 같은 것이 있다. 『채털리 부인의 연인』에도 역설적인 표현이 있다. '젊은 치들은 오토바이를 타고 여자들과 함께 내달리거나 재즈를 춰대지만 그들 역시 죽어버린 존재요.' 즐거움조차 산업사회가 주는 대로만 받아들이는 당시 젊은이들은 '살아 있지만 죽은 존재'나 다름없다는 말이다. 아이러니는 문학에서 아주 광범위하게 쓰인다. 아이러니란 표면의 내용과 이면의 내용이 다른 경우를 이른다. 한국인이 가장 많이 쓰는 말로는 '괜찮다'가 있다. 굳이 괜찮다는 말을 한다면 괜찮지 않아서 그런 경우가 많고 '행복하다'는 말을 굳이 하는 경우도 행복하지 않은 경우가 많다.

영문학에서 가장 유명한 아이러니의 예는 제인 오스틴의 소설 『오만과 편견』 첫 문장이다. "재산깨나 있는 독신 남자에게 아내가 꼭 필요하다는 것은 누구나 인정하는 진리다." 딸 다섯을 둔 엄마가 이웃에 이사 오는 '재산깨나 있는 독신 남자'에게 접근하여 딸 하나를 그 남자에게 시집보내고 싶은 마음을 자기 욕심이 아니라

진리라고 표현하고 있다. 이어지는 문장은 이렇다. "이런 남자가 이웃이 되면 그 사람의 감정이나 생각을 거의 모른다고 해도, 이 진리가 동네 사람들의 마음속에 너무나 확고하게 자리잡고 있어서, 그를 자기네 딸들 가운데 하나가 차지해야 할 재산으로 여기게 마련이다."

아이러니는 이런 표현에도 잘 드러나지만 크게 보면 문학 자체가 아이러니 덩어리이다. 문학작품에서는 어떤 식으로든 갈등이 표현되는데 그 텍스트는 누구의 입장에서 읽느냐에 따라 아이러니가 될 수 있다. 예를 들어, 『채털리 부인의 연인』 막바지로 가면 채털리 부인이 클리퍼드 채털리를 만나 이혼해달라고 요청하는 장면이 나온다. 채털리 부인은 자신이 사랑하는 남자가 사냥터지기였던 멜러즈라고 말한다. 그때 클리퍼드는 이렇게 말한다. "당신 지금 진실을 말하고 있는 것 맞아?" 이 말은 텍스트 그대로 채털리 부인을 향한 질문이 아니다. 그동안에도 짐작하고 있었지만 인정하기 싫었다는 말이다. 채털리 부인 역시 그렇다는 것을 알고 대답한다. 이런 결말을 보면 갈등이 표면으로 떠올라 문제가 되기 전에 두 사람이 나누었던 생각이나 말들은 거의 모두가 아이러니한 것이다.

중의성은 하나의 표현에 여러 가지 의미가 담긴 표현이다. 논픽션(비문학)이라면 가능하면 이런 표현을 쓰지 말아야 한다. 그렇지만 문학에서는 텍스트의 가치를 높여주는 복잡성과 풍부함의 원천이 된다. 『채털리 부인의 연인』에는 클리퍼드를 태운 모터 의자가 지나가는 길에 '선갈퀴와 자난초 등이 덜컹거리며 지나가는 바퀴에 짓밟히고, 덩굴 좀가지풀의 작은 노란 꽃받침이 으깨어지는' 장면이 나온다. 이 묘사는 말 그대로 잡초 위로 지나가는 모습이기도 하지만 기계문명과 그것을 소유한 지배자가 아무런 자의식 없이 자연을 파괴하는 것에 대한 비난이기도 하다.

긴장은 다양한 형식 요소들과 역설, 아이러니, 중의성 같은 표현 방식을 사용하여 주제를 표현한다(말하자면 의도가 텍스트를 통해 얼마나 잘 드러나느냐 하는 것 역시 중요한 긴장이라는 것이다). 그 긴장은 대개 프로타고니스트와 안타고니스트의 갈등을 통해서 만들어진다. 이때 프로타고니스트를 주인공으로, 안타고니스트를 주인공과 갈등하는 반대자로 보는 것이 일반적이다. 그렇지만 작가가 드러내고자 하는 추상적이고 보편적인 관념을 프로타고니스트로, 물질적·상징적 실체로 드러내는 문학적 언어를 안타고니스트로 볼 수 있다. 『채털리 부인의 연인』의 경우에는 음란물로 오해받을 가능성(안타고니스트)을 무릅쓰고 자연스러운 성행위 묘사를 통해 비인간적인 산업사회에서 진정한 인간다움(프로타고니스트)을 회복하고자 하는 언어 사용으로 독자를 긴장하게 만든다. 이 작품을 둘러싸고 벌어졌던 재판들은 모두 그런 긴장의 결과였다.

그러나 재판 과정에서 오간 여러 '긍정적인 증언'은 여전히 '문학이란 무엇인가'라는 질문에 적절한 답이 되지는 못했다. 형식주의에서 분석적으로 논하는 그 모든 요소들은 문학에서만 사용되는 것은 아니었기 때문이다. '사라진 뒤에야 그 존재를 느낀다'는 역설은 잘 알려진 격언이었고, 당시 유행가 가사로 쓰이기도 했다.

아이러니 역시 뛰어난 논픽션 저작물에서도 쓰인다. 곰브리치E. H. Gombrich, 1909~2001의 『서양미술사*The Story of Art*』(원제를 그대로 번역하면 '예술 이야기'라는 뜻이다) 서론은 이렇게 시작한다. '예술은 없다. 예술가만 있을 뿐.' 멋진 비유도 마찬가지다. '유사성은 차이의 그림자.'(매트 리들리, 『본성과 양육』) 이런 예를 보면 과학책이라고 해서 중의적인 표현이 없는 것도 아니고, 긴장을 보이지 않는 것도 아니다. 어떤 식으로 설명하든 어떤 내용이든 책으로 출간될 필요가 있다면 대개는 '새로운 요소'를 담고 있지 않은 경우는 드물기 때문이다. 새 저작물은 유효기간이 지난 과거의 지식을 업데이트한다. 역사주의나 형식주의가 주장했던 문학적인 속성들은 비문학에서도 얼마든지 발견되는 것이었다.

문학을 이해하기 위해 사용된 이 두 가지 이론은 '글로 쓰인 모든 것'에 적용된다. 그리고 이후 어떤 문화 분석에든 당연히 적용되는 기초적인 사고방식으로 자리매김한다. 어떤 텍스트든 그것이 생산된 맥락을 이해하면 좀더 정확한 해석이 가능할 것이고, 아이러니와 같은 표현 형식에 익숙하다면 이면의 의미까지 읽어낼 수 있기 때문이다.

# 2. 문학의 죽음에 대한 소문

지금까지 1960년대 초반에 있었던 『채털리 부인의 연인』과 관련
된 재판 과정을 통해 당시 사람들이 생각한 문학의 모습을 짚어보
았다. 독자에 따라서는 단순명료한 답을 얻고 싶을지 모르겠다. 그
러나 그런 답은 없다. 문학과 관련된 최고의 전문가들이 참여하여
논의했음에도 불구하고 확인된 것은 그들 모두가 문학에 대해 조
금씩 다른 의견을 가지고 있다는 것뿐이었다. 그런데 그 복잡한 논
의 과정을 지켜보았던 배심원들은 '하여튼 『채털리 부인의 연인』
은 문학'이라고 판단했다. 그들도 문학이 무엇인지 설명하기는 불가
능했겠지만 하여튼 그 작품은 문학이라고 결정했던 것이다.

## 논픽션은 없다

앞에서도 잠깐 다루었지만 문학의 특성은 비문학에서도 발견된다. 그건 당연한 일이다. 인간이 쓴 글은 모두가 픽션이다. 논픽션이 사실을 다룬다고 하지만 우리는 사실을 그대로 인식할 수가 없다. 같은 것을 보아도 사람마다 다르게 보고 다르게 해석할 뿐 아니라 나름대로의 어법으로 글을 쓴다. 그 과정에서 개인적인 상상력이 작동하지 않는 경우는 없다. 그러니 문자 그대로의 논픽션은 희망 사항일 뿐 실현 가능한 것이 아니다. 차이가 있다면 태도와 형식이다. 상상력보다 사실에 좀더 무게를 두고 쓴 글이 논픽션이다. 픽션과 논픽션의 관계는 주관과 객관의 관계와 같다. 말 그대로의 객관이란 있을 수 없다. 언제 어디서나 주관이 작동하기 때문이다. 우리는 객관적이려고 노력할 수 있을 뿐이다.

'문학이란 무엇인가?'에 대한 답은 유명한 문학이론서에서도 찾을 수 없었다. 길고 복잡한 설명이 있었을 뿐이다. 테리 이글턴Terry Eagleton, 1943~ 의 『문학이론입문Literary Theory: An Introduction』(1983)을 보면 서론의 제목이 '문학이란 무엇인가?'이다. 저자는 24페이지에 이르는 긴 설명 끝에 이렇게 말한다.

문학에 대한 가치판단은 역사적으로 변해온 것이며 그 가치판단도 당대의 사회적 이데올로기와 밀접한 관련이 있다. 그리고 이 결론을 검증하기 위해서 영국 문학이 시작되는 시절부터 짚어보자.

말할 것도 없이 이런 결론은 문학이란 무엇인가에 대한 직접적인 답이 아니다. 그는 한 장이 끝날 때마다 다음 장으로 이어지는 역사의 징검다리를 건넌다. 문학이란 무엇인가에 대한 답으로 문학이론의 역사를 탐구하는 것이다. 공감이 가는 방식이다. 그게 무엇이든 그 정체를 알 수 있는 가장 좋은 방법은 그것의 역사를 짚어보는 것이다. 예를 들어 경제학이 무엇인지 잘 알고 싶다면 경제학의 역사를 공부하는 것이 좋다. 그러고 보면 490쪽

로만 야콥슨의 모습이다.[1]

에 이르는 책 전체가 문학이란 무엇인가에 대한 답인 셈이다.

테리 이글턴의 저작물보다 14년 늦게 출간된 조너선 컬러 Jonathan Culler, 1944~의 『문학이론*The Literary in Theory*』(1997)에도 비슷한 질문이 나오기는 한다. 그러나 그는 '문학이란 무엇인가라는 질문이 중요한가?'라고 묻는다. 그런 쓸데없는 질문은 그만두자는 것이다. 문학의 특성은 비문학에서도 발견되기 때문이다. 재미있는 예를 하나 들어보자. 유명한 문학이론가인 로만 야콥슨Roman Jakobson, 1896~1982은 언어의 시적 기능을 설명하면서 서정시가 아

1    이미지 출처: Raulelgreco, CC BY-SA 4.0, via Wikimedia Commons

니라 아이젠하워의 대통령 선거운동 슬로건을 예로 들었다. '나는 아이크가 좋아I like Ike'가 그것이다. 기가 막히는 문장이다. 좋아하는 대상(Ike, 아이젠하워의 애칭)과 좋아하는 주체(I)가 행동(like)을 통해 하나가 된다. 언어구조를 통해 '나는 아이크를 좋아할 수밖에 없다'고 주장한다. 이처럼 긴밀한 구조를 활용함으로써 얻을 수 있는 언어의 효과는 문학에만 한정되는 것이 아니다. 그러니 문학과 비문학을 구분하기 위해 규정할 필요가 없다.

이것이 현대의 문학이론이 내린 결론이다. 문학이란 무엇인지 규정하지 않아도 우리는 문학을 잘 다루고 있지 않은가.

또다시 15년이 지난 뒤에 출간된 폴 프라이Paul H. Fry, 1944~의 『문학이론Theory of Literature』(2012)을 보면 그 질문은 더이상 전면에 등장하지 않는다.

미학을 공부해보아도 마찬가지다. 예술이란 무엇인가? 아름다움이란 무엇인가? 이런 질문에 제대로 답할 수 있는 사람은 없다. 그래도 우리는 문학은 문학으로, 예술은 예술로, 아름다움은 아름다움으로 경험할 수 있다.


## 어떤 문학이 죽었다는 말인가?

오늘날에도 여전히 '문학이론'에 관한 책이 출간되는데, 문학이 죽었다니, 말이 되는가? 게다가 우리는 여전히 문학을 즐기고 있다. 그런데 1960년대에 문학이 죽었다고 말한 '이론가'가 등장했다. 철학자이며 비평가인 미셸 푸코와 롤랑 바르트이다. 그들의 생각을 알아보기 전에 먼저 **문학은 무엇이었던가**를 짚어볼 필요가 있다.

문학은 원래 지배층의 소유물이었다. 동서양이 다르지 않았다. 고전Classic이라는 말은 고대 그리스 로마의 '작품'을 이르는 말이었다. 고대 그리스 로마의 기술은 대단히 발달했지만 그저 신비로운 현상을 만들어내는 데 쓰였을 따름이다. 예를 들면 기원전 2세기경 고대 그리스 시절에도 증기기관을 만들 수 있는 지식은 있었지만 만들 생각은 없었다. 힘든 일은 노예들에게 시키면 되니까 굳이 골머리를 썩이며 기계를 발명할 필요가 없었을 것이다. 마찬가지로 문학 역시 대개의 경우 지배층에 의한, 지배층을 위한 것이었고, 지배층의 가치를 담은 지배층의 언어로 쓰인 것이었다. 글을 읽고 쓰는 것은 쉽지 않은 일이었기 때문에 지배층이라 해도 독서가는 많지 않았다.

이후 변함없이 그랬다. 산업혁명기에 들어서 독서 대중이 등장하면서 상황이 변하기 시작했다. 18세기에 들어서면서 문인들은 소설도 문학일 수 있는지 심각하게 고민했다. 아직 픽션과 논픽션의 경계가 없었을 때다. 신문기사도 소설이라고 했으니. 픽션이라는 낱말의 의미도 18세기 말에서 19세기 초에 들어서야 긍정적으로 바뀐다. 그 이전에는 날조된 이야기라는 부정적인 의미가 강했다. 그러다가 삶에 대한 통찰과 창조적인 상상력으로 쓰인 것으로 바뀌었다. 위대한 과학적 발명이나 발견에 대한 설명과 달리 영혼을 감동시키는 삶의 가치와 인간에 대한 통찰이 담긴 장르가 된 것이다.

사용하는 언어의 문제도 있었다. 이전의 문학은 지배층의 언어(예를 들면 표준영어King's English나 라틴어)로 쓰인 '진지한' 글이었다. 그것을 무너뜨린 큰 사건이 18세기 말에 일어난다. 워즈워스와 콜리지Samuel Taylor Coleridge, 1772~1834의 시집인 『서정시집Lyrical Ballads』(1798)의 출간이다. 워즈워스는 제2판의 서문에서 이렇게 말했다. "최고의 주제는 일상이고 최고의 언어는 일상어이며 그 일상에서 느끼는 감정이 다른 어떤 형식적 요소보다 중요하다." 워즈워스가 말한 일상과 일상어, 감정은 주로 중하층민의 것이었다. 실제로 그의 시를 읽어보면 현대인도 이해하기 어렵지 않다. 아주 쉬운 말로 일상의 감정을 노래하고 있기 때문이다(실제로 작품을 느껴보고 싶다면 「우리는 일곱We Are Seven」을 찾아 읽어보기 바란다. 대표적인 작품이라 인터넷에서 검색하면 번역된 것만이 아니라 영어로도 볼 수 있다). 이런 워즈워스의 영향력은 매우 컸다. 바로 앞 세대 문인이었던 새뮤얼 존슨Samuel Johnson, 1709~1784의 말을 빌리면 문학은 이미 글을 깨친 대중을 위한 것이 되어가던 시기였다. 사회는 워즈워스의 생각을 받아들일 준비가 되어 있었던 것이다.

일상의 감각이 담긴 중하층민의 언어가 건강하다는 사고방식은 백 년도 더 뒤에 쓰인 D. H. 로렌스의 『채털리 부인의 연인』에도 강하게 드러나 있다. 사냥터지기 멜러즈는 표준영어를 잘 알면서도 굳이 중하층민이 쓰는 사투리를 사용한다. 지배층의 일원인 채털리 부인의 언니, 힐더는 그 말이 어색하게 들린다고 지적한다. 그러자 멜러즈는 더비 사투리를 쓰는 이곳에서는 당신네들의 표준말이

어색하게 들릴 것이라고 통박한다. 작가는 작품 속에서 '자연스럽고 창조적인 삶'을 중하층민의 '건강한 언어'를 통해 표현하려 했던 것 같다. 그런 점은 성행위를 묘사하는 장면에서 더욱 두드러진다. 작가 입장에서 보면 건강한 언어를 사용한 것이 문제가 된 셈이다. 그에게 언어는 감각 경험과 서로 맞닿아 있는 것이어야 했고, 지성은 그런 감각 경험의 결과일 뿐이었다. 말하자면 생각이란 꽃향기를 맡는 것과 비슷하다. 그런 언어가 산업혁명을 거치면서 병들었다는 것이다.

문학이 지배층의 소유물이었다는 점은 동양에서도 마찬가지였다. 오랫동안 문이재도文以載道라는 사고방식이 상당히 일반적으로 퍼져 있었는데, 이는 글[文]에는 (지배층에게) 가치 있는 내용[道]을 담아야 한다는 문학관이었다. 그러다 명나라 말기의 문인인 원굉도袁宏道, 1568~1610가 개성과 감정이 담긴 글을 써야 한다고 주장하면서 많은 양의 글을 남겼다. 오늘날 한국에서도 번역서를 찾아볼 수 있는 『원중랑집袁中郎集』(전10권)이 바로 그것이다. 원굉도의 문학은 18세기 조선의 지식인들에게 깊은 영향을 미쳤다. 그의 작품이 조선에서 인기를 끌면서 지식인들은 '성인의 도'가 아니라 개인의 감상을 글에 담기 시작했다. 박지원의 『열하일기』가 대표적인 작품이다. 이후 백화문으로 쓰인 수호지나 금병매 같은 소설이 인기를 끌고 개인적인 감상을 글로 쓰는 것이 유행처럼 번지자 정조正祖(재위: 1776~1800)가 제동을 걸었다. 그게 문체반정이다. 한마디로 정리하자면 이런 것이다. 개인적인 생각이나 감정을 담은 글은 권위를 부정하게 되기 때문에 체제 유지에 위험하다. 그러니, 그런 글을 읽고 쓰는 것을 금지하고 성인의 도를 담은 바른[正] 글만 읽고 쓰게 만들겠다는 것이었다. 그 지독한 사상 통제 기획은 성공했고 이후 개인적인 생각이나 개성을 드러내는 글은 거의 모두 사라졌다. 정조가 자유로운 사상이 꽃필 수 있는 싹을 모조리 잘라버렸던 것이다.

한국의 경우 에세이라 부를 만한 글이나 소설(픽션)은 일제강점기 이후 근대화 과정에서야 등장한다. 유럽의 문학 형식과 내용, 사상이 일본을 통해 수입된 이후다. 지금 우리가 누리고 있는 문학은 그렇게 시작되었다. 유럽의 경우를 참고하지 않을 수 없는 이유다. 다시 유럽으로 돌아가자.


## 값싼 교양교육 도구로서의 문학

19세기에 문학이 발달하게 된 이유 가운데 가장 큰 것을 꼽으라면 종교의 실패라고 말할 수 있다. 종교는 그 이전까지 훌륭한 사회적 접합제 역할을 수행했다. 교리는 사회의 여러 계층을 위해 융통성 있게 변형, 제공되었으며 이미지와 상징, 습관과 제의를 통해 사람들의 정서와 경험에 깊이 뿌리내렸다. 그럼으로써 매우 효과적으로 이데올로기를 통제하고 질서의식을 내면화시킬 수 있었다.

그러나 종교의 미신적 요소를 지적하고 깨뜨리는 과학의 발견과 산업혁명으로 인한 사회구조의 변화에는 제대로 대응하지 못했다.

지역공동체는 뿌리뽑혔고 도시로 밀려난 농민들은 임금노예 상태가 되었다. 새로운 지배계급으로 등장한 부르주아는 사물을 물신화하고 인간관계를 노동 상품으로 취급했다. 이에 노동계급은 투쟁적으로 항거했고 혁명적인 상황이 되풀이되었으며 정부는 이를 잔혹하게 진압했다. 그러나 어느 사회든 법집행만으로 질서를 유지하는 것은 불가능하다. 다양한 계급을 아우르고 질서의식을 내면화할 수 있게 해주었던 종교를 대체할 무엇인가가 필요했다. 그 자리를 문학이 차지할 수 있었던 이유가 있었다.

무엇보다 칸트Immanuel Kant, 1724~1804 이후 아름다움[美]에 대한 감각은 진리와 도덕을 통해 합리성을 추구하는 이성과 똑같이 중요한 것이 되었다. 다른 효용성 없이 단순히 미적인 경험이 존재한다는 생각은 예술을 그 자체로 숭배의 대상이 될 수 있게 만들었던 것이다. 예술은 지저분한 세속적인 의도와 목적이 없는, 스스로가 목적인 존재가 되었다. 합리적으로 증명할 필요가 없었기 때문에 절대적이었을 뿐 아니라 구체적인 사건을 다루는 만큼 다양한 해석이 가능했다(성경의 서술 방식도 매우 그렇다). 당연히 신학자들의 교리문답처럼 작품을 해설하는 평론가들이 필요했고, 그들은 작가를 신비화하는 방식으로 들러리를 섰다. 그런 의미에서 20세기 초반까지도 평론가는 문학작품의 주변인에 불과했다.

그 결과 셰익스피어의 작품들은 인간에 대해 보편적인 통찰을 보여주는 최고의 예술작품으로 치켜세워졌고 계급을 초월한 영국인 모두에게 자랑스럽게 받아들여지는[2] 걸작이 되었던 것이다. 그러나 그런 평가는 그 시대의 필요에 맞춘 것임이 나중에 밝혀진다.

1985년 영국 서섹스대학의 조너선 돌리모어Jonathan Dollimore, 1948~와 앨런 신필드Alan Sinfield, 1941~2017가 공동 편찬한『정치로 본 셰익스피어Political Shakespeare』(1994)에 따르면 셰익스피어 작품들은 인간 본성에 대한 위대한 통찰이 아니라 당대의 정치사회적인 상황을 보여주는 시대의 거울이었을 따름이다. 미적인 경험을 위해 쓰인, 보편적인 가치를 지닌 목적 없는 예술이 아니었던 것이다.

두번째 이유는 다양한 효용성이었다. 문학은 인간을 교화하는 내용을 담을 수 있을 뿐 아니라 정치적 아집과 극단적인 이데올로기에 효과적인 해독제가 될 수 있었다. 문학은 내전이나 여성에 대한 억압, 공동체의 붕괴, 토지에서 내몰리는 농민들의 문제들처럼 '사소한 사건'들보다 보편적인 인간의 가치를 다루었기 때문에 그런 문제를 잊게 만들 수도 있었다. 그런 사고방식은 다음과 같은 말에 너무나 잘 드러난다.

하층계급에게 소설책 몇 권을 던져주지 않는다면 그들은 그만큼 바리케이드를 쌓음으로써 반항할 것이다.[3]

또 스스로는 짧은 교육과 긴 노동시간 때문에 문학작품을 만

---

2    셰익스피어 연극은 여왕에서부터 최하층민들까지 함께 관람했다고 전해진다.
3    테리 이글턴, 김현수,『문학이론입문』, 인간사랑, 2001(p.60)

들 수 없지만, 자신의 동족이 뛰어난 걸작품을 만들었다는 생각에 즐거움을 느낄 수도 있었다. 이는 결과적으로 모든 계급을 아우르는 동포의식을 증진할 수 있었다. 게다가 궁핍해진 민중들은 생활 여건을 개선하려고 노력하는 대신에 『오만과 편견』과 같은 작품을 통해 풍성한 삶에 대한 대리만족도 가능했을 것이다. 이런 분위기가 아니었다면 제인 오스틴의 케이스북[4]이나 에즈라 파운드Ezra Pound, 1885~1972의 수험생용 입문서가 그렇게 많이 만들어질 수 없었으리라.

문학이 제도화되기 시작한 곳은 종합대학이 아니라 공업학교 Mechenics' Institutes, 노동자를 위한 단과대학, 순회 공개강좌였다는 사실은 의미심장하다. 문학은 질좋은 교육을 받지 못하는 사람들에게 값싼 교양교육의 도구였던 것이다.

---

4    특정 작가에 대한 비평문을 모아놓은 비평 선집.

# 3. 프랑스 문학

조금 더 자세히 들여다보자. 근대문학은 누가, 누구를 위해, 어떻게 쓰이기 시작했을까? 현대인의 삶과 직접 관련이 있어서 '읽을 만'하고 미적 감각으로 볼 때도 아주 어색하거나 낯설지 않은 작품은 대충 1830년대에 등장한다. 물론 학자들에 따라서 여러 가지 다른 답을 내놓을 것이고, 그 나름대로 이유가 있겠지만 나는 아르놀트 하우저Arnold Hauser, 1888~1966의 견해에 동의한다. 근대문학은 19세기 초반, 1830년쯤에 시작되었다는 것이다.

역사를 공부해보면 오늘날 우리의 삶과 비슷한 '현대의 시작'에 대한 '견해'를 접하게 되는데, 많은 학자들이 1830년대를 꼽는다. 프랑스의 경우, 1789년 혁명 이후 테르미도르 반동으로 제1공화정이 몰락하고 나폴레옹의 '통령' 체제를 거쳐 황제정으로 이어진다.

혁명의 정신이나 효과를 전면 부정하거나 없애려고 한 것은 아니지만 나폴레옹은 통치 시스템에 관한 한 보수반동의 길을 걸었던 것이다. 나폴레옹이 몰락한 뒤에는 부르봉 왕가가 복귀하여 혁명의 효과를 말살하려 했지만, 불가능했다. 사회를 지탱하는 경제적인 기반이 자본주의 체제로 변하고 있던 큰 흐름을 막을 수는 없었던 것이다. 오히려 1930년 7월혁명의 빌미가 되어 구체제의 마지막 숨통을 완전히 끊어버리는 결과를 가져왔다.

이는 물론 프랑스 역사다. 그러나 유럽대륙에서 프랑스의 영향력은 대단히 막강했다. 대부분의 지배층은 프랑스어를 사용했다. 러시아의 경우에는 귀족들이 프랑스어를 모국어로 사용했을 정도다. 러시아어를 아예 모르는 귀족도 많았다. 조선시대에 한문으로 자료를 기록했던 것보다 더 심했다. 게다가 독일은 1871년에, 이탈리아는 1860년경에야 통일국가로서의 모양을 갖추게 된다. 유럽의 문화뿐만 아니라 정치경제의 중심도 프랑스였던 것이다. 프랑스혁명에 온 유럽이 깊은 관심을 보인 것도 그 때문이다. 영국 역시 7월혁명의 영향을 받아 1832년에는 선거법을 개정했는데, 그 과정에서 선거권을 얻지 못한 노동자들은 차티스트운동을 시작한다. 본격적인 사회 변화가 시작된 것이다.


## 구체제의 숨통을 끊고 시작되다

프랑스의 경우, 1789년 프랑스대혁명 이후 나폴레옹 황제가 등극

했다가 몰락하고 부르봉 왕가가 다시 정권을 잡았다. 그 왕정은 시민혁명에 의해 다시 무너졌다. 1830년 7월혁명으로 시민왕정이 시작된 것이다. 왕으로 옹립된 루이 필리프 1세Louis Philippe I, 1773~1850는 부르봉과 오를레앙 왕가의 혈통이었지만 그의 삶은 좀 달랐다. 아버지인 루이 필리프 2세Louis Philippe II, 1747~1793부터 스스로 귀족임을 부정하고 자신의 이름을 평등한 자, '필리프 에갈리테Philippe Égalité'로 바꾸었으며, 아들인 루이 필리프 역시 평등한 자의 아들이라는 뜻의 '에갈리테 피스Égalité fils'라 불렸다. 그는 자코뱅당에 가입한 적도 있었고 왕족답지 않게 궁핍하게 살기도 했다.

그 시민왕정은 1830년에 시작되어 2월혁명이 일어나는 1848년까지 지속되었다. 2월혁명의 원인은 루이 필립 역시 왕족의 한계를 넘지 못한 데에 있는 것 같다. 대혁명 이후 강화된 시민의 권리의식과 변화의 열기를 수용하지 못했고, 산업과 금융 자본가와 같은 상층 부르주아계급의 이익을 주로 대변했던 것이다. 그 결과 급증한 도시 노동자와 하층 부르주아지의 저항을 불러일으켰다. 그러나 2월혁명 이후에 수립된 두번째 공화정도 오래가지 못했다. 대통령으로 선출된 나폴레옹 3세가 다시 쿠데타를 일으켜 두번째 황제정을 시작했다. 발자크가 죽은 이듬해에 일어난 일이다. 19세기 프랑스는 정치적으로 급격한 변화를 겪기는 했지만 부르주아 중심의 사회체제로 변화하는 큰 흐름에는 적응하는 수밖에 없었다.

1830년대가 시작될 때쯤에는 부르주아지가 권력을 장악했고 귀족은 역사의 무대에서 거의 사라졌다. 루이 필립이 왕이 된 뒤 은

행가이자 정치가였던 라피트Jacque Laffitte, 1767~1844는 이렇게 예언했다. '이제부터 은행가가 지배할 것이다.' 또 몇 년이 지난 뒤 한 의원은 이렇게 말했다. '어떤 사회든 귀족 없이는 유지될 수 없다. 7월 왕정의 귀족은 대기업가들이다.' 이런 에피소드들은 부르주아지들이 자신의 시대가 도래했음을 잘 인식하고 있었다는 것을 말해준다. 이들은 승리자로서 새로운 시대를 이해하고 통치해야 하는 책임을 맡게 된 것이다.

노동자계급의 투쟁도 시작되었지만 아직은 그 힘이 약했다. 그때까지는 프롤레타리아트가 귀족에 대항하는 평민계급이라는 입장에서 부르주아지의 편에 서 있었다. 이들은 1830년대 이후에야 자신들의 권리를 쟁취하기 위해 다른 계급에게 아무것도 기대해서는 안 된다는 사실을 알게 된다. 1831년에는 리옹시에서 최초로 잘 조직된 실크 공장 직공들의 봉기가 있었고, 파리의 1832년 6월봉기도 그런 자각에서 일어난 것이었다. 이 봉기에 참가한 사람들 2/3가 노동자였고, 1/3이 자영업자와 점원이었다. 그 민중봉기는 참담한 실패로 막을 내렸다. 말이 나온 김에 짚고 넘어가자면, 이 6월봉기는 빅토르 위고Victor Hugo, 1802~1885의 『레미제라블Les Misérables』(1862)에서 영웅적으로 묘사된다. 생드니거리에 설치된 바리케이드 장면에 소설의 주요 인물들이 대부분 등장하고 그곳에서 여러 명이 죽는다. 그러나 이 소설이 등장하기까지는 30년이 더 지나야 했다.

당시는 귀족에 대한 부르주아의 투쟁을 포함한 계급투쟁이 되풀이되며 혼란스러운 시기였다. 산문을 쓰는 사람들이라면(꼭 소설가만 그런 것이 아니라) '새로운' 사회 현실과 사회심리학적 메커니즘을 연구하지 않을 수 없었다. 그랬기 때문에 문학적 재능은 정치경력의 전제 조건으로 간주되고, 정치적 영향력이 문필 활동의 대가로 주어지기도 했다.

## 사실주의, 대중의 삶에 대한 연구

발자크가 대략 10년 동안의 방황 끝에 내놓은 답이 이런 사회의 요구가 반영된 리얼리즘 소설이었다. 그는 1831년에 출간된 『나귀 가죽La Peau de chagrin』(1831)[1]을 시작으로 거대한 연작 시리즈인 〈인간극La Comédie humaine〉을 구상했다. 137편에 달하는 이 연작에는 소설도 있고 에세이도 있지만, 이 작품들은 세 가지 범주로 나뉜다 (발자크 자신의 구상).[2] 풍속 연구, 철학 연구, 분석 연구가 그것이다. 발자크에게 자신의 글은 형식과는 상관없이 당대 사회에 대한 '연구' 결과였던 것이다.

---

1 나귀 가죽은 마법의 가죽이다. 거기에는 산스크리트어로 이렇게 쓰여 있다. "나를 가지면 네가 원하는 모든 것을 얻을 수 있다." 그러나 조건이 있다. 소원을 하나 이룰 때마다 가죽의 크기가 줄어든다. 그만큼 소유자의 목숨도 줄어든다. 이루어진 욕망의 크기만큼 목숨도 줄어드는 것이다. 이는 중의적인 표현이기도 하다. '슬픔이 갉아먹는 목숨'이라는 뜻도 된다. 그래서 번역되면서 작품 제목이 혼란을 겪었다. '마법의 가죽', '욕망의 노예', '죽음의 게임', '치명적인 욕망', '숙명의 가죽'과 같은 것이었다.
2 91편의 작품과 46편의 미완성 작품으로 이루어졌다. 미완성 작품 가운데에는 제목뿐인 것도 있다.

문학의 죽음에 대한 소문과 진실

그는 이 작품들을 '사실적으로' 쓰기 위해 소설의 무대가 되는 곳을 방문하거나 작중인물의 모델이 될 만한 사람들을 찾아 인터뷰했다. 집의 외관, 마을의 지형, 인물들의 거동, 목소리와 외모의 미세한 차이를 묘사하기 위해 필요한 수고를 조금도 아끼지 않았던 것이다. 그만큼 그는 그 시대를 있는 그대로 보여주고자 애썼다. 사실적인 작품을 통해 독자들에게 사회문제를 제시하고 그 문제에 대한 해결책을 함께 생각해볼 수 있게 했다. 발자크 자신은 귀족들에게 깊이 공감했지

『나귀 가죽』의 타이틀 페이지의 삽화다. 1897년에 출간된 책에 실렸던 것으로 19세기 후반에 주로 활동했던 화가인 아드리앵 모로(Adrien Moreau, 1843~1906)가 그렸다.

만 취재하고 연구하여 사실대로 쓴 글에는 그들을 적에게 팔아넘기는 내용이 담겼다. 꽤나 반동적인 세계관을 지녔음에도 불구하고 다른 누구보다 객관적으로 서술하려고 노력했던 것이다. 리얼리즘은 작가의 취향이나 사고방식이 아니라 사회문제와 모순을 구체적으로 그려내는 것이었다.

그렇다는 것을 발자크 스스로도 잘 알고 있었고 그것에 대해 설명해야 한다고 느꼈던 모양이다. 그는 〈인간극〉의 첫번째 작품인 『나귀 가죽』 서문에서 작가와 작품은 아주 다르다는 것을 장황하게 설명한다. 그런 괴리는 훗날 자연주의 소설가인 플로베르Gustave

당시 최고의 캐리커처 화가였던 나다르(Nadar, 1820~1910)가 1850년에 그린 발자크의 모습이다.

Flaubert, 1821~1880와 상징주의 시인인 랭보Arthur Rimbaud, 1854~1891에게서 극단적으로 드러난다.

발자크는 시대의 증인이 되고자 했던 것 같다. 이전의 작가들이 무시했던 당대의 혼란스럽고 불안한 일상의 세세한 부분에 집중했다. 취재와 연구를 바탕으로 '사실적으로' 쓰인 그의 작품에서 줄거리나 결말은 중요하지 않다. 이야기가 전개되는 과정에 등장하는 수많은 사람들의 삶과, 그 삶의 환경과 그들의 감정과 생각이 그 시대를 이해하는 데 중요한 자료가 된다. 토마 피케티 Thomas Piketty, 1971~의 『21세기 자본Le Capital au XXIe siècle』(2013)에는 『고리오 영감Le Père Goriot』(1835)이 22번이나 나온다. 과거와 현재의 자본주의 사회 변화를 비교하려면 19세기 초반의 자본주의 시작단계 통계가 필요한데, 그 부족분을 『고리오 영감』에서 채운 것이다. 충분하지는 않았겠지만.

발자크가 격변하는 시대를 이해하기 위해 자신의 취향이나 사고방식, 이전 작가들에게서 배운 방식을 배제하고 사회를 직접 조사·연구하여 사실 그대로 써내려고 노력한 데는 새로이 등장한 대중 독자의 영향력도 무시할 수 없다. 이런 리얼리즘 소설의 관찰 대상과 관점은 부르주아지가 필요로 했던 정치적 관심에 전적으로 부응하는 것이었다. '연구' 결과로서의 소설은 당시 사회를 완전히 지배하려는 이 새로운 지배계급에게 교과서 같은 것이 되었다. 당시 독자들은 부르주아지가 전부였고, 프롤레타리아트는 거의 없었다.


## 신문연재소설로 대중과 호흡하다

그런 관점에서 보면 1836년에 창간된 〈라 프레스La Presse〉는 매우 중요한 역사적 사건이었다. 이 신문은 연간 구독료를 다른 신문의 절반 값으로 낮추고 나머지는 광고 수입으로 충당했다. 구독자 수는 급증했고, 다른 신문들 역시 〈라 프레스〉를 따랐다. 신문들은 광고를 수주하기 위해서 지면을 독자들이 매력을 느낄 만한 다채로운 읽을거리로 채워야 했다. 이때부터 신문이 부르주아 가정의 작은 백과사전 노릇을 하게 된다. 당연히 흥미 위주의 기사들도 많이 실렸는데, 가장 인기 있는 것은 연재소설이었다.

필자만 해도 그런 기억이 남아 있다. 어린 시절에 대문간에 배달된 종이신문을 가지러 나가고는 했는데, 집어든 그 자리에서 연재소설을 찾아 읽었다. 어제 치 이야기 이후가 너무나 궁금했기 때문이다. 이런 신문의 연재소설 시스템은 작품의 질을 떨어뜨리는 요인이 되기도 했다. 정해진 원고량 안에서 어느 정도 기승전결을 거쳐야 하면서도 다음 회를 기다리게 만들어야 했기 때문이다. 그러려면 늘 과장되고 극적인 이야기 전개가 필요하다. 한 회 한 회를 그렇게 써나가다보면 임기응변적인 서술 방식을 사용하게 되고, 끝없이 터지는 극적인 사건 때문에 등장인물의 성격 묘사나 줄거리 전개에 모순되는 경우가 생긴다. 그러다보면 복선을 설정하고 자연스럽게 전개되는 동기를 설정하기가 어렵다. 장면 전환이나 등장인물의 변화가 억지스러워질 수밖에 없는 것이다. 가끔은 제대로 소개된 적도 없는 등장인물이 갑자기 튀어나오기도 한다. 그래서 그 당시 연재소설 스타작가들의 작품이 오늘날에도 살아남아 읽히는 경우는 아주 드물다.

발자크는 대략 10년 동안 한 해에 한 편의 소설을 연재했다. 발자크의 소설에서도 그처럼 '이상한 전개'가 자주 발견되는데, 아마 그 때문일 것이다. 연재소설은 경제적인 문제에서 해방될 수 있을 정도로 원고료가 많았다(한국에서도 그랬다). 빚쟁이들을 피해 도망 다녀야 했던 발자크로서는 신문연재가 가져다주는 수입을 외면할 수 없었을 것이다.

신문연재소설이 부정적인 영향을 미친 것만은 아니다. 연재소설의 인기 덕분에 문학은 처음으로 한 사회의 교양층 거의 모두에게 공인받으며 통일된 사회 감각을 만들어냈다. 예를 들면 외젠 쉬 Eugene Sue, 1804~1857는 『파리의 비밀Les Mystères de Paris』(1842)을 통해 사회적 약자에 대한 깊은 관심을 보여주었다. 자본주의의 횡포를 비판하고 '고귀한 노동자'에게 열광하는 내용이다. 주인공은 파리의 노동자로 변장한 독일의 대공(작은 독립국의 통치자)으로, 현대의 슈퍼맨 같은 캐릭터이다. 그가 곤경에 처한 중하층민을 구해주는 이야기가 이어지고, 그 과정에서 역시 사실주의적인 수법이 동원된다. 가난하고 소외된 사람들을 절절히 묘사했던 것이다. 그런 장면들이 당시 사회제도를 비판하는 역할을 했고, 독자들은 자기도 모르는 사이에 사회주의적 경향을 가지게 되었다. 이 소설은 연재하는 동안에도, 책으로 출간된 뒤에도 엄청난 인기를 누렸다. 1848년의 2월혁명을 일으킨 사회주의 지도자들의 사고방식에도 깊은 영향을 미쳤다. 외젠 쉬가

1835년 외젠 쉬 초상화. 바르비종파 화가인 프랑수아가브리엘 르폴(François-Gabriel Lépaulle, 1804~1886)이 그렸다.

1950년에 파리에서 입법의회 의원으로 선출되었을 정도다.

물론 안토니오 그람시Antonio Gramsci, 1891~1937가 지적했던 것처럼, 이런 식의 영웅에 대한 대중의 열광이 파시즘의 뿌리가 되었으리라는 점도 기억해두어야 할 것이다. 마르크스 역시 이 소설을 비판했다. 사실realities을 너무 단순화했기 때문에 진실에 이를 수 없었다는 것이다. 초상화가 아니라 캐리커처를 그린 셈이다. 영웅주의가 아니라(말하자면 지배층 몇몇의 자비나 선의가 아니라) 사회체제를 바꿈으로써 저절로 해결되어야 할 문제라는 것이다.

그러나 외젠 쉬나 발자크의 소설이 엄청난 인기를 누림으로써 독자들이 문학을 그 사회의 거울로 받아들이게 되었다는 점을 부

정할 수는 없다. 문학작품을 평가할 때 당대의 사회문제와 관련시키는 것을 '상식'이 되게 만든 것이다. 이런 식으로 서구의 문학은 (철학도 그랬지만) 부르주아지의 끊임없는 자기반성의 전통으로 자리잡게 된다.

## 작품은 새로운 독자들에 의해 다시 쓰인다

이런 관점에서 보면 스탕달Stendhal, 1783~1842의 소설을 발자크와 나란히 리얼리즘 소설의 시조로 대접하는 것은 쉽게 동의하기 어렵다. 이 평가는 아마도 19세기 말에서 20세기 초에 활동했던 문학사가인 귀스타브 랑송Gustave Lanson, 1857~1934의 의견을 그대로 답습한 것이 아닌가 싶다. 랑송은 스탕달의 작품이 발자크의 〈인간극〉 전체와 맞먹는 선구적 가치가 있다고 주장했다.[3]

현대의 평론가들도 그의 소설이 '역사' 그 자체라고 소개한다. 리얼하다는 것이다. 개인의 삶과 역사가 모여 거대한 흐름을 만든다는 점에서 보면 틀린 말이 아닐 것이다. 그러나 그의 작품은 사소설私小說에 가깝다.

『적과 흑Le Rouge et le Noir』(1830)의 주인공인 쥘리앵 소렐은 어디에서도 자신의 고향을 찾지 못한다. 이 주제는 스탕달의 다른 작품

---

3   『적과 흑』(문학동네)의 해설을 보면 여전히 스탕달에 대한 랑송의 찬사를 인용하고 있다.

에서도 형태만 다르게 변주되어 나타난다. 똑똑하고 야심에 찬 하층계급의 젊은이가 교육을 통해서 자신의 뿌리와 단절된 뒤의 운명을 그린다. 그런 모습은 스탕달이라는 필명으로 소설을 썼던 앙리 벨(Henri Beyle, 스탕달의 본명) 자신의 일생과 매우 닮은 것이었다. 그가 그려낸 당대 현실은 그처럼 주관적인 포착과 분석이었다. 그랬기 때문에 작가 자신도 "내 소설은 백 년 후의 독자들이나 이해할 것"이라고 썼을 것이다. 당대의 독자들이 이해할 수 없는 리얼리즘 소설이라는 것이 가능한가? 작품에는 사변적인 설명도 많다. 에밀 졸라Émile François Zola, 1840~1902는 그 점을 비판했다. 스토리 전개도 그럴듯하지 않을 뿐 아니라, 작가의 목소리까지 자주 등장하여 이야기 흐름을 방해한다는 것이었다. 아무래도 보편적인 의미에서 리얼리티를 드러내는 작품은 아니라고 읽을 수밖에 없다.

분명한 것은 발자크처럼 세상 속으로 들어가 관찰하고 취재하고 인터뷰한 뒤에 쓴 글이 아니라는 점이다. 게다가 그는 당대에는 실패한 작가였다. 실제로 대중에게 거의 알려지지 않았다. 언어가 가진 의미는 시대에 따라 변하고 달라진다. 독자가 그 시대 감각을 추체험하여 읽는다고 해도 단어 하나하나가 가진 뉘앙스를 그대로 느끼는 것은 불가능하다. 현재의 자신을 완전히 떨칠 수는 없기 때문이다. 실제로 『미메시스: 서양문학에서의 현실 묘사Mimesis: The Representation of Reality in Western Literature』(1946)를 쓴 에리히 아우어바흐Erich Auerbach, 1892~1957도 그런 말을 한 적이 있다. 당시의 정치·경제적 상황을 매우 잘 알지 못하면 『적과 흑』을 이해하기는 어렵다. 그래서 문학작품은 그것을 읽는 시대와 사회에서 다시 쓰여지는 것이다. 어떤 작품도 거기에서 자유로울 수는 없다. 이렇게 보면 스탕달의 소설들은 그 시절에 쓰여진 것일 뿐 그 시대의 작품이 아닌 셈이다.

### 로맨틱한 자연주의

사실주의와 자연주의의 구별은 그다지 선명하지 않다. 그러나 낭만주의에 반대하는 의미에서라면 사실주의는 어느 정도 분명하게 규정할 수 있다. 낭만주의가 자연발생적인 감정과 직관에 대한 '열정'적인 반응의 결과라면, 사실주의는 실험이나 관찰, 조사를 통해 드러난 사실을 이성적인 방법으로 표현하는 것이다. 낭만주의가 주관적이라면 사실주의는 객관적이다.

이런 구분도 어느 정도 그렇다는 것이지 경계선을 긋기는 쉽지 않다. 객관 없는 주관도 없고 주관 없는 객관도 없기 때문이다. 그런 의미에서 자연주의의 아버지로 일컬어지는 플로베르나 자연주의의 정점을 이룬 에밀 졸라 역시 낭만주의자라고 말할 수 있다. 자연주의적인 서술 방식을 열정적으로 신봉했다는 점에서 그렇다. 어떤 주의나 방식이든 절대로 옳은 것은 없다. 열정적으로 옳다고 믿는 것이 있을 뿐이다. 극단적인 주의나 주장은 모두 이성의 '목숨을 건 모험' 같은 것이다.

자연주의는 사실주의를 실현하는 표현 방식의 한 종류이다. 문학사를 공부해보면 플로베르를 사실주의의 아버지라고 규정하는 학자들도 많다. 그럼에도 불구하고 문학에서 군이 자연주의라는 말이 나오게 된 배경을 보면 그 차이를 좀더 쉽게 이해할 수 있을 것이다.

앞에서 설명했듯이 1848년 2월혁명은 루이 필립의 7월왕정을 무너뜨린 자유주의 혁명이다. 문제는 이 혁명 이후의 정치가 어처구니없는 방향으로 진행되었다는 것이다. 그 누구도 주목하지 않았던 샤를 루이 나폴레옹Charles Louis Napoléon Bonaparte, 1808~1873이 대통령으로 당선되었다. 어쩌면 그것은 예정된 일이었다. 사회적으로 준비되기도 전에 요즘과 비슷한 보통선거가 실시되었는데, 새 유권자의 대부분은 문맹이었고 농민이었다. 그들의 정치적 견해에 가장 큰 영향을 미치는 사람은 교구 신부들이었고 그들은 보수적이었다. 공화파가 이기려면 공화주의에 대한 '계몽'이 필요했지만 그럴 수 있는 여유가 없었다. 선거일이 너무 빨리 잡혔던 것이다.

나폴레옹 3세라고도 불리는 루이 나폴레옹은 프랑스어를 독일어 악센트로 말했고, 교양이 부족할 뿐 아니라 우유부단했다. 외모나 인상도 좋지 않았고 연설도 낙제점이었다. 당시 원로 정치가들은 그를 대수롭지 않은 인물로 판단하고 제쳐두었을 정도다. 그런 사람이 대통령에 당선되었으니 모두가 깜짝 놀라지 않을 수 없었다.[4]

어떻게 그게 가능했는지 카를 마르크스의 평가를 보면 조금은

---

4   이 부분에 대해 좀더 자세히 알고 싶다면 『프랑스혁명에서 파리 코뮌까지, 1789~1871』(노명식, 책과함께, 2011)를 읽어보기 바란다.

짐작할 수 있을 것이다.

국가주의자들에게는 나폴레옹 시대의 영광을 약속하고, 부자들에게는 안전을 약속하고, 왕당파에게는 자신 역시 군주의 혈통임을 자랑하고, 노동자들에게는 공정한 분배를 약속하고 농민들에게는 안정적이고 평온한, 동시에 가부장적 질서가 유지되는 사회를 약속함으로써 지지를 얻어냈다.[5]

권력을 잡은 나폴레옹 3세는 대통령 단임제를 고치고 재선을 통해 임기를 연장하려 했지만 실패했다. 그러자 친위 쿠데타를 일으켰다. 격렬한 저항이 있었지만 무자비하게 진압했고 자신의 쿠데타를 국민투표를 통해 승인받기에 이른다. 이로써 제2제정기로 들어설 준비를 끝낸 것이다.

사회적으로나 정치적으로나 혼란이 극에 치달았던 이 시기는 전례를 찾아볼 수 없을 만큼 지적으로 단순했고 취미는 황폐했다. 반혁명적인 부르주아지들은 계급투쟁을 국가에 대한 반역으로 규정했고 언론 자유를 억압했으며 예술에 대한 최고재판관이 된 경찰국가를 구축했다. 사회주의는 아무런 저항도 하지 못한 채 새로운 질서의 희생물이 되었다. 선거를 통해 공화파 의원들이 비교적 많아진 1863년 전까지는 노동운동이라 할 만한 것도 없었다.

---

5    카를 마르크스, 최형익, 『루이 보나파르트의 브뤼메르 18일』, 비르투, 2012

민주주의자들은 이런 정치·사회적인 패배에 대한 환멸감에 젖어 있었다. 그랬기 때문에 해석이나 주장이 아니라 오로지 사실이 무엇인가에 관심을 가지게 되었을 것이다. 물론 그 당시 하루가 다르게 발달하던 과학적 세계관과 합리주의적이고 기술중심적인 사고방식의 영향도 컸다. 그들은 이전의 사실주의 시대보다 더욱더 철저한, '(자연)과학적인' 사실 묘사를 요구했다. 무감각해 보일 정도로 감성과 개성을 배제한 사실 묘사만이 객관성을 보장하고 그에 대한 믿음이 사회개조를 향한 밑바탕이 되리라 생각했던 것이다.

바로 그 시대에 등장한 플로베르는 예술이 과학적일 수 있다고 믿었고, 그 믿음을 바탕으로 현실을 치밀하게 관찰하고 그 결과를 그대로 전달할 수 있는 언어를 고르기 위해 고심했다. 후배 소설가인 에밀 졸라는 한술 더 떴다. 그는 아예 과학자로 인정받기를 바라며, 과학자로서의 신뢰를 바탕으로 예술가로서 명성을 얻으려 했다.[6]


## 당국의 소송은 명작이라는 증거

자연주의의 승리는 1857년 플로베르의 『마담 보바리Madame Bovary』에서 시작된다. 이 작품이 유명하게 된 것은 당국의 소송 덕분이었다(예나 지금이나 어떤 작품이 유명해지려면 금서가 되거나 소송

---

6   아르놀트 하우저, 반성완·백낙청·염무웅, 『문학과 예술의 사회사』, 창비, 2016(p.137), 요약

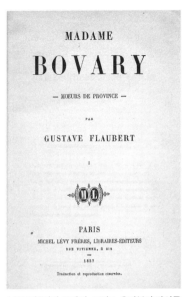

1857년 『마담 보바리』 프랑스 초판본의 타이틀 페이지이다.

당하는 게 좋다). '대중적이고 종교적인 윤리와 미풍양속에 대한 위반'이라는 죄목으로 기소되었지만 '무죄 판결'을 받았다. 이후에 출간된 단행본은 베스트셀러가 되었고 이 소설에 대한 일반 독자들의 관심이 당시 주류 평론가들의 태도까지 바꾸었다. 현대 독자들의 눈으로 보면 소설의 내용이 그다지 '자연과학적인 사실'처럼 읽히지 않을지 모른다. 재판이 진행되는 동안에도 그런 의문은 있었던 모양이다. 도대체 프랑스에 마담 보바리처럼 그렇게 부도덕한 여자가 어디 있느냐는 것이었다. 그렇지만 공감하는 여자들이 많았던 모양이다. 이 소설이 발표된 이후 플로베르는 한 여인에게서 편지를 받았는데 거기에도 '가엾은 보바리 부인의 슬픔과 권태와 비참함을 너무나 잘 이해할 수 있었다'[7]는 내용이 있었다. 이런 사실은 이 작품의 묘사가 '자연주의적'이었음을 확인해준다.

게다가 이 작품은 당시의 실제 사건을 모델로 한 것이다. 1848년, 〈루앙 저널Journal de Rouen〉에 실린 기사에 따르면, 루앙에서 가까

---

7    『유럽사회문화』 3집, 연세대학교 유럽사회문화연구소, 2009(p.152), 재인용

운 작은 마을 '리Ry'에서 델라마레라는 의사의 부인 델핀느Delphine Delamare, 1822~1848가 음독자살하는 사건이 발생했다. 그는 부유한 지주의 딸이었는데 결혼 후 지루한 삶에 권태를 느껴 여러 애인과 불륜을 저지르고 빚 독촉을 받았다고 한다.

여기에서 더 중요한 문제는 플로베르가 개혁적인 인물이 아니었다는 점이다. 그는 무지한 대중에 의한 국가 통치를 반대했고, 민주주의를 경멸했을 뿐 아니라 뼛속까지 부르주아였다. 그럼에도 불구하고 그는 당시 제2제정기의 정치사회체제를 반대했고 억압당하는 자유와 혁명의 전통이 되살아나기를 바랐다.

게다가 그는 대단한 낭만주의자였다. 시골 출신이었기 때문에 젊은 시절에는 파리에 사는 동시대인들보다 철 지난 낭만주의에 더 가까울 수밖에 없었을지도 모른다. 그는 스무 살이 넘도록 과열된 낭만적 분위기와 공상세계에서 살았다. 환상과 우울증과 감정 폭발로 고민했으며 지나친 신경질과 예민함 때문에 파국에 이를 뻔했을 정도다. 그는 그런 자신의 삶이 너무나 추악해서 삶을 피함으로써만 견뎌낼 수 있다고 생각했다. 그러다가 상상하기 힘들 정도의 의지력과 무자비한 자기단련을 통해 겨우 낭만주의에서 벗어난다. 그의 탈출은 문학작품을 씀으로써 가능했던 것이다.

그는 낭만주의라는 허황된 꿈과, 현실에서 도피하게 되는 불건전함을 폭로하기 위해 현실을 직시하는 자연주의자가 되었다. 술과 사랑과 여자와 명예에 대해 쓰고 싶다면 술도 마시지 않고, 연인도 아니어야 하고, 결혼해서도 안 되며 군인이어서도 안 되고, 오로지

과학자가 실험하고 관찰하여 그것에 대해 기록하듯이 써야 한다는 것이었다. 그런 의미에서 플로베르는 발자크의 사실주의 소설에 아직 남아 있던 낭만주의적인 요소를 철저히 배제했다. 효과적인 반응을 유도하기 위해 과장된 묘사나 멜로드라마적이고 모험소설적인 요소, 도덕과 주의 주장의 사건 진행 개입이나 사실에 대한 해석을 피했던 것이다.

플로베르의 경우 편지의 문체는 소설의 문체와 아주 다르다. 작품에서 드러나는 정확하고 훌륭한 문체는 결코 자연스럽게 만들어진 것이 아니다. 작품을 쓸 때는 적확한 언어를 찾아내기 위해 오랜 시간 동안 끝없이 씨름했다. 그는 정신을 마비시킬 정도로 씨름해야 하는 자신의 '문학적 삶'이 노예선에서 쇠고랑을 찬 노예 같다고 느꼈고, 그에 대한 불평이 그가 남긴 서간집에 실린 편지 분위기의 주조를 이룬다. 조르주 상드George Sand, 1804~1876에게 보낸 편지에 이렇게 썼다. '하루 종일 두 손으로 머리를 감싸고 앉아서 머리에서 단어 한 개를 쥐어짜려고 끙끙대는 게 어떤 것인지 당신은 상상도 못하시겠지요.'[8] 플로베르만큼 고통스럽게, 자신의 본능을 거슬러 작품을 쓴 작가는 찾아볼 수 없을 것이다. 이 점이 낭만주의 작가의 작품과 극단적으로 다르다.

그는 직장인처럼 하루에 일곱 시간 일했다. 그러면서도 겨우 한

---

8   아르놀트 하우저, 반성완·백낙청·염무웅, 『문학과 예술의 사회사』, 창비, 2016(p.130), 재인용

페이지를 쓸 수 있었을 뿐이다. 일주일에 겨우 두 페이지를 쓰는 날도 있었다. 그럼에도 불구하고 자신의 문학적 가치를 믿지 못했다. 가끔 쓸모없을 뿐 아니라 예술이 되지 못하는 글을 쓰고 있는 것이 아닌지 걱정했다. 그의 편지에서 또다시 되풀이되는 말 가운데 하나가, 자신은 정말로 쓰고 싶은 것을 쓰고 싶은 대로 쓰지 못한다는 것이었다. 그런 플로베르의 철학은 『마담 보바리』의 주제이기도 한 '보바리즘'을 통해 드러난다. 우리는 현실을 주관적으로 변형된 것으로만 체험하며 그 속에 갇혀 살고 있다. 그러니 감정적이고 주관적인 낭만주의를 극복하고 자연과학의 방법을 통해 삶을 제대로 볼 수 있어야 한다는 것이다.

에밀 졸라는 자신의 자연주의 이론을 모두 플로베르에게서 가져왔다고 말했으며 그를 현대소설의 창시자로 칭송했다. 졸라는 비관적인 플로베르와 달리 낙관적이었다. 그 이유는 그들이 처한 역사적 상황에서도 찾을 수 있다.


## 자연주의, 인간 본성에 대한 탐구

플로베르의 『마담 보바리』와 『감정교육 L'Éducation sentimentale』 (1869)은 모두 제2제정기 독재정권 아래에서 쓰인 것이다. 그러나 에밀 졸라의 첫번째 성공작인 『테레즈 라캥 Therese Raquin』은 제2제정기가 붕괴될 기미가 보이기 시작한 뒤인 1867년에 연재를 시작했고, 1868년에 단행본으로 출간되었다. 이 작품의 줄거리를 보면 에밀 졸라가 말하는 '자연주의'가 구체적으로 어떤 것인지 짐작이 간다. 졸라는 서문에서 이 소설은 인물이 아니라 인간의 본성적인 기질에 대한 연구라고 설명한다. 그 연구 결과를 간단하게 줄이면 다음과 같다. 불행한 결혼을 한 여자라면 필연적으로 애인을 만나 육체적 쾌락을 알게 되고, 그러고 나면 목소리를 내고 행동한다. 그러다 범죄를 저지르면 양심의 가책으로 괴로워한다. 졸라는 당시에 유행하던 유전학, 말하자면 인간의 육체에 대한 과학을 염두에 두고 소설을 썼던 것이다.

당연히 사회적 환경에 대해서도 철저히 조사했다. 제3공화정이 시작될 무렵, 1871년부터 발간된 루공 마카르 총서 가운데 한국에는 일찍부터 소개된 『나나*Nana*』(1880)를 쓰기 위해서 에밀 졸라가 사창가와 극장가를 얼마나 열심히 답사했는지는 잘 알려진 사실이다. 20권으로 이루어진 이 총서의 부제는 '제2제정하 어느 가족의 박물학적 및 사회학적 연구'이다. 이 연작소설이 발자크의 〈인간극〉과 다른 점은 유전학적인 관점에서 가문의 기질이 대물림된다는 전제하에 작중인물들의 역정을 그려냈다는 것이다. 『목로주점*L'Assommoir*』(1877)의 주인공 제르베즈 마카르는 아버지가 주정뱅이였기 때문에 결국 술에 빠진 것이고, 『인간 짐승*La Bete Humaine*』(1890)에 등장하는 자크는 외할아버지뻘 되는 사람의 폭력성을 물려받아 사이코패스 기질을 보인다는 식이다.

자연주의는 졸라에 와서 절정에 이른 뒤 점차 후퇴하기 시작했다.

## 보들레르, 프랑스 상징주의의 시작

상징주의는 넓게 보면 보들레르Charles Pierre Baudelaire, 1821~1867 에게서 시작되어 발레리Paul Valéry, 1871~1945까지 이어지는 긴 흐름이다. 물론 발레리에게서 상징주의가 끝나는 것도 아니다. 상징주의 문학의 유산 일부는 현대문학에도 이어지고 있다.

대개의 경우 19세기 프랑스 상징주의 작품들에 공감하기는 쉽지 않다. 난해하기 때문이다. 예술을 위한 예술은 어느 정도 그럴 수밖에 없다.

그들의 행보를 보면 예술에 대한 예술이라는 말이 더 어울린다. 삶이나 자연을 노래하기보다는 예술 그 자체에 집착했다. 그런 의미에서 그들은 인공의 미에 집착한다. 자연은 소름끼칠 정도로 단조롭고, 인공의 낙원인 도시는 영혼을 파고들 정도로 매혹적이고 자극적이다.

한편으로는 순수한 미를 탐구한다는 생각 자체가 착각이다. 미의 기준은 시공간에 따라, 집단에 따라 다르다. 작가도 마찬가지이지만, 작품 역시 작가가 속한 집단과 어떤 식으로든 관계를 맺으며 만들어진다. 이상적이고 순수한 아름다움이 어디엔가 따로 있는 것이 아니라 특정한 시공간의 누군가가 아름답다고 느끼는 어떤 형태가 있을 뿐이다.

상징주의자들이라고 다르지 않다. 그들의 설명에 따르면 아름다움은(진실이나 이상ideal은) 표면이 아니라 이면에 있었다. 표면은 그것을 끊임없이 암시하고 보여주려 하지만 볼 수 있는 사람에

1862년경의 샤를 피에르 보들레르. 사진가인 에티엔 카르자(Étienne Carjat, 1828~1906)가 찍은 사진이다.

게만 보인다. 보들레르나 베를렌Paul Verlaine, 1844~1896, 랭보는 자본주의가 만들어낸 새로운 사회의 상식적인 일상을 무시하고 벗어나는 모험을 통해 영감을 얻었다. 말라르메Stephane Mallarmé, 1842~1898는 「자전Autobiographie: lettre à Verlaine」에서 그의 삶에는 특별한 '일화'가 없었다고 말하지만 그 역시 예사스럽지 않은 탐미적인 실험에 집착했다. 이들의 삶을 들여다보면 '미쳐야 미친다'는 말이 절로 떠오른다.

그들에게 상징이란 표면이 암시하는 어떤 의미를 말한다. 시인은 마치 무당처럼 만물에 담긴 상징적 의미를 읽어내는 눈을 가지고 아름답게 노래할 줄 아는 사람, 투시자voyant였다. 상징주의의 원조로 떠받들어지는 보들레르는 「교감Correspondances」9이라는 시의 1연에서 이렇게 말한다.

자연은 하나의 신전, 거기 살아 있는 기둥들에게서

---

9 '교감'은 '만물조응'으로 번역되기도 하는데, 이 세상의 모든 현상은 상징되는 방식으로 시인과 교감한다는 의미로 쓰인 것이다.

문학의 죽음에 대한 소문과 진실

이해하기 힘든 말이 들린다
한 사람이 그 상징의 숲을 지나갈 때
숲은 정다운 눈길로 그를 바라본다

'인공낙원'[10]을 좋아했던 보들레르에게 자연은 살아 있는 기둥으로 만들어진 신전이다. 그 신전을 지날 때면 기둥들이 무슨 말인가 건네지만 알아듣기는 쉽지 않다. 그러나 그곳이 상징의 숲인 줄 아는 사람에게는 그 신전의 눈길이 낯설지 않고 정답게 느껴진다.

여기에서 '사람'은 일반 대중이 아니라 상징주의 시인이거나 시인에게 공감하는 독자이다. 이 시가 실린 『악의 꽃Les Fleurs du mal』(1857)의 서시序詩 격인 「독자에게Au Lecteur」를 보면 마지막 연에 이런 말이 나온다.

권태, 자기도 모르게 눈물이 고인 채
아편을 피워대며 단두대를 꿈꾼다
알고 있으리라, 독자는 이 까다로운 괴물을.
독자여, 형제여, 우리 위선자들이여.

---

10  보들레르는 1860년에 아편과 대마초가 인간 정신에 미치는 영향을 분석한 책을 썼다. 그에 따르면 이 약물들의 도움을 받아 '이상세계ideal world'에 도달할 수 있다. 책에서 그는 약물중독과 사용자의 환각상태에 대해 자세히 묘사하고 있다. 1960년대 이후 마약사용자들의 설명을 읽어보면 보들레르의 영향이 얼마나 깊은지 알 수 있다.

진정한 독자라면 시인과 마찬가지로 권태를 이해하는 '형제'라는 것이다. 보들레르는 그들은 소수일 뿐이라고 한 적이 있다. 상징주의 시인들은 현실(표편)이 아니라 관념(이면)의 세계에만 관심을 쏟았다. 일반 대중과 괴리될 것은 당연한 일이었다. 그 유명한 「알바트로스Albatros」의 마지막 연에서 보들레르는 이렇게 말한다.

시인도 이 구름의 왕자를 닮아
폭풍 속을 넘나들고 사수를 비웃지만
땅위에서는 야유 속에 내몰리니
거창한 날개도 발걸음을 방해하네

이 시에서는 무식한 대중들이 구름의 왕자를 야유하고 비웃는다고 하지만 사실은 거꾸로였다. 누구나 볼 수 없는 이면의 진실을 볼 줄 안다는 그들은 애초에 대중들과 소통할 생각이 없었다. 그들의 시가 난해한 것은 이해하기 어려운 언어를 사용했기 때문만은 아니다. 그들의 신비주의적이고 퇴폐적인 삶의 방식에 공감하기 어렵기 때문이기도 하다. 가장 난해한 시를 썼던 말라르메는 팔리지도 않겠지만 팔 수도 없는 시집을 팔려고 생각할 일도 아니라고 말한 적도 있다. 그들은 자비출판을 하고 자기네들이 말하는 '이상적인 관념'을 공유하는 소수의 그룹 안에서 소통했던 것이다. 당시는 자연주의 소설이 대량 생산되어 판매되던 시기이기도 했다.

그럼에도 불구하고 아이러니한 사실이 있다. 상징주의자였던 폴 베를렌은 당대 문인들이 뽑은 '시인의 왕'에 선출되었는가 하면 말라르메의 작품인 「백조Le cygne」는 프랑스 사람들이 가장 많이 암송하는 시로 조사된 적이 있다. 그것은 베를렌이 「시법Art poetique」에서 설명한 것처럼 아름다운 시란 선명하게 이해되지 않아서 신비로운 매력을 가진 것이어서 그런지도 모른다.

여기까지의 설명은 주로 '상징주의'를 이해하기 쉽게 단순화한 것이다. 보들레르가 남긴 유일한 시집인 『악의 꽃』은 평생 동안 쓴 시들의 '신전'이다. 문학사에서 보들레르는 예술지상주의를 주장했던 파르나시앙(parnassien, 고답파[11] 시인. 초기에 고답파 문예지에 시를 발표하기도 했다)으로 소개되기도 하고, 상징주의와 초현실주의의 길을 닦은 시인, 그리고 현대적인 시의 선구자로 추앙되기도 한다. 여기에서 현대적이란 어느 정도는 민족 언어의 벽을 넘어서 번역되어 읽힐 수 있는, 상당히 산문화된 시를 의미한다. 그럼에도 불구하고 리얼리즘과 완전히 담을 쌓은 것도 아니다. 1857년의 초판에서 6편을 삭제하라는 명령과 벌금형을 선고받은 것은 섹스와 시체를 너무나 리얼하게 묘사했기 때문이다. 게다가 오늘날 『악의 꽃』의 원본으로 치는 제2판(1961)에 추가된 '파리 풍경' 편에서는

---

[11]  고답파(또는 파르나스le Parnasse)는 로맨티시즘의 서정주의와 모호한 동경, 감정의 과잉에 대한 반동으로 생겨났다. 물론 이런 식으로 로맨티시즘을 단순하게 규정할 수는 없지만 그런 면이 없는 것은 아니다. 그들은 객관적인 사고방식, 언어의 정확성, 완벽한 형식미에 집착했고 예술을 위한 예술을 주장했다. 이런 추상적인 설명을 조금 더 잘 느끼고 싶다면 고티에의 『모팽 양』을 읽어보기 바란다.

도시의 삶과 서글픈 일상이 드러난다.

앞에서도 설명했듯이 당대는 리얼리즘의 시대이기도 했다. 왜 비슷한 시기에 이런 종류의 예술이 시작되었을까? 그 이유를 간단하게 규정할 수는 없지만 당시의 역사를 들여다보면 조금은 짐작이 간다.

1850년대 이후 지배층은 혁명을 방지하기 위해서 민주주의와 복지정책의 선택은 불가피하다고 보았던 것 같다. 민중을 위해서가 아니라 시스템 유지를 위한 것이었기 때문에 그런 정책들을 포장해서 알리는 대중조작 기술이 주목받기 시작한 시기이기도 하다. 민주화가 진행되면서 생긴 또다른 현상은 부르주아계급이 정치 일선에서 물러나게 되었고 유한계급이 대거 등장했을 뿐 아니라 유한계급이 되고 싶어하는 사람들도 많이 생겨났다는 것이다.

이들은 합리주의적이고 현실적인 사고방식을 혐오했다. 그들이 보기에 리얼리즘은(당연히 자연주의는 더더욱) 거칠고 야비하고 음탕한 예술이며 무미건조한 유물론적 세계관(표피적 현상에 대한 관심)의 표현일 뿐만 아니라 서투르고 과장된 민주주의의 선전 도구였다. 인간을 단지 야수적이고 제멋대로인 짐승으로 그리며 사회를 오직 파괴 과정의 면에서, 인간적 관계의 해체라는 면에서, 가족과 국가와 종교의 붕괴라는 면에서만 묘사한다는 것이었다.[12]

---

12    아르놀트 하우저, 반성완·백낙청·염무웅, 『문학과 예술의 사회사』, 창비, 2016(pp. 275~276) 참조

그런 자연주의에 대한 저항으로 상징주의가 등장한 것이다. 상징이란 과학처럼 증명 가능한 진실에 대한 추구가 아니라 신 내린 무당처럼 신비스러운 감각에 의한 유추를 통해 느낀 신비주의적 관념세계에 대한 기록이다. 그랬으니 상징주의가 퇴폐주의(데카당스)를 포장한 용어로 쓰이기도 했다는 것이 조금도 이상하지 않다.

## 토탈 이클립스의 주인공들

다음으로 기억해둘 만한 시인은 폴 베를렌과 아르투르 랭보이다. 이 둘은 한때의 동성애 관계 때문에, 그러면서도 너무나 다른 동시대 시인이기 때문에 함께 소개된다.

상징주의는 인상주의가 발생한 이유와 비슷한 데가 있다. 인상주의는 확고한 존재의 모습을 허물어버리고 순간의 인상을 담아낸다. 끊임없이 변하는 생성의 순간을 표현한 것이다. 그것은 역시 끊임없이 변하고 있던 시대의 반영이었다. 정치적인 상황뿐 아니라 기술의 비약적인 발달과 함께 자본주의 시스템이 강화되었고 그로 인한 대도시화가 가속화되었다. 구체적인 삶의 환경도 계속 '발전'하고 있었다.

그 과정에서 유한계급과 함께 지배층이 기획한 문화적인 유행을 따라 몰려다니는 표준화되고 획일화된 대중이 등장했다. 지적인 엘리트들이 보기에 그런 문화 현상은 절망적이었을 것이다. 당시의 많은 철학자나 비평가들은 아무 생각이 없어 보이는 그런 대중을 혐오했다.

상징주의자들 역시 그런 대중이 자신들의 퇴폐적인 취향을 이해해주리라고 기대할 수 없었다. 그들에게는 문학이 삶을 위한 것이 아니라 삶이 문학이었고 문학이 삶이었다. '권태로운 현실'은 늘 지옥 같은 곳이었고 살아내기 위해 '악의 꽃'을 피울 수밖에 없었던 것이다.

영화 〈토탈 이클립스Total Eclipse〉(1995)를 통해 그런 분위기를 아주 잘 느낄 수 있다. 프랑스 상징주의를 이해하고 베를렌과 랭보가 어떻게 달랐는지를 느끼고 싶다면 꼭 시청해두기를 권한다. 영화는 두 사람의 편지와 시를 바탕으로 만들어진 '역사물'로, 사실에 매우 가깝다는 평가를 받고 있다.

시각적 매체를 통해 추상성의 안개를 걷어내고 그 과정에서 보다 생생한 과거를 느낄 수 있다. 느낌이 있어야 무엇을 보아야 할 것인지 알 수 있고 그래야 초점이 잡힌다. 그제야 대상이 또렷해진다. 머릿속으로 선명한 그림을 그릴 수 없다면 거의 이해할 수 없다.

베를렌의 경우는 그가 쓴 시 「시작법Art poétique」을 통해 어느 정도 이해할 수 있다. 글의 의미보다 만들어내는 느낌(뉘앙스 또는 효과)에 초점을 맞춘다. 그것 역시 언어라는 사물의 표면이 아니라 이면을 보는, 상징주의 기법 가운데 하나다. 보들레르가 후각(향기)과 공감각에 관심을 가졌다면 베를렌은 음악성에 집중했다.


그 무엇보다 음악이어야 해

희미해서 어떤 분위기에도 잘 스며들고
너무 분명해서 강하지 않고
그런 홀수각脚을 선택해야 해

선택하지 말아야 해
오해할 수 없는 말은
분명하게 연결되지 않는
최고의 회색 노래여야 해

베일 뒤의 아름다운 눈을 봐야 해
한낮의 거대한 전율
푸르게 빛나는 별들
촘촘하게 반짝이는 서늘한 가을 하늘 같아야 해

우리는 뉘앙스를 원해
그것만 꿈이 꿈꾸게 하고
플룻이 연주하게 하고
색깔이 아니라 오로지 뉘앙스라야 해

푸른 하늘이 눈물짓게 돼
도발적으로 뾰족한 것들
잔인하고 불순한 것들

얄팍한 요리솜씨에 쓰이는 마늘 같은 것들

능란한 말들은 목을 비틀어버려야 해
하는 김에 각운도 좀 잡도록 해
그냥 두면 어디까지 갈지 알 수가 없거든
—「시작법」中


베를렌의 생각은 그랬다. 전통적인 방법에서 벗어나 '자유롭게'
날아다니고 싶었지만 자신의 '시작법'을 그대로 지키지는 못했다.
음악성에 대한 집착 때문에 운문의 전통적인 형태와 리드미컬한
운율에서 자유롭지 못했던 것 같다. 이「시작법」의 번역도 각운에
맞추어 번역했다. 프랑스어로 쓰인 원래 시가 그랬기 때문이다.
　이론과 구체적인 현상은 언제나 조금씩 다르다. 필자가 프랑스
상징주의를 시인 중심으로 소개하는 것도 그 때문이다. 시는 태생
적으로 상당히 추상적일 수밖에 없다. 상징주의 이론은 더더욱 추
상적이라 설명하기도 쉽지 않다.
　베를렌은 스물한 살에 보들레르의『악의 꽃』에 대한 에세이를
발표했다. 거기에서 프랑스 문학이 사실주의적이고 실용주의적인
뻔한 방식을 버리고 이면의 진실을 보여주는 감각을 표현해야 한다
고 주장했다. 그러면서 보들레르를 닮으려 했지만 그는 보들레르나
랭보와 같은 투시자가 아니었고, 자기 감정에 매몰되어 그 울림을
극대화한 시를 썼다. 그런 의미에서 베를렌은 인상주의 시인으로

평가받기도 한다.

쇠잔한 여명이
석양의 우울을
들판에 뿌린다.

우울은
석양에 빼앗긴 마음을
감미로운 노래로 잠재우고

모래톱 위로 사라져가는
햇살처럼
기이한 꿈늘이

진홍빛 유령의 무리로
몰려들고 있다
끝없이
—「석양빛」

보들레르가 자연이라는 신전을 드나들었고 랭보가 바람구두를
신고 다니며 풍경을 이끌었다면, 베를렌은 이 시에서 보는 것처럼
자연과 함께 순간순간을 아파하며 어울렸다. 그럼에도 불구하고

그는 랭보가 말했듯이 상징주의 시를 어떻게 써야 하는지 아는, 드물게 보는 뛰어난 시인이었다.

1872년, 열일곱 살의 아르투르 랭보이다.

### 바람구두를 신은 랭보

프랑스 상징주의 시인들 가운데 가장 특이한 이를 꼽으라면 랭보와 말라르메일 것이다. 이 둘은 극단적으로 다른 사람이었지만 묘하게 비슷한 느낌을 준다.

랭보는 전형적인 천재였다. 겨우 열여섯에 본격적으로 시를 쓰기 시작하여 5년이 지나서는 더이상 시를 쓰지 않았다. 그 짧은 기간 동안 드러난 언어 감각과 파격적인 실험 의지, 그 추진력은 오늘날에도 신화로 남아 있다.

다음은 가장 많이 읽히는 시 가운데 하나인 「나의 방랑Ma Bohème」 전문이다.

나는 떠났네, 터진 주머니에 두 손을 넣고서
외투는 다 헤져 관념이 되었어
하늘 아래로 나아갔지, 시의 여신이여! 나는 그대의 신도였다네.
오 랄라! 얼마나 찬란한 사랑을 꿈꾸었던지!

문학의 죽음에 대한 소문과 진실

단벌 바지에 커다란 구멍이 났어.
―지나는 길목마다 시를 뿌려두었지. 꿈꾸는 엄지동자처럼.
숙소는 큰곰자리에 잡았어.
―내 별들은 하늘에서 부드럽게 스쳐지나가고 있었지.

길가에 앉아 별들의 소리에 귀기울였어,
구월의 어느 아름다운 저녁, 이마에 이슬방울이
생명수 같은 와인처럼 떨어지고 있었지.

환상의 그림자에 싸여 운율 맞추며,
풀린 신발끈을 잡아당겼어
심장 가까이 한쪽 발을 대고서
리라를 타는 것처럼.

열여섯 살에 쓴 시라는 것이 믿어지는가? 랭보는 이미 유명한 시인이었던 베를렌에게 자기 시를 보내면서 스물한 살이라고 했다. 열여섯 살이라고 하면 시를 보지도 않고 무시할 것 같아서 그랬다고 한다. 베를렌은 스물한 살이라고 해도 너무나 잘 쓴 시라며 격찬했다. 영화 〈토탈 이클립스〉를 보면 랭보의 거침없는 천재적인 성격이 아주 잘 드러난다. 자신의 시가 다른 사람에게 어떻게 읽힐 것인가? 그런 걱정은 아예 해본 적이 없다. 그저 신발끈을 잡아당길 때마다 악기를 연주하는 것처럼 생겨난 그의 시는 방랑하는 동안 구멍난 주머니를 통해 길목에 뿌려진다. 그 시는 하늘에서 별처럼 사르락거리고 생명수 같은 이슬방울이 되어 흘러내린다. 이런 식으로 거침없이 자신만만하게 말할 수 있는 자신감은 자타가 공인하는 천재가 아니라면 불가능해 보인다. 그 점은 그의 또다른 시 「언어의 연금술Alchimie du Verbe」을 통해 짐작할 수 있다.

나에게, 내 광기들 가운데 하나에 관한 이야기.
나는 오래전부터 가능한 모든 풍경을 소유할 수 있다고 자부하였고, 미술과 현대시의 명성을 가소롭게 보았다.
(중략)
나는 모음의 색깔을 발명했다! A는 검고, E는 하얗고, I는 붉고, O는 파랗고, U는 푸르다. 나는 각 자음의 형태와 운동을 조절했고, 본능적인 리듬으로 언젠가는 온갖 감각에 전부 다다를 수 있는 시의 언어를 창조하리라 자부했다.

그리하여 그는 '침묵을, 밤을, 말할 수 없는 것을 기록하고 현기증을 고정시켰다'고 선언하기에 이른다. 상징주의는 인간의 인식 방법으로는 매우 구체적이고 주관적인 경험과 그에 따른 감각을 제대로 표현할 수 없다는 생각에서 출발한 것이기도 하다. 인간의 이성으로는 사실 그 자체에 도저히 접근할 수 없는 것이다. 오히려 언어가 사물들의 숨겨진 관계를 자동적으로 더 잘 드러내기 때문에 언어의 연금술사라면 언어 자체의 움직임에 몸을 맡겨야 한다고 생각했다.

현대 작가인 스티븐 킹Stephen King, 1947~도 비슷한 말을 한 적이 있기는 하다. 글은 고칠 때마다 달라진다. 다 쓰고 보면 이렇게 쓰려던 것이 아니라는 생각이 들기도 한다. 쓰면서 이게 아닌데 싶을 때도 있다. 그렇다고 억지로(작가 생각대로) 방향을 바꾸면 글은 엉망이 된다. 글은 작가의 생각과 달리 늘 제멋대로 굴러간다. 좋은 작품은 그렇게 만들어진다. 시인이나 소설가들이 그런 말을 하는 경우가 많다.

이런 언어와 언어를 다루는 작가의 관계를 너무나 잘 깨닫고 있었던 랭보는 '착란'을 통해 환각을 투시할 줄 알아야 하고, 그것을 연금술사의 마법 같은 솜씨로 새로운 의미를 드러내는 작품을 만들어내야 한다고 생각했다(천재이거나 예지자가 아니면 공감하기 어려운 주장이기는 하다). 그러기 위해서는 상식적이고 자연스러운 인식 방법에서 벗어나야 했던 것이다.

랭보는 열일곱 살에 불멸의 시를 썼고 열아홉 살에 그만두었으며 서른일곱 살에 고통스럽게 죽을 때까지 아프리카에서 온갖 직업을 전전했다. 그는 자신의 평판이나 명성에 대해 조금도 알고 싶어하지 않았으며 '시에 똥이나 싸라'고 했다고 한다. 문학이 일상생활과 지나치게 괴리되었을 때 작가의 삶은 자기 작품의 파괴자가 되기도 한다. 거꾸로도 마찬가지일 것이다.

현대인들이 프랑스 상징주의자들의 시를 이해하기 어려운 것도 그 때문이고, 그 시인들 역시 누구 하나 행복한 삶을 살지 못한 것도 그 때문일 것이다. 문학을 위한 문학은 불가능한 꿈이었을 뿐 아니라 삶을 소외시킨 대가 역시 작은 것이 아니었다.


## 러시아 인형 같은 언어를 구사한 시인, 말라르메

말라르메 역시 평범한 삶을 살았다고는 하지만 표면과 이면이 아주 달랐던 모양이다. 그의 마지막 서정시로 가장 널리 애송되는 「바다의 미풍Brise marine」(1865)을 보면 일상적인 현실에 대한 부정적인 열정을 강하게 느낄 수 있다.

떠나자. 저멀리. 느낀다.
새들은 낯선 거품과 하늘 가운데에서 취했구나.
두 눈에 어린 오래된 정든 정원도
바닷물에 적신 이 마음 잡아두지 못한다.
백색의 종이 위 불빛도
아기 젖 먹이는 젊은 아내도
그 무엇도.
떠나자. 돛을 일렁이는 기선이여,
이국의 자연을 향해.
―「바다의 미풍」中


결국 일상을 떠나버린 말라르메는 백조(관념의 기호)가 된다. 현대 프랑스 사람들이 가장 즐겨 암송하는 시 가운데 하나인 말라르메의 「백조」 소네트를 읽어보면 더이상 보들레르가 경험하는 '알바트로스'의 현실, '파리의 풍경'은 어디에서도 찾아볼 수 없다. 얼어붙은 땅만 있을 뿐이다.

옛날의 백조는 회상한다
불모의 권태가 겨울 가득 반짝였을 때
삶의 땅을 찾아 노래하지 못한 까닭에
아직 그 모습은 찬란하지만
해방된다 하여도 아무 희망 없음을 안다

새는 한껏 목을 빼고
하얀 단말마의 고통을 내지른다 해도
날개깃털이 묶인 땅에 대한 혐오를 다 떨치지 못한다

자신의 광휘가 유령의 모습으로 변하고
옴짝달싹할 수 없는 모멸의 꿈속에서 싸늘하게
굳어져간다. 백조는.
―「백조」中

여기에서 백조cygne는 기호signe(=관념)로 읽어도 상관없을 것 같다. 어쩌면 그렇게 읽히기를 바랐을 것이다. 프랑스어에서 백조와 기호는 동음이의어이다. '음악적인 요소'를 중요하게 여기는 상징주의 시인이 그런 것을 간과했을 리 없다.

말라르메에 이르면 이제 더이상 현실의 삶은 그림자로도 비치지 않는다. 다만 시라는 형식과 관념을 담은 언어만 드러난다. 삶을 예술로 승화시킨 것이 아니라 예술을 위한 예술이기 때문이다. 이때 예술은 관념이나 이데아로 바꿔 읽어도 무방해 보인다.

말라르메의 가장 유명한 시는 아마도 「목신의 오후L'Après-midi d'un faune」일 것이다. 마네가 그린 그림을 더해 화려한 시집을 냈고, 드뷔시가 대중적인 스타일로 작곡하여 인기를 얻었고, 러시아 무용가 니진스키가 파리에서 무용극을 만들어 무대에 올렸다.

이 시의 주 내용은 '목신의 꿈'이다. 목신은 판Pan 또는 사티로스Styre라고 불리는데 이 신과 관련된 이야기는 거의가 요정을 강간하는 내용이다. 여기에서 강간도 실제라기보다는 다산을 기원하는 가부장제적 사고방식의 (혐오스러운) 관념(이데아)이다. 사티로스 역시 상상력으로 만들어진 관념의 산물이고, 이야기의 내용도 꿈(관념)인 것이다. 시에서는 에로틱한 감각을 불러일으키는 언어들이 난무한다. '구멍을 내고', '찔러대고', '광란하듯 절규한다'와 같은 표현들이 그렇다.

그의 시는 인형 속에 더 작은 인형이 들어 있는 러시아 인형처럼 관념의 관념의 관념의 기호로 뒤덮여 있다. 그는 생각이 생각하게 만들고 드디어 '순수개념'에 도달하였다고 말한 적이 있다. 그에게 문학은 일상에서 완전히 격리된 것이었다. 스스로 기호에 담긴 관념의 진공상태에서 살아가며 문학을 떠난 어떤 세계와도 관계를 맺지 않았다. 그는 이 세상 모든 것은 한 권의 책이 되기 위해 존재한다고 했지만, 한 권의 책도 채 안 되는 적은 수의 작품을 쓰고 또 쓰고, 고치고 또 고치면서 일생을 보냈다.

그의 일생과 문학에 대해 알면 알수록 떠오르는 작품이 하나 있다. 발자크의 단편소설 「알려지지 않은 걸작Le Chef-d`oeuvre inconnu」이다. 한 화가가 자기 작품에 생명을 불어넣는 피그말리온 기술을 배웠지만 결국 그 작품을 완성하지 못하고 죽는다. 남긴 그림은 발만 알아볼 수 있을 뿐 뒤엉킨 선과 얼룩만 남아 있었다. 이 소설을 위해 피카소가 그린 삽화가 있다. 인터넷에서 찾아볼 수 있으니 한 번쯤 봐두면 좋겠다. 이 삽화는 삶의 현실과 괴리된 심미주의의 위험과 허망함을 경고한다.


## 현실의 감각으로 돌아온 발레리

발레리는 그 깊은 관념의 숲에서 현실의 감각을 향해 손짓한다. 보들레르가 뛰어든 상징의 호수에서 말라르메가 잠수로 일관했다면, 발레리는 다시 수면으로 떠오르려 했다. 어쩌면 말라르메의 제자였기 때문에, 또는 제자였지만 말라르메가 주관하는 '화요회'에 참석하여 수많은 예술가들, 철학자와 과학자도(그러니까 현실을) 만났기 때문에 구상과 추상 사이에서 흔들렸을 것이다. 그는 순수와 절대의 세상에서 머물다가 변화와 현실을 인정하고 받아들인다.

그의 이력 역시 이전의 상징주의 시인과 다르다. 그의 경우 랭보나 말라르메처럼 문학이 삶이고 모험이어서 삶이 문학이 되지 않았다. 그는 20대에 시를 쓰다가 그만두었는데 인간의 감각과 현실 세계를 인정하지 않을 수 없었기 때문이다. 절필한 지 20여 년 후에야 앙드레 지드와 갈리마르 출판사의 강력한 권유로 시를 썼다. 「젊은 파르크La Jeune Parque」는 바로 그 앙드레 지드에게 바친 시로, 발표되자마자 대단한 찬사를 받았다.

이 시의 원래 제목은 영혼이라는 뜻의 '프시케Psyche'였으나 나중에 막냇동생의 이름인 '파르크'로 바꾸었다. 이는 인간의 생명을 주관하는 세 여신 가운데 막내이자 생명의 실을 짜는 클로토Klotho를 상징한다. 시에서는 말라르메식의 절대 혹은 순수개념과, 현실 감각의 경계에 선 자아의식의 탄생을 보여준다. 새벽 어스름에 바닷가에서 잠을 깬 파르크는 악몽을 떠올리며 자신의 내면과 삶을 돌아본다. 순수와 관능 사이에서 갈등하고 광란에 빠져들었다가 죽으려 하지만 죽지 못하고 아침을 맞이한다. 다음은 이 시의 시작 부분이다. 잠에서 깨어나 파도소리를 듣고는 그것이 자신의 울음소리임을 안다. 그 소리를 듣는, 아직 울고 있지 않은 내가.

누가 울고 있나, 그저 바람은 아닐 텐데, 이 시간에.
혼자 수많은 금강석들과 더불어? …… 누가 우나?
이토록 내 가까이서, 내가 울려고 하는데?

삶을 소외시키고 아편과 대마초의 '인공낙원'에 젖어들어 권태
와 우울에 휩싸였던 보들레르나 거침없는 모험의 착란을 보여준
랭보, 순수개념만 추구하며 불모의 땅에 사로잡힌 채 조용히 비명
을 질렀던 말라르메의 모습은 어디에도 보이지 않는다. 삶을 살아
가는 자신과 그 자신을 바라보며 성찰하는 자신이 있다. '나는 나
를 보는 나를 보고 있었다'와 같은 구절에서는 말라르메의 영향
을 느낄 수 있지만, 시는 다시 인공 대신 자연과 삶을 향해 방향
을 돌린 것이다. 그의 시 가운데 가장 유명한 시는 「바다의 묘지Le
Cimetière marin」일 것이다. 마지막 연은 '바람이 인다. 살아야겠다'로
시작된다. 발레리는 여전히 절대 순수개념을 추구하지만 현실의 삶
을 받아들이고 돌아가려 했다. 문학이 삶이었던 마지막 프랑스 상
징주의자 폴 발레리는 삶에게 문학을 돌려주었던 것이다.

# 4. 영국 문학

윌리엄 워즈워스와 코울리지에게서 시작되는 영국의 로맨티시즘은 대체로 프랑스혁명의 시작인 1789년부터 처음으로 선거법이 개정된 1832년까지로 본다. 이 선거법 개정으로 귀족과 지주 중심의 의회에 중간계급과 자본가계급의 대표가 들어가면서 좀더 민주적인 체제가 갖추어진다. 노동자계급에게는 선거권을 주지 않았기 때문에 차티스트운동의 원인이 되기도 했다. 물론 이 시대구분에 대해서는 학자들에 따라 의견의 차이가 있다.

워즈워스는 젊은 시절에 혁명기의 프랑스에서 일생일대의 '사랑과 혁명'을 경험했고, 그 유명한 『서정시집』의 공동저자인 코울리지 역시 프랑스혁명을 적극적으로 지지했으며 젊은 시절에는 사회주의적인 이상을 구현하기 위해 대안적인 공동체 삶을 추구했던

문학의 죽음에 대한 소문과 진실

적도 있다.

이들은 훗날 보수로 돌아서는데, 프랑스혁명처럼 격렬하고 파괴적인 변화는 실패할 수밖에 없다는 인식 때문이었을 것이다. 그 밑바탕에는 '(우매한) 민중의 지배'는 불가능하다는 믿음도 있었던 것 같다. 프랑스혁명 이후 유럽 상황은 절망적이었다. 로베스피에르의 공포정치로 수많은 사람들의 목이 잘려나갔고, 나폴레옹의 등장으로 온 유럽은 정복 전쟁에 휩싸였으며, 결국 왕정복고(1814~1830)로 이어졌다. 1830년에 7월혁명이 성공했지만 정치체제는 여전히 왕정이었다.

이런 프랑스의 역사적 상황은 유럽 전역에 하나의 '선례'로 작용했다. 영국도 예외가 아니었다. 제1차 선거법 개정도 7월혁명의 영향을 받은 것이었다. 혁명이 일어나기 전에 필요한 조치를 취했던 것이다.

롤러코스터처럼 격변하는 시대를 겪으면서 당시 지식인들은 매우 혼란스러웠을 것이다. 혁명을 통해 세상을 변화시킬 수 있다는 희망은 좌절되었지만 진보에 대한 희망을 포기할 수는 없었다. 그들은 방향을 가늠하기 어려운 시기를 거쳐 결국 보수와 타협했다. 경우에 따라서는 배신으로 봐야 할 정도이기도 했다. 영국의 경우에는 더 심했던 것으로 보인다. 사회주의적인 이상에서든 소시민의 빈민화에 대한 우려에서든 문제 제기는 계속되었지만 언제나 기존의 지배 질서에 대한 긍정으로 끝났다.

## 유행가 가사에 담은 로맨티시즘

그러나 워즈워스가 주장했던 로맨티스트의 문학 방법은 영국뿐만 아니라 유럽 전역에 영향을 미쳤다. 좋은 시는 '강한 감정의 표현'이며 누구나 이해할 수 있도록 '말을 거는 것'이니 지배층끼리 사용하는 '교양 있는 언어'가 아니라 농촌의 하층계급이 사용하는 생활언어를 써야 한다는 주장은 쉽사리 널리 퍼질 수 있었다.

강한 감정의 표현이라는 주장이 현대인에게는 그리 대단해 보이지 않겠지만 그 당시로는 혁명적인 것이었다. 감정은 이성과 달리 지속적이지도 합리적지도 않다. 상황에 따라 달라질 수밖에 없을 뿐 아니라 사람에 따라서도 다르다. (감정을 중요시했다는 것은) 집단이 아니라 개인과 개인의 경험에 문학이 관심을 기울이기 시작했다는 의미이다. 게다가 생활언어를 사용해야 한다는 주장은 지배층끼리의 고전적인 문학을 부정하는 것이다. 말을 걸어야 하는 대상이 일반 민중으로 바뀌었다는 의미이기도 하다.

어쩌면 당연한 변화였을 것이다. 전통적인 계급사회가 붕괴되고, 자본주의 시장경제로 접어들기 시작한 유럽에서 일반 민중은 '사실상' 중요한 존재였기 때문이다. 그들은 새로운 지배층으로 등장한 부르주아지에게 부의 원천이었다. 자본주의 체제를 떠받치는 착취 대상인 노동자이면서 이윤을 현실화해주는 소비자였다. 그러나 이들 민중에 대한 사회심리학적인 연구나 이해는 아직 전무하다시피 했고, 앞에서 한번 설명했듯이 더이상 '종교적인 힘'으로도 그들의 요구를 잠재우지 못했다. 필요하다면 (차티스트운동이나 노동조합

운동의 경우처럼) 폭압적이고 잔인한 방법으로 진압할 수 있었지만 이 세상 어떤 정권도 경찰의 힘만으로 질서를 유지하는 것은 불가능하다. 사회 구성원들에게 체제를 긍정하는 질서의식을 내면화시켜야 한다. 그것도 그들이 받아들이려 할 때만 가능하다.

당연히 당시 사회는 혼란스러울 수밖에 없었다. 무엇보다 긍정적인 질서의식을 떠받치는 체제에 대한 근본원리가 아직 널리 퍼뜨려지고 받아들여지지 않았기 때문이다. 이런 사회 상황에서 보면, 가난하지만 탈출구를 찾지 못하는, 불만에 찬 민중에게 말을 걸어야 한다는 것은 당연한 결론이었다. 그래서 워즈워스의 주장은 쉽게 받아들여졌을 뿐 아니라 동시에 변화를 가속하는 촉매가 되기도 했다.

기술적인 관점에서 보면 말을 거는 대상이 일반 민중이라는 것이 꼭 긍정적인 것만은 아니었다. 대부분의 독자들은 아직 제대로 독서할 수 있는 지적 훈련이 되어 있지 않았기 때문이다. 작가들은 그런 독서 대중을 위해 '아래로 기어내려가서' 글을 써야 했다. 그러다보니 작가들은 이런 대중에 의존하는 문학 시장에 매여 있으면서 동시에 이들을 경멸하게 되었다. 당시 유럽의 유명한 작가들 거의 모두가 마찬가지였다. 대중을 위해 글을 쓰기는 했지만 철저하게 그들과 구별되려 했던 것이다.

## 독자를 경멸했던 작가들

1813년의 조지 고든 바이런의 모습. 이 초상화는 영국의 유명한 초상화가인 토마스 필립스(Thomas Phillips, 1770~1845)가 그렸다.

그런 말을 대놓고 했던 작가를 한 사람 꼽으라면 바이런을 들 수 있다. 그는 자신의 첫번째 베스트셀러인 『차일드 헤럴드의 순례Child Harold's Pilgrimage』(1812) 덕분에 '어느 날 아침에 깨어보니 유명해'진다. 바이런의 저택 근처에 그를 만나려고 찾아온 팬들을 위한 숙박시설이 생겨나 투숙객에게 망원경을 빌려주기도 했을 정도다. 그런 유명세를 즐기면서도 그는 자신의 독자들을 몹시 경멸했고, 그런 태도를 숨기려고도 하지 않았다. 당시의 분위기를 좀더 잘 느끼고 싶다면 『프랑켄슈타인Frankenstein』(1818)의 저자인 메리 셸리의 일대기를 그린 영화 〈메리 셸리Mary Shelley〉(2017)를 보면 좋겠다.

그러면서도 그들은 자연법에 바탕한 평등의식을 가지고 있었다. '인간이면 누구나 나름대로 고귀하며 누구나 가진 보편적인 감수성은 계발되기를 기다린'다고 믿었던 것이다. 작가들은 민중을 이끄는 예언자가 되거나 스승 같은 존재가 되려 했다. 이 시기의 문학 작품들 상당수가 오늘날 어린이문학이나 청소년문학으로도 읽히는 이유가 그 때문이 아닐까.

셸리Percy Bysshe Shelley, 1792~1822의 최초 장시 「맵 여왕Queen Mab」

문학의 죽음에 대한 소문과 진실

(1813) 역시 그런 사고방식을 어느 정도 보여준다. 시인은 자연의 힘과 인간의 선한 의지가 필요한 변화를 이뤄낼 것이라고 주장한다. 끊임없이 변하는 속성을 가진 자연은 때가 되면 사회악을 사라지게 만들 것이고, 선한 민중은 완벽한 사회를 만들어가리라는 것이다. 오늘날의 눈으로 보면 지나치게 순진해 보이지만 당대의 기준으로 보면 대단히 급진적인 메시지였다. 민중이 선한 존재인 자연 그 자체라는 의미로 받아들여졌기 때문이다. 사회 변화를 갈망하던 그들에게 얼마나 희망적인 메시지였겠는가. 차티스트들의 경전이 된 이유를 충분히 이해할 수 있다.

자연에 대한 이런 강렬한 믿음은 아이러니한 방식으로 자리잡은 것이다. 계몽사상기Age of Enlightenment에는 인간의 이성이 얼마나 대단한 것인가에 대한 '깨달음enlightenment'이 세상을 바꾸었다. 이 세상은 신의 섭리대로 움직이는 것이 아니라 인간의 이성으로 파악하고 변혁할 수 있다는 사고방식이 시작되었던 것이다. 그 결과가 프랑스대혁명이었다. 그런 인간중심적인(휴머니즘적인) 생각이 성장하여 인간의 이성만이 아니라 감성 역시 존중해야 할 대상으로 인식하게 된다. 감성 역시 인간의 본성이기 때문이다. 본성nature은 자연nature이기도 하다. 19세기 중반의 서양철학은 감각과 감성이 이성에 앞서는 것임을 지적하면서 이성 중심 세계관의 오류를 고쳐나간 과정이기도 했다.

18세기 말과 19세기 초의 로맨티시즘은 이런 변화 과정에서 생긴 것이다. 산업혁명이 바꾼 당시 사회는 부르주아지를 새로운 지배계층으로 만들어주었지만 그들은 아직 자본주의를 지속 가능하게 만들 수 있는 문화를 갖추지 못했다. 두루 공유할 수 있는 삶의 형식을 제대로 준비하지 못했을 뿐 아니라 자본의 폭압적인 논리만 앞세웠기 때문에 처참하기 이를 데 없는 삶을 살아야 하는 민중은 늘어만 갔다.

작가들은 산업혁명이 처참한 세상을 만들었다고 믿었다. 기계와 기술이 만든 '합리적인' 세상이 끔찍했던 것이다. 당연하게도 이들의 관심은 '자연'으로 향했고 (아직 충분히 설득력 있는 사회구조이론이 나오기 전이었으므로) 상상력을 통해 해결책을 제시하려고 했다.

이 혼란스럽기 짝이 없었던 시기의 지식인들은 극단적인 빈부격차를 줄여야만 한다고 생각했다. 그러기 위해서 지배층이 무엇을 해야 하고 세상은 어떻게 바뀌어야 할지 대안을 제시하려 했다. 아직 다른 학문 분야가 제대로 발달하기 이전이었기 때문에 그 역할을 문학이 떠맡았던 것이다. 시가 아니었던 것은 구체적인 삶의 모습과 본받을 만한 삶의 형식과 전형적인 인물 창조는 소설로써만 가능했기 때문이다.

오늘날 우리에게 잘 알려진 워즈워스나 코울리지의 시는 짧은 것이 많지만(소개의 편의성 때문에 그런 작품만 선택하기 때문이다) 사실 그들의 시는 서사적인(소설적인) 요소를 많이 담고 있다. 워즈워스의 유명한 「틴턴 사원Lines Composed a Few Miles above Tintern Abbey, On Revisiting the Banks of the Wye during a Tour. July 13, 1798」이나 코울리지의 「늙은 수부의 노래The Rime of the Ancient Mariner」는 영국 시

가운데 가장 길다. 당연히 서사시이다. 앞에서 보았듯이 셸리와 바이런의 작품도 그런 성격이 짙다. 소설도 마찬가지였다. 오늘날까지 우리 기억에 남아 있는 그 시대 작가는 월터 스콧Walter Scott, 1771~1832과 제인 오스틴 정도다.

마흔이 넘어서야 소설을 쓰기 시작한 월터 스콧 역시 젊은 시절에는 계관시인으로 선정될 정도로 유명한 시인이었다. 그러나 로맨티시즘 시절의 작품들은 현대의 독자들이 재미있게 읽기는 어렵다. 자본주의가 본격적으로 발달하기 이전에 쓰였기 때문이다. 그의 작품 중 『아이반호Ivanhoe』(1819)가 살아남은 듯하지만, 이 역시 어린이책이나 청소년용으로 각색되는 경우가 많다.


## 오만과 편견의 시작

그에 비하면 제인 오스틴의 작품은 오늘날에도 많이 읽힐 뿐 아니라 영화로도 거듭 제작되었다. 특히 『오만과 편견』(1813)과 마지막 작품인 『설득Persuation』(1818)이 그렇다. 짐작건대 제인 오스틴의 스타일(문체)과 남녀간의 사랑과 결혼이라는, 시대를 초월하는 주제 때문일 것이다.

제인 오스틴의 작품을 신고전주의라고 평가하는 평론가도 있다. 주어진 사회 현실 아래에서 일어난 사건을 교훈적이고 절제된 스타일로 표현했기 때문이다. 로맨티시즘은 열정으로 드러난다. 사람이든 사물이든 또는 어떤 사상이든, 그 어떤 것에 대해서든 열렬한

1894년에 출간된 『오만과 편견』의 32장 시작 부분에 들어간 삽화. 샬롯 콜린스 저택에 있는 다아시와 엘리자베스의 모습이다. 당대 소설의 삽화를 많이 그린 일러스트레이터 휴 톰슨(Hugh Thomson, 1860~1920)이 그렸다.

사랑 또는 믿음을 가지고 행동한다면 로맨티스트인 것이다. 그런 의미에서 언제나 진보적인 것은 아니다. 보수적인 사상에 대한 열렬한 믿음 역시 로맨티시즘이다.

『오만과 편견』을 꼼꼼히 읽어보면 신고전주의라는 평가에 전적으로 동의하기는 어렵다. 무엇보다 주인공인 엘리자베스는 '주어진 사회체제'를 그대로 받아들이고 행동하지 않는다. 줄거리를 간단하게 줄이면 신데렐라 스토리이지만 디테일은 아주 다르다. 엘리자베스는 주어진 사회체제에 대해 의문을 제기하거나 변혁할 생각을 가지고 있지 않다. 오히려 잘 적응하려 한다. 그 시대의 '신사계급'인 결혼 적령기 여성의 전형이라고 해도 좋을 것이다.

그렇지만 소설에서는 한 여자가 품위 있는 삶을 영위하려면 일정한 수입이 보장된 '신사'와 결혼할 수밖에 없다는 점을 상세히 설명하고 있다. 여자이기 때문에 재산을 상속받을 수도 없고, 아무리 똑똑하다 해도 그럴듯한 전문직을 가질 수도 없다. 오로지 '신사'와 결혼하는 수밖에 없는 것이다. 그런 상황에서 한 여자가 계급만 신사가 아니라 내면까지도 신사인 남자를 어떻게 찾아내어 결혼까지 성공할 수 있을 것인가? 그 과정을 이야기하는 동안 제인 오스틴

문학의 죽음에 대한 소문과 진실

은 당대의 '사회제도'를 비판한다. 다른 고려 없이 글자 그대로 '재산'만 보고 결혼하는 샬롯과 교양 없고 야성적이기만 한 남자와 결혼하는 리디아의 경우를 보여주면서 비교하게 만든다. 그들에 비하면 엘리자베스의 결혼은 '조금' 다르다. 숨막히는 사회적 조건 속에서 나름대로 원하는 것을 얻는 과정을 눈여겨본다면 그 조금이 최대치인지도 모른다. 이어서 마지막 작품 『설득』과 샬롯 브론테 Charlotte Bronte, 1816~1855의 『제인 에어 Jane Eyre』(1847)를 차례로 읽으면, 점점 달라지는 여주인공의 태도를 확인할 수 있다.

　엘리자베스에게도 결혼 상대자의 재산은 무척이나 중요하다. 그렇지만 신사답지 못한 내면을 가졌던 다아시(결국 결혼하는 상대)의 첫번째 청혼을 냉정하게 거절하지만, 둘은 마침내 결혼에 성공한다. 그 과정에서 다아시와 엘리자베스의 '정신적인 성장(또는 변화)'은 소설에서 아주 중요한 부분이다. 당시 사회적 관념으로 보면 여성은 이성적인 존재가 아니므로 어떤 과정으로든 정신적인 성장은 불가능했다. 그러나 편견과 속물근성을 드러내기까지 한 엘리자베스는 자신의 단점을 깨닫는 과정을 거치면서 '성장'한다. 여성도 남성과 마찬가지로 경험을 통해 정신적으로 성장할 수 있을 뿐 아니라 결혼 상대인 다아시를 변화시킬 수 있을 정도로 지혜로울 수 있음을 보여주는 것이다. 제인 오스틴의 '여성의 정신적인 성장'에 대한 열정은 마지막 작품 『설득』에서 더욱 강하게 드러난다. 주인공인 앤은 마치 30년 뒤에 출간되는 소설 『제인 에어』에 등장하는 주인공 제인 에어의 전신을 보는 것 같다. 앤은 결혼적령기를 넘겼을 뿐 아니라 외모가 그다지 아름답지도 않고 실연의 경험까지 가지고 있다. 그럼에도 불구하고 결혼 상대를 찾는 과정에서 모든 관계를 매우 능동적으로 주도해나간다.

제인 오스틴의 텍스트가 현대의 독자들에게도 설득력이 있는 것은 주인공의 그런 변화를 보여주는 디테일의 힘 때문일 것이다. 더욱이 이런 장면은 대단히 현대적이다. 다음은 주인공인 앤과 하빌 대령의 대화 장면이다. 남자와 여자 가운데 누가 더 잘 변하는가에 대해 논쟁하고 있다.

"(…) 여자의 변덕을 말하지 않은 책은 한 번도 본 적이 없는 것 같아요. 노래와 속담도 모두 여자의 변덕을 이야기하죠. 하지만 당신은 그게 다 남자가 쓴 거라고 하겠지요."
"아마 그럴 거예요. 맞아요. 맞아. 책에 쓰인 사례는 들지 마세요. 남자들은 자기들의 이야기를 하기가 훨씬 유리한 상황이에요. 남자들이 훨씬 수준 높은 교육을 받고 손에 펜을 쥐고 있잖아요. 책으로는 아무것도 증명할 수 없어요."[1]

제인 오스틴의 작품을 시대별로 차근차근 읽어보면 여성의 정신적인 성장에 대한 인식의 변화를 느낄 수 있다. 초기 작품에 비하면 이 마지막 작품 『설득』의 변화는 대단히 극적으로 보이기까지

---

[1]  제인 오스틴, 전승희, 『설득』, 민음사, 2019, 전자책

한다.

로맨티시즘은 개인의 신념이 자신을 둘러싼 주변도 변화시킬 수 있다는 희망에 대한 열정이다. 그런 의미에서 로맨티시즘은 18세기 말에 시작되어 19세기 중반에 사라진 것이 아니다. 누군가 자신이 리얼리스트라고 열정적으로 주장한다면 그는 로맨티스트이기도 한 것이다.

프랑스에서 로맨티시즘의 사회적 의미는 좀더 복잡하다. 짧은 글로 그 모든 것을 설명하기는 불가능하다. 위험을 무릅쓰지 않고는 단순하게 규정할 수도 없다. 그러나 여기에서 쓰인 로맨티시즘을 이해할 수 있다면 다른 텍스트를 읽을 때에도 큰 문제가 없을 것이다.

더 잘 이해하고 싶다면 『문학과 예술의 사회사 3』을 읽어보면 좋겠다.


### 연구 논문으로서 사실주의

사실주의라는 용어에는 사실 그대로 쓰겠다는 '의도'가 반영되어 있다. 어떤 사실일까? 이때 사실주의realism는 이상주의idealism의 반대말이다. 언뜻 이해하기 어려울지 모르겠다. 왜 감성과 상상력을 중요하게 여기는 로맨티시즘이 아니라 이상주의가 사실주의의 반대일까? 그런 의문이 든다면 다시 한번 더 새기기를 바란다. 낱말의 의미는 언제나 맥락에 따라 달라진다.

이상주의는 '사실reality' 그 자체를 알 수는 없다는 '사실'을 바탕으로 한 사고방식이다. 위험을 무릅쓰고 거칠게 설명하면 이런 것이다. 주관적 이상주의는 한 개인이 파악할 수 있는 어떤 것(사실)이 사고의 출발점이 되고, 객관적인 이상주의는 인간의 정신 바깥에 변치 않는 사실이 있다고 가정한다.

어떻게 이런 논리가 가능할까? 전제적인 권력이 작동하던 시대에는 최고 지배계급에 속하는 개인의 생각은 그대로 실현 가능한 '이상적인 사실'이 될 수 있었다. 루이 14세는 '짐이 곧 국가다'라고 하지 않았던가. 그 점은 동서양이 마찬가지였다. 동양의 삼강오륜도 성인의 말씀이다.

사실이 인간 정신 바깥에 있다는 주장 역시 마찬가지다. 신의 존재로 간단하게 해결된다. 신의 심부름꾼을 자처함으로써 인간 정신 바깥에 있는 '이상적인 사실이 무엇인지' 알 수 있는 특권을 가지면 되는 것이다. 권력자에게는 주관적인 사실과 객관적인 사실이 언제나 일치하는 것이었다. 왕권신수설에 따르면 왕권은 신이 준 것이었고, 그것은 곧 왕의 생각이 신의 생각과 같다는 의미로 이해될 수 있기 때문이다. 만일 다르다고 한다면 왕의 주관대로 신의 생각을 고치면 된다. 정치공학적인 관문을 거쳐야 하기는 했지만 절대권력자들에게는 대개 그 일이 그리 어렵지 않았다.

이처럼 이상적인 생각, 곧 '진리'는 지배계급의 통치를 합리화하는 '권위적인 관념'의 일부였다. 그런 사고방식은 고전주의에 깊이 뿌리박혀 있다. 지난 장에서 다룬 로맨티시즘은 '그들만의 이상주의'가 지배했던 신분계급사회의 권위를 무너뜨린 진보적인 사고방식이었다. 뒤이어 나타난 사실주의는 전통과 권위가 다 무너져내리던 격변의 시기에 등장한 새로운 사실들을 가능한 한 있는 그대로 파악하려는 노력이었다. 이런 사실주의는 19세기 후반까지 지속되는데, 당시 가장 유명한 평론가였던 매슈 아놀드Matthew Arnold, 1822~1888의 주장도 정확하게 같은 것이었다. 그는 계급적 이해를 떠나 사심 없이 사물을 있는 그대로 보려고 노력해야 한다고 주장했는데, '변화'를 제대로 이해해야 새로운 질서를 구축할 수 있으리라 믿었기 때문이다.

발자크에서 설명했듯이 사실주의 소설은 작가의 사고방식을 드러낸 것이 아니다. 작가의 취향이나 생각과 반대된다고 하더라도 '사심 없이 사물을 있는 그대로 보려고 노력'한 연구의 결과였다. 그에게 소설은 언제나 '연구study' 논문 같은 것이었다. 그런 연구 결과를 알고 싶었던 사람들은 새로운 지배층으로 떠오르고 있던 부르주아였다. 그런 상황에서 사실주의가 관심을 가졌던 것은 사실 그 자체라기보다는 당대의 문제를 해결할 수 있는 '사실'이 무엇이냐는 것이었다. 그런 연구 결과를 바탕으로 사회적인 문제가 곪아터지기 전에 치유하려 했던 것이다. 그 점에서는 영국 사실주의 시대를 연 찰스 디킨스Charles Dickens, 1812~1870를 비롯한 그 시대 작가들도 같은 의견이었다. 그들은 끔찍하게 비참했던 가난한 민중들의 삶과 지나친 빈부격차가 가장 큰 문제라고 보았다. 다음은 그 당시 노동환경이 얼마나 지독했는지를 잘 말해주는 정부 보고서[2]이다.

'날씨가 좋을 때 이 소녀들은 아침 몇 시에 공장에 출근합니까?'

'날씨가 좋은 기간 약 6주 동안 새벽 세시에 공장에 가서 밤 열시나 열시 반까지 일합니다.'

'그 19시간 노동하는 중에 휴식 시간은 얼마나 되나요?'

'기계를 닦는 데 아침식사 시간이나 차 시간이 다 소요되는 경우도 있습니다. 최대한 식사를 빨리 하지 않으면 큰일나죠.'

1819년부터 과도한 노동을 규제하는 법이 시행되었으나 사정은 개선되지 않았고 현실은 여전히 비참했다. 이런 제도에서 아이들은 하루 일이 끝나면 완전히 녹초가 되었으므로 아침에는 감독이 흔들어 깨워야 했다.

일부 광산의 사정은 더욱 열악했다. 겨우 네 살에 끌려와 환기구를 여닫는 일을 하는 아이들도 있었다. 이 아이들은 석탄을 캐내면서 생긴 좁은 공간에 몇 시간이나 앉아 있었다. 어느 감독의 말에 따르면 '최악의 환경 속에 홀로 갇혀 있는 셈'이었다. 당연한 현상이지만 사망률이 높을 수밖에 없었다. 심지어 작업하다가 졸음에 겨워 기계 속으로 빨려들어가는 사태도 있었다. 그래도 그것은 신속하게 죽는 경우였다. 위생 상태가 불결했으므로 질병이 많았다. 특

---

2    1831~1832년 영국 정부의 공장아동노동조사위원회가 보고한 내용이다.

히 결핵, 콜레라, 장티푸스는 3대 질병으로 악명을 떨쳤다.[3]

## 조금도 혁명적이지 않은 사회소설들

영국의 정치제도 변화는 프랑스혁명의 영향을 받았다. 산업혁명과 정치혁명이 앞서거니 뒤서거니 하면서 함께했던 것이다. 1832년의 제1차 선거법 개정 역시 프랑스의 1830년 7월혁명의 영향을 받은 것이었다. 노동자계급도 투표권을 얻기 위해 힘을 보탰지만 결국 일정한 재산을 가진 성인 남자들, 즉 부르주아계급에게만 투표권이 주어졌다. 그 결과 의회에서 그들은 강력한 지위를 가지게 되었고 자본가에게 유리한 방향으로 법이 개정될 수 있었다.

당연히 노동환경은 조금도 개선되지 않았다. 소규모 공업단지가 있었던 촌락에서는 하루 벌어 하루 사는 노동자들이 모여들었다. 그곳에서는 식구들이 덮는 담요까지도 전당포에 잡혀 있는 경우가 많았다. 영국 최초의 산업도시 가운데 하나였던 로치데일에서는 기가 막히는 광경이 벌어진 적이 있다. 당시 반곡물법 동맹Anti-Corn Law League(1839년에 시작) 등 곡물의 가격을 낮추기 위해 외국의 곡물 수입을 자유화하려는 움직임에 빈민 노동자들이 동원되기도 했다.

---

3    피터 왓슨, 남경태, 『사람이 알아야 할 모든 것 : 생각의 역사 1』, 들녘, 2009(pp. 928~929)

2000명의 여자들과 소녀들이 찬송가를 부르면서 거리를 누비고 지나갔다. 그것은 아주 희한하고 감동적인 광경이었다. 거의 숭고하다고 해도 좋을 정도였다. 그 여인네들은 몹시 허기져 있어서 한 덩이의 빵을 이루 말할 수 없을 만큼 게걸스럽게 먹어치웠고, 또 빵이 거의 흙투성이가 되어 있어도 열심히 먹어댔다.[4]

이렇게 절망적인 상태에 처해 있던 노동자들의 반란은 어떤 의미에서는 불가피한 일이었다. 실제로 1830년대 말에는 남부지방과 동부지방의 굶주린 노동자들이 폭동을 일으켜 기계를 파괴하기 시작했는데 그 속도와 규모가 엄청났다.[5] 정부가 한때나마 겁을 먹고 당황했을 정도였다. 게다가 노동자들의 선거권 쟁취를 위해 조직된 차티스트운동이 10년이나(1838~1848) 지속되었다. 통신수단도 없던 시절인데다가 대부분이 문맹이었던 수백만의 노동자들이 그 운동에 참여했다는 사실만 보아도 당시 사회 분위기를 짐작할 수 있다.

이런 상황에서 사실주의 소설의 중요한 주제 가운데 하나가 산업혁명이 만들어낸 빈곤층의 문제였다는 것은 당연해 보인다. 일상 언어를 사용한 산문들은 당대의 모든 계층에 호소하는 것처럼 보

---

4    에릭 홉스봄, 정도영·차명수, 『혁명의 시대』, 한길사, 1998(p.392)
5    러다이트운동Luddite Movement은 1811년에서 1817년 사이에 일어난 기계 파괴 운동이다. 그 기세가 꺾이기는 했지만 이후에도 빈부격차나 노동환경의 문제가 해결되지 않았으므로 산발적으로 계속되었다.

였지만 '절실한 생존의 문제'에 시달리는 노동자 독자는 아주 소수였을 뿐이다. 대부분의 독자는 계급투쟁에 승리한 중간계급, 부르주아였다.

당시에 쓰인 산업소설 내지는 사회소설이라고 부를 만한 작품들은 산업혁명의 결과로 생긴 자본주의사회의 문제에 대해 격렬하게 공격했다. 그러나 그 어디에서도 혁명적인 내용은 찾을 수 없다. 당대 사회의 계급적인 차별과 민주적인 이상은 공존 가능하며 그 합리적인 근거가 유익하게 작동한다는 보수적인 입장을 지지했다. 모든 문제는 박애주의적 보수주의로 해결할 수 있다는 것이다. 이런 작품들은 부르주아사회의 목표와 규범에 대해 문제를 제기하고 이들 중간계급의 갑작스러운 상승으로 야기된 불안과 위협이 그들을 파멸시킬 수도 있음을 경고하는 정도로 마무리된다. 엘리자베스 개스켈Elizabeth Gaskell, 1810~1860의 『남과 북North and South』 (1855)이나 벤저민 디즈레일리Benjamin Disraeli, 1804~1881의 『시빌 Sybil』(1845), 찰스 킹즐리Charles Kingsley, 1819~1875의 『앨턴 로크Alton Locke』(1850), 조지 엘리엇George Eliot, 1819~1880의 『펠릭스 홀트Felix Holt』(1866), 찰스 디킨스의 『어려운 시절Hard Times』(1854)과 같은 작품들이 그렇다.

19세기 영국 문학에서 최고의 리얼리스트라면 누구나 찰스 디킨스를 꼽는다. 다양한 계층의 삶을 생생하게 담아내고 있어 19세기의 연대기 기록자로 손색이 없다. 소설에는 주로 권선징악을 바탕으로 한 인물들이 등장하기 때문에 일면적일 뿐 아니라 그 때문에 과장된 묘사가 많기는 하지만, 작가의 인식 수준 역시 자신의 독자와 비슷할 정도로 소박했기 때문에 더욱더 당대 현실의 핵심을 정확하게 포착할 수 있었는지 모른다. 헝가리의 역사학자 아르놀트 하우저에 따르면, 디킨스는 프롤레타리아트의 사정과 공업 대도시에서의 생활에 대해서 거의 아무것도 몰랐으며 노동운동에 관해서는 완전히 비뚤어진 개념을 가지고 있었다.[6]

## 고급 독자의 탄생

디킨스의 소설도 대부분은 멜로드라마와 싸구려 범죄소설을 잘 버무려놓은 것 같은 작품들이다. 멜로드라마는 대개 스릴과 서스펜스를 사용하여 격정적인 사건을 풀어나가기 때문에 재미있지만 일관된 논리가 없고 사건 전개도 우연이나 의도된 설정이 빤히 보인다. 등장인물들은 생생한 모습을 보여주지 못하고 극적 상황에 지배되어 있다. 이런 통속소설은 모두가 비슷비슷해서 몇 편을 읽고 나면 지루할 수밖에 없다. 어쩌다가 한 번쯤 책을 읽는 사람들에게는 괜찮을지 몰라도 진지한 독자들은 계속 읽어내기 어렵다. 실제로 1930년대 말부터는 디킨스류의 독자층과 새커리William Makepeace Thackeray, 1811~1863나 트롤럽Anthony Trollope, 1815~1882류

---

6   아르놀트 하우저, 반성완·백낙청·염무웅,『문학과 예술의 사회사 4』, 창비, 2016 (p.196)

의 독자층으로 나누어졌다. 디킨스의 작품을 좋아하는 사람들은 새커리나 트롤럽, 조지 엘리엇을 이해하기도 어려웠고, 진지한 독자들은 디킨스의 작품을 경멸했다.

참고로 새커리는 디킨스와 동시대 인물로, 하층민의 삶을 주로 다룬 디킨스와 달리 상류사회의 교만과 위선, 속물근성을 풍자적으로 다뤘다. 대표작으로 꼽히는 『허영의 시장*Vanity Fair*』(1847)은 한국어로도 번역되어 있다. 부제가 '주인공 없는 소설'이라는

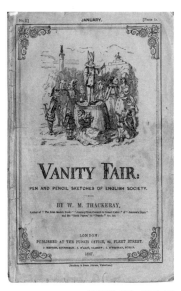

『허영의 시장』 초판 표지

것만 보더라도 특이한 스타일의 소설임을 알 수 있다. 새커리는 이 작품으로 상업적인 성공과 함께 작가로서의 명성을 얻었다.

트롤럽 역시 디킨스와 동시대 소설가이다. 19세기 중엽의 영국 사회를 사실적으로 냉정하고 정확하게 묘사한 작품을 썼다. 최근 들어(대략 2011년 이후) 새로이 높은 평가를 받게 되었다. 아직 한국어로 번역된 작품은 없다.

조지 엘리엇은 매우 특이한 작가다. 필자도 이름 때문에 처음에는 남자인 줄 알았다. 본명은 메리 앤 에반스Mary Ann Evans로, 남자 이름을 필명으로 사용한 것은 두 가지 이유 때문이었다. 이 시대 여성 작가들은 자기 이름으로 책을 낼 수 있었지만, 여성 작가는

감성적인 사랑 이야기밖에 쓰지 못한다는 고정관념이 있었다. 그런 선입견에서 벗어나고 싶었던 것이다. 그 의도는 성공했던 것 같다. 미국의 철학자이자 역사가인 존 피스크John Fiske, 1842~1901는 조지 엘리엇을 '남성처럼 생각하는 (…) 여자 셰익스피어'라고 인정했으니. 요즘이라면 이런 식으로 칭찬할 수 없겠지만 당시 영국에서는 여자가 자기 재산을 소유할 수도, 투표권도 없었을 때다.

또 하나는 대중의 관심으로부터 자신의 사생활을 보호하고 싶었기 때문이다. 엘리엇은 당시로서는 파격적인 결혼 형식이었던 오픈 메리지를 실천한 철학자이자 비평가 조지 헨리 루이스George Henry Lewes, 1817~1878와 평생 동거했다. 당시 유명한 문화계 인사들도 이와 비슷한 경우가 많았지만 대개는 이러한 관계를 숨겼다. 그러나 조지 엘리엇과 루이스는 굳이 숨기려 하지 않았고, 그랬기 때문에 모럴리스트들에게 비난받기도 했다.

현대의 페미니스트들은 그의 삶을 작품 속 여성들과 비교하곤 한다. 삶에 비하면 작품의 내용은 보수적이라는 것이다. 엘리엇의 작품에 등장하는 여주인공들은 거의 모두가 당대 사회의 억압에 저항하지만 실패에 가까운 결말을 맞는다. 그러나 저항이 꺾이고 현실에 적응한다고 해서 꼭 보수적이라는 평가에는 동의하기 어렵다. 특히 대표작인 『미들마치Middlemarch』(1871~1872)를 보면, 재능과 열정이 있는 여주인공들이 하나같이 '사회적인 억압'에 굴복하고 마는 과정이 드러난다. 사회제도를 바꾸지 않으면 아무리 뛰어난 개인이라도 환경에 적응하는 평범한 한 사람이 되고 만다는 것이다.

이 작품은 현대의 작가나 평론가들에 의해 영어로 쓰인 최고의 작품으로 꼽히기도 한다. 그러나 한국에는 대략 30년 전쯤에 번역된 뒤에 다시 번역되지 않았다(지금도 이 번역본은 구할 수 있다). 1천 4백여 쪽이나 되는 대작인데다가 상업적으로도 성공하기 어려운 작품으로 평가받기 때문이기도 할 것이다. 문학사에서 푸대접받는 여성 작가의 작품이라는 이유도 없지 않을 것이다.

작품의 부제는 '지방 생활 연구A Study of Provincial Life'이다. 소설은 미들마치 지방과 그 주변 사회를 중심으로 한 1830년대의 과도기적인 세계를 그리고 있다. 구체적으로는 1829년부터 1832년 여름까지이다. 소설에는 중상류층의 다양한 인물들이 등장한다. 선거법 개정, 국회의원 선거, 토지개혁, 철도부설 등의 정치사회적 변화를 겪고 있는 미들마치 사회의 삶을 들여다볼 수 있다.

조지 엘리엇의 작품을 읽어보면 여기저기에서 포이어바흐Ludwig Feuerbach, 1804~1872의 생각이 그림자처럼 어른거린다. 그가 독일 사회에서 문제작이었던 포이어바흐의 『기독교의 본질The Essence of Christianity』(1841)의 영어판 번역자였기 때문일 것이다. 포이어바흐는 '심리학적인 방법으로 종교를 비판'했다고 평가받는데, 조지 엘리엇의 작품 역시 심리소설이다. 그의 소설에서 가장 중요한 사건은 정신적·도덕적 본성에 관한 것이며, 거대한 운명적 투쟁의 무대는 인간의 영혼, 내면세계, 도덕의식이기 때문이다.[7] 등장인물의 말과 행동은 사건 전개를 위한 것이라기보다는 심리를 드러내기 위한 것이다. 그런 의미에서 이전의 사실주의 작가들이 등장인물의 체험과 그 결과인 사건 전개에 주력했다면, 엘리엇의 작품은 심리 작용의 변화를 분석적으로 보여주는 매우 현대적인 소설이다.

---

7    앞의 책(p.203)

# 5. 미국 문학

## 미국 문학 — 마크 트웨인 이전

헤밍웨이Ernest Miller Hemingway, 1899~1961는 미국 현대문학이 마크 트웨인Mark Twain, 1835~1910의 『허클베리 핀의 모험The Adventures of Huckleberry Finn』(1884)에서 유래한다고 했다. 이 작품을 시작으로 주제와 문체, 양면에서 미국적이라고 할 만한 문학 전통이 확립되었다는 것이다. 여기에는 어느 정도 공감할 수 있다.

그러나 연대를 보라. 19세기 말이다. 유럽인들이 미국으로 이주하기 시작한 것은 17세기 초반이고 대략 150년 정도의 '식민지 시기'를 거쳐 독립혁명이 일어났다. 그게 18세기 후반이다. 『허클베리 핀의 모험』은 다시 백 년이 지나야 등장한다.

그 이전에는 '미국적'이라고 할 만한 문학이 없었을까. 퍼뜩 떠오르는 이름만 해도 다섯은 된다. 너새니얼 호손Nathaniel Hawthorne, 1804~1864, 에드거 앨런 포Edgar Allan Poe, 1809~1849, 허먼 멜빌Herman Melville, 1819~1891, 월트 휘트먼Walt Whitman, 1819~1892, 에밀리 디킨슨 Emily Dickinson, 1830~1886. 이들은 모두 현대문학에 크게 영향을 끼쳤고, 그들의 작품은 오늘날에도 '살아 있다'.

미국은 19세기를 거치면서 세계사에서 찾아볼 수 없었던 연방제 국가 건설에 성공했고 눈부신 근대화를 이룩했다. 그 결과는 우리 모두가 잘 알고 있다. 그렇지만 다른 대륙에서 모여든 사람들이 그 넓은 땅에서 이룩한 근대화의 이면에 인종적·지역적·문화적 갈등이 없을 리 없다. 게다가 그 성공의 하부구조를 강제로 만드는 과정에서 영토 확장을 위한 '서부 개척', 아메리카 원주민 학살, 흑인노예제를 둘러싼 남북전쟁을 거쳐야 했다. 이 모든 과정은 소위 우리가 백인이라고 통칭하는 앵글로색슨 중산층 남성이 주도했고, 그들의 성공이었다.

흑인과 원주민의 입장에서 보면 고난의 시기였다. 이주 또는 제거 정책Removal Policy 결과 사실상 대량 학살당할 운명에 처했던 원주민들과 노예로 처절한 삶을 살아야 했던 흑인들은 해방된 뒤에도 인종차별을 금지한다는 내용의 '수정헌법 제15조'를 제대로 누리지 못했다. 남북전쟁 이후 재건이 끝나고 북군이 떠나자마자 남부에서는 정교한 인종차별법을 만들었던 것이다. 이것이 바로 그 유명한 '짐크로법Jim Crow laws'[1](1876~1965)이다. 일상에서 흑인들을 백인과 분리시키고 강제로 불평등한 사회적 환경 속으로 밀어

문학의 죽음에 대한 소문과 진실

넣었다.

먼저, 흑인의 선거권을 박탈했다. 시험을 통해 문맹이 아닌 사람만 선거권을 주겠다고 했다. 말은 그럴듯했지만 흑인에게는 어려운 헌법 구절을 해석하게 하거나 라틴어를 들이대고, 백인에게는 겨우 '고양이cat' 같은 글자를 읽게 했다. 이렇게 다시 '참정권'을 박탈당한 뒤 흑인의 사회적 환경은 끔찍한 나락으로 떨어지지 않을 수 없었다. 린치도 어느 정도까지 합법화됐다. 오죽하면 피투성이 시체가 나무에 매달리는 모습을 그린 〈이상한 열매Strange Fruit〉(1939)라는 노래가 유행했겠는가.[2] 미국인들이 가장 좋아하는 작품이자 성경만큼이나 많이 판매되었다는 『앵무새 죽이기To Kill A Mockingbird』(1960)의 시대적 배경도 바로 그 시절, 1930년대다. 남북전쟁이 북군의 승리로 끝난 뒤 흑인의 지위가 조금도 향상되지 않았다고 말할 수는 없지만 적어도 1965년 이전까지 미국 흑인들은 끔찍하게 불평등한 사회적 조건을 감수해야 했다.

19세기 중반 이후 아일랜드와 유럽 동북부에서 이민 온 많은 사람들과 철도 부설 공사에 동원된 중국인 이민자들도 역시 열악한 조건을 감수해야 했다. 서부 개척 과정에서 하층민으로 전락한 치

---

1  '짐 크로'는 백인이 흑인으로 분장하고 공연한 뮤직 코미디인 민스트럴쇼에서 대히트했던 노래 제목 〈점프 짐 크로〉에서 유래했다. 10년쯤 지나면서 짐 크로는 '니그로(깜둥이)'와 같은 뜻으로 쓰이게 되었다.

2  빌리 할리데이Billie Holiday, 1915~1959를 시작으로 재즈 가수들의 주요 레퍼토리가 되었다.

카노Chicano3들의 운명도 끔찍했다. 이렇게 다양한 민족과 문화가 뒤섞였으니 적어도 '산문문학', 특히 소설의 경우 다양한 관점과 이야기가 뒤섞일 수밖에 없었을 것이다. 그러다보니 마크 트웨인의 사실주의 문학 이전에 단순하게 로맨티시즘이라고만 하기는 어려운 다양한 관점과 스타일을 가진 문학이 등장했다.

## 미국인다운 문학, 가죽스타킹 이야기

전업 작가의 가능성을 보여준 최초의 작가는 19세기 초 뉴욕에서 나타났다. 니커보커스Knickerbockers라고 알려진 작가 그룹에서 가장 유명했던 워싱턴 어빙Washington Irving, 1783~1859과 '변경'에서 서로 다른 인종 간의 우정을 그려낸 제임스 쿠퍼James Fenimore Cooper, 1789~1851가 그들이다.

어빙의 작품으로는 『스케치북The Sketch Book』(1820)이 가장 유명하다. 여기에 실려 있는 작품 가운데 「립 밴 윙클Rip Van Winkle」은 미국을 배경으로 쓴 최초의 단편소설로 알려져 있다. 어빙은 미국이라는 신세계에 유럽의 전설과 설화적 문화를 입히고 싶어했다. 『스케치북』에는 유럽에 대한 이야기가 많이 담겨 있다. 그 가운데 「립 밴 윙클」은 미국을 배경으로 쓰였기는 하지만 그 스토리 역시

---

3    미국에 거주하는 멕시코계 사람들 중 특정 정치의식을 가지고 정체성을 공유하는 이들을 일컫는다.

「슬리피 할로우의 전설」의 주인공인 이카보드 크레인Ichabod Crane을 그린 것이다.

상당 부분 독일의 민담 「페터 클라우저Peter Klause」에서 가져온 것이다. 등장인물의 성격은 '조금' 미국적이지만. 또하나의 유명한 단편이 「슬리피 할로우의 전설The Legend of Sleepy Hollow」인데, 역시 배경은 미국이지만 이야기 구성 방식은 영국의 이야기시narrative poem인 「탐 오섄터Tam o' Shanter」(1790)에서 상당 부분 빌려왔다.[4] 아직 본격적인 미국의 정신을 확인하기는 어렵다.

오래된 조상이나 유령이 등장하는 어빙의 고딕소설적 요소들은 오래지 않아 에드거 앨런 포나 너새니얼 호손의 작품에 매우 세련

4    함용도, 『워싱턴 어빙』, 건국대학교출판부, 1995(p.65)

된 형태로 이어진다. 고딕소설이란 대개 중세의 수도원이나 오래된 성을 배경으로 한 괴기 공포물이다. 그 시작은 호레이스 월폴Horace Walpole, 1717~1797이 쓴 『오트란토의 성The Castle of Otranto』(1764)으로 보는 것이 보통이다. 비디오로 괴기 공포물을 경험한 현대인 입장에서 보면 그리 대단치 않겠지만 당시 독자들에게는 엄청난 반향을 불러일으켰다. 한국어로도 번역되어 있으니 텍스트를 느껴보면 좋겠다. 이 계열의 소설로 우리에게 가장 잘 알려진 작품은 브램 스토커Bram Stoker, 1847~1912의 『드라큘라Dracula』(1897)이다. 이 소설은 영화를 본 기억만으로 읽으면 실망하는 경우가 많다. 7백 쪽 정도의 두꺼운 소설인데다가 '흡혈귀에 대한 깊고 넓은 연구 조사 성과'를 보게 될 테니까. 그 내용을 아주 잘 이해하고 싶다면 『주석 달린 드라큘라The New Annotated Dracula』(2008)를, 단지 소설만 읽고 싶다면 이세욱의 번역본을 권한다.

1897년에 출간된 제임스 페니모어 쿠퍼의 『미국 개척자 삶에 대한 역사적인 이야기Historical Stories of American Pioneer Life』표지이다.

거기에 비하면 제임스 쿠퍼의 가장 중요한 작품인 〈가죽스타킹 이야기Leatherstocking Tales〉 시리즈(1823~1841)는 상당히 '미국적'이다. 시리즈 가운데 가장 유명한 작품은 『모히칸족의 최후The Last of the Mohicans』(1826)인데, 1990년대에 영화로도 제

문학의 죽음에 대한 소문과 진실

작되었다.

주인공은 백인 네티 범포와 모히칸족 추장 칭가치국이다. 네티 범포는 호크아이Hawkeye라고도 불리는데, 식민지 영국인의 아들이 었지만 어렸을 때 부모를 잃었고 칭가치국이 키웠기 때문이다. 당연히 숲에서 살아가는 야생의 기술과 '원주민의 미덕'도 배운다. 이야기는 젊고 아리따운 두 자매가 아버지를 찾아 윌리엄 헨리 요새로 가는 길에 던컨 헤이워드 소령이 지휘하는 부대와 동행하면서 시작된다. 문제는 마구아라는 프랑스 편 안내인이었다. 그는 그들을 함정으로 몰아넣지만 두 자매는 호크아이, 웅카스, 칭가치국에 의해 구조된다. 그런 모험의 과정에서 백인과 원주민이 진실한 우정을 나눌 수 있음을 보여준다. 이러한 이야기는 사실적이라기보다는 거의 소원성취 모델에 가깝다.

더욱이 '마지막 모히칸'이라는 말에서도 드러나듯이 아메리카 원주민은 더이상 옛날과 같은 방식으로 살아갈 수 없고(칭가치국은 부족과 땅을 모두 잃은 원주민 추장이다), 백인 주인공인 네티 범포가 숲에서 살아가는 유럽인을 대표한다. 그렇게 보면 북미 대륙의 문명화 흐름은 거부할 수도 없고 되돌릴 수도 없는 것이 전제된 이야기다. 피비린내 나는 서부 개척의 역사를 단순하게 이상화한 이야기라고 볼 수 있다. 그런 의미에서 판타지가 가미된 로맨티시즘 소설이다.

스타일로 보아도 그렇다. 구체적이어야 할 경우에도 모호하고 환상적인 분위기로 대신할 때가 많다. 그랬으니 사실주의 작가인 마크 트웨인은 이야기의 설정과 배경에 대한 묘사가 그럴듯하지 않다고 비판했을 것이다. 다른 평자에 의해서도 프렌치인디언전쟁(1754~1763)에 대한 부정확하고 과장된 배경 묘사나 역사의 왜곡도 지적되었다. 그럼에도 불구하고 미국인의 '다민족 민주주의 국가의 건설'이라는 정체성에 대한 국민적 신화를 창조하는 데 중요한 역할을 했기 때문에 당대의 독자들에게는 환영받았다.

다른 인종 간에도 이런 우정을 통하여 자유와 평등이라는 민주주의를 실현할 수 있으리라는 미국의 정체성에 대한 모색은 이후에도 이어진다. 허먼 멜빌의 『모비 딕*Moby-Dick*』(1851)에서 이슈미얼과 퀴퀘그, 마크 트웨인의 『허클베리 핀의 모험』에서 허클베리 핀과 짐이 그런 단짝이다.

## 주홍 글자에 쓰인, 진정 문학다운 문학

그러나 유럽의 문화적 기준으로 보면 너새니얼 호손의 『주홍 글자*The Scarlet Letter*』(1850)가 나오기 전까지 미국에는 문학다운 문학은 없었다고 말할 수 있다.[5]

소설의 줄거리는 다음과 같다. 배경은 17세기 미국 뉴잉글랜드,

---

5    19세기 말의 사실주의 소설가인 헨리 제임스는 너새니얼 호손의 『주홍 글자』가 출간되고 나서야 '미국에서도 문학이라고 할 만한 소설'이 나왔다고 평가했다. D. H. 로렌스 역시 '이처럼 심오하고 다의적이며 완전한 작품은 없다'고 극찬했다.

간음 혐의를 받고 있는 피고 헤스터 프린에 대한 재판이 열린다. 판사들은 안고 있는 아이의 아버지가 누구인지 묻지만, 헤스터는 끝까지 대답하지 않는다. 간음Adultry의 A가 수놓인 옷을 입고 사람들의 구경거리가 되어도 입을 열지 않았다. 간음한 상대는 개신교 목사인 딤스데일이다. 헤스터는 삯바느질을 하면서 딸인 펄을 키우며 가난하게 살아가고 있었지만 가난한 사람들을 돕기도 한다. 이에 반해 딤스데일은 죄책감에 시달리면서도 '거룩한 목사' 역할을 해내고 있었다. 죽은 줄로만 알았던 남편 로저 칠링워스가 돌아와서는 간음의 상대를 찾겠다고 결심하고 마침내 딤스데일을 의심하게 된다. 헤스터와 딤스데일은 도망하기로 결심하지만, 결국 딤스데일은 사람들 앞에서 죄를 고백하고 숨을 거둔다.

『주홍 글자』에 대한 비평가들의 찬사는 대단했다. 출간되자마자 비평가인 에버트 A. 디킨크Evert Augustus Duyckinck, 1816~1878는 지금까지 나온 미국 작품 가운데 최고라고 추켜세웠을 정도다.

반면에 청교도 성직자들과 보수적인 독자들은 엄청난 비난을 퍼부었다. 창녀의 도서관에나 있을 법한 추잡스러운 이야기라는 것이다. 특히 미국의 성공회 주교였던 아서 C. 콕스Arthur Cleveland Coxe, 1818~1896는 '인기 있는 작가가 비도덕을 영구화할 의도를 구체화한 것이라면 그에게는 조금의 관용도 베풀어서는 안 된다'면서 금서로 지정되어야 한다고 주장했다.[6]

---

6    The Writings of Hawthorne, Church Review, January, 1851, no. 3(pp. 489~511)

이런 청교도사회의 보수적인 시각 때문에 호손은 살던 곳에서 이사를 가야 했을 정도다. 이후에도 이 작품은 '도색적이고 음란하다'는 이유로 청소년들에게는 금지되어야 한다는 주장이 되풀이되었다. 그러나 미국에서는 공식적으로 금지된 적이 없을 뿐 아니라 그런 주상이 있을 때마다 이 작품은 도덕이나 윤리로 재단할 수 없는 미국 최고의 고전이라는 가치를 확인했을 뿐이다.

작가 자신은 『주홍 글자』가 소설이 아니라 로맨스라고 주장했다. 이 구분은 오늘날에도 적용할 수 있을 정도로 일반화된 것은 아니지만 이 작품을 이해하는 데 도움이 된다. 작가의 설명에 따르면, 소설은 환한 대낮에 드러난 삶을 그려내는 것이고 로맨스는 달빛이나 난롯불에 비치는 모습이다. 소설은 평범한 일상의 경험을 아주 세세한 부분까지 충실하게 그려내는 것이지만(당시 유럽에서는 사실주의 소설이 주류였다는 점을 염두에 두었던 것 같다), 로맨스는 상당한 정도까지 작가의 판타지를 가미할 융통성을 허용한다는 것이다. 특히 초자연적인 요소도 요리에 쓰이는 향미료처럼 사용할 수 있다.

『주홍 글자』에도 그런 장면이 나온다. 죄의식에 시달리는 목사인 아서 딤스데일의 가슴에 주홍 글자가 새겨져 있거나 밤하늘에 주홍 글자가 나타나기도 한다. 너새니얼 호손은 작가의 의도를 드러내기 위해서라면 '고딕소설'에서나 봄직한 장치들도 사용할 수 있다고 보았던 것이다.

그렇지만 호손의 장치들은 황당무계하거나 공상적인 것이 아니라 다양한 해석을 가능케 하는 상징적인 의미를 지닌다. 그럴 수 있었던 것은 작품의 많은 요소가 역사적인 사실에 뿌리박고 있었기 때문일 것이다. 호손은 몇 년 동안 뉴잉글랜드의 역사에 깊은 관심을 기울였고, 당시 지역의 연대기와 역사서를 탐독했다. 그럼으로써 그 시대 사회와 개인의 갈등을 드러내는 사건들에 정통했을 뿐 아니라 역사에 등장하는 인물들에 대해서도 잘 알았다.『주홍 글자』에서 그 역사적 사건과 인물들을 적절히 변형시켜 사용했던 것이다.

『주홍 글자』라는 제목도 특별하다. 그 시대라면 '주홍 글자의 여인' 정도가 보통이었을 것이다. 죄인에게 낙인을 찍는 '글자'는 한 사회가 규정한 범죄에 대한 처벌의 상징이지만, 저항하는 사람에게는 그 의미가 저절로 해체된다. 숨막히는 청교도 공동체의 가부장제 질서를 유지하려는 입장에서 보면 A라는 주홍 글자가 간음을 의미하겠지만, 그 시스템을 뿌리째 뜯어고치기를 바랐던 주인공 헤스터 프린의 입장에서 보면 그 A는 뛰어난 능력Ability이나 감탄스러운 존재Admirable라는 의미가 될 수 있는 것이다. 심지어 천사 Angel가 될 수도 있다.『주홍 글자』는 이처럼 간단하게 규정하기 어려운 작품이다. 호손의 단편소설들도 상당히 그렇다.

마크 트웨인 이전이라 해도 도저히 그냥 지나칠 수 없는, 오히려 매우 '현대적인' 작가들이 있다. 그들은 모두 당대에는 제대로 인정받지 못했다. 거꾸로 현대의 지식인들에게 끊임없이 호명되어 새로운 모습7으로 등장한다. 필자의 경우에도 그들의 오래된 현대적인 작품들에 빠져들지 않을 수 없었다. 19세기 미국이라는 시공간을 넘어서는 보편적 가치를 느낄 수 있었기 때문이다. 그들의 작품에서 종종 오늘 우리 삶의 모습을 발견하고 놀란다.

## 미스테리한 시와 소설의 에드거 앨런 포

에드거 앨런 포부터 시작해보자. 그에 대한 키워드는 보들레르에게서 그대로 찾을 수 있다. 보들레르의 유명한 시집 『악의 꽃』은 6부로 구성되어 있다. 우울과 이상, 파리 풍경, 술, 악의 꽃, 반항, 죽음이 그것이다.

우울과 이상, 악마가 지배하는 이 세상의 삶은 권태와 우울이 지속될 수밖에 없다. 이상은 그 속에서 드물게 불꽃처럼 하나의 사건으로 등장했다가 사라진다. 포는 우울한 감정을 다룰 때 시가 아름다울 수 있다고 생각했다. 가장 적절한 주제는 죽음이었다. 그것도 아름다운 여인의 죽음이. 오늘날에도 애송되는 「애너벨 리Annabel Lee」(1850)가 바로 그런 내용을 담고 있다. 소리 내어 읽어보면 그대로 아름다운 노래가 된다. 아름다운 음악은 하나의 이상ideal이다. 「애너벨 리」뿐만 아니라 당대 최고의 시인이라는 평가를 받게 만

---

7   그들의 작품이 발표되던 시절에는 편집자들에 의해 삭제, 왜곡되는 경우가 많았다. 물론 그 시기만 그런 것은 아니었다. 20세기 초의 위대한 소설로 꼽히는 『위대한 개츠비The Great Gatsby』(1925)만 해도 판본이 아주 많다. 오늘날 우리는 작가를 연구하여 '새로이' 확정한 권위 있는 판본을 볼 수 있다. 한국어 번역판을 본다면 그 점을 확인할 필요가 있다.

든 「까마귀The Raven」(1845) 역시 소리 내어 읽어보면 그 자체로 아름다운 음악임을 알 수 있을 것이다.

파리 풍경, 포가 '창시'한 추리소설은 「모르그가의 살인사건The Murders in the Rue Morgue」(1841)에서 시작된다. 배경이 파리이고 탐정도 프랑스 사람인 뒤팽이다.

술, 포가 술을 많이 마셨다는 것은 부정하기 어려운 사실로 보인다. 우울한 삶에서 몽상을 빼고는 살아갈 수 없었던 것 같다. 보들레르에게 그러했듯이 술이 그의 예술적인 영감을 자극했을 수도 있다. 당대에 최고의 잡지 편집자이자 유명한 시인이자 소설가였던 그가 되풀이해서 직장에서 쫓겨나고 가난하게 살아야 했던 이유였다. 그러나 알코올중독자였다는 것은 악의적으로 퍼뜨린 소문이다.

포는 겨우 20년 남짓한 창작 기간에 시 50편, 짧은 장편소설 하나, 중편소설 둘, 단편소설 70편 정도를 남겼다. 약물에 중독된 사람으로서는 불가능한 분량이다. 더욱이 포의 작품은 수없이 고쳐 쓴 아주 세련된 작품이다. 가장 유명한 작품 가운데 하나인 「어셔가의 몰락The Fall of the House of Usher」(1840)을 읽어보라. 한국어 번역판으로 읽어보아도 그 정교하기 이를 데 없는 구성은 아름다운 음악이나 수학처럼 느껴질 정도로 치밀하다. 완벽하게 균형 잡힌 구조와 함축적인 분위기를 만들어내는 언어 사용으로 영문학사상 불멸의 위치를 차지한다.

악의 꽃, 당시 청교도적인 풍속과 문화에 대해 적극적으로 반항했다.

반항, 숨막히는 청교도적인 문화에 저항했다.

그랬으니 보들레르가 포의 작품에 빠져 소설을 번역하고 프랑스에 소개하려 했을 것이다. 그에게 포는 당시 한창 승승장구하던 부르주아 이데올로기에 의해 파괴되고 저주받은 시인이었다. 이후 말라르메, 발레리도 비슷한 평가를 내렸다. 그뿐만 아니라 포의 작품은 언어학을 기반으로 한 구조주의, 탈구조주의, 해체주의와 같은 현대철학자들에게 인용된다. 그 가운데 가장 유명한 경우는 자크 라캉Jacques Lacan, 1902~1981의 『에크리*Écrits*』(1966)에 실린 「도둑맞은 편지The Purloined Letter」(1844)일 것이다. 대단히 논리적이고 철학적이다.

지난날 문학이 오늘날 우리에게 무엇이었는지를 알고 싶다면 권위 있는 영어판본으로 번역한 에드거 앨런 포 단편집 한 권쯤 읽어보고 느껴보면 좋겠다. 단순한 공포나 추리를 넘어서는 상징과 삶에 대한 통찰이 담겨 있다.


## 하지 않는 게 좋겠습니다, 허먼 멜빌

그동안 우리에게 주로 『모비 딕』의 저자로 알려졌던 허먼 멜빌의 경우 최근에 「필경사 바틀비Bartleby, the Scrivener」(1853)가 더해졌다.

『모비 딕』은 셰익스피어의 〈리어왕King Lear〉, 에밀리 브론테의 『폭풍의 언덕*Wuthering Heights*』과 함께 영문학 3대 비극으로 꼽히기도 한다. 이 작품은 아주 다양하게 해석될 수 있는 이야기를 담고

문학의 죽음에 대한 소문과 진실

있다. 문명과 자연의 대결로 읽을 수도 있고, 그 과정에서 갈등의 허무를 치유하는 이야기가 될 수도 있다. 포경선 이름인 피쿼드Pequod는 하필 미국으로 건너온 백인이 멸종시킨 첫번째 인디언 부족의 이름이다. 그 배가 흰고래를 쫓는다면 복수에 대한 이야기일 수도 있다. 미국인들이 저지른 잔인한 학살의 역사를 잊지 말자는 것인지도 모른다. 고래사냥은 고래를 멸종으로 몰고 가고, 그 멸종은 '고래 산업'을 사라지게 만든다. 자본주의가 자본주의의 터전을 파괴할 것이라는 예언인지도 모른다. 그러나 또 찬찬히 읽어보면 구약성서의 창세기와 인도의 성전 베다에 나오는 창조자이자 파괴자인 시바신을 떠올리게 된다. 그런 수많은 암시를 통해 의미가 켜켜이 쌓인 오래된 상징을 불러내고 정치성을 드러낸다. 이렇게 경이로운 작품이 처음 발표되었을 때 '수산업 코너'나 '고래잡이' 책으로 분류되었고, 판매량이 아주 적었다는 사실도 놀랍기 짝이 없다. 한국인 독자 입장에서 보면 '제대로' 번역된 한국어판을 가지기까지 무척이나 오랜 세월이 흘러야 했다. 1950년대 말에 완역판이 나왔으나 읽어내기 어려울 정도였다. 그 이후에도 크게 다르지 않았다. 영문판과 마찬가지로 오랫동안 제대로 읽어내는 독자

1902년 삽화가 들어간 『모비 딕』 초기 판본의 한 페이지다.

가 있을 리 없었다. 현대의 번역판으로는 2010년의 김석희 번역본(작가정신)과 2019년의 황유원 번역본(문학동네)이 있고, 그래픽노블도 있다. 게다가 『모비 딕』을 쓰기 위해 취재하는 과정을 그린 영화도 현대에 들어서 만들어졌다. 〈하트 오브 더 씨In the Heart of the Sea〉(2015)가 그것이다. 실제 사건을 겪고 가까스로 살아남은 생존자에게 들은 이야기가 생생하게 재현된다. 영화와 함께 그래픽노블을 보고 상황에 대한 이미지를 떠올리며 텍스트를 읽어낸다면 작품을 좀더 깊이 이해할 수 있을 것이다. 그런 의미에서 『모비 딕』은 현대의 작품인 셈이다.

세계 최고의 단편소설 가운데 하나로 꼽히는 「필경사 바틀비」역시 멜빌의 정치적이고 논쟁적인 작품 성향을 그대로 드러낸다. 자본주의 시스템의 관료적인 면이 소설의 배경이다. 끊임없이 만들어져야 하는 서류 복사본을 필사하는 법률 사무실에서 주인공은 '필경사 바틀비'이지만, 화자는 그 사무실의 주인인 변호사이다. 마치 '시스템'의 독백을 듣는 것처럼 느껴진다. 거기에 저항하는 것처럼 보이는 바틀비는 어떤 사람인지 도무지 알 수 없다. 그는 거의 말이 없지만 무엇인가를 하라고 하면 "하지 않는 게 좋겠습니다I would prefer not to"라고 대답한다. 대단히 철학적이기까지 하다. 현대의 스타 철학자들, 들뢰즈, 아감벤Giorgio Agamben, 1942~, 지젝Slavoj Žižek, 1949~이 이 작품에 비상한 관심을 가진 것이 당연해 보인다.

그의 초기 작품은 대중들에게 인기가 있었지만, '쓰고 싶은 이야기'를 쓰면서 외면받기 시작했다. 지나치게 사회과학적이어서 진지하다는 게 이유였다. 「빈자의 푸딩과 부자의 빵부스러기Poor Man's Pudding and Rich Man's Crumbs」(1854)나 「총각들의 천국과 처녀들의 지옥The Paradise of Bachelors and the Tartarus of Maids」(1855) 같은 작품에서 멜빌은 계급적·성적으로 착취당하는 모습을 노골적으로 풍자한다. 총각들의 천국은 중세로부터의 전통을 이어받은 런던 템플 지구에서 즐거운 식사로 드러나고 처녀들의 지옥은 산업혁명의 한 축이었던 제지산업의 끔찍한 환경을 보여준다. 동력을 만들어내는 괴물 같은 수차, 노동자들을 폐결핵과 사지 절단의 위험으로 몰아넣는 작업공정이 한 폭의 풍자화처럼 그려진다. "그곳에서 인간의 목소리는 완전히 추방당했다. 여기서는 인간 노예를 거느리고 있다는 것을 뽐내는 기계들이 인간들의 공손한 보살핌을 받으면서 서 있었다."[8] 조금 다른 방식이기는 하지만 현대인들 역시 기계의 노예로 살아가지 않는가.


## 조용한 열정과 작은 아씨들

마지막으로 에밀리 디킨슨을 보자. 영화 〈조용한 열정A Quiet Passion〉(2015)을 보면 그의 시를 이해하는 데 아주 큰 도움이 될 것이다. 당대의 사회 분위기와 그에 극단적으로 저항하는 시인의 모

---

8    허먼 멜빌, 김훈, 『허먼 멜빌』, 현대문학, 2015, 전자책

습을 볼 수 있다. 에밀리 디킨슨은 다행히 부유했을 뿐만 아니라 매우 지적이고 관대한 부모 아래에서 성장했기 때문에 당대의 숨 막히는 청교도적인 문화에 저항할 수 있었는지도 모른다. 당시의 여성으로서는 드물게 고등교육을 받았고, 신앙고백을 해야 하는 과정에서 끝까지 거부한 것은 잘 알려져 있다. 영화도 그 장면에서 시작하는데, 자신의 생각을 논리적으로 거침없이 관철하는 용기가 놀라울 정도다.

디킨슨은 아버지의 서재에서 보고 싶은 대로 책을 볼 수 있었다고 한다. 당대에 유명해진 브론테 자매의 작품이나 조지 엘리엇의 작품을 탐독했을 것이다. 당시에는 『폭풍의 언덕』(1847)이나 『제인 에어』를 비롯한 페미니즘적인 작품들은 시스템의 입장에서 볼 때 아주 '나쁜' 소설의 전형이었다. 그랬으니 브론테 자매들 역시 처음 에는 남자 이름으로 자신들의 작품을 출간할 수밖에 없었을 것이 다. 베스트셀러가 되고 나서 본명을 밝힐 수 있기는 했지만, 그런 문제에 얽히고 싶지 않았기 때문에 조지 엘리엇은 아예 남자 이름 을 사용했다.

에밀리 디킨슨은 자기가 속한 미국의 청교도사회에서 그런 정도 도 기대하기 어려울 것이라고 판단했던 것 같다. 여자를 지적인 존 재로 인정해주는 남자를 만날 수 없으리라는 절망감으로 결혼하지 않았고 가능한 한 외출도 하지 않으면서 평생 자기만의 방에서 시 를 쓰며 살았다. 결혼하게 되면 그렇잖아도 노예 같은 여성의 삶이 더 끔찍해진다고 여겼던 것 같다. 그러면서도 사랑의 시를 썼다. 자

기가 속한 사회의 시스템에 저항하며 분노와 적의에 차 있었지만 열
정적인 시를 쓰지 않을 수 없었다는 상황이 얼마나 비극적인가. 그
렇게 쓰인 시를 사회가 받아들였을 리 없고, 그 역시 발표하려고 애
쓰지 않았다. 그런 시가 1천8백여 편이나 된다.

　디킨슨의 시가 재조명된 것은 1955년 하버드대학에서 그의 작품
을 세 권의 시집으로 묶어내면서부터다. 조금도 적응하고 타협하지
않으려 했고, 그럴 수 있었기 때문에 그 작품이 미래지향적일 수 있
었을 것이다. 표현 방식이나 스타일도 매우 다양했다. 어떤 평론가
는 디킨슨의 시 주제가 38개나 된다고 주장했을 정도다. 시의 다양
함과 난해함을 실험이나 불완전성, 심하게는 실패로 보는 경우도
많았지만 그것은 시를 해석할 수 있는 전기적인 배경이 거의 알려
지지 않았기 때문이기도 했다. 1980년대 이후에 페미니즘적인 관점
으로 좀더 깊이 연구되면서 그 평가는
달라졌다. '현대 서양문학 비평의 살
아 있는 전설'로 불리던 보수적인 영
문학자 헤럴드 블룸이 서양의 정전 목
록을 만들면서 26명의 작가 가운데
한 사람으로 꼽았다.

　그의 대표작 가운데 하나인 「나의
생명은 ― 장전된 한 자루 총My Life had
stood ― a Loaded Gun」을 소개하고 싶지
만 좀 긴 편이다. 찾아서 읽어보길 권

1846~1847년에 찍은 에밀리 디킨슨의 사진
이다.

한다. 다음은 수필가로도 유명한 영문학자 장영희1952~2009가 자주 인용하던 한 구절이다. 디킨슨이 어떤 마음으로 시를 썼는지 짐작게 해준다.

내가 만약 누군가의 마음의 상처를 막을 수 있다면,
나 헛되이 사는 것 아니리.
내가 만약 한 생명의 고통을 덜고,
기진맥진해서 떨어지는 울새 한 마리를
다시 둥지에 올려놓을 수 있다면,
나 헛되이 사는 것 아니리.

If I can stop one heart from breaking,
I shall not live in vain;
If I can ease one life the aching,
Or cool one pain,
Or help one fainting robin
Unto his nest again,
I shall not live in vain.

다만 디킨슨과 동시대 작가인 루이자 메이 올컷Louisa May Alcott, 1832~1888도 기억해두면 좋겠다. 그 당시부터 오늘날까지 사랑받는 작품,『작은 아씨들Little Women』(1868~1869)9은 당대 독자들의 취향과 타협하면서도 어떻게 극복했는지를 보여주는 놀라운 작품이다. 루이자는 가족을 책임져야 했기 때문에 돈을 벌어야 했다. 베스트셀러 작가가 되려 했던 이유다. 그렇다고 당대의 체제 순응적인 베스트셀러 작가였던 수잔 워너Susan Warner, 1819~1885[10]처럼 무작정 대중에게 영합한 것은 아니었다. 가난했지만 지적인 부모를 둔 덕분에 세상을 비판적으로 볼 수 있었고, 네 자매가 함께할 수 있어서 어려움을 극복할 수 있었던 자전적인 삶을 바탕으로 소설을 써냈던 것이다. 당대 여성의 삶에 비판적이었지만 난관을 극복하는 구체적인 삶을 보여줌으로써 대중들의 공감을 불러일으켰다. 그런 점에서 에밀리 디킨슨과 비교된다. 루이자 메이 올컷 역시 디킨슨과 비슷한 이유로 결혼하지 않았다.

이들은 19세기의 미국에서 살았던 아주 오래된 현대의 작가로, 유럽의 어느 곳에서도 느끼기 어려웠던 현대성을 가지고 있다.

---

9    2020년에도 〈레이디 버드〉(2017)의 감독으로 유명한 그레타 거윅Greta Celeste Gerwig, 1983~이 감독한 영화 〈작은 아씨들〉이 개봉되었다. 매우 현대적인 비디오 문법을 채용한 작품으로, 비교적 원작에 충실한 편이다. 세계적으로는 흥행에 성공했지만 한국에서는 그렇지 않았다.

10   『작은 아씨들』의 주인공인 조 마치가 미국 출판사상 '최초의 베스트셀러'로 꼽히는 수잔 워너의 『넓고 넓은 세상』을 읽으며 '펑펑 우는' 장면이 나온다. 그의 작품은 젊은 여성들에게 기독교적인 가치를 주입시키는 역할을 했다. 특히 나이 많은 남자들에게 순응해야 한다는 식이다. 당대 최고의 베스트셀러가 세월을 이기고 살아남는 경우는 드물다. 이 작품 역시 마찬가지다.

## 붉은 얼굴과 창백한 얼굴

미국의 유명한 평론가인 필립 라브Philip Rahv, 1908~1973는 백인 작가들을 '창백한 얼굴Paleface과 붉은 얼굴Redskin'로 구별한 적이 있다. 붉은 얼굴이란 원래 아메리칸 원주민을 가리키는 말로, 경멸의 의미를 담고 있다. 창백한 얼굴은 이 반대다. 미국 원주민들이 보기에 유럽에서 온 백인의 얼굴은 건강해 보이지 않았던 것이다.

짐작하겠지만 붉은 얼굴은 제대로 교육받지 못한 미국 작가를 가리킨다. 월트 휘트먼이나 마크 트웨인을 꼽을 수 있다. 창백한 얼굴은 상층계급의 작가들로, 유럽의 문화와 전통에 뿌리를 둔 대학 교육까지 받은 작가들이다. 너새니얼 호손이나 헨리 제임스Henry James, 1843~1916가 그렇다. 헨리 제임스는 유럽 문화에 뿌리를 둔 미국 작가였기에 국제적이라는 평가와 함께 어정쩡하다는 비판도 있다.

결과적으로 이들은 의식과 경험, 상징주의와 자연주의로 양분되었다. 라브는 이런 문학적인 현실을 개탄했고, 마르셀 프루스트 Marcel Proust, 1871~1922와 토마스 만Thomas Mann, 1875~1955에 이르러서야 '어느 정도kind of' 통합된 문학을 보여준다고 주장했다.

그의 주장을 간단하게나마 소개하는 이유는 월트 휘트먼과 마크 트웨인 때문이다. 휘트먼부터 보자. 그는 어린 시절부터 '인쇄소의 악마Printer's devil'였다. 인쇄소에서 일하는 사람들을 가리키는 이 말의 어원에 대한 학설은 다양하지만 대개 검은 잉크나 활자와 관련된 것이다. 그 가운데 하나가 오탈자 문제다. 어떤 글이든 '악마적인 것'으로 바꿀 수 있기 때문이다.

감기몸살은 감기몰살이 되기도 하고, 대통령大統領이 견통령犬統領으로 인쇄되어 큰 사건을 만들기도 했다. 영어의 경우, 'not' 하나가 빠지면 심각한 문제를 일으킨다. 예를 들어 십계명에서 '간통하지 마라Thou shalt not commit adultery'가 '간통하라Thou shalt commit adultery'가 된다. 실제로 그렇게 인쇄된 바이블이 있었다. 1631년에 인쇄된 '사악한 바이블Wicked Bible'이 그것이다. 인쇄소의 면허를 취소시킨 이 책은 1년 뒤부터 엄청난 가격으로 거래되었다. 2019년의 가치로 5만 파운드, 그러니까 7억 5천만 원 정도였다. 현실에서는 보물인 셈이다.

인쇄소의 악마가 개입된 사건은 수없이 많다. 월트 휘트먼이나 마크 트웨인 역시 인쇄소의 악마이기도 했다. 모두가 기존 질서를 부정하고 저항했던 작가들이다. 문학의 역사를 들여다보면 저 사악한 바이블의 그림자가 어른거린다.


## 인쇄소의 악마 월트 휘트먼

월트 휘트먼이 남긴 저작물 가운데 가장 유명한 것은 시집 『풀잎Leaves of Grass』(1885~1892)이다. 19세기 후반에 출간된 무학에 가까운 '길거리 시인'의 시집인데, 현대 산문시의 효시가 되었다.

형식이나 리듬 같은 건 모두 무시하고 쓰였지만 내적인 울림의 리듬은 매우 강렬하다. 그 내용은 '풀잎'(이라는 제목)이 암시하듯

권력자가 아니라 하층민들의 건강한 삶을 묘사한다. 민주주의의 주권자로 새로이 떠오른 평범한 사람들을 예언자풍의 당당한 목소리로 거침없이 찬양하는 것이다. 그의 문학적 스타일은 그런 점에서 독특하다. 통찰력을 드러내는 문학적 아이러니가 그 깊이를 더해준다. 가장 많이 인용되는 작품은 「나 자신의 노래Song of Myself」일 것이다. 시는 이렇게 시작한다.

나는 나를 찬양한다
내가 생각하는 것을 당신이 생각할 것이고
나에 속한 원자 하나하나가 당신에게도 그대로일 것이니

I celebrate myself, and sing myself
and what I shall assume you shall assume
for every atom belonging to me as good belongs to you.

나는 나이기도 하고 너이기도 하다. 그런 의미에서 인간은 모두 평등하다. 남자나 여자, 흑인이나 백인, 지위고하를 막론하고. 「나 자신의 노래」는 휘트먼 자신의 노래이면서 당대의 대중 한 사람 한 사람 모두가 그대로 받아들일 수 있는 '나 자신의 노래'였던 것이다. 그가 퀘이커교도의 집안에서 성장했기 때문에 그런 생각을 가졌을지도 모른다. 시집의 서문을 보면 이런 '혁명적인 구절'도 있다.

이제 성직자는 사라질 것이다. 그들의 일은 끝났다. (…) 새로운 질서 속에서 우리 모두가 자신의 성직자가 될 것이니.

그의 시를 읽어가다보면 고대의 시 「일리아드Iliad」를 느낄 수 있다. 구술문화 시대의 서사시는 당대 삶의 모습을 기록한 목록 같은 것이기도 하다. 휘트먼의 시에 드러나는 19세기 미국 노동자들의 다양하고 건강한 삶은 경건하게 느껴질 정도다. 아무리 복잡한 우여곡절을 겪는다 하더라도 결국 역사는 진보할 것이라는 지독할 정도의 긍정적인 믿음이 소름끼칠 정도로 감동적이다. 그의 거침없는 시에는 건강한 성적 이미지 역시 여기저기에서 드러난다(정액과 같은 낱말을 거리낌없이 사용한다). 성적 에너지는 생명의 에너지이기 때문일 것이다.

보수적인 지배층들은 그런 혁명적인 사고방식을 비난했다. 직장에서 쫓아내고 검열을 통해 출판을 금지하기도 했다. 그는 그런 사회적인 억압에 굴하지 않았다. 오히려 그 상황이 사람들에게 자신의 생각을 알리는 데 도움이 되리라 믿었다. 그 생각은 옳았다. 1882년에 출간된 일곱번째 개정판이 하루 만에 5천 부가 팔리면서, 마침내 국제적인 베스트셀러가 되는 기반이 마련되었다.

휘트먼 연보를 보면 삼십대의 삶이 무척 인상 깊다. 인쇄소나 서점 직원, 목수, 건설 노동자, 프리랜서 저널리스트로 생계를 유지하며 노동자들과 교유하면서 장소를 가리지 않고 셰익스피어와 호메로스의 시를 낭송했다. 늘 가난했지만 큰 사고가 일어난 곳으로 달려가 다친 사람들을 간호하는 일에 매달렸다.

그의 삶을 들여다보면 거침없는 언어 사용으로 예언자풍의 시를 썼다는 사실이 이상해 보이지 않는다. 어떤 작품에는 작가의 인생이 오롯이 담겨 있는데, 『풀잎』이 바로 그렇다. 서른여섯 살에 처음 출간한 뒤 일흔 셋의 나이로 죽을 때까지 되풀이해서 고쳐쓴 시집이다.

당연히 그의 문학적 영향력은 대단했다. 젊은 시절 예이츠William Butler Yeats, 1865~1939는 그를 숭배했고 에즈라 파운드 역시 그를 경배하면서 기념하는 시를 썼다. 미국의 유명한 20세기 시인들 역시 깊이 영향받았으며 칠레 시인 파블로 네루다Pablo Neruda, 1904~1973는 그를 진정한 미국적인 시인으로 평가했다. 오늘날에도 『풀잎』은 대부분의 세계 최고 명저 목록에 올라 있다.


## 쓰레기 같은 극빈층의 언어, 마크 트웨인

마크 트웨인 역시 휘트먼과 비슷한 데가 있다. 그 역시 열두 살에 인쇄소의 악마가 되었고, 열여섯 살 때부터 기사를 썼다(휘트먼도 같은 나이에 시작해서 처음으로 시를 발표한 나이가 열여섯 살이다). 이후 행보는 조금 다르다. 트웨인은 수로 안내인이라는 직업을 잠깐 거치기는 했지만 전국을 돌아다니는 기자, 강연자, 프리랜서 작가로 생활했다. 중년에 사업에 뛰어들었지만 크게 실패했고 그 때문에 경제적으로 어려움을 겪었다.

최고의 명작으로 꼽히는 작품은
『왕자와 거지*The Prince and the Pauper*』
(1882)와 『허클베리 핀의 모험』(1884)
이다. 오늘날의 독자 입장에서 보면
헤밍웨이가 『허클베리 핀의 모험』과
같은 청소년소설에서 미국의 현대문
학이 시작되었다고 찬사를 보낸 것이
지나치다고 느낄지도 모른다.

　『허클베리 핀의 모험』은 열두세 살
정도의 '쓰레기 같은' 백인 아이(당시
전혀 교육받지 못한 극빈층 백인을 'trash'
라고 했다)가 도망 노예와 함께 미시시

1884년에 출간된 『허클베리 핀의 모험』에 실
린 삽화이다. 허클베리 핀과 짐이 뗏목을 타고
있다.

피강을 여행하면서 겪는 모험담이다. 그런 구조만을 보면 오래전부
터 있었던 성장소설처럼 느껴진다. 물론 이 작품은 전통적인 성장
소설의 결론과 아주 다르다. 여행이 끝난 뒤 주인공은 역시 '아버지
의 세계'로 돌아가야 한다는 깨달음을 얻는 게 아니라 어쩔 수 없
이 돌아오기는 했지만 역시 다시 떠나야 한다는 것을 깨닫는다.

　허클베리 핀의 아버지가 구제불능의 술주정꾼이라는 설정과 양
부모들의 양육방식이 시스템 유지를 위해 길들이려는 것일 뿐이
라는 인식은 기성세대에 대한 평가를 보여주는 것이다. 20세기 중
반의 비트, 히피 세대들로 이어지는 미국의 문화적인 전통은 이
렇게 시작된다. 유럽과 달리 전통과 문명에서 끊임없이 떠나려고

한다. 오늘날까지 읽히는 헨리 데이비드 소로Henry David Thoreau, 1817~1862의 『월든The Walden』(1854) 역시 그런 의미를 담고 있다. 이런 점이 유럽과 달리 미국적인 것이다.

물론 그게 전부는 아니다. 이야기의 소재나 형식 역시 유럽의 '전통적인 스타일'과 아주 다르다. 피카레스크식의 이야기 흐름에서 잘 짜인 긴장감 같은 것을 느끼기는 어렵다. 게다가 소설의 언어역시 하층민의 '쓰레기'들이 사용하는 거친 욕설까지 그대로 쓴다. 거기에 흑인노예들의 어법도 더해진다. 하층 민중의 생활언어를 사용하여 그들의 삶을 '리얼하게' 그려낸 것이다. 노벨문학상을 수상한 현대 작가인 토니 모리슨Toni Morrison, 1931~2019은 마크 트웨인의 소설이 백인의 작품이지만 아주 편하게 읽힌다고 했을 정도다. 이처럼 그는 언어 사용에 있어서도 사실주의 작가였다. 번역판으로는 그 차이를 느끼기 어려울 수밖에 없다. 문학의 경우 번역되지 못한 부분이 그 작품의 정수라는 말도 있다. 원어로 읽지 않는 한 어쩔 수 없는 일이다.

앞에서도 잠깐 언급했지만 마크 트웨인은 기성세대의 문화와 문명을 부정하면서 그들의 모습을 낱낱이 고발한다. 그것도 어린아이의 눈으로. 그럼으로써 거침없이 욕할 수도 있고, 그들의 비리에 대적하기 위해 거짓말도 얼마든지 할 수 있다고 주장하는 것이다. 그랬으니 당연히 당대 사회가 그의 소설을 환영했을 리 없다.

『허클베리 핀의 모험』이 처음 출간되었을 때 〈라이프LIFE〉지에서는 '천박하고 지루한 농담'을 되풀이하는 '하수구 리얼리즘'이라고 비난했다. 메사추세츠주의 콩코드 도서관 위원회에서는 '빈민가에서나 볼 수 있는 쓰레기' 같은 작품이라면서 장서 목록에서 빼버렸다. 마크 트웨인의 반응은 이랬다. '그렇게 선전해주니 확실하게 2만 5천 부는 더 팔겠어.' 이런 기록을 보면 대중들에게는 인기가 있었던 모양이다.

『왕자와 거지』(1882)는 청소년을 위해 쓰인 역사소설이다. 작가는 이 작품을 쓰기 위해 영국의 역사에 대한 당시 연구 성과 대부분을 섭렵했다. 여전히 왕이 건재한 영국의 보수적인 귀족 엘리트주의사회에 날카로운 비판의 칼날을 들이댄 작품을 쓰려 했던 것이다. 마크 트웨인은 한 편지에서 이렇게 썼다.

왕이 직접 겪어보고 끔찍한 상황을 보게 함으로써 민중의 삶이 얼마나 가혹했는지 깨닫게 하려는 것입니다.

왕자와 거지는 단지 옷만 바꿔 입었을 뿐인데 그리 오래지 않아 옷이 나타내는 사회적인 지위에 걸맞은 행동을 보여준다. 신분계급 구조가 그저 시스템의 폭력임을 드러내는 것이다. 이야기에는 경험주의적 사고방식이 강하게 배여 있다. 입장을 바꿔 민중의 삶을 직접 겪어보고 나면, 그가 왕자라 해도 달라질 수밖에 없으리라는 것이다.

물론 그렇게 경험한다고 해서 모두가 개과천선하는 것이 아님을 오늘날 우리는 잘 알고 있다. 그러나 그 당시에는 경험주의가 가장 과학적이며 진보적인 사고방식이었다.

참고로 마크 트웨인은 훗날 이와 비슷한 모티프로 쓴 「바보 윌슨의 비극Pudd'nhead Wilson」(1894)이라는 단편을 통해 흑백 차별의 부당성을 고발한다. 백인 아기와 흑인의 피가 32분의 1만큼 섞인 아기를 뒤바꿈으로써 피부색은 아무것도 아님을 보여주는 것이다.

미국 현대문학의 아버지라 불리는 마크 트웨인의 이 두 걸작은 아이러니하게도 영국과 캐나다에서 먼저, 미국에서는 그 이듬해에 출간되었다.

그리 중요한 작품은 아니지만 후대에 미친 영향이라는 의미에서 짚어두자면, 쌍둥이 같은 두 사람이 대역을 하는 설정으로 만들어진 영화가 여럿 있다. 그 가운데에서 구로자와 아키라Kurosawa Akira, 1910~1998 감독의 〈카게무샤影武者〉(1980)와 추창민 감독의 〈광해, 왕이 된 남자〉(2012)가 봐둘 만하다.

창백한 얼굴의 대표적인 작가 가운데 한 사람인 너새니얼 호손에 대해서는 지난 장에서 웬만큼 다루었다. 여기에서는 헨리 제임스를 간단하게 짚어보도록 하자. 작품의 경향으로 보면 두 사람은 아주 달랐다.

호손은 위에서 다룬 붉은 얼굴의 작가들과 마찬가지로 당대 체제의 억압적인 규범을 비판하는 작품을 썼다. 반면 헨리 제임스는 모더니즘적인 경향을 가지고 있었다. '경향'을 가지고 있었다고 말하는 이유는 그의 작품들이 '작가의 불완전했던 체험처럼 불완전했기' 때문이다. 이런 표현이 대개의 작가에게는 비난이겠지만 헨리 제임스에게는 꼭 그렇지 않다.

그의 작품들은 대개 어떤 사실이든 있는 그대로 파악하는 것은 불가능하다는 생각을 바탕으로 쓰여졌다. 아무리 열심히 관찰한다고 해도 마찬가지다. 게다가 언어로 바뀌면서 관찰의 결과 역시 다시 한번 더 왜곡된다. 소설의 주제가 그런 회의적인 사고방식이라고 볼 수도 있다. 시스템이나 작중인물에 대한 연구가 아니라 소설의 화자가 가진 심리와 내면의 진실에 집중하는 것이다. 게다가 화자도 자기 생각을 완벽하게 알지 못하기 때문에 애매한 이야기가 될 수밖에 없다. 당연히 문체나 이야기를 풀어가는 방식도 다중적인 의미를 띠게 된다.

실제로 영어권 독자들에게 헨리 제임스의 소설은 어렵기 짝이 없다고 한다. 그런 의미에서 오히려 번역판 독자들이 그의 작품을 감상하기 쉬울지 모르겠다. 원문으로 읽어내는 경우에 비교하면 이해의 깊이는 다를 수밖에 없겠지만.

이런 부류의 소설 역시 나름대로의 존재 이유가 있지만 대중적인 관점에서 볼 때 그 영향력은 그리 크지 않았다. 헨리 제임스는 부잣집에서 태어나 자랐기 때문에 경제적인 어려움을 겪지 않았으나 말년에는 그렇지 않았다. 평생 많은 작품을 쓰고도 경제적인 고통을 겪는 것에 불평했다는 기록이 남아 있다. 다만 그가 제임스 조이스James Joyce, 1882~1941나 마르셀 프루스트, 프란츠 카프카 Franz Kafka, 1883~1924에게 미친 영향은 한 번쯤 짚어볼 필요가 있다.

# 6. 러시아 문학

19세기 러시아 소설을 이해하려면 러시아 역사를 대충이라도 알아야 한다. 유럽이면서 유럽이 아니기 때문이다. 러시아의 역사는 표트르 대제1675~1725를 기준으로 근대modern 러시아와 고대old 러시아로 나뉜다. 물론 그 이전부터 서구화를 지향했지만 권위적이고 보수적인 귀족들 때문에 성과는 지지부진했다. 그랬으니 표트르 대제가 했던 것처럼 무식해 보일 정도로 폭력적인 방법이 아니고서는 단기간에 '개혁'되기 어려웠을 것이다. 그는 루스차르국(1547~1721)의 차르로 등극했지만 급진적인 서구화를 통해 국가 조직을 정비하고 끝없는 전쟁을 통해 영토를 확장했다. 그리하여 1721년 러시아 제국시대를 열고 황제가 되었다. 한 지방의 작은 국가였던 러시아가 역사상 세번째로 거대한 제국으로 발전할 수 있는 기반을 마련하고 유럽 열강 대열에 들어섰던 것이다. 그렇게 시작된 제정러시아는 1917년 러시아혁명이 일어날 때까지 존속했다.

러시아제국은 서구의 선진 문물을 받아들이고 국가의 행정과 군대 조직을 효율적으로 개편했지만 그것은 어디까지나 지배층의 입장에서 강력한 국가를 만들기 위한 것이었다. 사회구조는 여전히 봉건적이고 권위주의적이었으며 국민 대부분은 문맹인 농노들이었다. 그랬기 때문에 자본주의가 자리잡으면서 중산층이 만들어질 기회가 없었고 당연히 민주주의 발달도 느릴 수밖에 없었다. 위로부터의 개혁이 아니라 위쪽만의 개혁이었던 것이다.


### 『전쟁과 평화』에 프랑스어가 잔뜩

그 정도가 얼마나 심했는지는 톨스토이1828~1910의 『전쟁과 평화』(1869)에 아주 잘 드러나 있다. 이 작품은 주로 나폴레옹전쟁 전후前後(1805~1820)를 살았던 사람들(등장인물이 무려 559명이다)에 대한 이야기다. 제대로 읽어내려면 18세기 후반에서 19세기 초반의 러시아 역사만이 아니라 유럽의 역사도 웬만큼 꿰고 있어야 한다. 그러지 않고는 등장인물의 대화를 제대로 이해하기 어렵다.

당시 러시아 귀족들은 '말할 때뿐만 아니라 생각할 때도 세련된 프랑스어'를 사용했다. 오히려 모국어인 러시아어는 서툴렀다. 『전쟁과 평화』에서 전쟁 후반으로 가면 러시아 귀족들은 길거리에서 폭행당할까봐 러시아어 과외를 받기도 했고, 술집에서 프랑스어를 쓰면 벌금을 내기로 하는 장면도 나온다. 그러나 안정된 시기로 접어들자 금방 원래대로 되돌아갔다.

심지어 러시아 문학의 정수로 떠받들어지는 이 작품도 프랑스어(드물게 독일어)로 쓴 분량이 적지 않다. 당연히 출간된 뒤에 문제가 되었다. 러시아 문학작품에 프랑스어를 사용한 것이 적절한가에 대한 의문이었다. 톨스토이는 그것이 의도적으로 사용된 예술적 기법이라고 했으며 다섯 번이나 개정되는 동안 러시아어로 바꾼 적도 있지만 결국 프랑스어를 그대로 썼다. 그럼에도 불구하고 이 작품은 출간되자마자 독자들 사이에서 큰 성공을 거두었다. 당시 러시아 소설의 독자들 역시 프랑스어에 익숙한 지식인들이었기 때문에 가능한 일이었다. 게다가 러시아 민중에 대해서는 종교적이라고 해도 좋을 만큼 쇼비니즘적인 성향 역시 작품의 성공에 큰 영향을 미쳤으리라.

푸쉬킨이 그린 『예브게니 오네긴』의 주인공 예브게니 오네긴 이미지이다.

그런 상황은 근대 러시아 문학의 시작이었던 푸시킨1799~1837의 경우에도 마찬가지였다. 러시아 지식인들의 제1언어는 러시아어가 아니라 프랑스어였다. 푸시킨 역시 프랑스어와 영어에는 익숙했지만 러시아어는 서툴렀다. 대표작 가운데 하나인 『예브게니 오네긴』에는 도스토옙스키1821~1881가 러시아 영혼의 정수라고 칭찬했던 타티야나의 편지가 나오는데 프랑스어로 쓰인 것이다.

지식인들 내지는 지배층의 사회개혁운동에도 비슷한 문제가 있었다. 그 시발점이었던 데카브리스트의 난(1825)에서도 그런 갈등이 극명하게 드러난다. 주로 젊은 청년 장교였던 데카브리스트들은 나폴레옹전쟁의 승리와 뒤이은 파리 점령 과정에서 큰 영향을 받았다. 1814년, 러시아의 알렉산드르 1세는 나폴레옹을 권좌에서 축출하고 파리를 점령한다. 이때 황제를 따라갔던 청년 장교들은 발전된 프랑스 사회의 모습을 보았다. 자연스럽게 조국 러시아의 낙후된 현실과 비교해보았을 것이다. 부패한 전제정치와 농노제 아래에서 신음하는 러시아 민중들의 삶은 너무나 대조적인 것이었다. 그들은 프랑스혁명의 정신과 그 진행 과정에 대해서도 잘 알고 있었다. 위로부터의 개혁이 이루어지지 않으면 언젠가 농노들이 반란을 일으켜 지배층이 몰락할 수도 있다는 위기감도 가지고 있었다. 그러나 그들은 소수였다. 일부 지식인들이 지지하기는 했지만 광범위한 사회적인 지지 세력은 없었다. 앞에서 설명했듯이 국민 대부분은 여전히 문맹인 농노였고 중간계급의 힘은 너무 미약했다. 그나마 1861년에 농노제가 폐지된 뒤 산업화가 가속화되지만 19세기 말 나로드니키[1]의 '민중 속으로' 운동 역시 실패한 것을 보면 중

---

1  인민주의자 또는 민족주의자로 번역될 수 있다. 나르도라는 말은 인민을 뜻하기도 하고 민족을 뜻하기도 한다. 이런 단어 뜻만으로도 러시아의 특별한 상황을 조금은 짐작할 수 있다.

간층의 부재가 러시아의 개혁을 불가능하게 만든 심각한 문제였던 것이다. 데카브리스트의 난은 가볍게 진압되었고 주동자들은 처형되었다.


## 분열된 작가 도스토옙스키

이런 역사의 흐름을 알고 나면 도스토옙스키의 『죄와 벌』(1866)을 더 잘 이해할 수 있다. 주인공 라스콜니코프라는 이름은 '분열된 사람'이라는 뜻이다. 그는 서구적인 사고방식을 가진 대학생으로, 어리석고 탐욕적인 고리대금업자 노파를 살해한다. 살해 동기는 자신의 '합리적인 이론'을 증명해보기 위해서이다. 세상 사람들은 범인과 비범인으로 분류할 수 있고, 비범인은 역사를 이끌어가는 사람으로서 필요하면 많은 사람을 살상할 수도 있다. 라스콜니코프는 비범인의 예로 나폴레옹이나 마호메트, 리쿠르고스를 든다. 그들의 행보는 인류의 진보를 위한 것이므로 범인들의 도덕 기준은 아무 문제가 안 된다. 비범인에게는 무슨 일이든 허용되는 것이다. 당연히 이런 사상은 '서구의 것'이었다. 나폴레옹 3세가 쓴 『카이사르의 역사*Histoire de Jules César*』(1865)에 그 비슷한 내용이 나온다. 그 책은 같은 해에 러시아어로도 번역 출간되었다.

사실 도스토옙스키의 사회과학적인 인식은 보수적이고 독단적일 뿐 아니라 논리적이지도 않다. 그럼에도 불구하고 그의 작품에 드러나는 정치적인 입장은 그리 간단하지 않다. 사회주의에 대한

문학의 죽음에 대한 소문과 진실

그의 비판은 순전한 난센스이지만 그가 그려내는 세계는 사회주의의 필요성을 역설한다. 그에게서도 리얼리즘의 승리를 볼 수 있다. 반동적인 세계관을 가졌던 발자크가 현실을 '연구'해서 객관적으로 쓴 소설과 마찬가지이다. 더욱이 도스토옙스키는 그 자신이 평생을 궁핍하게 살면서 말 그대로 '굶어본 적이 있는' 사람이었기에 가난한 사람들에 대한 막연한 기억이나 동정심으로 쓴 작품과 다를 수밖에 없었다. 리얼리즘은 작품의 주제보다 누구의 시선으로 그려내는가 하는 문제가 더 중요하다.

『죄와 벌』에서 보여주는 극도로 세밀한 도시 묘사 덕분에 오늘날 페테르부르크를 방문하는 사람들도 작품 속에 묘사된 장소를 찾아볼 수 있을 정도다. 그것이 가능한 이유 역시 도스토옙스키 자신이 그 지저분한 뒷골목에서 살아보았기 때문이다.

그 점은 톨스토이의 '마지막 예술작품'이었던 『안나 카레니나』(1878)에서도 마찬가지다. 이 소설의 원래 제목은 '두 결혼'이었고, 실제로 두 집안 이야기다. 그 유명한 작품의 첫 문장이 그런 상황을 암시한다.

행복한 가정은 모두 고만고만하지만 무릇 불행한 가정은 나름나름으로 불행하다.

안나 카레니나와 레빈의 가족사인데 작품 제목은 '안나 카레니나'가 되었다. 레빈은 톨스토이 자신을 모델로 한 것으로 보인다.

첫 문장에서 말한 것처럼 두 집안의 '나름대로 불행한' 이야기가 전개되지만 그래도 초점은 안나 카레니나에게 놓여 있다. 톨스토이는 가정을 지키려는 안나 카레니나의 남편인 카레닌에게 공감하는 것으로 보인다. 그러나 당대의 '사실'을 호도할 수는 없었으므로 새로운 시대와 사소 앞에 선 그를 무기력하게 그릴 수밖에 없었다. 카레닌은 아내인 안나 카레니나의 외도에도 불구하고 겉으로라도 행복한 모습을 꾸미려 하지만 그것조차 실패한다.

도스토옙스키와 톨스토이는 그들의 출신계급만큼이나 다른 작품을 썼다. 도스토옙스키는 보통 '잡계급'이라 불리는 중상계급 출신이며 톨스토이는 귀족 출신으로 '백작'이었다.

도스토옙스키는 아버지의 교육열 덕분에 귀족학교를 다녔지만 청년기에는 페트라솁스키1821~1866를 중심으로 모인 급진적인 사회주의 서클의 일원이었다. 체제비판적인 성격을 띠었던 이 서클에서는 프랑스의 공상적 사회주의자 푸리에J. Fourier, 1772~1837를 연구했다. 이 서클 멤버들은 모두 체포되어 사형선고를 받지만 극적인 순간에 감형되어 시베리아로 보내진다. 도스토옙스키는 10년이 지나서야 페테르부르크로 돌아올 수 있었다. 그때는 이미 사회주의자가 아니었다. 이후 혹심한 궁핍 속에서 병이 악화되었고 유럽에서 방랑생활을 하는 동안 그의 저항 정신은 완전히 꺾인 것 같다. 그럼에도 불구하고 그는 '가난한 사람들'의 눈으로 세상을 바라보고 그려냄으로써 혁명적 대중의 대변자 역할을 한다. 그렇다고 해서 그가 프롤레타리아나 농민들과 어떤 식으로든 긴밀한 관계를 가진

문학의 죽음에 대한 소문과 진실

'가짜 집행'을 받는 페트라솁스키 서클. 맨 오른쪽에 두건을 쓰지 않은 사람이 페트라솁스키이다.

적은 없다. 그는 스스로 문학 프롤레타리아트이자 우편마차의 말과 같은 존재였을 뿐이다. 그의 작품 속 주인공들은 대부분 부르주아 지식인들이며 그들의 관점에서 세상을 분석한다. 그러면서도 그해결책은 신앙심 깊은 민중과 다시 하나가 되는 길에서 찾는다.

반면 톨스토이는 같은 문제를 귀족의 관점에서 보고 사회 재건의 희망을 지주와 농민 간의 상호이해에서 찾았다. 그런 점에서는 수도자적인 순진성까지 보인다. 그의 사상을 실현하는 주인공들은 민주주의자들이 아니라 '민중들에게 은혜를 베푸는 귀족'들이다. 도스토옙스키는 그런 톨스토이를 '지주문학'의 대표자로 규정하고 '귀족 생활의 역사가'라고 불렀다. 톨스토이도 도스토옙스키를 그다지 좋게만 보지는 않았다. '언뜻 보면 대단히 값비싼 말馬 같지만 곧 다리를 저는 것을 보게 되고 서푼짜리도 안 된다'고 평가한 적이 있다. 사실 건강한 톨스토이에 비하면 도스토옙스키는 언제나 병적인 느낌을 준다.

이런 극단적인 대조에도 불구하고 그들에게는 개인주의와 자유를 대하는 태도에 근본적인 공통점이 있다. 이들 작품에는 서구 유럽의 자유주의 개념이 등장하지만 어떤 식으로든 공동체로부터의 해방을 고립 또는 소외로 규정한다.

도스토옙스키의 작품에서는 언제나 '비범인의 자유'가 핵심 주제이다. 그것은 스탕달이 모범으로 삼았던 나폴레옹의 경우와 다를 바 없었다. 좋게 보면 하층민 출신이라 해도 뛰어난 능력으로 황제까지도 넘볼 수 있는 혁명 가능성을 말하는 것이지만 지나치게 일반화될 경우 무정부주의 상태와 같은 혼란과 파국으로 가는 길이다. 이 문제에 대한 질문과 대답은 『죄와 벌』에서도 다루어졌지만, 최고의 결정판은 미완의 마지막 작품인 『카라마조프가의 형제들』(1880)의 한 장인 '대심문관'에서 찾을 수 있다.

톨스토이의 경우에도 자유의 문제는 작중인물들을 이해하는 데 중요한 단서가 된다. 특히 『안나 카레니나』의 또다른 주인공인 레빈에게 중요한 문제다. 작품에서 보여주는 그의 내면적 갈등은 고립된 개인의 자유에 내맡겨진 상황이 얼마나 심각한 것인지 보여준다. 이 작품의 주제는 사회에서 소외되는 운명에 처한 개인의 문제이다. 레빈은 개인주의적이고 개성적인 인생관 때문에 공개적인 비난의 대상이 된 안나가 일으킨 간통 사건에서 비롯된 비극만큼이나 무서운 운명을 맞닥뜨릴 위험에 놓인다.


## 푸시킨 이후

19세기 러시아 문학을 순서대로 다룬다면 푸시킨, 고골1809~1852, 투르게네프1818~1883, 도스토옙스키, 톨스토이를 차례로 살펴야 할 것이다. 꼭 읽어보아야 할 작품도 많다.

러시아 사실주의의 시작이었던 푸시킨이라면, 마지막 작품 『대위의 딸』(1836)을 권한다. 이 작품의 배경은 푸가초프의 난이다. 작가는 이전에 18세기 역사를 연구하여 『푸가초프 반란사』(1834)를 출간하기도 했다. 이런 과정을 통해 작품의 객관성을 확보할 수 있었다. 톨스토이는 이런 전통을 이어받았을 것이다. 『전쟁과 평화』 역시 엄청난 자료조사를 바탕으로 '수없이 고쳐쓴 것'이었다.

고골의 문학적 재능은 유머나 풍자에서 발견된다. 그는 당대 러시아 사회의 속물성과 관료주의를 통렬하게 풍자했다. 자연스럽게 진보적이고 사회비판적인 작가로 평가받았다. 그러나 고골의 경우에도 작품의 내용과 작가의 사상은 일치하지 않았다. 말년에 『친구와의 서신 교환선』이 출간되었는데, 거기에서는 러시아정교와 전제주의, 농노제를 적극 옹호했다. 이 세 가지는 당시 부패한 제정 러시아를 지탱하는 관제 이데올로기였다. 이런 제도에 대해 매우 비판적이었던 당시 작가들이나 비평가들은 고골을 신랄하게 비판하고 따돌렸다. 고골은 마지막 작품인『죽은 혼』을 완성하지 못하고 반미치광이가 되어 죽는다. 고골의 작품 가운데 한 권을 읽는다면 민음사에서 출간된 단편집인『뻬쩨르부르그 이야기』를 권한다.

투르게네프의 경우에는 성장소설인『첫사랑』(1860)보다『사냥꾼의 수기』(1852)를 권한다. 문학은 민중을 위한 것이어야 한다고 주장한 당대 최고의 평론가였던 벨린스키1811~1848의 영향을 받고 쓴 작품이다. 지주들은 저속하고 잔인하거나 무능력하고 농부들은 인간적이고 상상력이 풍부하며 시적이고 예술적일 뿐 아니라 기품 있고 총명하기까지 하다. 작품은 사냥꾼이 총을 메고 사냥개를 데리고 다니면서 관찰한 내용을 은근한 방식으로 보여준다. 그런 과정에서 농노제의 부당함과 모순을 드러낸다.

도스토옙스키의 작품이라면 위에서 언급하지 못한『백치』(1869)와『악령』(1872)도 읽어보면 좋겠다. 톨스토이 작품은 위에서 언급한 두 작품만으로도 충분하다. 그 역시 길고 긴 장편일 뿐만 아니라 역사적인 배경과 깊이 관련된 것이어서 충분히 잘 읽어내기는 쉽지 않다. 하나만 고르라면『안나 카레니나』를 권한다.

이 모든 작품들을 아주 잘 이해하고 싶다면 서두에서 말한 것처럼 러시아 역사와 문화, 사회 상황에 대한 공부가 필요하다. 그래야 표현되지 않은 표현을 읽어낼 가능성이 생긴다. 어떤 작품이든 그 시대의 자식이기 때문이다.

문학의 죽음에 대한 소문과 진실

# 7. 국경을 넘어간 모더니즘 시인들

모더니즘은 1차대전(1914~1918) 발발 직전에 '본격적으로 싹이 튼' 사조이다. 그러나 그 씨앗은 리얼리즘 시대였던 19세기 중반에 뿌려진다.

로맨티시즘이나 리얼리즘은 삶의 재현representation에 깊은 관심을 가졌던 사조다. 문제는 '재현'이라는 것이 이상ideal이나 의도와 어느 정도는 다를 수밖에 없다는 데 있다. 그것은 인간이 세상을 인식하는 방식과 언어의 한계이기도 하다.

여기에서 '이상이나 의도'의 의미를 짚고 넘어갈 필요가 있다. 이 둘은 비슷한 의미로 쓰일 수 있다. 바람을 담은 생각이 대개는 자신에게 이상적인 것이다. 그렇게 보면 의도, 이상, 바람은 모두가 비슷한 뜻을 가진 낱말이다. 우리가 하는 말은 대부분 바람을 담은 이상적인 것이지만 행동(재현)은 말 그대로 되지 않는다. 반대도 마찬가지다. 구체적인 행동을 설명하는 언어의 재현 역시 있었던 그대로는 불가능하다. 화자의 관점이나 태도를 보여줄 수 있을 뿐이다. 이런 설명을 길게 하는 것은 모더니즘의 출발은 언어와 실재가 괴리되어 있다는 인식과 깊은 관련이 있기 때문이다.

예를 들어 가장 많이 사용하는 낱말인 사랑만 해도 그렇다. 사랑이라는 것은 구체적으로 어떤 것일까? 설명하기는 어렵지만 나름대로 '이상적인 어떤 감정'을 상정한다. 그러나 '진정한 사랑 같은 건 없다'는 말이 그리 낯설지 않은 것처럼, 말에 담긴 이상적인 사랑을 현실에서 찾는 것은 불가능하다. 그저 상황과 맥락에 따른 특정한 사랑의 재현이 있을 뿐이다. 그 사랑은 분명히 '말'과 큰 괴리가 있다. 관점을 달리해서 보면 사랑이 아니라고까지 할 수 있는 어떤 것이 있을 뿐인 것이다.

이처럼 인간의 언어는 거의 모두가 추상적인 이상을 담은 것이다. 대개는 당대 사회가 만들어놓은 형식에 기대어 그 추상성이 구체화된다. 그런 의미에서 재현은 당대의 권력구조를 구체적으로 보여주는 것이 될 가능성이 크다. 그렇다는 것을 알고 나면 독창적인 문학작품을 써내기 위해 겹겹의 재현으로 이루어져 있는 언어의 사용법을 고민하지 않을 수 없다.

## 극적 독백에서 시작되다

19세기 중반 영국에서 사용되었던 '극적 독백dramatic monologue' 도 그런 고민의 연장선상에 있다. '극적'이라는 형용사는 어떤 드라마를 가정한다. 거기에 등장하는 한 화자가 맥락이 분명한 상황에서 말하는 방식을 취한다. 언어학에서 설명했듯이 언어는 맥락이 분명할 때 의미가 비교적 뚜렷해진다. 이런 종류의 시에서 화자는 시인이 아니다. 연극이나 소설에 등장하는 한 인물이 화자가 된다. 시인의 입장을 그대로 드러내는 것이 아니라 객관적인 맥락 속에서 다른 사람의 입을 빌려 표현하는 것이다.

영국의 빅토리아시대(1837~1901)에는 다양한 인쇄물이 대량으로 인쇄되었다. 대부분의 학자는 이 시대를 대표하는 시인으로 알프레드 테니슨 Alfred Tennyson, 1809~1892과 로버트 브라우닝Robert Browning, 1812~1889을 꼽는다. 이 둘은 결이 아주 다르기는 하지만 극적 독백을 보여준다는 점에서는 일치하는 점이 있다. 이 방식은 브라우닝이 완성한 것으로 평가되는데, 그 대표작으로 대개 「나의 전처 공작

브라우닝의 시 「나의 전처 공작부인」의 화자로 알려져 있는 5대 페라라 공작, 에스테의 알폰소 2세(Alfonso II d'Este, 1533~1597)의 모습이다. 열세 살이었던 루크레치아와 결혼했다. 부인을 독살했다는 소문도 있으나 폐결핵으로 사망했다는 것이 일반적인 결론이다. 화가는 지롤라모 다 카르피(Girolamo Da Carpi, 1501~1556)이다.

부인My Last Duchess」을 꼽는다. 이 시의 화자는 르네상스 시대 이탈리아 페라라 공국의 페라라 공작이다. 이 시는 이렇게 시작한다.

저 벽에 걸린 그림 속의 여인이 내 전처 공작부인이네
마치 살아 있는 듯한 모습을 보게나.

이렇게 시작하여 페라라 공작은 전처가 9백 년 된 가문이 요구하는 '재현'의 틀에 맞지 않는 행동거지를 보였음을 '아이러니한 어

알레산드로 알로리(Alessandro Allori, 1535~1607) 작품으로 알려져 있는 루크레치아 데 메디치(Lucrezia de' Medici, 1545~1561)의 초상이다. 루크레치아가 브라우닝 시의 '전처 공작부인'인 것으로 알려져 있다. 결혼은 열세 살에 했고, 이 초상화는 열다섯 살 때의 모습이다. 1년 뒤 사망했다.

법'으로 이야기한다. 대화 상대는 새로운 결혼을 위해 중매를 선 사람이다. 내용은 실제로 있었던 역사적인 사건을 토대로 한 것이다. 소녀였던 첫 부인이 결혼 뒤 3년 만에 사망하자(살해당한 듯하다) 공작이 다른 귀족의 조카딸과 결혼을 추진하는 극적인 장면을 시로 쓴 것이다. 거기에는 등장인물의 말과 그 말을 듣는 청자가 있을 뿐 시인의 존재를 도무지 느낄 수 없다. 여기에서 희미하게나마 모더니즘과의 연결고리를 느낄 수 있는데, 모더니즘 역시 프랑스 상징주의처럼 주관적 정서를 배제하고 예술을 위한 예술을

문학의 죽음에 대한 소문과 진실

추구한다. 랭보가 말했듯이 시에서 시인은 타자인 것이다. 이 시는 영어 원문과 함께 전체를 소개한다.

페라라 공작이 말한다
저 벽에 걸린 그림 속의 여인이 내 전처 공작부인이네
마치 살아 있는 듯한 모습을 보게나. 나는 이것을
경이로운 물건이라고 하지. 지금은. 판돌프 수사가 수고했지
하루를 부지런히 움직여서. 그녀가 저기 서 있게 된 것이야.
앉아서 그녀를 살펴보겠나? 내가 일부러
'판돌프 수사'를 들먹인 거네.[1] 사람들은 결코 읽어내지 못해
자네 같은 외부인들은, 저 그림의 표정에서,
저 진지한 눈빛에 담긴 대단한 열정과 그 깊이를.
오히려 나를 돌아보곤 해(누구도 지금처럼
커튼을 들춰서 보여줄 수 있는 건 아니니까, 나 말고는)
용기를 내어 나에게 묻는 거지.
저 눈빛은 도대체 뭐냐고, 물론 처음은 아니지
나를 보면서 이런 식으로 묻는 게. 꼭 남편 앞에서만
저러는 건 아닐세. 공작부인의 뺨에 드러나는
기쁨의 표정 말일세, 아마도

---

1    그런 사람은 없다고 이해해야 할 듯하다. 초상화를 '하루 부지런히 손을 놀린다'
      는 것도 불가능에 가깝다.

판돌프 수사가 그림을 그리다 말고 망토가
팔목을 너무 많이 가리고 있군요. 또는 저로서는 도저히
목선을 따라 옅어지는 홍조를
표현할 수 없을 것 같아요. 이런 말들이 그저
예의 갖춘 것이라는 깃을 알면서도 그녀는 자극받아
기쁜 표정을 떠올리는 거야. 그녀는 그랬어.
가슴이 너무 빨리 기쁨으로 뒤덮이는 거지, 내가 뭐라고 하겠나?
무엇에나 너무 잘 감동하는걸. 무엇을 보든
어디로 가든 그녀가 보는 모든 것들에게.
언제나 그랬다네. 내 애정의 표식인 가슴 장식도
서쪽에서 해가 지는 아름다운 노을 풍경도,
주제도 모르고 들이대는 얼간이가 과수원에서 꺾어
그녀에게 바친 벚나무 가지도, 그녀가 올라타고
테라스를 돌아다닌 노새도 ─ 모두가 하나같이
그녀에게서 만족스러운 말을 자아내었어.
적어도 발그레해지긴 했어. 그녀는 그 사내들에게 감사하다더군
─어련했겠나!
그런데 어떻게 그럴 수 있는지는 잘 모르겠지만, 구백 년
오랜 세월 가문의 명성이라는 나의 선물도
변변찮은 얼간이의 선물과 같은 것처럼 하더라고. 이런 걸 가지고
나무라는 건 구차스럽지. 말재주가 빼어난
사람이라면─나야 그렇지 못하네만─보기 싫은 처신에 대해

문학의 죽음에 대한 소문과 진실

마음을 분명히 밝히며 말하겠지. 당신의 바로 이런 점이
아주 못마땅하오. 이런 점은 아쉽고,
저런 점은 도가 지나치오. 하겠지만 ─그래서 혹시라도
그 말을 잘 받아들여 자기 생각을 내세우며
대들지 않고, 진심으로 사과한들 ─
그마저도 구차스럽지 않겠나. 나는 절대 구차스럽게
살 생각은 없다네. 물론 내가 지나칠 때도
한결같은 미소를 보내주더군. 지나치는 누군들
그같은 미소를 받지 못했겠나? 너무 심하다고 생각해서 내가 명령
을 내렸지.
그러자 미소가 싹 사라지더군. 그리고 그녀가 저기 서 있는 거네.
마치 살아 있는 것처럼. 이제 일어나보실까? 자, 이제 만나보자고,
아래층 친구 말일세. 다시 말하지만
자네를 고용한 백작이 소문대로 손이 큰 분이시니
틀림없이 혼인지참금에 대한 나의 적절한 요구를
묵살하는 일은 절대로 없으리라 믿네.
물론, 내가 맹세한 것처럼 처음부터 그분의 고운 따님이
나의 최종목적이기는 하지만. 하여튼 이제
함께 내려가보세. 그래도 해마를 길들이는
넵튠 조각상을 좀 보게. 정말 진품이지.
인스부르크의 클라우스가 청동으로 떠서 내게 선물했다네.

FERRARA

That's my last Duchess painted on the wall,

Looking as if she were alive. I call

That piece a wonder, now; Fra Pandolf's hands

Worked busily a day, and there she stands.

Will't please you sit and look at her? I said

"Fra Pandolf by design, for never read

Strangers like you that pictured countenance,

The depth and passion of its earnest glance,

But to myself they turned (since none puts by

The curtain I have drawn for you, but I)

And seemed as they would ask me, if they durst,

How such a glance came there; so, not the first

Are you to turn and ask thus. Sir, 'twas not

Her husband's presence only, called that spot

Of joy into the Duchess' cheek; perhaps

Fra Pandolf chanced to say, "Her mantle laps

Over my lady's wrist too much, or "Paint

Must never hope to reproduce the faint

Half-flush that dies along her throat. Such stuff

Was courtesy, she thought, and cause enough

For calling up that spot of joy. She had

A heart—how shall I say?— too soon made glad,

Too easily impressed; she liked whate'er

She looked on, and her looks went everywhere.

Sir, 'twas all one! My favour at her breast,

The dropping of the daylight in the West,

The bough of cherries some officious fool

Broke in the orchard for her, the white mule

She rode with round the terrace—all and each

Would draw from her alike the approving speech,

Or blush, at least. She thanked men—good! but thanked

Somehow—I know not how—as if she ranked

My gift of a nine-hundred-years-old name

With anybody's gift. Who'd stoop to blame

This sort of trifling? Even had you skill

In speech—which I have not—to make your will

Quite clear to such an one, and say, "Just this

Or that in you disgusts me; here you miss,

Or there exceed the mark—and if she let

Herself be lessoned so, nor plainly set

Her wits to yours, forsooth, and made excuse—

E'en then would be some stooping; and I choose

Never to stoop. Oh, sir, she smiled, no doubt,

Whene'er I passed her; but who passed without
Much the same smile? This grew; I gave commands;
Then all smiles stopped together. There she stands
As if alive. Will't please you rise? We'll meet
The company below, then. I repeat,
The Count your master's known munificence
Is ample warrant that no just pretense
Of mine for dowry will be disallowed;
Though his fair daughter's self, as I avowed
At starting, is my object. Nay, we'll go
Together down, sir. Notice Neptune, though,
Taming a sea-horse, thought a rarity,
Which Claus of Innsbruck cast in bronze for me!


테니슨의 「율리시스Ulysses」는 지루한 일상을 견디지 못하는 왕의 독백이다. 청자는 선원들이다. 함께 모험에 나서자고 설득하는 내용이다. 그러기 위해 '나'만이 아니라 부하들 모두를 '우리'로 묶으며 모두를 영웅이라 칭한다. 이 시는 이렇게 끝맺는다.


땅과 하늘을 뒤흔들던 우리는 지난날처럼 강하진 않지만
지금의 우리도 여전히 우리가 아닌가
영웅의 기질은 조금도 **바뀌지 않은**.

문학의 죽음에 대한 소문과 진실

시간과 운명 속에서 약해지기는 했지만
노력하여 구하고 찾으며 굴복하지 않는
우리는 여전히 강한 의지를 지니고 있으니.


We are not now that strength which in old days

Moved earth and heaven, that which we are, we are:

One equal temper of heroic hearts,

Made weak by time and fate, but strong in will

To strive, to seek, to find, and not to yield.


이 부분은 영화 〈007 스카이폴Skyfall〉에서 인용되면서 더욱더 유명해졌다. 그 장면을 보면 이 시의 '극적 독백'이 주는 효과를 더 잘 느낄 수 있을 것이다.

예이츠로 넘어가기 전에 위에서 소개한 두 사람의 길고 길었던 빅토리아시대의 '대표성'에 대한 한 영문학자의 평가를 인용하고 싶다.


테니슨과 브라우닝이 빅토리아시대 시의 다양성을 포괄할 수는 없지만 이들이 당대의 시대적 상황을 고민하는 과정에서 공통된 문제의식을 갖게 된다는 점에서 빅토리아시대의 대표적 시인으로 제시할 수 있으며, 그런 의미에서 이들에게 대표성을 부여해도 크게 무리는 아니다.[2]

물론 유명숙 교수의 주장을 그대로 받아들일 필요는 없다. 그러나 영문학자의 이런 평가는 위로가 된다. 비교적 중요한 작가나 시인, 사조를 짚어갈 수밖에 없는 시공간의 제약을 감안해야 하기 때문이다.

엄격하게 따진다면 테니슨과 브라우닝의 시도 이렇게 단순하게 규정할 수는 없다. 그들의 생몰연도를 보면 알겠지만 시인으로서 활동 기간이 아주 길었고 다양한 작품을 썼기 때문이다. 그러나 기억해둘 만한 특징 하나를 꼽으라면 '극적 독백'이라는 것이다.

## 선지자의 풍모, 윌리엄 예이츠

예이츠의 경우는 더 그렇다. 그의 작품들은 '삶의 시인'이라고 불릴 정도로 다양한 면모를 지닌 적극적인 삶의 산물이다. 그는 낭만주의 요소를 지닌 신비학자였으며 아일랜드 독립을 위한 민족주의자이기도 했고 현실정치에 참여한 정치인인가 하면 우파니샤드와 일본의 노[能]를 통해 선불교를 수용한 철학적인 종교인이기도 했다.

그의 시는 프랑스 상징주의의 영향을 받아 모든 자연현상을 인간에게 무엇인가를 말해주는 상징으로 보았다. 작품 「노년에 오는 지혜The Coming of Wisdom with Time」를 읽어보면 선지자적인 면모가 보인다.

---

2　유명숙, 「테니슨과 브라우닝」, 『영미문학의 길잡이 1』, 창비, 2001(p.405)

잎은 많지만 뿌리는 하나
내 젊음의 거짓된 날들 내내
햇빛을 받으며 꽃과 잎으로 흔들리다
이제 진리를 향해 시들어간다

Though leaves are many, the root is one;
Through all the lying days of my youth
I swayed my leaves and flowers in the sun;
Now I may wither into the truth.

그의 시는 이런 식으로 독자를 조금 당황하게 만든다. 진리를 얻어 '영생'으로 가는 게 아니라 시들어 죽는다는 뜻이 아닌가. 아이러니한 표현에서 복잡한 심경, 격렬한 갈등을 느낄 수 있다. 대립과 갈등은 상징물로 표현된다. 이러한 특징은 말년의 시에서도 그대로 드러난다.

임종 한 달 전에 발표한 「서커스 동물의 탈출The Circus Animal's Desertion」에서도 완성된 것들은 죽음(오래된 것들)과 함께 온다는 대립적인 인식을 보여준다. 우리는 살아가고 있지만 동시에 죽어가고 있는 것이다. 무엇인가를 만든다는 것은 무엇인가를 사라지게 하는 것이다. 그리고 그것들은 모두 서커스 동물의 행위와 비슷하다. 이 역시 대립과 갈등을 드러내지만 구체적인 내용은 상징물을 통해 독자가 '해석'해야 한다.

완벽하기에 훌륭한 이미지들
순수한 마음에서 자란 것이겠지만, 그 시작은?
쓰레기 더미들, 거리에서 쓸어 담은 것들,
낡은 주전자와 병들, 찌그러진 깡통,
낡은 쇠, 낡은 뼈, 낡은 넝마, 광분하는 미친년
돈 서랍을 움켜쥐고 있는. 이제 내 사다리는 없다.
그 모든 사다리가 시작되는 곳으로 내려가야 한다
악취 풍기는 마음속 넝마가게로.


Those masterful images because complete
Grew in pure mind, but out of what began?
A mound of refuse or the sweepings of a street,
Old kettles, old bottles, and a broken can,
Old iron, old bones, old rags, that raving slut
Who keeps the till. Now that my ladder's gone,
I must lie down where all the ladders start
In the foul rag and bone shop of the heart.
　—「서커스 동물의 탈출」, 마지막 연


예이츠의 시가 단순히 갈등만을 드러낸다면 그리 매력적이지 않
을 것이다. 꽃과 나무, 동물과 같은 자연물에서부터 신화 속 인물과
개인적인 소유물에 이르기까지 다양한 '상징물'들을 동원하기 때

문에 깊고 풍부한 심상을 불러일으킨
다. 그 상징의 의미도 복합적이다. 예
를 들면 장미의 경우 심미주의자들의
완벽한 아름다움일 수도 있고, 신비주
의자의 초월적인 미와 사랑일 수도 있
다. 한편으로는 오랜 세월 수난을 받
았지만 독립한 조국 아일랜드일 수도
있고, 평생 사랑한 여인일 수도 있다.
상징의 힘이 '삶의 시인'을 만나 존재
감을 제대로 드러낸다.

처음 개성을 드러내기 시작한 예이츠의 시집이
었던 『시집Poems』(1895)의 속표지이다.

　참고로 예이츠의 시도 영화에서 인
용되면서 현대의 대중들에게 더 잘
알려지게 된다. 〈이퀼리브리엄Equilibrium〉에서는 「그는 하늘의 옷을
원한다He Wishes For The Cloths Of Heaven」의 뒷부분이, 〈메디슨 카운
티의 다리The Bridges of Madison County〉에서는 「방랑자 앵거스의 노
래The Song of Wandering Angus」 마지막 두 행이 인용되었다. 〈노인을
위한 나라는 없다No Country For Old Men〉라는 영화 제목은 「비잔티
움으로의 항해Sailing to Byzantium」 첫 구절에서 딴 것이다.


## 시인 클럽

　에즈라 파운드는 한때 예이츠의 비서로 일했을 정도로 그의 시

에 경탄했으며 문학적으로도 많은 영향을 받았다. 에즈라 파운드가 런던에서 낸 첫번째 시집 『페르소나*Personae*』에는 로버트 브라우닝의 허세와 예이츠의 안개 같은 분위기에 가난했던 베니스 생활의 우울함이 더해져 있었다. 파운드는 이 시집의 성공으로 런던에서 유명한 시인이 되었다. 그러면서 시인들의 비밀 모임인 '시인 클럽The Poet's Club'에도 나가게 되었는데, 그 모임은 철학자이자 비평가였던 흄Thomas Ernest Hulme, 1883~1917(18세기 철학자 데이비드 흄과 혼동하지 않아야 함)이 주도했으며 저녁에 모여서 주로 시에 대해서 논의했다. 당대 최고의 시인으로 꼽히던 예이츠도 참석했다. 그들의 문학이론들은 당대 시인들에게 깊은 영향을 끼쳤다.

흄이 보기에 산문은 수학만큼 논리정연한 것이어야 하고 시는 구체적인 시각 언어가 되어야 했다. 언어는 감정을 전달하기 어려운 도구이기에 분명한 이미지를 사용하라는 것이다. 다음과 같은 방식이다. 흄의 가장 잘 알려진 시 가운데 하나인 「가을Autumn」에 그의 작품철학이 드러난다.


가을밤 서늘함이 찾아왔더군.
집밖으로 걸어나갔지
산울타리에 기대선 발그레한 달을 보았어
붉은 얼굴의 농부 같은.
고개만 끄덕였을 뿐 말을 걸지는 않았어,
동경의 눈길로 둘러싼 별들이 있더군

　　　　　　　　문학의 죽음에 대한 소문과 진실

도시 아이들처럼 하얀 얼굴을 하고선.

A touch of cold in the Autumn night—
I walked abroad,
And saw the ruddy moon lean over a hedge
Like a red-faced farmer.
I did not stop to speak, but nodded,
And round about were the wistful stars
With white faces like town children.

언어로 분명히 '재현'하기 무척 어려운 개인의 구체적인 감정을 잘 드러내는 방법으로 이미지를 선택한 것이다. 느낌을 '보여준다'. 독자가 그 이미지를 보고 직접 느끼기를 바라는 것이다. 흄이 철학에 좀더 몰입하게 되자, 시인 클럽은 에즈라 파운드가 주도하게 된다. 이후 파운드는 클럽의 주요 멤버들과 의논하여 다음과 같이 이미지즘의 세 원칙을 발표한다.

1. 주관적이든 객관적이든 '사물'을 직접 다룬다.
2. 표현에 기여하지 못하는 말은 절대로 사용하지 않는다.
3. 운율에 대해서: 메트로놈의 운율sequence of a metronome이 아니라 음악적 어구의 운율sequence of the musical phrase을 따른다.

에즈라 파운드는 흄의 '이미지'에 음악성까지 더했다. 이미지로 제시될 때 그게 무엇이든 적절하게 표현될 수 있을 것이며 사용하는 언어의 운율에 의해 보강될 수 있다고 믿었던 것이다. 당연히 이후 에즈라 파운드의 작품에도 이런 식의 이미지즘이 드러난다. 다음은 그런 종류의 시로 가장 잘 알려진 작품 가운데 하나인 「지하철 역에서In a Station of the Metro」이다.

군중들 속에 떠오른 유령의 얼굴들
축축하고 검은 가지 위의 꽃잎들

The apparition of these faces in the crowd;
Petals on a wet, black bough.

이 시는 원래 30행 정도의 긴 시였지만 1년 정도 시간을 보내며 수정한 끝에 2행의 시가 되었다. 하이쿠의 영향도 받았을 것이다. 19세기 후반의 유럽 예술가들은 동양에 대한 관심이 아주 대단했다. 시인 클럽의 멤버들도 마찬가지였다. 일본뿐만 아니라 인도와 중국의 종교와 고전에 대해서도 연구했다. 그 결과는 그들의 작품에서 드러난다.

다음 이야기로 넘어가기 전에 하나만 짚고 넘어가자. 이들이 한국에 미친 영향에 대해서다. 예이츠의 작품은 1918년에 김억의 번역으로 처음 소개된다. 번역시 발표의 통계에 따르면, 예이츠의 시는 1920년대에 19편, 1930년대에 43편으로 다른 외국 시인에 비해 압도적으로 많았다.[3] 예이츠가 T. S. 엘리엇이 칭송한 것처럼 영어로 시를 쓴 20세기 최고의 시인 가운데 한 사람이기 때문이기도 했겠지만, 일제강점기의 지식인으로서 예이츠의 조국 아일랜드 역시 오랜 세월 동안 영국의 압제에서 벗어나지 못했던 상황에 대한 공감도 컸으리라 짐작된다.

특히 한국 최고 애송시로 꼽히는 김소월의 「진달래꽃」(1925)은 김억이 처음 번역 소개한 예이츠의 「그는 하늘의 옷을 원한다」(김억은 「꿈」이라는 제목으로 소개했다)에서 영향을 받았다는 학자들도 많다. 적어도 시적인 이미지에 대한 아이디어는 비슷하다.

금빛 은빛으로 짠
하늘의 천이 있다면
푸르고 아스라하며 어두운 색깔의 천이
밤과 낮과 어스름한 시간의 천이 있다면
당신의 발밑에 깔아 드리우리다
가난하여 꿈만 가지고 있기에
당신의 발밑에 내 꿈을 깔아드려요
부드럽게 밟고 가소서 내 꿈을.

---

3    서혜숙, 『예이츠』, 건국대학교출판부, 1995(p.126)

Had I the heavens' embroidered cloths,

Enwrought with golden and silver light,

The blue and the dim and the dark cloths

Of night and light and the half-light,

I would spread the cloths under your feet:

But I, being poor, have only my dreams;

I have spread my dreams under your feet;

Tread softly because you tread on my dreams.


이미지즘의 영향 역시 그리 오래지 않아 한국에 미친다. 다음은 1936년에 출간된 김기림의 시집, 『기상도』에 실린 「세계의 아침」의 한 구절이다.


비눌
돋힌
海峽은
배암의 잔등
처럼 살아났고


모더니즘은 간단하게 규정하기 어려운 문예사조이다. 비슷한 의미로 쓰이는 용어로는 앞에서 간단하게 소개한 이미지즘과 주지주의가 있다. 이 세 용어의 관계에 대해서는 이어 다룬다.

## 주지주의자의 황무지

이미지즘이 표현기법과 관련된 것이라면 주지주의主知主義, intellectualism는 예술에 대한 태도로, 둘 다 모더니즘의 방법 가운데 하나이다. 주지주의는 인간의 이성으로 일군 지성이 중심이 되어야 한다는 사고방식이다. 시의 경우 직관이나 감성, 개성을 드러내는 것이 아니라 '뿌리 깊은 전통을 바탕으로 보완되고 훈련된 지성'[4]의 결과물이어야 한다. 그러기 위해서는 역사를 연구해야 하고, 전통에 익숙한 지성이 느끼는 현실 감각을 표현해야 한다. 그런 의미에서 시는 발전하는 전통의 새로운 모습일 뿐이다.

T. S. 엘리엇의 '몰개성시론Theory of Impersonal Poetry'은 그런 사고방식의 극단적인 형태이다. 엘리엇의 전기를 썼던 피터 액크로이드Peter Ackroyd, 1949~는 그에 대해 이렇게 말했다. "독창적인 아이디어는 거의 없었지만 다른 작가의 아이디어에는 매우 예민하게 반응했다." 엘리엇에게 예술은 철학사상들을 조리 있고 설득력 있게 표현하는 '지성의 종합 행위'였던 것이다.

그의 대표작인 「황무지The Waste Land」에서도 '역사와 전통의 흔적'은 쉽게 찾아볼 수 있다. 서술 방식부터가 앞에서 설명한 '극적독백'(독백하는 사람은 여럿이지만)이고, '다른 텍스트를 인용하거나 참조한 구절이 수백 군데'나 된다. 신화와 전설을 끌어들였을 뿐 아니라 성경이나 우파니샤드Upanishad와 같은 종교서적, 그리고 고전

---

4    T. S. Eliot, Tradition and the Individual Talent, 1919

작가들의 작품에서 그대로 인용한 구절도 많았다. 예를 들면 5부로 구성된 이 시의 1부 '죽은 자의 매장'을 마무리하면서 보들레르의 『악의 꽃』 중 「독자에게」의 마지막 구절을 그대로 가져다 쓴다. '독자여, 형제여, 우리 위선자들이여!'

이 구절은 상징주의 시인들의 간절함을 드러내는 것이었다. 상징주의 시와 마찬가지로 모더니스트들의 '지적인 시' 역시 대중의 관심을 받기는 어려웠기 때문이다. 적은 수의 독자를 가진 문예지에 작품을 발표하면서 동조자들을 형제라고 부르며 함께해주기를 바랐다(「황무지」는 이례적으로 대단한 관심을 받았다).

「황무지」에서는 보들레르, 셰익스피어, 오비드, 호머처럼 '수준 높은 작가'들의 글만 인용된 것이 아니었다. 바그너의 〈트리스탄과 이졸데Tristan und Isolde〉에서도 가져왔고, 당시 유행하던 대중가요의 가사도 인용했다. 이 경우는 문화의 불모성이라는 작품의 의도에 맞추어 서구 문화가 쇠퇴하고 있다는 증거로 쓰였다. 고매한 유럽 문화의 정수인 셰익스피어 비극이 흑인들의 음악인 래그타임ragtime 형식의 대중가요popsong에서 허접하게 쓰인다는 비아냥이었던 것이다. 싱코페이션syncopation을 흉내내고 스펠링까지 노랫소리에 맞추어 변형한다. 그 부분은 다음과 같다.

오.오.오.오 셰익스피이이어식 래그 재즈
대단히 우아하고
아주 지적이야

O O O O that Shakespeherian Rag—

It's so elegant

So intelligent

—「황무지」, 2부 체스게임 中


그러나 에즈라 파운드에게 '영어로 쓰인 최초의 현대시'라는 찬사를 받았던 초기 작품, 「프루프록의 연가The Love Song of J. Alfred Prufrock」는 극적 독백5 형식으로 쓰이기는 했지만 「황무지」만큼 전통과 역사에 기대지는 않았다. 비록 프루프록이라는 이름이 빅토리아시대의 정장이었던 프록코트를 입은 신중한 신사라는 의미이기는 하지만. 그 시의 한 구절을 읽어보자.


노란안개는 창유리에 등을 비벼대고

노란연무는 창유리를 콧등으로 긁어대고

혀로는 저녁 모퉁이 여기저기 핥아대다가

배수관 물웅덩이에서 한참 머뭇거리던 녀석이

굴뚝에서 떨어지는 검댕이가 등에 떨어지자

테라스 곁을 미끄러지더니 깡충 뛰어오르네.

---

5   극적 독백이지만 청자가 자기 자신이므로 내적 독백 형식이라고도 한다. 소설에서도 이런 형식이 유행했다. 제임스 조이스의 「율리시스」나 버지니아 울프의 소설이 그렇다.

포근한 시월의 밤을 지켜보더니
집 주변을 감싸안고 웅크려 잠이 들었어.

The yellow fog that rubs its back upon the window-panes,

The yellow smoke that rubs its muzzle on the window-panes,

Licked its tongue into the corners of the evening,

Lingered upon the pools that stand in drains,

Let fall upon its back the soot that falls from chimneys,

Slipped by the terrace, made a sudden leap,

And seeing that it was a soft October night,

Curled once about the house, and fell asleep.

—「프루프록의 연가」, 세번째 연


이 시는 중년의 한 남자가 사랑을 고백하는 내용이지만 초점은
사랑이 아니라 무기력한 현대인의 모습에 맞춰져 있는데, 이는 모
더니즘 문학의 일반적인 주제 가운데 하나이다. 주인공 프루프
록은 공동체의식이 제거되어 불안하게 살아가고 있다. 이 시의 제
사題詞에 따르면 이 시는 지옥에 떨어진 사람의 고백이다.

표현기법으로 보면 18세기에 유행했던, 영웅인 척하는 의영웅擬
英雄, mock-heroic 시의 어조로 쓰였다. 그럼으로써 독백의 간절함, 풍
자와 아이러니가 뒤섞여 긴장감을 늦추지 않는다.

위에 예로 든 시의 한 구절은 해가 져서 밤이 되어가는 풍경을

그린 것이다. 한국과 달리 그곳 저녁에는 안개와 연무가 몰려든다. 그 모습을 은유적으로, 고양이의 움직임에 빗댄 것이다. 이처럼 시간의 흐름을 무기력하게 받아들인 프루프록은 마침내 '차라리 소리 없는 바다 바닥을 허둥대며 건너는 / 한 쌍의 털복숭이 집게발이었으면' 하고 바란다.

연대기적으로 보면 이 시는 프랑스에서 유학하고 독일에서 머물렀던, 아직 학창시절이라고 해도 좋을 시기인 1911년(23세)에 쓰였고, 「황무지」는 위에서 설명했듯이 자신의

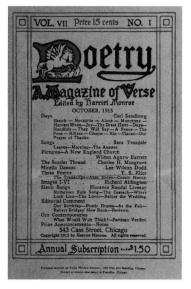

「프루프록의 연가」가 처음 수록된 잡지, 〈시Poetry〉 1915년 6월호이다. 표지에 수록된 시 제목이 쓰여 있다.

'몰개성시론'(1919)을 발표하고 자신의 시적인 입장이 공고해진 뒤 (1922)에 쓴 것이다.

「황무지」는 '편집 과정' 때문에 유명하기도 하다. 시인을 전통의 매개자로 인식했던 엘리엇 입장에서는 에즈라 파운드처럼 뛰어난 선배 시인의 '조언'은 전통의 조언이나 다를 바 없었을 것이다. 엘리엇의 「황무지」 초고를 받은 에즈라 파운드는 그 시의 '놀라운 기교와 힘'에 빠져들었고 무척이나 많은 양을 들어내거나 고칠 것을 제안했다. 엘리엇은 그 제안을 대부분 받아들였다. 작품은 마침내 초고의 반 정도로 줄여서 완성되었다.

그 결과 '개인의 기호와 관계없이 20세기를 대표하는 시 한 편을 고르라면 「황무지」가 뽑힐'[6] 것이라고 평가될 정도로 널리 인정받는 작품이 탄생했다. 이 작품에 사용된 수없이 많은 '참조'를 알고 있다면 분명히 깊고 넓게, 더 즐겁게 읽어낼 수 있겠지만, 그렇지 않더라도 예민한 독자라면 한 편의 서정시로 읽을 수 있다. 시인의 시적인 재능이 그만큼 뛰어나다는 증거일 것이다.

필자의 경우는 엘리엇의 보수적인 사고방식이 싫어서 작품을 멀리했던 적이 있다. 스스로 '문학에서는 고전주의자, 종교에서는 영국국교도, 정치에서는 왕당파'라고 했을 정도였으니! 그러나 시는 시인의 것이 아닌지도 모른다. 특히 전통과 지성의 결과물일 뿐만 아니라 시적인 재능이 빛나는 작품이라면 그것은 한 사회가 함께 만든 것으로 해석될 수도 있겠다. 시인이자 영문학자인 황동규가 '개인의 기호와 관계없이'라고 전제를 단 것도 그런 이유에서가 아니겠는가.

엘리엇의 시작법에서 가장 유명한 용어는 '객관적 상관물Objective Correlative'일 것이다. 그에 따르면 예술에서 감정을 표현하는 유일한 방법은 '어떤 특별한 정서를 나타내는 사물이나 정황, 사건'을 통하는 것이다. 이런 객관적 상관물은 예술가가 표현하고자 하는 바로 그 정서를 독자들도 즉각적으로 불러낼 수 있게 해준다. 객관

---

6    황동규, 「작품에 대하여: 모더니즘과 새로운 시의 탄생」, 『황무지』, 민음사, 2013, 전자책

적 상관물이 지닌 의미는 두 가지이다. 하나는 언어와 감정, 사물이 유기적으로 관련된 객관적 상관물을 발견함으로써 예술가와 독자는 매우 비슷한 정서를 공유할 수 있다는 것이고, 다른 하나는 그 객관적 상관물이란 개인적이고 특별한 것이 아니라 한 사회의 역사와 전통을 통해 구성된 '공유된 경험'이 축적된 결과물이라는 것이다. 그런 의미에서 객관적 상관물을 발견하는 것은 직관이 아니라 지성으로 가능한 일이다. 예를 들어 엘리엇의 시에 나타나는 대도시는 20세기의 정신적 상황에 대한 객관적 상관물이다. 도시는 단조롭게 반복되는 권태로운 세계이며 목표도 목적도 모른 채 순환되고 있는 일상이 있을 뿐이다.

참고로, 이 용어를 처음 사용한 이는 엘리엇이 아니라 화가이면서 시인이었던 워싱턴 알스턴Washington Allston, 1779~1843이었다. 그랬다는 것이 엘리엇의 에세이에 간단하게 언급되어 있다. 그러나 유행하기 시작한 것은 엘리엇이 사용하고부터다.


## 좌파의 피로감을 보인 휴 오든

엘리엇의 후계자로 꼽히는 모더니스트는 W. H. 오든Wystan Hugh Auden, 1907~1973이다. 엘리엇은 미국에서 태어났지만 영국에 귀화하여 영국 시민권을 가지게 되었고, 오든은 영국에서 태어났지만 미국에 귀화하여 미국 시민권을 가지게 된다. 엘리엇은 영미시인선 엔솔로지에 다 포함되는데 오든은 거의 언제나 영국 시인으로 분류된다. 오든의 시가 그만큼 영국적이고 유럽적이기 때문일 것이다. 그는 30년대 좌파 시인들의 총아였다. 그의 시 「이것과 우리 시대를 생각해보시라Consider This And In Our Time」를 읽어보면 그가 엘리엇과 어떻게 다른지가 확연하게 드러난다.

당신도 산악지대의 풍광에 감탄하시라
스포츠호텔의 판유리 창문을 통해.
거기 아직 다 차지 않은 무리에 끼어드시라
다 같이 모피를 걸치고 편안하지만 위험해 보이는
예약석에 앉은 성좌의 별무리 틈에서
가성비 높은 밴드에게서 감정을 공급받으며
태풍이 몰아치는 늪지대 부엌에서도
농부들과 개들도 듣고 있는 같은 음악을 통해

Pass on, admire the view of the massif
Through plate-glass windows of the Sport hotel;
Join there the insufficient units
Dangerous, easy, in furs, in uniform
And constellated at reserved tables
Supplied with feelings by an efficient band
Relayed elsewhere to farmers and their dogs
Sitting in kitchens in the stormy fens.

문학의 죽음에 대한 소문과 진실

—「이것과 우리 시대를 생각해보시라」, 첫번째 연 뒷부분


알프스산 속의 스포츠호텔에 놀러온 소수의 지배층에 '당신도 끼어들어보시라'. 그러면 알게 될 것이다. 그들은 라디오에서 흘러 나오는 밴드의 음악을 통해 감정을 공급받고 있을 정도로 차갑게 얼어붙은 사람들이며, 안락해 보이지만 '위험하다'는 것을. 그 음악은 늪지대 농부들의 부엌에서도 흘러나오는 것이고, 거기에는 폭풍우가 불고 있다. 폭풍우가 신의 분노라면 소수의 지배층이 단지 높은 산 위에 있다는 것이 '위험'의 전부가 아니다.

이쯤에서 짐작할 수 있겠지만 오든 역시 비유와 상징을 사용하여 독자의 해석을 유도한다. 모더니스트다운 아이러니와 풍자, 의도적으로 뒤섞은 이미지와 구문, 모호하거나 낯선 표현들을 사용했다. 단순하고 쉬운 '풀어 쓰기'를 거부했던 것이다. 비록 선동적인 내용이라 해도 모더니스트의 전형적인 표현법에서 벗어나지 못했다. 그랬으니 전쟁에 반대하는 메시지처럼 정치적인 내용의 시는 그리 성공적일 수 없었다.

그랬던 오든은 좌파의 삶에 일찍부터 피로감을 느낀다. 「미술관 Musée des Beaux Arts」을 읽어보면 그런 분위기를 느낄 수 있다.


예를 들어, 브뤼헬의 이카루스 그림을 보면, 모든 것이 외면한다.
어쩌면 다들 그토록 끔찍한 재난에 무관심한가. 농부도
이카루스가 물에 빠지는 소리, 애끓는 외침소리를 들었으련만

그에게는 별일이 아니었다. 태양은

푸른 물속으로 사라져가는 하얀 두 다리를 무심하게 비추었고

부자들의 유람선은 하늘에서 한 소년이 추락하는,

놀라운 장면을 보았을 텐데,

아무 일 없다는 듯 가던 길을 갈 뿐이다.


In Breughel's Icarus, for instance: how everything turns away

Quite leisurely from the disaster; the ploughman may

Have heard the splash, the forsaken cry,

But for him it was not an important failure; the sun shone

As it had to on the white legs disappearing into the green

Water; and the expensive delicate ship that must have seen

Something amazing, a boy falling out of the sky,

Had somewhere to get to and sailed calmly on.

　　―「미술관」, 마지막 연


이런 실망감을 거쳐 그는 마침내「장례식 블루스Funeral Blues」에 도달한다. 사랑하는 사람의 죽음을 애통해하는 내용이지만, 그 '사랑하는 사람'이 '개혁과 혁명을 향한 간절한 희망'을 상징하는 것이라면 그 처절한 슬픔이 얼마나 클지 충분히 짐작할 수 있을 것이다. 시는 2차대전이 시작되기 한 해 전에 쓰였다. 이 작품은 영화〈네 번의 결혼식과 한 번의 장례식Four Weddings and a Funeral〉에서

낭독되면서 대중들에게 더 잘 알려지게 된다.

오든의 대표적인 후기 시집은 『아킬레스의 방패The Shield of Achilles』(1955)다. 표제시를 읽어보면, 객관적인 눈으로 바라본 비극적인 세계가 소름끼치도록 냉정하게 그려져 있다. 그 방패에는 납덩이 같은 하늘이, 어떤 도움도 기대할 수 없는 세상이, 잡초만 무성한 들판과 돌팔매질하는 소년과 도망치고 있는 새, 강간당하는 소녀들과 한 소년을 난도질하는 두 소년의 모습이 보인다. 이 방패를 주문했던 아킬레스의 어머니인 여신 테티스는 '낙담하여 소리 높여' 운다. 2차대전이 끝난 지 오래지 않은 시기의 작품이다. 오든은 시를 통해 죽음 이후의 황폐한 세상을 그린 것이다.

오든은 나이가 들면서 이 세상에서 희망을 가질 수 있는 것은 단지 우정과 사랑뿐이라고 생각하며 명상에 많은 시간을 보냈다. 엘리엇이 1차대전 이후 어지러운 세상이 바로 서기 위해서는 '전통의 가치'에 기대야 한다고 생각하여 기독교에 귀의한 것과 방향은 다르지만 비슷한 결론으로 보인다.

다음은 그 유명한 오든의 「장례식 블루스」이다.


시계를 멈추고 전화선을 잘라라
개에게 기름진 뼈다귀를 던져주라. 짖어대지 못하도록.
피아노 두껑을 닫고 천을 두른 북을 두드리자
관을 들이고 조문객을 허하라.

비행기는 구슬픈 목소리로 하늘을 돌며
'그는 죽었다'고 하늘에 휘갈겨 쓰게 하라.
거리의 비둘기들도 하얀 목에 검은 천을 두르고,
교통경찰관도 검은 면장갑을 끼도록.

그는 나에게 동서남북이었다.
일상의 평일이었고 휴식의 일요일이었다.
정오였고, 자정이었고, 대화였으며 노래였다.
영원하리라 믿었던 사랑, 틀렸다.

이제 별은 필요 없다. 모두 꺼져버려라.
달을 싸넣고 해도 철거하라.
바닷물은 쏟아버리고 숲은 갈아엎으라.
이제는 모든 것이 아무 소용없으니.

Stop all the clocks, cut off the telephone,
Prevent the dog from barking with a juicy bone,
Silence the pianos and with muffled drum
Bring out the coffin, let the mourners come.

Let aeroplanes circle moaning overhead
Scribbling on the sky the message 'He is Dead'.

문학의 죽음에 대한 소문과 진실

Put crepe bows round the white necks of the public doves,

Let the traffic policemen wear black cotton gloves.

He was my North, my South, my East and West,

My working week and my Sunday rest,

My noon, my midnight, my talk, my song;

I thought that love would last forever: I was wrong.

The stars are not wanted now; put out every one,

Pack up the moon and dismantle the sun,

Pour away the ocean and sweep up the wood;

For nothing now can ever come to any good

# 8. 모더니즘 소설들

## 어둠의 심연, 지옥의 묵시록

앞에서 다룬 모더니즘 시인들의 시는 난해하다. 유럽의 전통과 역사적인 사실에 대한 지식이 풍부해야 '객관적 상관물'로 쓰이는 것들이 뜻하는 비유와 상징을 해석해낼 수 있기 때문이다. 텍스트만으로 이해하기는 쉽지 않다. 역자 주를 꼼꼼히 챙겨 읽어야 한다.

20세기 소설의 '시작'으로 평가[1]되는 조지프 콘래드Joseph Conrad, 1857~1924의 모더니즘 소설, 『어둠의 심연Heart of Darkness』(1899)에도

---

[1]  주로 20세기 초반의 '위대한 영어 소설'을 연구했던 평론가이자 전기 작가였던 프레드릭 칼Frederick Robert Karl, 1927~2004의 평가이다. 그는 특히 콘래드 전문가로 잘 알려져 있으며, 저작으로는 『20세기 위대한 영국 소설 안내서』가 있다.

그런 비유와 상징이 많이 나온다. 소설의 제목부터가 그렇다. '어둠' 은 표면적으로 작품의 배경인 콩고강 유역의 깊은 원시림을 가리킨 다고 볼 수 있지만, 인간의 무의식을 상징하는 것으로도 볼 수 있 다. 정글의 어둠은 프로이트에게 잠들어 있는 의식의 어둠과 같다. 바로 그 '어둠의 심연'을 여행하는 동안 식민주의의 실상을 목격하 면서 괴물 같은 인간의 이기심과 폭력성이 얼마나 잔인한지를 깨닫 는다. 소설은 공동체를 떠난 문명인의 어두운 내면세계를 탐험하는 것이다.

이 작품의 중요한 등장인물로 강력한 카리스마를 자랑하던 커 츠가 죽음의 순간에 남긴 그 유명한 대사는 공포이다. "두려워! 두 려워!The horror! The horror!" 두려움의 대상이 무엇인지는 분명하지 않다. '탐험 과정'에서 스스로에게서 발견한 괴물 같은 이기심과 폭 력성일 수도 있고, 일시적으로 승리한 것처럼 보이는 문명이 원시 의 생명력에 굴복하면서 내지르는 절규일 수도 있다. 거기에는 순 전한 선이나 악은 없다. 뒤섞여 있어서 혼란스럽기까지 하다. 그 혼 란이 공포의 근원인지도 모른다.

줄거리는 단순하다. 화자는 말로라는 영국인으로, 젊은 시절 벨 기에령 콩고의 어느 회사 소속 기선의 선장으로 취직한다. 그가 맡 은 일은 콩고강 상류의 오지로 배를 몰고 가서 그곳에서 근무하고 있는 커츠라는 주재원을 데리고 나오는 것이다.

이 소설 역시 텍스트가 가진 표면적인 의미를 파악하기 위해서 역자 주를 꼼꼼히 챙겨보아야 한다. 예를 들면 이런 식이다. '몇 시간도 안 되어 나는 어떤 도시에 도착하였는데, 그 도시는 항상 회칠한 무덤을 떠올리게 하지 뭔가.' 여기에서 '어떤 도시'는 브뤼셀이고 '회칠한 무덤'은 마태복음에 나오는 말로 '겉은 아름답게 보이나 속은 더러운 것들로 가득한 상태'를 말한다.

이 소설을 읽어내기 어려운 이유는 낯선 시대와 장소에서 일어난 사건을 다루기 때문이기도 하다. 이런 경우에 원작을 바탕으로 한 영화나 소설의 시공간적 배경에 대한 다큐멘터리를 보고 나면 텍스트를 이해하기가 한결 쉽다. 시청각적인 상황과 맥락을 상상해 낼 수 있기 때문이다.

서구의 고전들은 대개 영화로 만들어진다. 이 소설도 그랬다. 〈지옥의 묵시록Apocalypse Now〉(1979)이 그것인데 원작에 아주 충실한 현대판 '어둠의 심연'이다. 역시 '걸작'으로 평가받는 이 영화와 원작의 관계에 대한 설명은 2018년 대학수학능력시험 영어 영역에도 등장한다. 시험문제는 영어로 된 지문의 마지막 문장, 빈칸을 채우는 것이다. 내용이 새길 만하다. 다음은 그것을 번역한 것이다.

〈지옥의 묵시록〉은 프란시스 포드 코폴라 감독이 감독하고 제작했다. 대중적으로 대단한 인기를 얻었고 당연히 그럴 만했다. 영화는 조지프 콘래드의 소설 『어둠의 심연』을 원작으로 한 것인데 소설의 배경은 19세기 아프리카 콩고이다. 원작과 달리 〈지옥의 묵시록〉의 배경은 베트남전쟁이 한창이던 시기 베트남과 캄보디아이다. 시대적인 배경이나 대사, 사건의 디테일은 바뀌었지만 이야기

문학의 죽음에 대한 소문과 진실

구조나 주제는 꼭 같다. 둘 다 실제 탐험에 대한 이야기이며 핵심 등장인물의 정신과 영혼의 탐험을 그리고 있다. 문명 세계 최악의 모습을 대표하는 미친 커트 대령을 만나기 위해 강을 거슬러올라가는 것이다. 청중들은 〈지옥의 묵시록〉을 통해 소설의 배경을 동시대 사건으로 대체함으로써 원작 소설의 주제를 이해하고 문학적인 경험을 쉽게 할 수 있었다.

## 치누아 아체베의 입장

그러나 작품에 대한 이런 식의 해석과 평가는 어디까지나 당시 세계를 식민화했던 유럽 제국주의 지식인들과 그 이후 지금까지 유럽식 교육을 받은 비유럽 지식인들의 관점에서 본 것이다. 현대의 탈식민주의 비평가 관점에서 보면 아주 달라진다. 그 가운데 나이지리아 작가이자 비평가인 치누아 아체베Chinua Achebe, 1930~2013의 평가[2]가 새길 만하다.

아체베는 이렇게 말을 시작한다. 아프리카를 다룬 영문학 작품들을 읽는 동안 '의식의 백인화("나는 내가 아프리카인이라고 생각하지 않았습니다. 야만인들과 싸우는 백인의 편에 서 있었지요……")' 때문

---

[2]  1975년에 『아프리카의 이미지: 콘래드의 "암흑의 핵심" 속의 인종차별An Image of Africa: Racism in Conrad's "Heart of Darkness"』이라는 책을 출간했다. 2011년 런던의 〈가디언〉지는 이를 백 편의 위대한 논픽션 중 하나로 선정했다.

에 서구의 교육을 받은 흑인들은 자기네들의 문화를 자발적으로 비하하게 된다. 그러나 이내 이런 종류의 모험소설들이 자신을 백인화시키는 기만적 장치로 작동했다는 것을 깨달았다.

이 작가들에게 잘도 속았다. 나는 어둠의 심연에 등장하는, 콩고강을 거슬러올라가는 증기선에 탄 백인이 아니라 강변에서 펄쩍펄쩍 뛰는 야만인이었던 것이다.

당연한 지적이다. 누구의 눈으로 보느냐에 따라 같은 내용이라도 다른 이야기가 된다.

1966년 치누아 아체베의 모습이다.

아체베는 콘래드의 『어둠의 심연』이 아프리카를 비하하려는 의도에서 쓰인 것이 아님을 잘 알고 있었다. 소설의 주제는 유럽을 떠나 이국에 홀로 있게 된 유럽인이 겪는 정신적인 변화를 기록한 것이며 그 기록은 유럽 문명을 옹호하는 것이 아니라 비판하고 조롱하는 것이다. 그 이야기에서 아프리카는 단순히 커츠의 정신적 타락이 벌어지는 배경에 지나지 않으니 그리 심각하게 문제 삼을 것까지는 없다고 생각하는 사

문학의 죽음에 대한 소문과 진실

람들이 있다는 것도 잘 알고 있었다. 아체베는 그것이 더 큰 문제라고 보았다. 아프리카라는 거대한 대륙과 거기에서 오랜 세월 동안 살아온 아프리카 사람들 전체를 뭉뚱거려 야만의 땅과 야만인이라고(어쩌면 모두가 식인종일지 모른다는 식의 암시를 하면서) 간단하게 규정하고, 한 유럽인의 정신이 와해되는 '단순한 배경'으로 쓸 수 있다는 생각부터가 얼마나 어처구니없는 사고방식이느냐는 것이었다. 실제로는 그렇게 단순한 문제가 아니었다. 이런 모험담이 되풀이되면서 아프리카 사람들을 확실하게 비인간화시키고 인류 구성원으로서의 자격을 박탈해왔다. 이런 끔찍한 메시지가 담긴 작품을 아체베는 도저히 위대한 예술작품으로 볼 수 없었다.

실제로 소설 속에서 언급되는 보마 지역은 콘래드가 방문한 시점에 각종 관공서와 군인들의 처소, 다양한 가게가 들어서고 있었고, 호텔도 건설중이었다. 그러나 유럽 문명인을 유혹하고 위협하는 '어둠의 심연'이라는 세트 설정을 위해 아프리카에는 그런 곳이 없다는 식으로 과감하게 삭제해버린 것이다.

이런 태도는 식인 풍습에 대한 고정관념으로도 나타난다. 소설 속 흑인 선원들은 증기선을 공격하는 원주민들을 잡아먹고 싶다는 욕구를 보인다. 그 묘사만 보면 인육이 콩고인의 일상적인 식사 메뉴인 것처럼 보이기까지 한다. 그러나 일부 콩고 부족들에게 식인은 '전쟁과 관련된 전통적인 의식'이기도 했다(실제로 콩고의 실질적인 지배자였던 벨기에의 레오폴드 공 군대에 소속된 흑인 병사들이 인육을 먹었다고 한다). 당시 상황으로 보면 정복전쟁의 적군이기도 했

던 아랍 노예상들에게 공포심을 불러일으키는 일종의 심리전이었
던 것이다.

따지고 보면 아프리카에서만 그런 일이 일어났던 것은 아니다.
굶어죽을 수밖에 없는 극단적인 상황에서라면 어디에서나 '식인
풍습(적당한 명칭이 아니기는 하지만)'이 있었다. 동서양을 막론하고
전 세계 역사 어디에서나 발견되는 일이다. 이 소설에서는 식인을
굳이 '풍습'이라고 강조하며 아프리카인을 야만인으로 규정하는
면이 있으니 19세기에 있었던 유럽의 '식인 사건' 하나만 짚고 넘어
가고 싶다.

하나는 그 유명한 제리코의 명화 〈메두사 호의 뗏목〉(1818~1819,
루브르 박물관 소장) 습작의, 배가 난파된 뒤 먹을 것이 없어 사람을
잡아먹는 장면이다. 실제로 그랬다는 기록도 남아 있다.

7월 7일, 바다가 잔잔해졌다. 아직 살아남은 이들은 지쳤고 굶주
려 있었다. 그들은 뗏목을 뒤덮은 시체에 달려들어 조각조각 잘라
냈다. 그 자리에서 먹는 자들도 있었다. (…) 먹기 좋도록 피가 흐
르는 팔다리를 말리자고 제안한 사람이 나였다 (…) 7월 8일, 화약
과 부싯돌을 이용하여 불을 지폈다. 인육을 구웠고, 이번에는 모
든 이들이 먹었다.[3]

---

3    정한진, 『왜 그 음식은 먹지 않을까』, 살림, 2008, 전자책

식인 풍습과 관련해서 마지막으로 하나만 더 짚고 넘어가자면, 인류학자 윌리엄 아렌즈William Arens는 식인행위에 관한 옛 기록은 대개 믿기 어려우며, 믿을 만한 현대 기록은 거의 없다고 주장한다. 식인 '풍습'은 어떤 인류학자도 실제로 본 적은 없으며 누군가의 상상에서 확대·재생산되었다는 것이다.

식인과 관련된 많은 자료들을 보면 흑인의 풍습이라기보다는 '특수한 상황'에서 어디에서나 일어났던 일임이 분명해 보인다. 당연한 말이지만 유럽도 예외는 아니다. 영국의 경우도 마찬가지이다. 고고학 연구 자료에 따르면 1만 4천7백 년 전 영국의 한 동굴에서 발견된 인간의 뼈들을 분석해보니 식인 풍습이 있었으며, 사람의 두개골을 물이나 음식을 담는 볼bowl로 썼다는 증거를 발견했다고 한다. 그런 풍습은 철기시대에까지 이어졌고 지금으로부터 2천 년 전까지도 지속되었다.

이 글은 식인 풍습이 주제가 아니므로 이 정도로 맺기로 한다. 아체베는 『어둠의 심연』에서 드러나는 내용은 당대 백인의 고정관념일 뿐이라는 점을 지적했다. 백인의 시각에서만 쓰인 소설을 통해 독자들은 아프리카에 대해 오해를 하게 되고, 이런 오해는 '자기도 모르는 사이에' 혐오로 번진다. 아체베는 문화식민주의가 만드는 끔찍한 효과에 진저리를 쳤던 것이다.

말이 나온 김에 한국과 소수민족에 대한 혐오가 지독했던 영화 한 편에 대해 언급하고 싶다. 1993년 영화 〈폴링 다운Falling Down〉이 그것이다. 거기에는 한국인이 매우 퉁명스럽고 불친절할 뿐 아니라 이기심으로 똘똘 뭉친 가게 주인으로 등장한다. 주인공인 '디펜스'(마이클 더글러스 분)는 그 가게에 들어갔다가 '주인의 입장'에서 하는 말들을 모두 거슬려하고, '영어'도 제대로 못하면서 남의 나라에 장사하러 왔느냐고 다그친다. 그뿐만 아니라 미국이 한국에 가져다준 돈이 얼만데, 이렇게까지 '미국인'을 박대하느냐고 화를 낸다. 어처구니가 없는 상황이다. 그러다가 야구배트를 빼앗아 가게를 박살내기까지 한다. 이후 이 영화는 '소수민족'들이 사는 지역을 통과하는 주인공의 행적을 그리는데, 거기에서 만나는 소수민족들은 하나같이 찌질하고 게으르고 무능하다. 깡패들조차 총을 제대로 쏠 줄 모르고 싸움도 제대로 못한다. 거기에 비하면 하얀 드레스셔츠에 넥타이를 맨 '사무실 직원'이었던 백인 주인공 디펜스는 그들 모두를 쉽게 제압하는 무소불위의 능력을 발휘한다. 경찰은 그 지역을 갱랜드(깡패소굴)라고 한다. 인종주의적 시각이 확연히 드러나는 영화다. 이런 장면들 때문에 이 영화는 한국에 곧바로 수입되지 못했고, 영화가 개봉될 때쯤 미국의 소수민족 역시 거세게 항의했다.

필자가 이 이야기를 여기에서 길게 하는 이유는 영화 내용 때문이 아니다. 이 영화에 대한 한 한국 언론의 평가 때문이다. 중앙언론지의 한 기사는 한인 비하 장면을 언급하지만 곧바로 이렇게 진단한다. "영화의 전체적인 흐름으로 볼 때 거의 무리가 없다. 오히려 요즘 실업 사태가 심각한 수준에 이르고 있는 우리 사회의 실정에 비춰볼 때 공감할 수 있는 요소가 많은 수작이다."[4] 이 문장이

문학의 죽음에 대한 소문과 진실

아체베가 한 말을 떠오르게 했다. 이 기사를 쓴 사람은 한국인이지만, 백인 주인공의 입장에 서 있는 것처럼 보인다. 영화 〈죽음의 묵시록〉 역시 베트남과 캄보디아 사람들이 보면 불편하기 짝이 없을 것이다. 필자는 '아시아인'이어서 무척 불편했다. 백인들의 동양인에 대한 무지는 배우 캐스팅에서도 드러난다. 영화에서 한국인 역할을 했던 배우는 중국계이고, 일본인 형사로 연기한 배우는 한국계이다. 어쨌거나 영화 〈폴링 다운〉은 미국에서 꽤 인기가 있어, 개봉 후 열흘 정도 박스오피스 1위를 기록했다.

소설가이기도 했던 아체베는 『모든 것이 산산이 부서지다 *Things Fall Apart*』(1958)를 통해 아프리카인의 관점에서 유럽과의 관계를 다시 서술한다. 그럼으로써 백인 문학이 전유했던 아프리카의 모습을 교정하려 했다. 이 작품은 영국의 맨부커상을 수상했고, 45개국어로 번역되어 8백만 부 이상 판매되었다. 『어둠의 심연』만큼 큰 영향력을 발휘했던 것이다. 아체베라는 작가의 이름을 처음 들어보는 한국의 독자라면 이 소설에 담긴 내용이나 스타일도 조금은 낯설것이다. 한국인들도 아체베처럼 식민지였던 국가 출신 사람들과 마찬가지로 상당 부분 '의식의 백인화'에 젖어 있기 때문일 것이다.

---

4    [중앙일보] 韓人비하 이유 상영 철회 '폴링 다운' 국내 개봉 / 입력 1997.04.08 00:00, 이남 기자

## 같은 작품 다른 평가

여기에서는 모더니즘 소설의 시작으로 평가받기도 하는 작품을 다루면서 다른 관점에서 보면 '다른 의미'가 된다는 '해석의 문제'도 함께 시작됨을 보여주려 했다. 이 역시 진실이 무엇이냐는 질문이다. 리얼리즘 문학이 저자의 주관적인 생각이 아니라 급변하는 사회를 연구하고 그 연구한 결과를 객관적으로 보여주려 했다는 것을 떠올리기 바란다. 그 역시 진실이 무엇이냐는 질문에 답하려 한 것이다. 그 과정에서 객관성은 주관성의 또다른 이름이라는 것을 깨닫고 서술 방식이 달라진다. 같은 방식으로 생각해보면 픽션 역시 논픽션의 또다른 이름이기도 하다. 거꾸로도 마찬가지다. 문학이 꼭 픽션이어야 할 이유는 없다. 리얼리즘이라는 용어에 그런 의미가 상당히 담겨 있다.

언어는 구체성을 재현할 수 없는 추상적인 도구라는 절망적인 깨달음도 문학의 서술 방식을 변화시킨 중요한 요인이었다. 언어는 구체적인 맥락 속에서만 의미가 분명해질 가능성이 높기 때문에 '극적 독백'과 이미지즘이라는 방식이 등장했다.

표면이 아니라 이면에 진실이 있다고 믿으면서 상징주의적인 시도가 있었고, 무의식의 존재를 인정하면서 전통(축적된 집단의 지식)에 기대려 했다. 주지주의는 이런 식으로 등장한 것이다.

그렇다면 어떤 작품의 전통과 입장이 다른 사람들에게 다르게 해석될 가능성은 없는가? 이러한 의문이 모더니즘 시대의 문학에서 본격적으로 드러나기 시작한다. 소설의 경우 주인공이 중심이 되는 유아론적인 줄거리에서 '타자'가 중요한 변수로 등장하는 한편 내면의 탐사가 시작된다.

리얼리즘의 시작이 저자의(주관성의) 죽음을 예고한 것이었다면, 모더니즘에 이르러서는 저자의 모습이 안개 속으로 사라지기 시작한다. 당연히 그 결과 작품을 규정하는 힘이 독자에게로 기울어진다.

'문학은 무엇인가?'에 대한 질문에 대답하려는 시도는 과거의 문학이 현대의 문학으로 변화해온 과정을 탐사하는 것이다.


## 제임스 조이스와 버지니아 울프

영문학에서 최고의 모더니즘 소설가를 꼽으라면 대개 버지니아 울프Virginia Woolf, 1882~1941와 제임스 조이스를 든다. 두 사람은 같은 해에 태어나 같은 해에 죽었다. 버지니아 울프가 일주일 일찍 태어났고 두 달쯤 늦게 죽었을 뿐이다. 동시대 인물이라는 점을 빼면 성장 환경이나 인생이 '닮은 데가' 거의 없다. 그럼에도 불구하고 문학적 태도와 방법은 닮았다. '비슷하다', '닮았다'는 말에는 '다르다'는 뜻도 강하게 들어 있다.

제임스 조이스는 피지배국이었던 아일랜드 더블린에서, 버지니아 울프는 지배국이었던 영국의 런던에서 태어나 자랐다. 천재적인 조이스는 어릴 때부터 언어에 뛰어난 재능을 보였고, 전국 백일장에서 최우수상을 받는가 하면 열여섯에 대학에 입학할 정도로 자주 월반을 했다. 열여덟 살에는 당시 영국의 가장 유명한 잡지 가운데 하나인 〈포트나이틀리 리뷰The Fortnightly Review〉에 헨리크 입센Henrik Ibsen, 1828~1906의 희곡에 대해 평론을 기고한 적이 있다. 아일랜드 독립을 위한 투쟁이 한창인 시절이었지만 '문화적인 감각'의 발달에 별문제가 되지 않았을 정도로 문화교류는 활발했던 모양이다.

울프는 인텔리 계층의 집안에서 태어났지만 지독하게 가부장적이고 독재적인 성향의 아버지와 빅토리아시대의 전형적인 현모양처인 '가정의 천사'였던 어머니의 그늘에서 정규교육을 받지 못했다(울프의 장편소설 『등대로To the Lighthouse』에 등장하는 램지 여사의 '천사' 같은 부분은 어머니를 많이 닮았다). 다만 아버지의 서재에서 책을 마음대로 읽을 수 있었을 뿐이다. 여성의 사회활동을 적극적으로 반대하고 방해했던 아버지는 다행히도 울프가 스물두 살 때 일흔둘의 나이에 죽었기 때문에 울프는 어느 정도 마음대로 살아갈 수 있었고 소설가, 평론가, 에세이스트로서 명성을 날릴 수 있었다. 남자 형제들은 옥스퍼드대학을 다녔고 그 친구들과 지적인 모임(그 유명한 '블룸즈베리 그룹Bloomsbury Group'이다)을 만들어 첨단 문화를 접할 수 있었을 뿐 아니라 '자기만의 방'을 가질 수 있을 정도의 유산도 있었다. 당시로 보면 특별히 좋은 환경에서 살았던 셈이다. 그럼에도 불구하고 울프는 신경쇠약에 시달렸고, 어린 시절에 겪은 성폭력의 상처(울프는 두 이복형제에게 성적 학대를 당했다고 진술한 바 있으나 그 누구도 그의 말을 듣지 않았다) 때문에 고통을 받았다.

## 해설이 필요한 모더니즘 소설

이런 배경을 알아두면 제임스 조이스나 버지니아 울프의 작품을
이해하는 데 도움이 된다. 이들의 소설은 배경지식 없이 읽으면 이
해하기 어렵다. 재미를 느낄 수도 없다. 그러나 작가와 작품의 배경
을 알고 나면 작품이 비교적 쉬워지고 끝까지 읽어낼 수도 있다. 소
설은 기본적으로 작가 자신의 이야기라는 점에서 그러하다. 맥락
을 알면 좀더 쉽게 해석되면서 재미를 느낄 수 있다. 그런 의미에서
필자는 모더니스트의 작품들은 해설부터 읽기를 권한다.

가장 큰 이유를 들라면, 이들은 '전통적인 이야기 방식'을 거부
하기 때문이다. 우리에게 익숙한 사실주의 시대의 소설들은 해설
이 없어도 비교적 재미있게 읽을 수 있다. 해설을 읽으면 조금 더
깊고 넓게 이해하는 데 도움이 되는 정도다. 그러나 모더니즘 소설
은 해설을 읽지 않고는 아예 읽어내기가 어렵다. 이야기 방식과 의
도에 대한 이해가 바탕이 되어야만 텍스트의 의미를 짐작할 수 있
다. 모더니즘 시를 다루면서 짚었던 것과 비슷한 의미가 있다. 인용
과 패러디, 전통에서 비롯된 상징들을 많이 사용하기 때문에 유럽
의 지적인 전통에 대한 지식이 필요하다.

## 에피파니의 의미와 효과

모더니즘 소설은 크게 두 가지 특징을 가지고 있다. 우선 거대 담론에는 관심이 없다. 매우 사소한 일상에서 삶의 의미를 발견하려는 것이다. 제임스 조이스는 그런 문학적 행위를 '에피파니 epiphany'라고 불렀다. 말뜻으로만 보면 어떤 상황이나 사물을 통해 갑작스러운 깨침을 얻는 순간을 가리킨다. 조이스는 길거리의 소음처럼 사소한 일상에서 한순간 무엇인가를 깨닫는 모습을 그리려 했다.

그것이 단편집인 『더블린 사람들Dubliners』(1914)에서 보여주려고 했던 것이다. 그럼에도 불구하고 조이스는 이 소설들의 주제를 '마비paralysis'라고 했다. 마비된 모습을 통해 깨달음을 얻기 바랐던 것

1918년경 취리히 시절의 제임스 조이스. 카미유 러프(Camille Ruf, 1872~1939)의 사진이다.

이다. 그러기 위해 조이스가 선택한 방법은 천박할 정도로 꼼꼼하게 묘사하는 스타일이었다. 일상을 자세하게 관찰하고 '천박해 보일 정도'로 꼼꼼하게 묘사함으로써 마비되어 있던 한순간, 깨닫고 변화하는 모습을 보이려 했다. 나중에 알게 되겠지만 조이스의 경우는 비교적 객관적인 관찰의 결과이고, 울프나 프루스트는 서술자의 주관적인 해석이 주를 이룬다. 그 차이는 매우 크다.

문학의 죽음에 대한 소문과 진실

이런 방식의 어법은 독자들이 해석하기에 조금 어려울 수밖에 없다. 지나치게 사소한 일상적 행동은 그 이유를 알 수 없을 정도로 주관적이고 개별적일 가능성이 크다. 독자들이 동의라도 할 수 있는 이야기가 되려면 해석 가능한 공통성(또는 객관성)을 웬만큼은 가져야 한다. 그러기 위해서는 전통적인 지적 풍토에서 사용되어온 상징을 사용할 수밖에 없다. 결과적으로 조이스는 구체성을 위해서 '자연주의적일 정도로 꼼꼼한 묘사 방법'을 사용하되 매우 '상징적'인 요소를 담게 되었다. 『더블린 사람들』에서 에피파니의 순간에 상징적인 묘사가 자주 나타나는 것은 그 때문이다.

백 년 뒤의 멀고 먼 나라 한국의 독자가 아일랜드 더블린 사람들의 일상에서 드러나는 '사소한 구체성과 상징성'을 제대로 이해하기는 어려울 수밖에 없다. 그러니 낯선 나라를 여행할 때 가이드의 설명이 필요한 것처럼 이들의 작품은 해설을 먼저 읽는 것이 좋다는 것이다.

게다가 조이스는 상황을 객관적으로 보여주기만 할 뿐 작가의 목소리는 흔적조차 없앰으로써 해석하고 규정하는 것은 온전히 독자의 몫으로 남기려 했다. 그런 태도는 엘리엇의 '몰개성시론'과 비슷한 의미가 있다. '몰개성'이란 작품을 통해 보여주기만 할 뿐 작가의 의도나 해석은 가능한 한 조금도 드러내지 않겠다는 태도이다. 조이스는 『젊은 예술가의 초상A Portrait of the Artist as a Young Man』(1916)에서 주인공의 입을 통해 이렇게 말한다. 이 작품은 소설이지만, 조이스 자신의 일대기와 깊이 관련된 '예술가로 성장하는 과정과 미학이론'을 담고 있다.

예술가는 창조주 하느님과 마찬가지로 자신의 작품 안이나 뒤에
또는 그 너머나 그 위에 머물러 있어야 하는 거지. 보이지 않게, 존
재가 사라지도록 스스로를 순화한 채, 초연하게 손톱이나 깎으면
서 말이야.

인간이 자연에 드러나는 모습을 통해 창조주의 의도를 해석하듯
이 정답은 아무도 모른다. 구체적인 상황을 보여줌으로써 독자가 해
석하게 만들어야 한다는 것이다. 이런 의도는 성공적이었을까? 모든
개념은 이론이기 때문에 구체적인 작품에서는 어느 정도 모호할 수
밖에 없다. 예를 들면, 사소한 사건이나 사물을 통해 갑작스러운 깨
침을 얻을 때, 그 깨침은 사건이나 사물에서 얻는 것인가? 아니면
그것들이 상징하는 어떤 것을 해석함으로써 얻는 것인가?

필자의 경우는 그 에피파니가 독자의 것인지, 등장인물의 것인
지도 분간하기 어려웠다. 둘은 비슷한 것 같지만 다르다. 우화를 생
각해보면 쉽게 알 수 있을 것이다. 이솝 이야기 가운데 「여우와 신
포도」를 떠올려보자. 여우나 신포도는 그저 등장인물과 장치일 뿐
이다. 이런 우화는 독자가 이야기를 통해 깨달음을 얻기 바라는 것
이다. 만일 등장인물인 여우가 경험을 통해 깨달음을 얻는 과정을
그린다면 독자는 '여우에게 공감'하느냐 하지 못하느냐의 문제로
바뀐다. 그런 의미에서도 『더블린 사람들』을 읽으면서 해석의 어려

움을 겪지 않을 수 없었다.

## 의식의 흐름 기법은 무엇이고 왜 어려운가?

여기에 의식의 흐름 기법까지 더해지면 '몰개성 예술'의 성격이 더 강해진다. 의식의 흐름 기법을 설명하기 위해서는 버지니아 울프의 설명을 인용하는 것이 좋겠다.

어느 일상적인 날 평범한 정신 상태는 어떨까? 정신은 숱한 인상을 받는다. 사소하면서 환상적인 다양한 인식이 교차하는 것이다. 사방에서 무수한 미립자가 억수같이 쏟아져들어온다. (…) 이처럼 변화무쌍하고 경계 지을 수 없는 미지의 정신을, 아무리 복잡하더라도 가능한 한 그대로 전달해야 하는 것 아닐까?[5]

물론 마지막 문장에서 '가능한 한'이라는 한정사의 의미를 놓치지 않아야 한다. 그대로 다 포착할 수도 없고, 그대로 다 써낼 수도 없다. 글로 쓰는 과정에서는 어느 정도 정리될 수밖에 없기 때문이다. 그럼에도 불구하고 '가능한 한' '작가의 해석'은 완전히 포기하겠다는 선언이다.

---

[5]    Virginia Woolf, Modern Fiction, *The Common Reader*, The Hogarth
       Press, 1957, Kindle Edition

예를 들어보자. '그 남자는 환상을 보았다.' 이런 식으로 상황을 규정하는 문장을 사용하지 말자는 것이다. '모자를 쓴 아내가 방에 들어섰다. 그는 꽃나무를 보았고, 머리 위에서는 꽃이 피고 있었다.' 이런 식으로 흐르는 의식이 실제 상황이고 그 리얼리티를 드러내는 것이 작가의 역할이다. 해석과 보여주기는 이만큼 다른 것이다.

로맨티시즘이나 리얼리즘이 한 시대의 문학적 경향을 드러내는 단어이면서 동시에 시대적인 제약을 넘어서 사용될 수 있는 문학적 태도를 가리키듯이, '의식의 흐름' 역시 마찬가지이다. 모더니즘 시대에 본격적으로 사용된 이후 의식의 흐름은 현대소설에서 하나의 기법으로 쓰인다.

당연히 독자는 매우 구체적인 맥락 속에 빠져들어 무슨 일이 벌어지고 있는지 끊임없이 해석해야 한다. 그것부터가 쉽지 않다. 등장인물이 어떤 사람이든 배경에 대한 지식이 있어야 의식의 흐름이 어떤 상황에서 일어난 어떤 반응인지 이해할 수 있기 때문이다. 의식의 흐름은 그 자체로 모든 것을 드러낸다고 하지만 인간의 의식은 매우 개인적인 전통과 역사가 뒤얽힌 무의식의 영향을 받아 작동한다. 인식을 전달하는 매체인 언어부터 그렇다. 사람마다 비슷하지만 조금씩 다른 의미로 사용된다. 아이러니하게도 의식의 흐름으로 풀어낸 소설을 더 잘 읽어내기 위해서는 더 깊고 넓은 경험과 지식이 필요하다.

제임스 조이스의 소설은 그런 문제를 해결하기 위해서 신화적인 상징이나 패러디를 사용한다. 그뿐만 아니라 창작자의 꼼꼼한 계획에 의해 제작된다. 조이스는 스스로 그런 계획에 따라 쓴 작품에 매우 만족했던 것 같다.

『젊은 예술가의 초상』에 나오는 자전적인 소설의 주인공 이름부터가 그렇다. 스티븐 디덜러스라는 이름은 나중에 『율리시스*Ulysses*』에도 등장하는데, 그 시작은 조이스 스스로가 사용한 적이 있는 필명이었다. 스티븐은 기독교 역사상 최초의 순교자 이름이며(자세한 것은 성 스테파노를 검색해보기 바란다), 디덜러스는 고대 크레타 왕궁에서 누구도 빠져나올 수 없는 미궁과 이카루스의 날개를 만든 장인인 다이달로스이다. 처음에는 스티븐 데덜러스라고 썼다가 조금 더 아일랜드 이름의 느낌을 주기 위해 디덜러스로 바꾸었다.

전기 작가이자 조이스 연구의 대가인 리처드 엘먼Richard Ellmann, 1918~1987에 따르면 조이스는 스티븐처럼 문학의 성인이, 다이달로스처럼 문학적 장인이 되어 걸작을 만들겠다는 포부를 필명에 담았다. 『젊은 예술가의 초상』 앞부분의 에피소드를 잘 이해하려면 이런 이름의 내력을 알고 있어야 한다.

그의 작품들은 이런 꼼꼼한 계획과 의도가 성공적으로 구현된 결과물로 볼 수도 있다. 그랬으니 그의 소설들은 문학이론가들의 행복한 사냥터가 될 수 있었을 것이다. 어떤 관점에서 접근하더라도 이론을 설명하는 데 좋은 모델을 찾을 가능성이 높았기 때문이다.

『율리시스』도 마찬가지다. 당대 더블린의 매우 구체적인 삶을 드러내 보여주면서도 고대 그리스 서사시 「오디세이Odyssey」(율리시스는 오디세우스Odysseus의 영어식 명칭이다)의 등장인물과 이야기 구조를 차용함으로써 객관적인 해석 가능성을 높인다. 다르게 말하면 「오디세이」라는 서사시의 이야기를 잘 알면 『율리시스』를 좀더 깊이 이해할 수 있다는 뜻이다.

그러므로 『율리시스』를 잘 읽어내기 위해서는 당대 더블린 사람들, 특히 중하층민들의 삶에 대한 깊은 이해가 필요하고, 한편으로는 신화적인 상징과 패러디를 알아채고 해석할 줄 알아야 한다. 『율리시스』를 비롯한 조이스의 작품은 텍스트 양도 방대하지만 해석도 담아내야 하기 때문에 아직 충분히 잘 번역된 텍스트가 없는 것 같다. 완역본이 없는 것은 아니지만 필자가 보기에는 그것으로 충분하지 않았다. 필자의 이해력 부족도 한 원인이긴 할 것이다.

거기에 비하면, 『젊은 예술가의 초상』은 제임스 조이스 개인의 일대기와 깊은 관련이 있기 때문에 배경에 대한 이해가 비교적 쉽다. 『더블린 사람들』 역시 구체적인 삶의 모습을 통해 해석되기를 요구하기 때문에 웬만큼은 아름다운 공예품을 보는 즐거운 맛을 느낄 수 있다(물론 위에서 말한 여러 가지 이유 때문에 쉽게 해석되지 않는 부분이 많다).

그래도 한계가 있다. '의식의 흐름'은 연속적이지 않고 논리적이거나 합리적이지도 않기 때문이다. 과거와 현재, 미래가 뒤섞여 있고, 맥락 없이 건너뛰기도 한다. 그런 단절은 독자가 퍼즐을 짜맞추는 것처럼 해석하기를 요구한다. 두 번, 세 번 읽으며 곱씹어보아야 하는 것이다.

## 울프는 어떻게 다른가?

버지니아 울프는 제임스 조이스가 보여준 의식의 흐름은 비판하지만 프랑스 소설가 마르셀 프루스트의 의식의 흐름은 극찬한다. 이렇게 말했을 정도다.

내게 가장 큰 체험은 프루스트였어. 그 책이 있는데 과연 앞으로 뭘 더 쓸 게 있을까? 어떻게 가능했을까? 다른 누군가가 내 손에서 언제나 빠져나가곤 했던 것을 잡아낸다는 것이. 그것도 너무나 분명하게 아름다우면서도 영원히 남을 작품으로 만들어낸다는 것이. 그를 읽다보면 책을 내려놓고 한숨을 쉴 수밖에 없어.6

— 1922년 10월 3일, 로저 프라이에게 보낸 편지에서

## 도대체 무슨 차이일까?

'의식의 흐름'을 잘 보여준, 울프의 최고 작품 가운데 하나로 '꼽히는' 『댈러웨이 부인Mrs. Dalloway』(1925)은 제임스 조이스의 『율리시스』(1922)와 마르셀 프루스트의 『잃어버린 시간을 찾아서』(1914,

---

6  좀 뜬금없지만 아무래도 한 번쯤은 해명해야 할 것 같다. 영어에는 한국어 같은 높임말이 없다. 그럼에도 불구하고 버지니아의 편지들은 대개 예의를 갖춘 높임말로 번역되어 있다. 나이 차이가 나더라도 평어로 번역하는 게 옳다고 생각하지만, 이 경우는 더 그렇다. 편지 수신인인 화가이자 평론가 로저 프라이Roger Eliot Fry, 1866~1934는 블룸즈베리 그룹에서 함께 활동하는 동료였고, 나이도 버지니아 울프보다 네 살이 적다. 아무리 생각해도 높임말로 번역할 이유가 없다.

영어판 1922)보다 3년 뒤에 출간되었다. 프루스트를 읽은 울프의 감상에서 짐작할 수 있겠지만 『댈러웨이 부인』은 뒤의 두 작품과 닮은 데가 많다.

물론 그 '닮은 데'란 성경에서 말하듯 '하늘 아래 새로운 것은 없다'는 의미에 가깝다. 인류의 문화유산은 '축적'되면서 발전하는 것이다. 새로운 것이 있다면 언제나 그 이전의 것 위에 올라선 새로움이다.

『율리시스』는 평범한 직장인의 '하루' 동안의 유랑을 담고 있고, 『댈러웨이 부인』 역시 평범한(?) 가정주부인 주인공의 '하루' 이야기다. 그 하루 동안 평생의 삶을 짐작할 수 있는 상징적인 일상이 드러난다. 일상은 오랜 역사의 결과물이다. 구석구석을 들여다보면 사소하고 당연한 것들에 오래된 고정관념, 전통이 담겨 있다. 일상은 그것들이 만들어낸 현실reality인 것이다.

이런 표현 방식은 1962년에 발표된 솔제니친1918~2008의 『이반 데니소비치 수용소의 하루』에서 절정에 이른다. 이 소설은 '물리적인 공간'으로서 수용소가 배경이 된 '하루' 이야기지만 『율리시스』나 『댈러웨이 부인』에도 심리적인 감옥이 있다(크게 보면 문학작품의 주제는 대부분이 심리적인 감옥인지도 모른다). 그렇지 않았다면 울프는 주인공 또는 작가의 '더블(페르소나)'로서 밑도 끝도 없이 셉티머스라는 젊은이를 등장시켜서 자살하게 만들지 않았을 것이다. 셉티머스는 1차대전에 참전했다가 돌아온 뒤 심한 '외상 후 스트레스 장애'를 겪는다.

소설을 읽어보면 '셉티머스'라는 인물의 등장은 뜬금없다. 댈러웨이 부인과 어떤 연결고리도 없이 느닷없이 등장한다. 도대체 이 사람은 주인공인 댈러웨이 부인과 무슨 관계일까? 어떤 식으로 이어질까? 궁금하지만 그에 대한 설명은 조금도 없다(결말 부분에 가서 아주 가볍게 처리된다).

이 소설에서는 대부분의 사람들이 그런 식으로 등장한다. 남편인 리처드나 딸인 엘리자베스, 젊은 시절의 애인 피터처럼 중요한 등장인물들도 마

『댈러웨이 부인』 초판 표지. 블룸즈베리 그룹의 멤버이자 울프의 언니인 화가 바네사 벨(Vanessa Bell, 1879~1961)의 작품이다.

찬가지다. 이들은 댈러웨이 부인과 어떤 관계인지는 분명하지만 그들 역시 '신분'이나 직업과 같은 외적인 조건보다는 댈러웨이 부인의 '내면에서' 어떻게 인식되는가에 초점이 맞추어져 있다. 그들이 직접 말하는 경우가 드물다. 있다고 해도 '오늘 밤 파티에서 뵐 수 있겠지요?'(리처드)나 '그동안 잘 지냈어요?'(피터)처럼 의례적인 인사말 같은 것들이다.

울프는 처음 작품을 구상할 때는 댈러웨이 부인이 자살하게 만들 생각이었는지도 모른다. 작가 자신처럼 느껴지는 댈러웨이 부인을 차마 죽일 수는 없었던 것 아닐까. 아직은 때가 아니라는 생각에 억지로 행복한 결말에 이르게 한 것이 아닐까. 그래서 언젠가 실

행될 자신의 자살은 주인공과 일면식도 없으나 동시대를 산 셉티
머스의 자살 소식으로 암시하는 정도로 처리한 것인지도 모른다.
그 젊은이 역시 당대의 역사와 제도, 이데올로기의 감옥에서 상처
받은 자이다.

그런 감상은 훗날 『댈러웨이 부인』을 매우 사랑했던 것으로 보
이는 작가 마이클 커닝햄Michael Cunningham, 1952~이 쓴 퓰리처상
수상작인 현대소설 『디 아워스The Hours』(1998)에 분명히 드러난
다. 이 작품은 영화로도 만들어졌다. 이 영화 역시 울프의 소설을
이해하는 데도 매우 도움이 된다. 가끔 이렇게 진지한 작품이 흥행
에서도 크게 성공한다는 것은 대중문화의 수준이 얼마나 높아졌
는지를 짐작하게 해준다.

소설을 좀더 잘 느끼기 위해서 영화 〈댈러웨이 부인〉을 봐두는
것도 도움이 된다. 한국인 입장에서는 그들의 구체적인 일상을 텍
스트만으로 이해하기 어렵다. 다음은 시작 부분에 있는 문장을 떼
어낸 것이다.


럼플메이어에서 사람들이 오기로 되어 있었다.
부어턴에서 프랑스식 유리문을 열어젖히고 활짝 열린 대기 속으
로 뛰어들 때면……


여기에서 럼플메이어는 주문 요리 배달점 이름이다. 더 자세하게
설명한다면 파리에 본점이 있고 런던에 분점이 있다. 부어턴은 부

어턴-온-더-워터인데, 베니스에 비견될 만큼 아름다운 영국의 도시이다. 이런 이름의 의미를 알고 읽으면 좀 쉽다. 그렇지만 이것들은 소설 시작에 나온 것이라 무엇인지 짐작할 수 있는 실마리가 거의 없다. 그냥 혼란스러울 뿐이다. 그래서 옮긴이 주가 중요하다. 설명 없이 텍스트를 그대로 읽어낼 수 없다. 앞 장에서도 설명했지만 지나치게 구체적으로 쓰는 것이 좀더 리얼할지는 몰라도 외부인 입장에서는 이해하기 어려울 수밖에 없다. 게다가 이어지는 이야기들은 모두가 댈러웨이 부인의 '의식의 흐름'이다. 사실주의나 자연주의 소설을 읽은 경험을 바탕으로 읽어나간다면 도무지 무슨 말을 하려는지 알 수가 없을 것이다.

## 제임스 조이스와 다른 점

그러나 울프는 문학의 주제가 바로 이런 것이어야 한다고 말한 적이 있다. 그 점이 제임스 조이스와 달랐다. 조이스는 이런 말을 한 적이 있다고 한다.

나는 이 작품에 수많은 수수께끼와 비밀을 숨겨놓았다. 연구자들은 수세기 동안 내가 의미한 것이 무엇이었는지 연구해야 할 것이다. 그것이 이 작품의 불멸을 보장하는 유일한 방법이라고 생각했다.[7]

이 말은 영국 옥스퍼드대학교출판부의 『율리시스 주석판 *Annotations*

『켈스의 서』의 이미지 가운데 하나다. 천사들에게 둘러싸여 아기 예수를 안고 왕좌에 앉아 있는 성모 마리아의 모습이다. 우로보로스 형상을 한 뱀들을 채워넣은 네모 칸에 둘러싸여 있다.

to James Joyce's Ulysses』에서 볼 수 있는 제사題詞이다. 전기 작가의 말이니 조금 감안해서 받아들여야 할지 모른다. 하지만 저 '주석판' 페이지에 달려 있는 본문보다 훨씬 긴 주석을 보면 조이스가 정말 그런 생각을 했던 것 같다. 물론『율리시스』를 개론적으로라도 연구해보면(완전 연구는 평생이 걸리지 않을까 싶다) 작품의 제목에서부터 텍스트의 시작과 끝까지, 호메로스의 「오디세이」를 패러디하면서 오랜 세월 동안 축적된 유럽 문화와 전통을 상징적인 텍스트를 만드는 데 쓰고 있음을 알 수 있다. '주석판'에 달린 첫번째 주석을 하나만 소개한다.

S『율리시스』는 뱀처럼 생긴 글자인 에스s로 시작해서 에스로 끝난다. 이는『켈스의 서Book of Kells』에 뱀의 형상으로 장식된 S와 비교되어왔다. 이것들은 삶과 죽음이 영원히 되풀이된다는 의미가 담긴 우로보로스ouroboros이다.『율리시스』는 닫힌 원이지만

---

7    Richard Ellmann, *James Joyce*, Oxford University Press, NewYork, Revised Edition, 1982(p.521)

끝나는 데서 다시 시작된다는 의미다. 조이스는 『피네건의 경야 *Finnegans Wake*』에서도 비슷한 효과를 노려 썼다. 시작과 끝 문장을 '연결'시키는 것이다. 시작 문장은 마지막 문장으로 끝맺는다.[8]

이는 『율리시스』의 첫 단어가 'Stately'이고 마지막 문장은 'Yes'인 것에 대한 해석이다. 여기에서 언급된 『켈스의 서』는 아일랜드 최고의 보물 가운데 하나로, 대략 800년경에 제작된 것으로 알려져 있을 뿐 그 배경은 잘 알려져 있지 않다.

라틴어로 쓰인 이 성경(사대 복음서와 예수의 전기에 약간의 보충적인 텍스트가 실려 있다)은 페이지마다 복잡한 문양으로 정교하게 장식되어 있다. 신비스러운 분위기를 풍기는 이 성경은 더블린의 트리니티대학에 있고, 전 세계 사람들을 끌어들이는 역할을 한다. 제임스 조이스와 그의 작품도 그런 점에서 비슷하다. 이런 식으로 여러 겹의 상징이 작품 '안팎'에 널려 있다.

작품의 시작인 첫 글자에 대한 주석이 이런 정도이니 도대체 이 작품에 담겨 있는 '불멸할 만큼의 수많은 수수께끼'는 도대체 어느 정도일까? 이런 수수께끼가 호사가들에게야 신비로울지 모르지만 하루하루 일상의 감옥에서 살아가는 사람에게 무슨 의미가 있을까? 말하자면 평생 남편에게 어울리는 아내로서 살아야 하는 (가부장제라는) 심리적·제도적 감옥에 갇힌 사람에게 그런 것이 도대

---

8    앞의 책(p.545)

체 무슨 의미가 있다는 말인가? 울프는 그 점을 지적했던 것이다. 댈러웨이 부인은 자신을 이렇게 규정한다.

그녀는 어떻게 살아왔는지 신기할 정도였다. 아는 것이 거의 없었다. 다니엘 양이 알려준 몇 가지 지식만으로 잘도 헤쳐왔다. 외국어도, 역사도 모른다. 이제는 책도 읽지 않고, 잠자리에서 회고록이나 조금 읽는 정도이다. 그런데도 지나가는 택시들이나 그 모든 것이 그녀에게는 너무나 매력적이었다.9

문학작품이 무엇에 대해 말해야 하는가? 이 질문에 대한 두 작가의 태도는 극단적으로 달라 보인다. 조이스는 '사소한 일상'을 통해 도착하려는 지점이 거대담론이었던 것이다. 『율리시스』는 '방랑하는 유대인의 전설'을 현대사회에서 패러디한 것으로 해석된다. 그러나 『댈러웨이 부인』은 평범한 사람들의 일상에서 느끼는 사소한 감정에 대한 공감으로 충분하다. 울프는 소설은 지식인들이 '의식의 흐름'이라는 기법을 알고 읽어야 할 특별한 연구 재료가 아니라 텍스트만으로 충분히 재미있게 잘 읽을 수 있어서 '기법' 같은 것은 느낄 필요도 없고 느끼지도 못해야 한다고 말했다. '다른 지식'은 필요하지 않다고 말하고 싶었을 것이다. '지식'은 가부장제의 산물이라고 보는 경향도 있었다(다음 작품인 『등대로』에서 그런 느낌

---

9    Virginia Woolf, *Mrs. Dalloway*, The Project Gutenberg EBook

을 강하게 받을 수 있다). 『댈러웨이 부인』이 그런 생각을 가진 울프가 쓴 작품으로서는 정점에 자리한 것이다.


## 의식의 흐름에 대한 이해

사실 '의식의 흐름'이라는 명칭만으로 보면 제임스 조이스의 의도는 인지부조화에 가까운 형용모순이라고 말할 수 있다. 그 점을 이해하기 위해 여기에서 잠깐 근대 이후에 '의식의 흐름'이라는 기법까지 흘러온 표현 방법의 변화를 짚어보자.

리얼리즘 시대의 문학은 '평균적인 인간성'이란 어떤 것인가에 대한 질문과 대답이었다. 처음으로 소비자(어떤 의미에서는 세상의 흐름을 선택하는 선택자)로서의 대중이 등장하자 그들이 어떤 존재인가를 규정할 필요가 있었던 것이다. 발자크의 소설이 새로운 사회 현실과 사회심리학적 메커니즘의 '연구'로 규정된 이래, 19세기 후반의 자연주의 역시 '(평균적인) 인간의 본성적인 기질'에 대한 '연구'였다. 그랬으니 문학은 새로운 계층의 문제와 세상 돌아가는 형편과 관련된 삶의 물질적인 (보통의) 조건에 대한 내용이 주를 이뤘고, 그것들은 '자연주의'라는 말이 암시하듯이 주체인 인간이(여기서는 작가가) '객체를 객관적으로 규정'할 수 있다는 이성의 오만함이 상당 부분 개입된 것이었다.

작가의 눈과 입이 전부였다. 사회와 사회 속의 인간을 관찰한 작가는 전지자의 시점으로 사건을 바라보았다. 여기까지는 '인간 언어의 본래적인 목적'인 질서의 내면화(진실을 전달하는 게 목적이 아니라는 점에 유의해야 한다)에 그리 크게 어긋나는 것이 아니었다.

언어학에서 말하는 '언어의 기원'을 떠올려보자. 구술문화에서 인간의 언어는 집단의 질서를 내면화하는 교훈적인 스토리를 만드는 도구였다. 추상적이고 개념적인 단어는 일찍 만들어졌지만, 구체적인 일상과 느낌과 감각을 묘사하는 언어는 그다지 필요하지 않았다. 꼭 필요하면 그림을 그렸다. 많은 단어가 필요하지도 않았다. 더욱이 개인의 특별한 감정을 표현할 필요가 생기면 '시청각적인 상황'에서 해결되었다. 표정과 몸짓, 소리에 담긴 감정으로 전달할 수 있었다. 그러다가 집단의 규모가 확장되면서 명칭만으로 소통하기 위해 더 많은 단어와 그것들을 범주화할 필요가 생겼다.

실제로 고대 그리스나 중국 문화권에서도 마찬가지지만 고대의 경우에는 사용하는 어휘의 숫자가 그리 많지 않았다. 예를 들어 식물의 경우, 이름이 필요한 것들 이외의 것들은 잡초라 불렀다. 그러다가 여러 가지 필요에 따라 세분화되면서 수많은 식물들에게 이름이 붙었고 그에 적절한 형용사도 생겨났다.

게다가 인간을 포함하여 이 세상 모든 것은 비슷한 것이 있을 뿐 꼭 같은 것은 없다. 소통하고 공감해야 한다면 아무리 노력해도 '비슷한 것' 또는 평균적인(평균적이라고 여겨지는) 어떤 것에 대한 명칭을 만들 수밖에 없다. 조금씩 다른 모든 것에 이름을 붙일 수 없다. 그렇게 한다면 오히려 소통이 불가능해질지도 모른다. 우리의 기억력에 한계가 있기 때문이다.

문학의 죽음에 대한 소문과 진실

결국 우리가 할 수 있는 일은 평균적인 것들에 붙은 이름을 잘 활용하여 특정한 개인의 감정과 생각을 그려내는 방법밖에 없다. 원하는 색깔을 얻기 위해서 구할 수 있는 몇 가지 색깔을 적절히 잘 섞어 필요한 색을 만드는 것에 비유할 수 있다.

여기에 해결해야 할 문제가 하나 더 있다. 원하는 색깔이 무엇인지는 만들어지기 전에는 모른다는 것이다. 개인의 특별한 감정과 생각, 즉 내면에 흐르는 것들은 아직 이름을 가지지 못한 것이다. 표현되기 전에는 당사자도 알 수가 없다. 이처럼 개인의 느낌은 정체를 규정하기도 어렵고 그래서 타인에게 전하기도 어렵다. 나도 나를 모르는데 당신이 어떻게 나를 알겠는가? 확장하면 그런 의미가 된다. 이런 인식이 현대인들에게는 익숙하지만 그리 오래된 것은 아니다. 이런 어려움을 극복하기 위해서 현대의 병원에서는 '아프다'는 개인적인 느낌을 일에서 십까지의 숫자로 표현해달라고 요구한다. 그렇다고 정확하게 전달되는 것은 아니지만 실제와 가깝게 짐작하려고 노력하는 것이다.

의식의 흐름에 따른 표현도 그와 비슷한 의도로 고안된 방식이다. 다만 매우 장황하고 길다. 울프가 매우 공감하며 감탄했고, 그래서 자신이 그대로 따라할까봐 두려워하기까지 했던, 프루스트의 『잃어버린 시간을 찾아서』를 읽어보면 지독하다 싶을 만큼 끈질기게 화자의 느낌을 서술한다. 첫번째 장면은 잠들지 못해 뒤척이는 '과정'인데, 30페이지 정도이다. 그 과정을 통해 그동안 표현하고 싶었지만 표현하지 못했던 특별한 감각이 무엇인지 조금은 이해할 수 있다.

그런 의미에서 프루스트의 이 작품은 이전의 소설과 아주 다르다. 프루스트 자신도 '이전의 소설과 조금도 닮은 데가 없는 책을 출판해줄 출판사를 찾는다'고 말했던 적이 있다. 이렇게 아주 다른 서술 방식을 통해 감각과 풍경을 글로 정교하게 그려낸다. 프루스트에 대해서는 다음 장에 좀더 자세하게 다룰 것이다.

프루스트는 일상의 감각을 집요하게 추적함으로써, 말하자면 여러 가지 색깔을 수없이 뒤섞는 과정을 보여줌으로써 자신이 찾으려 했던 '그것'을 독자도 보기를 바랐던 것이다.

그것은 개인의 특별한 감각인 동시에 사회적이고 역사적인 것이었다. 울프가 말했던 것처럼 어떤 삶도 '자기 자신에게만 국한'할 수는 없기 때문이다.


## '의식의 흐름'을 사용한 작품은 많지 않다

하던 이야기로 돌아가자. '의식의 흐름'은 우리의 삶이 주체와 객체가 구분되고 지식에 의해 계획되고 재단되는 것이 아니라는 전혀 의도하지 않은, 맥락 없이 떠오르는 느낌이나 생각을 드러낸다. 그랬기 때문에 프루스트는(울프도 마찬가지로) 온몸으로 받아들이는 외부의 감각에 반응하며 작동하는 내면의 흐름을 드러내려 했던 것이다. 그렇게 보면 조이스가 사용한 '의식의 흐름' 기법은 '하나의 방법'일지 모르지만 의식 그 자체일 수는 없다. 의식의 흐름 기법을 사용하는 것처럼 연기한 것이라고 볼 수도 있다. 그랬기 때문에 울프는 조이스의 작품에 대해 '숨이 막힌다고 창문을 깨뜨린 상스러움'이 보인다고 했을 것이다.

그러나 울프는 『댈러웨이 부인』에서도 전통과 지식을 완전히 무시하지 못하고 망설인다. 그리고 그 이후의 소설에서는 명백히 상당 부분 긍정하는 쪽으로 바뀐다. 특히 '소설처럼 쓰인' 에세이인 『자기만의 방A Room of One's Own』(1929)이나 『3기니Three Guineas』(1938)는 서정적이면서도 매우 설득력 있는 자료를 제시하면서 논리적으로 쓰였다. 자료를 바탕으로 해서 논리적으로 설득력을 발휘하는 방식이란 적어도 울프가 규정한 '가부장적인' 전통에 속하는 것이다. 결과적으로 거기에도 장점이 있음을 인정한 셈이다. 그리고 그 방식을 사용함으로써(의식의 흐름이 전부가 아니라는 것을 인정하기라도 하듯이) 매우 설득력 있을 뿐 아니라 문학적으로도 매우 높은 평가를 받는 작품을 써낸 것이다.

이런 스타일의 면에서 그리고 울프의 계급적인 정체성을 고려해 보면 후기의 장편 『올란도Orlando』(1928)나 『세월The Years』(1937), 『막간Between the Acts』(1941, 마지막 장편소설) 같은 작품이 비교적 보수적으로 읽히는 것은 당연해 보인다. 예를 들면 「유산The Legacy」(1944, 사후에 출간된 단편집에 수록)과 같은 단편소설은 어디선가 읽어봤음직한 스토리와 구성, 문체로 쓰였다. 의식의 흐름으로 유명한 작가의 작품이라고는 믿어지지 않을 정도다.

의식의 흐름 소설로 최고의 정점에 있는 『잃어버린 시간을 찾아서』도 마르셀 프루스트가 쓴 '소설으로는 유일'하다. 프루스트가 오래 살았고 새로운 소설을 썼다면 버지니아 울프처럼 언어의 본질적인 성질이 드러나는 보수적인 스타일의 소설을 쓰지 않았을까. 의식의 흐름만으로 쓰는 것이 아니라 그런 방식도 더해진 소설을. 아, 물론 『잃어버린 시간을 찾아서』는 더욱 특별하다.

## 잃어버린 시간 속에서 현대소설을 찾아내다 ─ 일종의 소설

한국인들에게는 읽어내기 어려운 작품 가운데 하나가 마르셀 프루스트의 『잃어버린 시간을 찾아서』이다. 어쩌면 텍스트 자체의 난해함보다는 그 양 때문인지도 모른다. 대략 4백 쪽 정도의 책으로 12권이나 된다.[10] 그것도 성마른 사람은 읽기 힘든 만연체로 쓰였다. 가끔 만연체여서 어렵다는 설명을 하는 경우가 있는데 동의할 수 없다. 상관관계를 인과관계로 혼동한 것 아닌가 싶다. 문장 하나하나가 길어서 아무리 독해력이 좋은 사람이라 해도 상상력을 발휘하여 찬찬히 새겨가면서 읽어야 한다. 그 맛을 알고 즐기는 사람이 아니면 어려울 수 있다. 세계적인 고전 작품들은 만연체로 쓰인 경우가 꽤 많다. 배경과 맥락을 무시하고 즐거움 없이 무작정 고전들을 독파하겠노라고 덤비면 속이 터질 것이다. 단지 의무감이나 사명감에서 시작하면 정말 어렵다.

---

10  한국어판은 다섯 개의 다른 번역판이 있는데 출판사마다 쪽수나 권수가 다르다.

아마존닷컴에서 확인해보니 프랑스에서나 미국에서는 여전히 '대중적 인기'가 높다. 리뷰를 읽어보아도 어려운 소설이라는 말은 없다. 작가인 마르셀 프루스트 역시 텍스트의 난해성에 반대하는 입장을 분명히 한 적이 있다. 지나치게 추상적이어서 이해하기 어려운 상징주의에 대한 공격이었다. 에세이 제목은 「난해함에 반대한다」(1896)였다. 그런 작가였으니 어렵게 쓰지 않았을 것이라 짐작할 수 있다.

『잃어버린 시간을 찾아서』는 이렇게 시작한다. 읽어내기 어려운가?

오랫동안 나는 일찍 잠자리에 들었다. 촛불이 꺼지기 무섭게 눈이 감겨 잠이 든다고 생각할 겨를도 없이 잠들곤 했다. 그러나 삼십 분쯤 지나면 잠들 시간이라고 생각하며 잠을 깼다. 손에 들고 있던 책을 제자리에 놓고 촛불을 끄는 시늉을 했다. 다시 잠을 청하는 동안 잠들기 전에 읽은 책 내용이 머릿속에 떠올라 조금 기이한 상황이 연출되기도 했다. 책에서 본 어느 교회나 사중주곡 연주회장, 프랑수아 1세와 카를 5세의 전투에 내가 등장하는 것이다. 그런 착각이 잠에서 깬 뒤 한동안 지속되었고 그다지 거부감이 들지는 않았지만 그 상념들이 무거운 비늘처럼 내 눈을 가려 촛불이 꺼졌다는 것을 알지 못하게 만들었다. 그러면서 불가사의하게도 윤회설에서 말하는 전생에 대한 기억 같은 것들이 되살아났다. 이제 책의 내용은 나에게서 멀어져갔고 거기에서 벗어나게 되었는데 이내 나를 감싸고 있는 어둠 속에서 시력이 회복되어 주변을 환히 볼 수 있게 되어 놀라곤 했다.

그다지 어렵지 않은 내용인데도 불구하고 한국어판을 읽는 독자들은 대개 시작부터 어려움을 호소한다. 번역에도 문제가 있는 것은 아닐까? 필자 역시 한 종류의 번역판으로는 충분히 잘 이해하기 어려웠다. 세 종류의 번역판과 영어판을 구해 '필요할 때'마다 비교하면서 읽었다. 그제야 무슨 말인지 좀더 잘 이해할 수 있었다. 위에 인용한 소설의 시작 부분 역시 그 세 종류의 한국 번역판과 한 종류의 영어 번역판을 참고해서 필자가 번역한 것이다. 보통의 독자들이 그런 식으로 읽을 수 있을까? 어려울 것이다.

어쩌면 '소설 같지 않은 소설'이기 때문에 읽어내기 어려운 것인지 모른다. 독자들은 그동안 읽어온 것과 비슷한 종류의 소설을 읽는다는 기대감으로 이 작품을 펼치겠지만 이 작품은 그런 기대를 배신한다. 당황스럽지 않을 수 없다.

전통적인 소설은 대개 사실을 엮어서 극적인 구성으로 스토리를 전개한다. 사건의 발단과 전개, 클라이맥스, 대단원을 통해 독자들을 이해시키면서 긴장하게 만들고 우여곡절을 따라가게 만드는 줄거리가 있다. 이 작품에는 그런 식의 구성이나 줄거리가 없다. 소설 속의 등장인물이나 사소한 사건 같은 것들 모두 '행동과 줄거리의 관계'라기보다는 그저 그때그때 '연결된 관계'를 보여준다. 그것들이 시간의 흐름과 함께 자연스럽게 약간의 스토리를 만들어낸다.

문학의 죽음에 대한 소문과 진실

에드가 드가의 1879년 유화, 〈콩코르드 광장Place de la Concorde〉(1879)이다. 산책이 중요한 일상이었던 그 당시 광장에서 찍은 스냅샷 같은 이미지이다. 그림 크기는 78.4cm × 117.5cm이고 러시아의 예르미타시 미술관에 소장되어 있다.

말 그대로 우리 삶의 모습을 그대로, 리얼하게 드러내는 방식이다.

등장인물의 관계도 그런 식이다. 전체 이야기에서 중요한 인물은 당연히 자주 등장하게 된다. 이 작품에서는 좀 다르다. 중요하기 때문에 자주 등장하는 것이 아니라 자주 등장하기 때문에 중요하다.[11] 예를 들면 처음부터 끝까지 등장하는 하녀 프랑수아즈가 그렇다. 화자인 마르셀은 마지막 권에서 자신의 허망하게 잃어버린

---

11　장프랑수아 레벨Jean-François Revel, 『소설적인 데가 없는 소설 *Un roman sans Romanesque*』(p.80)

시간을 되찾기 위해 '삶을 예술로 바꾸는 작업'을 해야겠다고 결심할 때 프랑수아즈를 언급하면서 다시 한번 그가 중요한(익숙한) 인물임을 깨닫게 되지만 그런 깨달음 역시 자주 등장함으로써 독자(저자에게도 마찬가지지만)에게 각인된 인상에 의한 것이다. 마르셀의 경우 하녀 프랑수아즈 없이 제대로 된 일상생활은 불가능해 보인다.

그런 의미에서 중요하면서도 구체적인 사건에서는 중요한 역할을 하는 경우는 거의 없다. 그저 배경이나 벽화의 무늬처럼 어디에나 등장할 뿐이다. 무슨 이야기를 하든 일상은 배경이기 때문에 중요하다.

이 소설의 등장인물 대부분이 그렇다. 마치 에드가 드가Edgar Degas, 1834~1917의 그림 〈콩코르드 광장〉에서처럼, 인물은 그저 거기에 있어서 그려졌을 뿐이다. 그림은 어느 날 광장에 들렀다가 무심코 셔터를 눌러 찍힌 이미지 같다. 그림 오른쪽에 파이프를 물고 있는 사람이 르도빅 르픽 공작이고 그의 양쪽에 있는 두 여자아이가 딸이다. 그렇지만 그냥 보아서는 알 수가 없다. 그저 거기에 다른 여느 사람들처럼 '전시'되어 있을 뿐이다. 그 당시에는 광장을 산책하는 것이 하나의 유행이었다. 그러니까 다른 사람들은 광장이니까 거기에 있는 것일 뿐이다.

## 특이한 서술 방법, 프루스트식 의식의 흐름

프루스트도 역시 『잃어버린 시간을 찾아서』에서 마르셀과 관련된 모든 사람들과 사회적인 관계를 추적하여 그 시대의 역사적·사회적 연대기(풍경)를 보여주려 했다. 그 속에는 귀족이나 부르주아지와 매춘부의 사랑 이야기도 있고, 당대에는 법적으로 금지되었던 동성애자인 최고위층 귀족이 사치와 방탕을 일삼다가 몰락하는 이야기도 있으며 속물인 부르주아가 마침내 최고위층 귀족 집안의 안주인이 되는 계습상승의 드라마도 있다. 화자인 마르셀(작가와 이름이 같지만 같은 인물로 읽지 않아야 한다)은 대단한 부르주아 집안에 태어나 성장하면서 명석한 두뇌를 가진 지적인 사람으로 알려지면서 사회적으로 최고의 대접을 받는다. 그러기 위해 그 모든 관계 속에서 당대의 사회적 형식에 자신을 맞추며 살아가지만 마침내 그 모든 것의 허무를 깨닫고 '잃어버린 시간'을 되찾을 방법을 모색한다. 그 결과물이 바로 이 작품이다.[12] 문제는 이런 스토리를 다 꿰려면 두 번 정도는 읽어야 한다는 것이다. 절정의 만연체로 쓴 두꺼운 책 12권을.

이렇게 스토리를 요약할 수 있기는 하지만 작품을 이해하는 데 약간의 도움이 될 뿐 제대로 감상하는 것과는 전혀 관계가 없다. 특이한 서술 방법 때문일 것이다. 작품에서는 등장인물의 배경이나 행동의 이유를 자세히 설명하는 법이 없다. 그저 화자인 마르

---

12 소설은 마르셀이 삶에 대해 쓰겠다고 결심하는 것으로 끝맺는다.

베르뒤랭 부인의 모델이었던 마담 아르망(Madame Arman, 1844~1910)의 초상화. 당시 세련된 문학 살롱의 주인이었다.

셸의 시시각각 변하는 감정과 그 감정이 불러내는 기억과 관련된 감각을 설명할 뿐이다. 작가는 오랫동안 매우 분석적이고 계획적인 연구를 통해 쓸 거리를 충분히 마련했지만 (1905년 어머니가 돌아가신 뒤 1922년 자신의 죽음을 맞아야 했을 때까지 오직 이 한 작품을 쓰는 데 집중했다) 독자에게는 화자의 감각에 포착된 세상의 풍경을 보여줄 뿐이다. 그 모든 것들의 의미를 찾는 것은 독자의 몫이다. 읽으면서 끊임없이 맥락을 상상하고 그 속에서 보이는 것의 의미를 해석해야 한다.

예를 들어 베르뒤랭 부인이라는 등장인물은 지방 부르주아 출신이다. 그는 파리의 부자들이 사는 지역에 둥지를 틀고 사교계의 여왕이 되어 신분상승을 꾀한다. 쓸 만한 인재들을 끌어들여 당시 상류층 문화를 이끄는 최고의 살롱을 만들려 했던 것이다. 귀족들의 살롱과 대결하기 위해 클래식한 것들은 모두 배척하면서 첨단을 걷는 파격적인 사상가와 예술가를 끌어들였다. 새로운 사상을 이해하고 예술을 감상할 '지적인 능력'은 없었지만 그들을 끌어모을 수 있는 부와 눈썰미를 가지고 있었던 것이다. 베르뒤랭 부인은 최고의 음악가를 초대하지만 그의 음악을 듣고 싶어하지는 않았는

문학의 죽음에 대한 소문과 진실

데, 이유는 음악을 통해 받을 감동을 감당할 수 없기 때문이라고 말한다(필자가 이렇게 이해할 수 있었던 것은 소설을 두 번은 읽고 나서 인물과 스토리를 나름대로 정리해본 뒤이다. 소설에서는 이렇게 직접적으로 설명하지 않는다). 본문은 다음과 같다.

피아니스트가 「발퀴레」 중의 기마행렬이나 「트리스탄」의 서곡을 연주하려 할 때마다, 베르뒤랭 부인이 항의를 하곤 하였다. 그 음악이 마음에 들지 않아서가 아니라, 그 반대로, 너무나 강렬한 인상을 자기에게 남기기 때문이라고 하였다. "제가 또 그 편두통에 시달리기를 원해요? 그가 그 음악을 연주할 때마다 저에게 같은 일이 닥친다는 사실을 여러분들도 잘 아시지요. 저는 무엇이 저를 기다리고 있는지 알아요! 내일 제가 잠자리에서 일어나려 해도, 그것이 불가능할 거예요!" 피아니스트가 연주를 하지 않을 때에는 한담을 나누었는데, 그들의 친구들 중 하나가, 즉 당시 그들의 총애를 받던 화가가 유난히 자주, 베르뒤랭 씨의 말처럼, '모든 사람들이 웃음보를 터뜨리도록 걸쭉한 농담의 방아쇠를 당기곤' 하였고, 특히 베르뒤랭 부인의 경우가 심하여—그녀는 자기가 느끼던 감동을 유발한 비유적 표현들을 원의대로 이해하는 버릇을 가지고 있었다—의사 꼬따르가(그 시절 젊은 신출내기였던) 언젠가는, 그녀가 지나치게 웃다가 뒤틀려지게 한 그녀의 턱뼈를 제자리에 다시 놓아 주어야 했다.[13]

지금 이 글을 읽는 독자들은 언뜻 보기에 인용문이 길다고 느낄

지 모르겠다. 마지막 문장이 긴 만연체라 그럴 수밖에 없다. 이 작품에서는 저 정도가 보통이다. 사실, 『잃어버린 시간을 찾아서』는 심각하게 길고 긴 문장들이 자주 등장하는 작품으로 소문나 있다. 호사가들의 통계에 따르면 10행 이상의 문장이 18%나 되고(위 마지막 문장은 한국어 단행본으로 10행쯤 된다), 가장 긴 문장은 847개 단어로 이루어져 있다고 한다(영어로는 958개, 한국어로는 단행본으로 3~4쪽 정도이다).[14] 물론 제임스 조이스의 『율리시스』에 나오는 4,391개 단어로 이루어진 문장에 비하면 짧은 편이기는 하다.

다시 하던 이야기로 돌아가자. 위 인용문에서 굵게 표시된 부분이 베르뒤랭 부인의 말인데, 필자가 처음 읽을 때는 말 그대로(베르뒤랭 부인의 습관을 닮아?) 편두통으로 고생하는 줄 알았다. 그러나 나중에야 알았지만 그런 것 같지는 않고(확인할 방법이 없으니 분명한 사실이라고 말할 수는 없지만), '알 수 없는 예술' 때문에 지루한 시간을 보내는 것을 참을 수 없는 사람이기 때문에 그런 상황에서 빠져나가려는, 아주 화려한 핑계였던 것이다. 베르뒤랭 부인은 새로운 기법의 회화 역시 너무나 아름답기 때문에 더이상 볼 필요도, 말할 것도 없다고 자른다. 사실은 더 볼 수 있는 눈이 없고, 더 말하려야 말할 게 없다는 뜻이다. 소설 속에서는 이런 베르뒤랭 부인

---

13  마르셀 프루스트, 이형식, 『잃어버린 시절을 찾아서 1』, 펭귄클래식코리아, 2016, 전자책
14  마르셀 프루스트, 김창석, 『잃어버린 시간을 찾아서 6』, 소돔과 고모라 1, 올재클래식 141, 2019(pp.30~33). 다른 버전은 모두 전자책으로 보아서 쪽수를 모른다.

이 승승장구하여 마침내 최고 귀족의 안주인이 된다.

물론 이건 필자의 해석이다. 그 어디에도 이런 식의 설명은 없다. 필자가 계속 등장해서 보여주는 베르뒤랭 부인의 언행을 바탕으로 '읽어낸 것'일 뿐이다. 이처럼 맥락을 모두 파악한 다음 다시 읽으면 아이러니와 풍자, 유머를 느낄 수 있다. 그러려면 소설을 두세 번 읽고 등장인물의 성격과 관계를 도표화해서 정리해보아야 한다. 모르고 읽으면 그 맛을 느낄 수 없고 그저 혼란스럽기만 할 뿐이다. 쉽지 않은 일이다. 많은 시간을 들여야 하는 수고로운 일이기 때문이다. 즐겁지 않으면 할 수 없는 일이다. 또는 이 과정이 즐겁지 않으면 독해가 아니라 곡해를 할 가능성이 높다.

이처럼 이 작품은 사건과 사건의 전개, 등장인물에 대한 작가의 태도 등등이 '독자가 읽어오던 종류의 소설'이기를 기대했던 독자들을 배신한다. 실제로 소설의 시작은 앞에서 본 것처럼 잠들지 못하고 깨어나 어둠 속에서 보이는 사물들이 자극하는 수많은 상념으로 이루어지는데, 수십 쪽을 넘기기까지 다양한 기억들이 꼬리에 꼬리를 물고 뒤죽박죽 등장한다(두 번쯤 완독하고 다시 읽어보면 나름대로의 질서를 발견할 수 있기는 하다). 게다가 그 기억들은 어떤 스토리를 위한 배경이나 발단이 되는 내용이 아니라 그저 그런 기억이 떠올랐다는 게 전부다.

14년 동안 이 작품을 연구해서 같은 제목으로 책을 쓴 한 작가는 처음 완독한 뒤 한 가지 질문밖에 떠오르지 않았다고 한다. '그래서 뭘 어쩌라는 거지?' 그 길고 긴 작품을 읽은 시간이 바로 '잃어버린 시간'이 된 것처럼 '완전히 시간을 낭비한 느낌이 들었다'는 것이다.[15] 이 소설을 처음 받아들었던 프랑스의 한 편집자 역시 출판을 거절하는 편지에서 이렇게 말했다고 한다. "제가 아둔해서 그런지 모르지만 주인공이 잠들기 전에 침대에서 뒤척이는 장면이 30쪽이나 필요한 이유를 도무지 모르겠습니다."

독자들의 이런 당황스러운 반응은 작가인 프루스트 역시 예상했던 것 같다. 애초에 자신의 작품을 출판해줄 출판사에 쓴 편지에서 이렇게 썼다. '고전적인 소설과 조금도 닮지 않은 한 권의 책을 독자들이 받아들이도록 출판해줄 출판사를 찾고 있습니다.' 그리고 또다른 곳에서 '이 작품은 매우 엄격한 구성 아래 쓰여졌으므로 소설roman이라고 칭하기는 하지만 장르를 딱히 규정하기는 어렵다'고 썼다. 그러나 책이 출간될 즈음에는 태도를 분명히 한다. '소설이다. 일종의 소설이니까'. 그러니까 프루스트는 그 이전과는 아주 다른 '새로운 소설'을 쓴 것이다. 그리고 이후 프루스트 효과를 광범위하게 퍼뜨리면서 새로운 현대소설의 방법을 제시했다. 그런 의미에서 소설은 프루스트 이전과 이후로 나뉜다고 말할 수 있다. 프랑스 현대소설사에서는 프루스트의 소설이 현대소설로의 탈바꿈이었다고 규정한다.

---

15   오선민, 『잃어버린 시간을 찾아서』, 작은길, 2014

## 진실에 대한 강박적인 탐구 과정

어떤 의미에서 프루스트에 의한 '현대소설의 궤도 수정' 가운데 가장 중요한 것은 의식, 또는 감각의 내용을 해명하려는 것이었다. 내부세계와 외부세계가 구분되고 외부세계가 무대장치가 되는 방식의 이야기가 아니다. 차에 적셔 먹는 마들렌이나 조금 튀어나온 돌부리에 걸려 넘어지는 순간 떠오르는 정서적 기억들이 행복감을 맛보게 해주거나 소금기 먹은 푸른 하늘의 인상을 끌어낸다. 그런 '사건'들은 도대체 어떻게 만들어지는 것인가? 또 어떻게 받아들여야 할 것인가? 프루스트는 그것을 해명하고 싶었다. 그것이 예술이 떠맡은 임무라고 보았던 것이다. 그것은 상징주의자들이 세상의 사물 이면에 숨겨진 의미를 찾으려 한 것과 그리 다르지 않았다. 그는 이렇게 말했다.

이미 꽁브레 시절에도 내가 구름 한 조각, 삼각형 하나, 교회당의 종루, 꽃 한 송이, 조약돌 등, 자기를 응시하라고 나에게 강요하던 어떤 영상을 나의 오성 앞에 놓고 유심히 응시하면서, 그러한 징후들 밑에, 내가 찾아내려 노력해야 할 전혀 다른 것이, 흔히들 물질적 대상들만을 표상한다고 믿을지 모르는 상형문자식으로 그것들이 번역하고 있던 하나의 사념이 아마 있을 것이라 느끼곤 하였기 때문이다.[16]

프루스트는 허구적 세계를 보여주려 하기보다 자신이 감각했던

'기호'들을 해석하기 위해 노력하는 모습을 보여주고자 했다. 이는 화자가 끊임없이 학습하는 과정을 보여주는 것이기도 하다. 성장소설이라고 보는 평론가가 있는 이유도 그 때문이다. 그럼으로써 이제 더이상 구분되지 않는 내면 세상과 외면 세상의 의미를 찾아내어 보여주려 했던 것이다. 그랬으니 이제 소설가는 시인이자 에세이스트, 철학자, 신비주의자, 역사가가 되어야 한다. 그는 마지막 권에서 이렇게 말했다. 다음 두 개의 인용이 이 소설을 설명해주는 내용의 일부가 될 수 있을 것이다.

진정한 삶, 드디어 발견되고 밝혀진 삶, 따라서 실제로 겪은 유일한 삶, 그것이 문학이고, 또한 어떤 의미에서는 매 순간, 예술가에게 못지않게 모든 사람들 속에 있는 삶이다. 하지만 사람들이 그것을 밝히려 노력하지 않기 때문에 그들 눈에 그것이 보이지 않는다. 또한 그리하여 그들의 과거가 무수한 '음화들'로 가득한데, 그것들은 지성이 '현상하지' 않아 무용지물로 남는다.[17]

그토록 멀되 나의 내면에 있던 꽁브레의 정원 방울 소리를 내가 처음 들은 날이, 나 자신이 간직하고 있음을 나 자신조차 모르던 그

---

16   마르셀 프루스트, 이형식, 『잃어버린 시간을 찾아서 12』, 펭귄클래식코리아, 2020, 전자책
17   앞의 책

거대한 세계 속에 있는 하나의 지표였다. 나는 내 밑에, 하지만 나의 내면에, 마치 내가 수십 리를 상승한 듯, 그토록 여러 해가 중첩되어 있음을 보고 현기증을 느꼈다.[18]

지금까지 필자의 글을 꼼꼼하게 읽은 독자라면 무엇보다 조금은 모순된 프루스트의 작품 세계에 혼란을 느꼈을지 모르겠다. 바로 위의 인용문들만 해도, 이 소설이 '주로' 감각을 해명하려 했다는 설명과 다르게 아주 냉철하게 분석한 이성의 통찰을 보여주고 있다. 이런 의문도 들지 않는가? 감각을 통한 의식의 흐름 기법을 사용하여 쓰여진 글이 역사적·사회적 연대기로 읽힌다는 건 가능한가.

아이러니한 일이지만 작품이 늘 작가의 의도대로만 쓰이는 것은 아니다. 필자가 규정한 그의 문학적 성격은 작품을 통해 자주 또는 주로 드러나는, 독특한 모습이다(그게 작가의 의도가 아니었을까?). 작가는 끊임없이 문장을 고치는 과정에서 많이도 가필했고, 그 양이 많아져 소설의 흐름에 변화가 생길 정도였다. 분명히 그에게도 어떤 계획이나 의도가 있었고 그것에 충실하려 했지만 '마음대로' 되지는 않았던 것이다. 글이 글을 부르는 것을 거부할 수는 없는 노릇이다. 분석하고 평가하고 어떤 법칙을 찾으려는 '형이상학 본능'이 저절로 작동했던 것이다. 이런 현상 역시 리얼리티의 한 면모이다. 소설을 읽어보면 알겠지만 프루스트는 지독하리만치 강박적으

---

18  앞의 책

로 진실을 찾아 헤맸다. 마침내 진실은 내면에만 있는 것도 아니고 외면에만 있는 것도 아니라는 것을 깨닫는다. 진실은 그 두 세계가 함께 만들어내는 것이다. 그런 의미에서도 작가의 의도대로 작품이 쓰여지는 것이 아니다. 프루스트가 한편으로는 현대의 몽테뉴라고도 평가받는 이유가 그 때문일 것이다. 앞에서 말했던 것처럼 이 작품은 소설이 아니라 현대적인 '일종의 소설'이다.

프루스트에 대한 이 글이 부족하고 또 부족하다는 것을 필자도 잘 안다. 필자의 능력 부족 탓일 것이다. 굳이 해명하자면 그 길고 긴 작품과 수많은 연구서들이 제기하는, 공감되는 내용을 이 짧은 글에 다 소개할 수가 없었다.

필자가 보기에 이후의 현대소설들은 지금까지 '문학이란 무엇이었던가'에서 보여주었던 여러 이즘ism의 수법들에서 장점만 추려내어 뒤섞어 사용하고 있다. 또는 현대적인 삶의 스타일에 맞추어 적절한 방식으로 변형시켜서 사용한다.

이 작품을 바탕으로 만든 영화가 세 편이 있는데, 그다지 권하고 싶지 않다. 소설을 잘 읽고 이해한 뒤에 보면 왜 그렇게 만들었는지는 알겠지만, 영화의 어법으로 새로운 감동을 얻지 못할 바에야 굳이 볼 필요가 없지 않겠는가. 그러나 스테판 외에Stéphane Heuet, 1957의 그래픽노블은 매우 볼 만하다. 같은 이야기지만 새로운 하나의 작품임이 분명하다. 작품을 이해하는 데도 도움이 될 것이다.

# 9. 미국의 모더니즘

## 너무 달랐던 미국의 모더니스트들

미국의 모더니즘 소설까지는 짚어두는 것이 좋겠다. 세기말에 태어난 이 두 작가의 이름은 문학을 그다지 즐기지 않는 사람이라고 해도 알고 있을 것이다. 바로 1949년에 노벨문학상을 받은 윌리엄 포크너William Faulkner, 1897~1962와 1954년에 노벨문학상을 받은 어니스트 헤밍웨이다. 이들에게는 유럽의 작가들에게서는 찾아볼 수 없는 새로운 점이 있다. 여기에 딱히 어떤 '이즘ism'으로 분류하기 어려운, 1962년에 노벨문학상을 받은 존 스타인벡John Steinbeck, 1902~1968도 짚고 가자. 생몰을 보면 알겠지만 이 세 작가는 비슷한 시기에 태어나서 비슷한 시기에 죽었다. 그럼에도 불구하고 이 셋은 아주 다른 분위기의 작품을 보여준다. 스타일뿐만 아니라 주제나 소재의 면에서도 그렇다.


## 약자의 시선으로 시대의 문제를! 존 스타인벡

스타일로 보면 존 스타인벡은 그다지 새로울 것이 없는 작가이다. 특히 잘 알려진 『분노의 포도*The Grapes of Wrath*』(1939)는 구약성경에서 모세의 이집트 탈출을 연상케 한다. 이야기 구조와 스타일이 무척 닮았다. 이야기에 등장하는 짐 케이시[1]라는 인물은 마치 예수 같고, 톰 조드는 사도 바울 같다.

소설의 후반부에 가면 다음과 같은 장면이 나온다. 파업 주동자로 몰린 톰 조드는 예수 같은 인물이었던 짐 케이시를 죽인 파업 감시인을 삽으로 내리쳐 죽이고 어머니를 떠나지 않을 수 없게 된다. 그때 어머니는 아들을 다시는 못 볼 뿐 아니라 소식도 듣지 못하게 될까봐 걱정한다. 그런 어머니에게 톰 조드는 이렇게 말한다.

---

[1]  짐 케이시의 이니셜은 J. C.이다. 지저스 크라이스트Jesus Christ와 같다. 작가는 이런 식으로 등장인물에 '의도'를 담는다. 서구의 문학작품에서는 거의 언제나 사용되는 방법이다. 앞에서 다루었던 제임스 조이스의 작품에서 그런 경우에 대해 설명한 적이 있다. 프루스트의 『잃어버린 시간을 찾아서』의 경우에도 등장인물들의 이름은 서구의 신화나 민담에서 차용한 이름이 쓰인 것이다. 예를 들어, 스완과 오데트는 차이코프스키의 〈백조의 호수〉가 된 민담에서 따온 이름으로 볼 수 있다. 오데트는 저주를 받아 낮에는 백조로, 밤에만 사람으로 돌아온다. 영원한 사랑을 맹세받아야 그 저주가 풀린다. 그런 의미에서 영어로 백조를 떠올리게 만드는 스완Swann과 오데트는 한 몸인 셈이다.

문학의 죽음에 대한 소문과 진실

어머니가 보시는 곳이면 그 어둠 속 어디에나 제가 있을 거예요. 굶주린 사람들이 먹을 것을 위해 싸우는 곳이라면 어디에나, 사람을 두들겨 패는 경찰이 있는 곳에도. 화가 나 소리 지르는 사람들이 있는 곳, 배고픈 아이들이 저녁 식사를 앞두고 웃음을 터뜨릴 때에도, 거기에 제가 있을 거예요. 우리 식구들이 스스로 키운 음식을 먹고 스스로 지은 집에 있을 때도.

존 스타인벡은 약자의 입장에서 세상의 부조리를 파헤치고 고발하는 글을 썼다. 거기에는 이런 식의 '인간적인 용기와 구원'이 느껴지는, 소름이 돋을 정도로 감동적인 구절이 자주 나온다. 이 장면은 현대의 팝송에도 그대로 쓰일 정도다. 노동자들의 '보스'로 통하는 가수 브루스 스프링스틴Bruce Springsteen, 1949~의 노래 〈톰 조드의 유령The Ghost of Tom Joad〉에 이 부분이 거의 그대로 쓰였다. 문장을 노랫말답게 다듬기는 했지만.

『분노의 포도』 1939년 초판 표지이다.

당시 사회 분위기로 보면 '공산주의자'의 작품으로 낙인찍힐 수도 있는 구절이었다. 그렇게 되면 매우 핍박받는 삶을 살아야 한다는 것을 스타인벡도 잘 알았다. 그런 두려움에 출판사 편집자는 원고를 수정하자고 제의

했지만 존 스타인벡은 거절했다. 작품은 출간된 뒤 보수층의 미움을 샀고, 일부 도서관에서는 금서가 되기도 했다. 당시 미국은 최장수(무려 48년 동안) FBI 국장이었던 에드거 후버John Edgar Hoover, 1895~1972의 시대였다. 인종주의자로 매카시즘에 철저했던 후버는 인권운동가들에게 최악의 권력자였다. 그는 헤밍웨이[2]와 함께 존 스타인벡을 사찰했던 것으로 알려져 있다.

그런 상황에서 『분노의 포도』는 출간되자마자 베스트셀러가 되어 날개돋친 듯이 팔렸고, 곧바로 영화화되었다. 그 역시 엄청난 성공을 거두었고, 존 스타인벡은 퓰리처상(1940)까지 받는다. 이런 대중의 선택과 지지에는 FBI도 어쩔 수 없었던 것 같다.

필자는 『분노의 포도』를 읽으며 마르크스의 『자본론』(1867)의 구체적인 모습을 보는 것 같았다. 그렇다고 해서 존 스타인벡이 교조주의적인 공산주의자였던 것 같지는 않다. 그의 또다른 장편 『의심스러운 싸움In Dubious Battle』(1936)에서 그런 점을 분명히 한다. 이 작품은 임금이 급락한 농장에 공산주의자가 들어가 노동자들을 조직하고 파업하는 내용이다. 거기에는 의사 딱 버튼이 '관찰자'로 등장한다. 그를 작가의 분신으로 보아도 무리가 없어 보인다. 그

---

2    헤밍웨이의 소설 가운데 『가진 자와 못 가진 자 To Have and Have Not』(1937)가 있다. 이 소설은 극심한 빈부 격차, 금융자본에 의한 부의 독식, 빈곤, 도덕적 타락, 밑바닥 인생, 이기적인 외톨이, 불가항력적인 현실에 무기력한 개인을 그린, 그야말로 하드보일드한 작품이다. 아마 이 소설이 사찰의 가장 큰 빌미가 되었을 것이다.

는 교조주의적인 어떤 주의ism를 신봉하지 않고 인간에 대한 믿음을 가지고 있을 뿐이다. 그리고 도움이 필요한 사람을 도울 수 있는 능력이 있기에 그들을 돕는다.

존 스타인벡의 소설은 이런 식의 감동적인 휴먼드라마를 보여준다. 그런 그가 대중적인 지지를 받으며 작가로 성공한 시기는 자본주의의 위기였던 대공황 시기였다. 그런 의미에서 어느 정도는 시공간적인 한계가 있어 보인다.


### 빙산원리의 하드보일드, 헤밍웨이

헤밍웨이 역시 대중적으로도 성공한 소설가였다. 그러나 그의 스타일은 매우 모던한 하드보일드hardboiled였다. 이 용어는 스릴러나 호러와 같은 장르소설이나 영화를 묘사할 때 자주 쓰인다. 그렇게만 이해하면 헤밍웨이의 새로운 스타일을 오해할 수도 있겠다. 하드보일드의 원래 의미를 짚어보자.

달걀은 많이 익힐수록(하드보일드할수록) 단단해진다. 그래서 터프하다는 의미로도 쓰였다. 여기에서 더 발전하여 비정하거나 냉혹하다는 의미로 쓰이게 되었다. 문학적인 스타일로 보면 어떤 사건에서도 아무런 감정을 드러내지 않을 뿐 아니라 도덕적 판단조차 내리지 않는, 가치중립적인 언어로 사실만을 전달하는 태도를 말한다. 추리소설의 경우라면 '추리'가 아니라 '행동(객관적인 상황)'에 초점을 맞추는 방식이다. 이것은 1930년대에 미국 문학에 등장한 '새로운' 사실주의 수법이다. 레이먼드 챈들러Raymond Chandler, 1888~1959와 헤밍웨이의 문체가 매우 그렇다.

다시 언급할 기회가 없을 것 같아서 짚고 넘어가려 한다. 레이먼드 챈들러를 단지 추리소설 작가(그러니까 하위 장르문학 작가라는 인식)라고만 생각하는 독자들이 있다면 두 가지 사실을 알려주고 싶다. 그의 대표작 『빅 슬립Big Sleep』(1939)은 타임지가 선정한 100대 소설에 뽑히기도 했고, 문학동네 세계문학전집의 한 권으로도 출간되었다. 특히 거기에 번역되어 실린 무라카미 하루키의 해설은 대단한 찬사로 읽힌다. 소설가나 평론가들이 진지한 문학작품으로 인정하기 시작했다는 의미다. 그뿐만 아니라, 비록 돈 때문이었겠지만 노벨문학상 수상 작가인 윌리엄 포크너가 영화 『빅 슬립』의 시나리오 작업에 참여했다.

다시 돌아가, 이런 하드보일드 스타일은 1차대전 이후에 시작되었다. 세상에 대한 절망을 냉소적으로 표현했던 것이다. 어떤 의미에서는 세상의 모든 일에 초월한 사람의 태도처럼 보이기도 한다. 아무리 슬프거나 처절한 상황을 맞닥뜨려도 표정의 변화가 없기 때문에 무슨 생각을 하는지 '읽어내기' 어렵다.

헤밍웨이의 첫번째 장편소설 『태양은 다시 떠오른다The Sun Also Rises』(1926)부터 매우 그렇다. 다음은 이 소설의 앞부분인데, 여기에서는 소설의 전개를 위해 '중요한 사실'을 암시하고 있다.

우리는 번화가를 벗어나 피라미드거리를 따라 올라가다가 리볼리

거리의 교통체증을 통과한 다음 어두운 문을 지나 튀일리공원으로 갔다. 그 여자는 나에게 매달렸고 나는 감싸안았다. 그녀는 키스할 수 있도록 고개를 쳐들었다. 한 손으로는 내 몸을 건드렸고. 나는 그 손을 뿌리쳤다.

"거긴 신경 꺼."

"왜 그래? 아픈 거야?"

"그래."

"다들 아프네. 나도 그렇지만."

우리는 튀일리에서 밝은 곳으로 나왔고, 센강을 건너 생페르거리로 올라갔다.

We turned off the Avenue up the Rue des Pyramides, through the traffic of the Rue de Rivoli, and through a dark gate into the Tuileries. She cuddled against me and I put my arm around her. She looked up to be kissed. She touched me with one hand and I put her hand away.

"Never mind."

"What's the matter? You sick?"

"Yes."

"Everybody's sick. I'm sick, too."

We came out of the Tuileries into the light and crossed the Seine and then turned up the Rue des Saints Pères.

헤밍웨이의 문장은 간결하다. 어려운 낱말도 없다. 초중학교 교과서처럼 거의 누구나 읽어낼 수 있을 정도로 '쉬워 보인다'. 거기에 무표정과 달관 또는 냉소가 어린다. 그러나 이렇게 간결한 문장일수록 그 의미를 파악하는 것은 쉽지 않다.

한국어 번역도 마찬가지지만, 영어로 읽어보라. 건조하기 짝이 없는 사실만 쓰여 있다. 마치 법정에서 쓰이는 진술조서 같은 느낌이다.

어두컴컴한 공원에 갔다는 것도 아니고 그저 공원에 갔다고 한다. 함께 들어간 '그 여자'는 조금 전에 길거리에서 처음 만난 사람이다. 같이 술을 한잔씩 마시고 곧바로 공원에 간 것이다. 아직 서로의 이름도 모른다. 키스는 짧게 한 것 같은데, 섹스는 안 하겠다고 말한 것인가? 그렇다면 도대체 왜 공원에 갔단 말인가? 겨우 그런 싱거운 키스를 하려고? 그 정도라면 사람들이 많은 길거리에서도 할 수 있지 않은가. 당대의 그 유명한 파리의 시청 앞 길거리 키스 사진으로도 알 수 있듯이.[3]

산책하러 간 것은 아니다. 섹스에 대해서는(이 부분도 독자가 해석하기 나름이지만) '신경 끄기'로 하고는 곧바로 돌아 나왔으니. 이 둘은 소설의 주인공이다. 그런데 이후에도 도무지 이 작은 사건에 대한 명백한 설명은 없다. 저자는 도대체 무슨 말을 하려고 이 장면을 삽입했을까? 분명히 알 수는 없다. 다만 짐작할 수 있을 뿐이다.

---

3    Robert Doisneau(1912~1994), ⟨Le baiser de l'Hôtel de Ville⟩, Paris, 1950

공원에서 나온 뒤 이 두 사람은 통성명도 하고 함께 식당에도 간다. 이 남자는 전쟁 후유증을 겪고 있다. 남주인공 제이크 반스는 이후에도 섹스를 하지 않는다. 그렇다면 성 불능임을 미리 암시하려 했던 것인지도 모른다(위 장면에 등장한 여주인공인 브렛 애슐리는 여러 남자와 관계를 맺는다). 그렇다면 지나칠 정도로 무표정하게 그렸다는 느낌을 지울 수가 없다. 무표정이라는 매우 심각한 표정을 읽어내지 못하면 무심코 그냥 넘길 수도 있지만 곰곰 생각해보면 아주 이상한 장면이

『태양은 다시 떠오른다』 1926년 초판 책커버 dust jacket이다. 삽화는 당시 유명한 일러스트레이터인 클레오니케 다미아나케스(Cleonike Damianakes, 1895~1979)가 그렸다. 헬레니즘 시대의 고전적인 분위기를 물씬 풍긴다.

다. 이후에도 주인공의 성 불능은 언급되지 않는다. 다만 있었던 일을 보여줄 뿐이다.

이렇게 헤밍웨이 작품은 건조하게 행동(사건 그 자체)만 보여준다. 감정을 드러내는 형용사나 부사는 아예 찾아볼 수 없다(위의 예를 보면 공원으로 들어가는 '어두운' 문을 빼면 형용사나 부사는 없다. 마치 조서에 쓰듯이 사실을 서술할 뿐이다). 그것만으로 독자가 상상력으로 상황을 재구성하여 해석하고 느껴보라는 것이다. 해석을 언제나 독자의 몫으로 남겨두는 태도는 모더니즘 작품의 가장 중요한 특징 가운데 하나다. 화자 '나' 역시 자신이 본 것만을 말할 뿐

이다. '나'의 해석을 말하는 것은 아니다. 당연히 작가의 전지적인 시점 역시 어디에도 없다. 그런 태도로 설명하고 규정하는 것은 실재를 왜곡하는 작가의 독단일 뿐이다.

헤밍웨이는 이런 '하드보일드'한 문체로 빙산원리를 만들었다. 작가는 매우 잘 알고 있는 사건에 대해 쓸 때 7/8은 생략하고 1/8의 사실만으로 전체를 잘 보여주어야 한다. 만일 아직 잘 모르는 상황에서 글을 쓴다면 1/8만으로 전체를 제대로 보여주지 못한다. 그런 상태를 헤밍웨이는 구멍이 숭숭 뚫린 글이라고 했다. 무엇을 쓰지 않아야 할지를 알 정도가 되어야 좋은 글을 쓸 가능성이 생긴다. 필자의 이런 결론은 현대의 발전된 언어학이론을 공부하면서 알게 된 것들과 직접적인 경험에 의한 것이다. 미국의 현대 작가인 존 업다이크John Updike, 1932~2009 역시 이런 헤밍웨이에게 빚을 졌다고 했다. 그런 의미에서 헤밍웨이의 스타일은 매우 현대적인 것이다.

짧은 문장으로, 감정을 드러내는 형용사와 부사를 가능한 한 적게 쓰면서 빙산원리를 적용하여 글을 쓰는 방식은 시를 쓰는 태도와 비슷하다. 실제로 헤밍웨이는 모더니즘 시인들이었던 에즈라 파운드, T. S. 엘리엇과 동시대인이었을 뿐 아니라 파리의 서점 '셰익스피어 앤 컴퍼니'에서 만나 많은 영향을 주고받았다. 이런 스타일의 글은 수없이 고쳐 쓰면서 완성된다. 『무기여 잘 있거라A Farewell to Arms』(1929)의 시작 부분은 적어도 50번, 마지막 부분은 39번 고쳐 쓴 것으로 알려져 있다. 헤밍웨이 스스로도 자기 스타일의 비밀은 시를 산문으로 쓴 것이라 했다. 시의 독해가 산문보다 어려울 수밖에 없듯이, 이렇게 쓴 글은 이해하기 어려울 수도 있다. 그래서 그의 초 중기 단편들은 너무 압축적이어서 이해하기 어려운 면도 있다.

그런 스타일이라는 관점에서 보면 헤밍웨이의 작품 가운데 『노인 과 바다The Old Man and the Sea』(1952)가 최고의 작품으로 보인다(스 스로도 그렇게 말한 적이 있다). 무려 12년 동안 준비한 소설이지만 빙 산원리를 아주 엄밀하게 적용해서 짧게 썼다. 작품의 배경이 되는 멕시코 만류와 청새치, 어부들의 삶과 항해기술, 조류와 기후에 대 해 완벽할 정도로 연구한 뒤에 시 같은 산문을 써낸 것이다. 거기에 는 그 이전의 작품들에서 보이는 냉소적인 태도도 없다. 누구나 쉽 게 읽어낼 수 있지만 저절로 그 의미를 다시 되새기게 되는, 이 따뜻 한 시 같은 소설은 당대에도 엄청난 반향을 불러일으켰다. 단 이틀 만에 단행본 5만 부가 팔렸고, 이 작품을 게재한 〈라이프〉지(1952. 9. 1.)는 5백만 부가 팔렸다(이 수치가 정말일까 의심스러울 정도다). 이 듬해에는 퓰리처상을 받았고, 다시 그 이듬해에는 노벨문학상을 받 았다. 당시 노벨문학상 수상자 선정 이유[4]를 보면 『노인과 바다』, 그 리고 새로운 현대적인 문체style에 대한 공적이 강조되어 있다.

---

4  최근의 『노인과 바다』에서 보여준 서사 기술의 완벽함과 현대적인 스타일을 만 들어낸 공적에 대해 (상을 수여한다) ⋯ for his mastery of the art of narrative, most recently demonstrated in The Old Man and the Sea, and for the influence that he has exerted on contemporary style ⋯ (Nobel Prize in Literature, en.wikipedia)

## 파파 헤밍웨이의 젠더 문제

당연한 이야기지만 헤밍웨이에게도 흠이 많다. 가장 많이 지적되는 부분은 '파파 헤밍웨이'라는 별칭이 말해주듯 그의 작품에 강하게 드러나는 '마초 성향'이다. 그런 지적은 1940년대부터 시작되었던 것이라 새삼스럽지는 않다. 그가 그려낸 여성들은 남자를 거세하는 요부이거나 노예처럼 순종하는 모습을 보이는 경우가 많다. 그뿐만 아니라 인종주의적인 편견도 없지 않다.

특히 젠더감수성 문제가 심각해 보인다. 어쩌면 그는 성장 과정에서 집안의 분위기를 주도했던 어머니를 보면서 여성에게 방어적인 태도를 가지게 되었는지도 모른다. 그의 일대기를 보면 어머니가 아버지를 마음대로 휘둘렀다고 보았기 때문에 자신은 그렇게 되지 않으려 했다고 한다. 그러나 그의 세번째와 네번째 부인은 결코 전통적인 여성이 아니었다. 세번째 부인은 종군기자이자 소설가였던 마서 겔혼Martha Gellhorn, 1908~1998이었고, 네번째 부인은 저널리스트이자 작가였던 메리 웰시Mary Welsh, 1908~1986였다. 그가 세번째 부인에게 보낸 편지를 보면 그의 '여성에 대한 태도'를 알 만하다. 이는 결혼생활이 오래가지 못한 이유이기도 했을 것이다. 헤밍웨이가 이탈리아 전선에서 종군기자로 활약하는 부인에게 쓴 편지에 이런 구절이 있다. "당신은 종군기자인가, 아니면 내 침대의 아내인가?Are you a war correspondent, or wife in my bed?" 작품 속에서 드러나는 헤밍웨이의 '젠더 인식 경향'은 가부장제의 기반이 허물어져가던 당시의 남성들이 보였던 자기방어적인 태도로도 해석된다.

월리엄 포크너의 작품은 내용 면에서나 스타일 면에서나 헤밍웨이와는 아주 딴판이다. 그의 대표작으로 꼽히는 『소리와 분노*The Sound and the Fury*』, 『압살롬, 압살롬!*Absalom, Absalom!*』은 우선 읽어내기도 어렵다. 주제나 소재의 면 모두가 헤밍웨이와는 아주 다르다.

## 미국 최고 모더니스트의 소리와 분노

월리엄 포크너의 대표작으로 알려져 있는 『소리와 분노』는 대개 '가장 읽기 어려운 소설' 2위나 3위로 꼽힌다. 1위는 거의 언제나 제임스 조이스의 작품 『피네건의 경야』가 꼽히는데, 이 작품은 한국어로 번역되어 있지만 필자는 읽지 않았다. 앞에서도 말했지만 제임스 조이스의 가장 유명한 작품인 『율리시스』도 한국어 번역을 읽어내기 어려웠는데, 마찬가지 이유에서다.

거의 마찬가지로, 그러나 조금 다른 이유로 읽기 어려운 월리엄 포크너의 이 작품은 한국어로 읽을 수 있었다. 얼마나 다행인지 모른다. 영어로는 도저히 읽어낼 수 없었을 것이다. 작품이 재미있기까지 했다. 지금까지 이 글을 따라온 독자들도 그럴 수 있으면 얼마나 좋을까 싶다.

'의식의 흐름' 기법을 사용한 제임스 조이스와 버지니아 울프, 프루스트를 거친 뒤여서 그런지도 모르겠다. 의식의 흐름 기법에 대한 이해가 있고, 그것에 대한 기대가 있어 작품을 읽었을 때 어느 정도는 감응할 수 있었기 때문일 것이다. 어느 정도 아는 내용이라야 재미있게 읽을 수 있고 더 넓고 깊게 받아들일 수 있다.

번역자의 공도 크다. 이전 한국어판 제목은 주로『음향과 분노』였는데, 그 번역판들은 읽어내기 어려웠다. 필자의 판단으로『소리와 분노』(문학동네)라는 제목으로 2013년에 출간되기 전에는 제대로 감상할 수 없는 작품이었다. 역자인 공진호는 '이 작품의 번역은 실로 불가능해 보이지만' 문학사에서 워낙 중요한 걸작이라 '오랜 세월 축적된 비평연구서들을 참고, 비교하여 최대한 객관적인 해석'을 통해 작가인 '포크너가 한글로 글을 썼다면 어떻게 썼을까 하는 상상을 하며' 번역했다고 한다. 이 번역판 역시 어렵다는 평가가 없지 않지만 필자가 영문과 함께 읽어본 바로는, 적어도 지금까지는 최고의 번역이다.

이 작품이 왜 어려운지 설명하기 전에 시작 부분을 조금만 함께 읽으며 느껴보자. 지금까지 봤던 '의식의 흐름'과 스타일이 꽤나 다르다. 이렇게 시작한다.

울타리 너머, 구부러진 꽃들 사이로, 나는 그들이 치고 있는 것을 볼 수 있었다. 그들은 깃발이 있는 곳으로 가고 있었고 나는 울타리를 따라갔다. 러스터는 꽃나무 곁의 풀밭에서 찾고 있었다. 그들은 깃발을 뽑아갔고, 그리고 치고 있었다. 그러더니 깃발을 제자리에 가져다놓고 테이블로 가더니 그가 치고 다른 사람들이 쳤다. 그들은 계속했고, 나는 울타리를 따라갔다. 러스터가 꽃나무 쪽에서 와서 함께 울타리를 따라 걸었는데 그들이 멈추자 우리도 멈췄으

문학의 죽음에 대한 소문과 진실

며 러스터가 풀밭에서 찾는 동안 나는 울타리 너머로 보았다.

"여기, 캐디." 그가 쳤다. 그들은 목초지를 가로질러갔다. 나는 울타리를 붙잡고는 그들이 사라지는 것을 보고 있었다.

"또 그러네." 러스트가 말했다. "서른세 살이나 되어서도 그러는 걸 보면 너는 정말 구제불능이야. 너에게 케이크 사다주려고 읍내까지 다녀왔잖아. 그만 좀 끙끙대. 오늘밤 내가 구경하러 갈 수 있게 은전 찾는 거나 도와줘."

그들은 목초지 저쪽에서 작게 치고 있었다. 나는 깃발이 있는 쪽으로 울타리를 따라갔다. 깃발이 밝은 색 풀과 나무 위에서 펄럭이고 있었다.

대부분의 한국인 독자는 그리 큰 어려움을 느끼지는 않을 것이다. 여기까지는. 아마도 번역된(해석된) 내용으로 전달되기 때문일 것이다. 영어로 읽으면 독자가 알아서 해석해야 한다. 위의 인용문은 앞에서 추천한 공진호의 번역이 아니다. 맥락을 이해한 뒤에 필자가 다시 번역한 것이다. 필자 역시 윌리엄 포크너가 한국어로 쓰면 어떻게 썼을까를 고민하며 번역했다. 독자 여러분도 영어로 읽어본다면 그러고 싶을 것이다.

무엇보다 소설의 시작인 1장은 영어의 어법에 맞게 쓰이지 않았다. 세 살에서 정신연령이 멈춘 서른세 살 남자가 본 것을 작가인 포크너가 어눌한 화자의 언어로 번역한 것이다. 그래서 타동사에는 어법에 맞지 않게 목적어가 빠져 있고, 어려운 낱말은 쓰지 못한다

(예를 들면 '골프'도 화자에게는 어려운 낱말이다). 눈에 보이는 몇 가지 명사와 아주 적은 수의 형용사, 부사를 쓴다. 그러니 누가 어떻게 읽든 정답이 있을 수가 없다. 심지어 작가의 영어조차 화자의 '의식 흐름'을 제대로 포착해낸 것인지 확신할 수 없다. 이 세상 모든 번역은 껍데기라는 말도 있지 않은가. 번역이 해석이라고 보면 작가가 해석한 세상에 대한 이야기, 그 역시 껍데기일 뿐이다. 작가의 작품은 없다. 독자의 해석이 있을 뿐.

예민한 독자라면 한국어로 번역된 것도 어딘지 모르게 이상하다는 느낌을 받을 것이다. 중언부언하는데다가 목적어가 빠진 동사를 쓴다. 예를 들면 '친다hitting'고 하면 '무엇을' 친다고 해야 할 텐데, '무엇'이 없다. 그런 문장이 곧 다시 나온다. 러스터가 풀밭에서 '찾고 있다hunting'. 역시 '무엇'이 빠져 있다. 왜 이렇게 썼을까? 타동사인데 목적어는 없다. 자동사만 쓴다는 것은 이 세상의 중심이 주어이고, 타자에 대해서는 잘 모르거나 알고 싶지 않다는 의미이기도 하다. 장면을 그려보면 화자가 사람들을 감시하는 것 같지는 않은데 눈을 떼지 않고 보고 있다. 그러다가 '캐디'라는 이름에 반응한다. 왜 '캐디'라는 말에 반응하지? 나중에 알게 된다. 독자도 반응하게 된다. 캐디? 그러면 지금 저 사람들은 골프를 치는 건가? 러스터의 말은 비교적 정상적이다. 그의 말을 통해 화자의 말, '헌팅 hunting'의 목적어가 '은전a quarter'[5]임을 알 수 있다. 그제야 조금 방

5    당시에는 순도 90%의 은화가 쓰였다.

향이 잡힌다. 나이가 서른세 살이나 되었지만, 화자는 '온전한 문장'으로 말할 수 없는 사람인가보다.

그다음 문장은 무슨 뜻인지 퍼뜩 알아채기 어렵다. '그들은 목초지 저쪽에서 작게 치고 있었다.' 영어 문장은 이렇다. They were hitting little, across the pasture. 'hitting little'이 정확하게 무얼 말하는지 알 수가 없다. '거의 치고 있지 않았다'라고 해야 하나? 공진호는 이렇게 번역하고, 다음과 같은 주를 달아놓았다.

그들이 목초지 저쪽에서 쳤는데 작았다.[6]

1장은 이런 수수께끼 같은 문장을 해석하며 읽어나가야 한다. 이 문장은 무슨 뜻일까? 독자가 '알아서 해석해야 한다'. 뒤에 나오는 이야기들과 아귀를 맞춰가다보면 조금씩 분명해진다. 이전의 다른 모더니즘 작품과 가장 큰 차이점 중 하나가 이것이다. 독자가 적극적으로 개입해서 수수께끼를 풀듯이 해석하지 않으면 아예 읽어낼 수가 없다. 프루스트의 소설처럼 잘 상상하면 어느 정도 그림이 그려지는 것이 아니다. 특히 이 소설의 1장이 그렇다.

언어가 우리의 생각을, 우리의 현실을 제대로 표현해낼 수 없다는 점이 너무나 분명하다. 언어로 표현된 생각이나 현실은 독자의

---

6   원근감을 느끼지 못하는 벤지에게 골퍼들은 멀어진 것이 아니라 작아진 것으로 인식된다. (윌리엄 포크너, 공진호, 『소리와 분노』, 문학동네, 2013, 전자책)

해석에 따라 다를 수밖에 없고, 그것은 화자가 받아들인 세상일 뿐이다. 다른 모더니즘 작가의 태도도 이와 비슷한 점이 있지만, 포크너는 아예 말을 제대로 하지 못하는 장애를 가진 사람을 화자로 선택했다. 언어로 소통하기 어려운 극단적인 상황에서 언어로 소통한다면 어떨지를 보여주는 것이다.

이 소설은 구성부터 수수께끼 같다. 1장은 1928년 4월 7일이고, 2장은 1910년 6월 2일이며 3장은 1928년 4월 6일, 4장은 1928년 4월 8일이다. 시간의 흐름이 뒤죽박죽이다. 앞 장을 읽은 독자라면 모더니즘 작품에서 보이는, 이런 식의 시간에 대한 인식은 그리 낯설지 않을 것이다.

현재란 상당 부분 과거에 종속되어 있고 미래의 침투를 받으며 끊임없이 과거가 되어가는 순간이다. 엄밀히 말하면 현재란 없다. 끊임없이 과거로 흘러드는 순간이 있을 뿐이다. 여기에서 '과거'를 '기억' 또는 '전통'으로 바꾸어도 비슷한 말이 된다. 짧게 보면 우리는 어제 같은 오늘을 살고 있으며 오늘 같은 내일을 산다. 그러니 미래 역시 마찬가지다. 현재에 침투해 있는 미래는 언제나 과거의 뿌리에서 자라난 것이다. 이렇게 보면, '진실'은 일직선상에 올려져 있는 것이 아니다.

모더니즘 시대에 이런 시간에 대한 인식의 문제가 첨예하게 다뤄지게 된 것은 1차대전을 겪으면서 현재를 지탱하는 과거가 제 역할을 못 하게 되었기 때문이다. 기억이나 전통에 바탕한 라이프스타일이 깨뜨려졌기 때문에 과거를 바탕으로 미래를 예측하기도 어려워졌다. 그러니 현재의 순간이 혼란스럽지 않을 수 없다. 당연히 작가에게는 현재를 구성하고 있는 이 시간과 그 시간에 속한 삶의 내용을 가능하면 진실에 가깝게 점검해보는 것이 매우 중요한 과제가 된다.

이 소설의 배경은 그런 세계사적인 흐름을 그대로 상징 또는 반영하고 있다. 주로 흑인 노예의 노동력에 바탕한 농경사회였던 미국 남부가 남북전쟁에서 패배하고, 북부의 자본주의적인 산업이 밀려들어와 대가족 중심의 귀족사회였던 공동체가 부서지고 있었다. 앞에서 말한 '작가의 과제'를 다루는 데 아주 적절한 배경이었던 것이다. 물론 당대의 세계사적인 흐름이 그러했으므로 이런 조건에 맞는 배경을 찾으려면 얼마든지 찾을 수 있었을지 모른다. 그 점은 포크너가 한 말에도 드러난다. 자신이 미국 남부에서 태어나고 자랐기 때문에, 그 지역에 대해 잘 알기 때문에 미국 남부 사회를 배경으로 했을 뿐이라는 것이다. 당연히 작품에는 미국 남부 지역사회의 특성이 강하게 드러나 있다. 그렇지만 그것만으로 지역의 문제를 다룬 소설이라고 규정할 수는 없다. 오히려 그렇게 읽으면 작가의 의도를 곡해할 가능성이 높다. 그래서 윌리엄 포크너 역시 실제 지명을 사용하지 않고 야크너프토프군Yoknapatawpha County을 창조했을 것이다. 그림은 포크너가 그린 소설의 배경이 되는 지도이다. 그의 주요 작품들은 이 지역을 공간적 배경으로 하는 일련의 '계보소설'이기도 하다.

이런 공간적 배경에 등장하는 주요인물은 거의 모두 콤슨가 사람들로, 백인 부모와 자식들, 그리고 그 자식들을 키운 흑인 유모다. 이 소설이 어렵다고 알려진 것은 시작 부분인 1장 때문일 것이다. 1장의 화자는 앞에서 설명한 것처럼 세 살의 정신연령을 가진 서른세 살짜리 남자다. 이는 내용이 형식을 결정한다는 말이 떠오를 정도로 적확한 구성이다. 모더니즘이 시작되던 시기에 시인이나 소설가들을 가장 힘들게 만든 것이 '언어의 문제'였다. 언어가 현실을 또는 개인의 감정이나 사상을 제대로 표현하지 못할 뿐 아니라 언어는 언어일 뿐이라는 절망이었다. 그 문제를 해결하기 위해서 작가들은 상징주의적인 방식이나 이미지즘의 방식을 고안해내

1946년에 출간된 『포크너 선집The Portable Faulkner』에 실린 야크너프토프군 지도이다. 포크너가 직접 그렸다.

었던 것이다. 의식의 흐름 역시 비슷한 문제에 대한 반응이었다. 드러나는 현상을 그대로 다룰 수 없다면 의식의 흐름이 만들어낼 현상에 대한 해석은 독자의 몫으로 남겨두고, 보고 느끼고 떠오르는 무의식적인 감각을 다루고자 했다. 그런 의미에서 문학은 작가에게는 죽음에 가까운 것이었고, 독자에게는 새로운 개척지가 되었다.

2장의 화자는 1장의 화자와 극단적으로 반대되는 인물이다. 그는 부모가 집을 팔아 하버드대학까지 보낸 장남으로, '처녀성'이 목숨이 걸린 명예라

문학의 죽음에 대한 소문과 진실

는 관념과 사랑에 빠진 지적인 인물이다. 그는 나중에 죽음이라는 관념으로 빠져들고, 결국 강에 투신하여 자살한다. 2장 앞부분은 그다지 어렵지 않게 읽을 수 있지만, 이 화자는 극단적인 관념에 빠진 인물이기 때문에 '의식의 흐름'이 뒤죽박죽된 시간 속에서 복잡하게 뒤얽히게 되고, 작가는 구두점도 없이, 그나마 1장의 경우처럼 조금 친절하게, 이탤릭체로 구분할 수 있는 표식(한국어판 번역본에는 글자 색깔을 달리했다)도 없이 길고 긴 텍스트로 써내려갔으니 어렵지 않을 수 없다.

그러나 매우 세속적이고 현실적인 인물이 화자인 3장부터는 '전통적인 소설'과 그리 크게 다르지 않다. 등장인물들끼리의 대화도 많이 나오는데, 이 작가는 하드보일드한 스타일도 잘 소화할 수 있겠다는 느낌이 들 정도로 명쾌하다. 영화 시나리오를 쓰기도 했다는 작가의 이력을 떠올리게 한다.

4장은 아예 전지적인 시점에서 쓰였다. 마치 해석을 독자에게 맡겨두었던 이야기의 창작자가 펄펄 살아나 소설 전체의 이야기를 정리하면서 창작자의 고전적인 권위를 휘두르는 것처럼 느껴질 정도다. 소설을 다 읽고 나면 작가의 유명한 단편소설인 「에밀리에게 장미를A Rose for Emily」에서 볼 수 있는 반전의 충격을 떠올리게 된다. 이 소설 한 편에 소설 기법의 대부분이 망라되어 있는 셈이다. 그런 의미에서 『백년의 고독』을 쓴 가브리엘 가르시아 마르케스의 감상을 새겨볼 필요가 있다. "보르헤스나 카르팡티에와 같은 작가들이 없었어도 글을 쓸 수 있었겠지만, 포크너가 없었다면 그러지

1929년에 출간된 『소리와 분노』 초판 책커버이다.

못했을 것"이다.

이렇게 4장으로 구성된 소설은 장마다 조금씩 다른 이야기를 하는 것 같지만 '같은 이야기를 다른 관점'에서 본 것으로 읽어도 좋을 것이다. 한 집안의 일대기에 대한 네 가지 진실을 보여주는 셈이다. 하나의 관점으로는 온전한 진실을 표현하는 것이 불가능하다. 그렇지만 다양한 관점으로 접근하면 조금 더 가까이 다가갈 수는 있을 것이다. 그런 가능성을 보여주는 작품이다. 이후에 쓰인 『압살롬, 압살롬!』 역시 하나의 사건을 다양한 관점에서 이야기한다.

## 셰익스피어에게서 따오다

참고로 제목인 『소리와 분노』라는 제목은 셰익스피어의 작품 〈맥베스Macbeth〉 5장 5막에서 따온 것이다. 제목이 이렇게 붙은 이유를 짐작하기 위해서는 그 맥락을 알아둘 필요가 있다. 다음 구절을 새겨보면 이 작품을 통해 작가가 말하고자 한 바가 무엇이었는지 나름대로 해석해볼 수 있을 것이다.

문학의 죽음에 대한 소문과 진실

인생은 그림자처럼 떠도는 불쌍한 배우일 뿐

무대에 올라 거들먹거리며 조바심치고 다니지만

내려오면 잊혀지는 것, 그에 대한 이야기는

바보들이나 분노한 소리로 떠들어대겠지만

아무것도 아닌 것!

Life's but a walking shadow, a poor player

That struts and frets his hour upon the stage

And then is heard no more: it is a tale

Told by an idiot, full of sound and fury,

Signifying nothing.

이 문맥에서 보면 '분노한 헛소리'라고 해석할 수도 있겠다. 설사 바보들의 분노한 헛소리일지 모르지만 살아 있기 때문에 중요하지 않더라도 제 역할을 하며 살아갈 수밖에 없다. 바보스럽더라도, 절망스럽더라도 자기 생각을 말해야 하지 않겠는가. 이런 관점에서 보면 문학은 진실에 다가갈 수 없어 절망에 빠진 바보들의 절규인지도 모른다. 이런 점도 모더니즘 작품의 특징 가운데 하나다.

이 글을 마무리하면서 세 가지만 덧붙이고 싶다. 이 작품을 가장 잘 설명해주는 해설은 공진호의 역자 해설이다. 필자가 읽은 다른 저작물에 비해 짧지만 중요한 내용들을 거의 다 다루고 있는데, 그것들 대부분이 걸작이기 때문에 축적된 연구들에서 가려 뽑은 것이다. 인용의 출처도 자세하게 달려 있다(공부하는 사람들에게 도움이 된다).

그 출처들과 함께, 필자가 주로 참고한 해설서는 다음과 같다. 『영미문학의 길잡이 2』(영미문학 연구회, 창비, 2001), 『윌리엄 포크너』(강희, 건국대학교 출판부, 1994), 『윌리엄 포크너』(황은주, 동인, 2013), 『팍스 아메리카나와 미국문학』(무라카미 하루키 외, 웅진지식하우스, 2011). 참고도서를 밝히는 것은 이 작품을 독자들이 언젠가 읽기를 권하고 싶어서이기도 하고, 어렵다면 주변(맥락)부터 탐사하는 것도 좋으리라는 생각 때문이기도 하다.

두번째로는, 포크너 자신의 말이다. 어려운 작품이어서 세 번을 읽어도 모르겠다는 독자에게 '그러면 네 번 읽어보라'고 했다. 충분히 그럴 만한 가치가 있다. 특히 1장과 2장의 텍스트는 작가가 쓴 것이지만 독자의 것이다. 모든 작품이 어느 정도 그렇기는 하지만 이 작품은 더욱더 그렇다.

세번째로는, 포크너의 작품이 모두 이런 식은 아니라는 점이다. 특별히 어려우면서 기념비적인 작품이 『소리와 분노』와 『압살롬, 압살롬!』이다. 필자가 접할 수 있었던 다른 작품들은 '전통적인 방식으로 쓰인 범주'에서 그리 크게 다른 스타일은 아니었다. 특히 단편소설은 가벼운 마음으로 아주 재미있게 읽을 수 있었다. 물론 필자가 포크너의 작품을 모두 다 읽은 것은 아니라 장담할 수는 없지만.

문학이란 무엇인가? 이 질문에 대한 답은 이 정도로 마무리하려 한다. 윌리엄 포크너에까지 이르면 문학의 다양한 모습을 상당

문학의 죽음에 대한 소문과 진실

히 검토했다고 판단되기 때문이다. 물론 수많은 '중요 작가'에 대한 이야기가 빠지기는 했다. 시공간의 제약은 어디에서나 강력한 힘을 발휘한다. 19세기 이후 오늘에 이르기까지 모든 '중요 작가'들을 다 다룰 수는 없는 일이다. 그래서 주로 문학 사조의 변화와 흐름을 보여주는 특징이 강한 작가들을 다루었다. 다음 장부터는 문학이론을 요약해서 다룰 것이다. 그 역시 한없이 길어질 수 있지만 개론적인 내용과 중요한 이론 몇 가지를 소개하는 선에서 마무리하려 한다.

# 10. 문학이론
## ― 해석학, 정신분석학, 해체론까지

### 다양한 이론과 해석의 이유

문학이론을 공부하면 작품을 읽은 뒤에 받은 충격을 이해하고 극복하는 데 도움이 된다. 대개는 두 번 충격을 받는다. 우선 책 뒷부분에 실린 '해설' 때문이다. 독자의 감상과 아주 동떨어진 듯한 평론가의 감상을 읽으면 그들이 사용하는 관점과 언어가 별세계에서 온 것 같을 때도 있다. 요즘 들어 나아지기는 했지만 그래도 작품에 비하면 어렵다. 그들의 감상은 왜 그렇게나 별난 것일까? 문학이론을 공부하면서 쌓은 내공 덕분이다. 이론은 다양한 관점을 제시할 뿐만 아니라 미묘한 차이도 놓치지 않게 하고 넓고 깊게 볼 수 있도록 해준다.

두번째로는 읽은 작품에 대해 주변 사람들과 대화할 때이다(독

문학의 죽음에 대한 소문과 진실

서회를 한다면 많이 경험해보았을 것이다). 비슷한 느낌을 받았다는 사람이 있는가 하면, 전혀 다른 관점에서 비판하는 이도 있다. 그 비판이 반박하기 어려울 정도로 논리적인 경우도 있다. 이런 문제를 극복하는 데도 '이론'을 공부하는 것만큼 좋은 방법이 없다.

이론 공부에 거부감을 가진 사람들도 있을지 모르겠다. 그렇지만 모두가 나름대로의 관점과 이론을 가지고 있다는 점을 잊지 말자. 이론을 공부하는 것은 나와 다른 관점과 가치관을 가진 사람들을 이해하고 대화하기 위한 준비이기도 하다.

혹시 작품을 '즐기기만 할 뿐' 해설도 읽지 않고, 다른 사람들과 대화도 하지 않는다면 타인과 독서 경험을 공유해보기를 권한다. 그 과정을 통해 독서가 주는 만큼의 즐거움과 그 이상의 것을 얻게 된다. 더 나아가 작품의 미묘한 맛을 좀더 깊이 즐길 수 있다.

## 모든 해석을 위한 발라드, 해석학

문학이론의 영역은 무척 넓고 깊다. 대충 짚어보아도 아홉 가지는 된다. 정신분석학 비평, 마르크스주의 비평, 페미니즘 비평, 독자수용이론, 구조주의 비평, 해체주의 비평, 신역사주의 비평, 퀴어 비평, 탈식민주의 비평. 이번 장에서는 이런 모든 이론들의 전제가 되는 해석학을 소개한다.

'해석학Hermeneutics'은 그리스 신화의 헤르메스Hermes에게서 나온 말인데, 헤르메스는 신들의 메시지를 인간들에게 전달하는 전령이다. 그러려면 신의 뜻을 해석하여 인간의 언어로 번역해야 했다. 다만 신의 뜻이 담긴 원문은 어디에서도 확인할 수 없거나 있다고 해도 애매모호하기만 했을 것이다. 성경도 어느 정도는 신탁처럼 해석되었던 적이 있다. 거기에 실린 우화가 무슨 뜻인지 분명히 알 수 있는 사람은 없을 것이다. 그런 식의 전통은 플라톤의 '이데아론'을 통해 시작되었고, 그런 사고방식은 기독교로 이어졌다. 플라톤의 경우 철학자의 표현이 신의 뜻을 번역한 것(진리를 드러낸 것)이었고, 기독교의 경우 교회의 표현이 하나님의 뜻을 번역한 것이었다. 그런 의미에서 애초의 해석은 지적 엘리트들이 생각하는 진리를 표현한 것이었다. 플라톤이 활약했던 시기가 구술문화에서 문자문화로 넘어가던 시기였다는 점을 생각해보아도 해석이라는 낱말의 뜻은 텍스트로의 번역 내지는 표현이라고 보는 것이 더 적절하다. 실제로 그들은 표현을 해석의 결과로 이해했고, 그런 용도로 사용했다. 아리스토텔레스의 『오르가논Organon』[1] 제2권의 제목은 『해석에 관하여Peri bermeneias』인데, 이는 주로 명제론으로 번역된다. 그 내용은 주로 언어표현에 대한 것이다.

---

1    오르가논은 도구instrument, organ라는 뜻으로, 논리학을 다룬 여섯 개의 저작물을 묶은 것이다. 다음과 같은 순서인데, 이 순서는 기원전 40년경 로데스의 안드로니쿠스Andronicus of Rhodes가 정리한 것이다. 범주론Categories, 명제론 On Interpretation, 전분석론Prior Analytics(삼단논법과 귀납법을 다룬다), 후분석론 Posterior Analytics(논증과 정의definition, 과학지식을 다룬다), 주제론Topics, 반박론 On Sophistical Refutations('소피스트적 논박'이라는 제목으로 출간된 적도 있다).

'해석학'이 현대인이 생각하는 '텍스트에 대한 해석'이라는 뜻으로 쓰인 것은 고대의 알렉산드리아 도서관에서 시작되었다고 보아야 한다. 도서관을 도서관답게 만들기 위해서는 무엇보다 텍스트에 대한 해석을 통해 장서를 분류하여 조직적으로 관리해야 하기 때문이다. 그러나 고대의 텍스트는 원본이 없는 필사본이었고, 표기의 어려움 때문에 거두절미하고 핵심만 적어두는 경우가 많았기 때문에 매우 노력해서 해석해야 어느 정도 의미를 파악할 수 있었고, 해석한 뒤에 다시 쓰인 것 역시 필사본이었기 때문에 어디까지가 전해내려온 텍스트인지, 어디부터가 해석인지 구별하기 어려운 경우가 많았다. 상당 부분 뒤섞였을 것이다. 당시 텍스트는 소수의 지적 엘리트들의 소유물이었다는 점을 생각해보면 여전히 해석과 표현의 경계선이 애매했다. 결과물들은 해석이면서 동시에 표현이었을 것이다.

설사 '누군가가 이렇게 말했다'고 쓰여 있다고 해도 그것은 글쓴이의 표현이다. 고대 그리스 철학을 공부할 때 처음부터 접하는 것이 '소크라테스의 문제'이다. 소크라테스는 단 한 줄의 텍스트도 남기지 않았다. 오늘날 알려진 소크라테스의 말은 대부분 그의 제자들을 통해 알려졌다. 소크라테스의 말을 가장 많이 '인용'한 사람은 플라톤과 크세노폰이었는데, 그 둘의 기록을 통해 드러난 소크라테스는 꽤 다른 사람이다. 그러니 플라톤이 인용한, 또는 크세노폰이 인용한 소크라테스의 말은 소크라테스의 말인지 그것을 '표현한' 제자들의 말인지 알 수가 없다. 소크라테스의 문제는 그런 상황을 가리킨다.

사실 이런 문제는 고대에만 한정되지 않는다. 현대의 경우는 상호텍스트성intertextuality이라는 말로 설명된다. 이 용어는 1960년대 후반 프랑스의 기호론자인 줄리아 크리스테바Julia Kristeva, 1941~에 의해 처음 소개되었다. 크리스테바는 『언어, 대화, 그리고 소설Word, Dialogue and Novel』을 비롯한 에세이와 저서를 통해 '모든 텍스트는 다른 텍스트의 흡수와 변화를 통한 인용의 연속으로 구성되어 있다'고 주장했으며 '문학작품을 비롯한 모든 문헌은 단일한 작가의 생산물이기보다는 그 외부에 존재하는 여타 문헌들과 미디어 자료, 언어구조와의 상호작용으로 생산된 것'[2]이라고 했다. 이 이론을 받아들인다면 해석과 표현의 경계선은 더 모호해진다. 이렇게 보면 해석은 표현이라는 일차적인 의미는 텍스트에 내재된 역사이며 전통이기도 하다.

두번째 의미는 소리 내어 읽기이다. 텍스트를 읽는 소리를 들어보면 내용을 얼마나 잘 이해하고 읽는지 알 수 있다. 오늘날에도 텍스트에 익숙하지 않은 사람은 글을 제대로 소리 내어 읽지 못하는 경우가 많다. 이를 악보를 읽고 연주해내는 과정과 비슷한 것으로 '해석하는' 학자도 있다.[3]

---

2    네이버 지식백과(두산백과), 「상호텍스트성intertextuality」. 이런 식으로 인용하여 필자의 의도를 표현하는 것 역시 상호텍스트성이다.

3    움베르토 에코·리카르도 페드리가, 윤병언, 『움베르토 에코의 경이로운 철학의 역사 3』 3부 18장 해석학, 아르테, 2020

서구의 경우 문자문화가 시작되던 고대에는 텍스트를 해석하지 않고는 아예 읽을 수 없었다. 당시 텍스트는 띄어 쓰지도 않은 대문자들이 정해진 방향도 없이 나열되어 있었다. 어느 방향으로 읽어야 할 것인지, 어디서 끊어 읽어야 할 것인지 결정하기 위해서는 재빠르게 해석해야 했다. 읽어내기 쉽게 띄어쓰기나 대소문자의 구별이 시작된 것은 인쇄술이 본격적으로 발달하면서부터다. 그런 뒤에도 문법이 표준화되고 표준말이 정해지기까지 오랜 세월이 걸렸고, 그러기 전에는 묵독보다 낭독이 텍스트를 이해하기 쉬웠다. 히브리어는 모음이 없기 때문에, 중국어는 띄어쓰기가 없기 때문에 오늘날에도 여전히 해석하지 못하면 제대로 읽을 수도 없다. 조선시대에 만들어진 한글 역시 띄어쓰기를 하지 않았기 때문에(당시에는 그런 개념이 아예 없었다) 당대의 어휘를 알아야 제대로 읽어낼 수 있다. 해석이 다르면 다르게 읽어야 하기 때문이다.

세번째 의미는 말 그대로 텍스트의 일차적인 의미를 넘어서 작자의 의도가 무엇인지를 파악하는 것이다. 예를 들어 이런 경우를 생각해보자. 택시를 타면서 손님이 말한다. 오늘은 무척 덥군요. 기사는 아무런 대답 없이 차창을 닫고 에어컨디셔너를 켠다. 이처럼 문장의 일차적인 의미가 그 의도와 직접적으로 연결되어 있지 않아도 말하는 사람과 듣는 사람이 잘 소통할 수 있는 이유는 맥락이 분명하기 때문이다.

그러나 텍스트의 경우에는 맥락을 (완전히) 파악하기 어려운 경우가 많다. 어쩌면 불가능할 수도 있다. 게다가 위의 예에서 볼 수 있듯이 텍스트의 일차적인 의미는 대개의 경우 완고하다. 다양한 의미를 가진 낱말이라고 해도 그 가능성이 무한한 것은 아니다. 말하자면 텍스트는 텍스트 나름대로의 의미를 가진 사물과 비슷한 것이라는 뜻이다. 이렇게 완고한 텍스트를 도구로 삼아 작가는 나름대로 자신의 생각을 표현해야 하고 독자는 저자의 의도를 파악해야 한다. 아니, 텍스트의 의미를 읽어내야 한다.

이런 상황이 복잡하게 진행된 것은 구텐베르크 인쇄혁명 이후다. 특히나 성경의 경우에는 그 텍스트가 쓰인 시기가 너무나 오래 전이기 때문에 저자에 대한 정보도 충분하지 않을 뿐 아니라 정확한 맥락도 알 수 없다. 어쩌면 알고 있다고 굳게 믿고 있는 그 맥락이라는 것이 완전히 엉터리일 수도 있다. 그럼에도 불구하고 성경은 일상적인 삶을 규정하고 있었기 때문에 끊임없이 '해석'해야만 했다.


## 부분과 전체의 소통, 그 해석학적 순환

인쇄혁명이 유발한 가장 큰 변화는 누구나 성경을 읽을 수 있게 되고 나름대로 해석하기 시작하면서 촉발된 종교개혁이다. 종교개혁은 성경해석의 다양성이 공공연하게 시작된 결과였던 것이다. 구텐베르크의 인쇄술이 시작되기 이전에도 엘리트들만 읽을 수 있는 라틴어로 쓰인 불가타 성경만 있었던 것은 아니다.

그러나 인쇄술 혁신이 일어난 뒤에는 각 지역의 언어로 '번역된

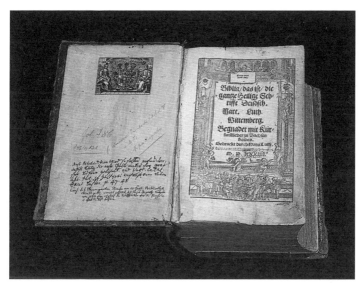

루터 성경(1534)

(해석된)' 성경이 아주 많이 제작되어 이전과 비교도 안 될 정도로 싼값에 팔렸다. 그 결과 사람들이 성경을 직접 읽기 시작하면서 그 동안 교회에게 '속고 있었다는 것을 깨달았'고, 성경에 모순된 부분도 많다는 것을 알게 되었다. 무엇보다 가톨릭교회가 아니면 구원이 불가능하다는 교리도 성경에서 찾을 수 없었다.[4]

마르틴 루터Martin Luther, 1483~1546는 종교개혁이 진행되는 동안

---

4    피터 왓슨, 남경태, 『사람이 알아야 할 모든 것 : 생각의 역사 1』, 들녘, 2009(pp. 739~740)

독일인들이 쉽게 성경을 읽을 수 있도록 하기 위해 '민중의 언어'로 번역하기 시작했다. 당시에도 독일어 번역본이 18종이나 있었지만 제대로 번역된(해석된) 것이 아니어서 누구나 읽어내기는 어려웠기 때문이다. 루터는 자신의 언어만으로 번역하지 않았다. 경험해보지 못한 직업과 관련된 용어가 나오면 그 일을 하는 사람들을 찾아가 물어보고 그들이 사용하는 언어를 사용했다. 그의 번역본은 당연히 대중적인 인기를 얻었고, 어마어마하게 팔려나갔다. 루터 생전에만 해도 백만 부가 넘게 판매되었다고 한다.

이전의 성경과 비교해서 터무니없이 쌌던 것도 하나의 이유였을 것이다.[5] 그것이 수없이 다양한 해석을 낳고, 그 다양한 해석이 세상을 바꾼 종교개혁의 주춧돌이 되었음은 말할 것도 없다.

이렇게 시작된 '다양한 해석 현상' 때문에 17세기가 되면 해석학이라는 용어가 신학자였던 단하우어Johann Conrad Dannhauer, 1603~1666에 의해 사용되었고, 18세기에 이르면 칸트의 코페르니쿠스적 인식의 전환을 통해 새로운 국면을 맞게 된다. 칸트에 따르면 지식의 기반은 외부의 대상에서 오는 것이 아니라 그것을 감각하고 개념화하는 내면에 있다. 인간은 사물 그 자체를 알 수 없지만 감각과 오성을 통해 세상의 지식을 구성한다. 이때 지식은 세상을 이해하기 위한 해석의 결과물이다. 이런 사고방식은 세 가지 관점으로 나뉜다.

---

5    불가타 필사본의 0.3%, 다른 인쇄본의 1.7% 정도다.

우선, 해석을 '소통하기 위한' 것으로 보는 관점이 있다. 이 관점을 채용한 것이 프리드리히 슐라이어마허Friedrich Schleiermacher, 1768~1834의 해석학이다. 요약하면 다음과 같은 내용이다.

그는 첫번째 단계인 '이해하기'부터가 어려운 일이라고 보았다. 작가도 자신의 의도를 적절하게 표현하지 못했을 수 있고, 독자는 텍스트를 오독할 수도, 맥락을 잘못 파악할 수도 있다. 이는 작가나 독자의 문제가 아닐 수도 있다. 언어가 지닌 사회성과 역사성이 객관적이면서도 주관적으로 쓰이기 때문이다. 텍스트는 그런 객관성과 주관성이 갈등하는 구조로 이루어진다. 완전한 맥락을 안다면 그 갈등을 쉽게 해결할 수 있지만 대개의 경우 불가능하다. 그러므로 텍스트의 의미나 작가의 의도를 (독자가) 완벽하게 이해할 수는 없다. 결국 알 수 있는 만큼의 맥락(기술적 또는 심리적 해석)과 객관적인 자료(문법적 해석)를 종합하여(해석학적 순환을 통해) 논리적으로 추론할 수밖에 없다. 그래서 쓰인 지 오래되었거나 이미 죽은 작가의 작품은 다양한 해석 가능성이 존재할 수밖에 없다. 그럴듯한 해석은 충분한 지식을 바탕으로 할 때 가능하며, 그 해석 역시 객관적인 동시에 주관적인 것이다.[6]

두번째 관점은 해석을 이해로 보는 것이다. 이것은 슐라이어마허가 죽기 1년 전에 태어난 철학자 빌헬름 딜타이Wilhelm Dilthey,

---

6    이 부분은 주로 『신학적 해석학: 해석학의 역사와 특성』(베르너 진론드, 본문과현장 사이, 2000)의 내용을 바탕으로 한 필자의 해석이다.

1833~1911의 관점이다. 그는 자연과학과 인문과학의 과업을 이렇게 정의했다. '자연과학은 자연현상을 설명하려 하지만 인문과학은 인간의 다양한 삶과 복잡한 표현양식을 (잘 해석하여—필자 주) 이해하려는 것이다.' 그에 따르면 설명적인 텍스트는 일차적인 의미를 전달하는 과정이지만 텍스트를 (종합적으로) 이해하는 일은 텍스트가 인간의 삶을 구성하는 전체 속에서 생명을 가진 하나의 실체로서 연결되어 있음을 인식할 때 가능하다. 그러기 위해서는 작가의 생각 속으로 들어가봐야 한다.

다음으로 넘어가기 전에 '해석학적 순환'이라는 용어의 의미를 짚어두려 한다. 해석학의 전통에서 매우 중요한 개념이고 알아둘 필요도 있기 때문이다.

이 용어는 『고백록』으로 잘 알려진 성 아우구스티누스Augustine of Hippo, 354~430가 처음 소개했다. 그는 성경을 읽을 때 부분적으로 오해할 소지가 있기는 하지만 성경 전체의 영성이라는 맥락을 고려하여 읽으면 내용의 성스러움을 제대로 이해할 수 있게 된다고 썼다. 이처럼 해석학적 순환이란 부분을 해석할 때는 전체적인 맥락을 고려해야 하고, 전체 맥락은 또 부분의 해석에 의해 규정된다는 것이다. 이처럼 해석학적 순환을 거치는 동안 텍스트의 의미가 분명해진다. 어떤 텍스트든 제대로 이해하기 위해서는 이 방법을 사용하는 것이 좋다. 우선 통독하여 전체 맥락을 파악하고 다시 부분적으로 집중해서 분석적으로 읽어야 제대로 해석할 수 있다. 출판사 편집자들이 텍스트를 잘 다루기 위해 늘 사용하는 방법이다.

## 현대 해석학으로서 현상학

현대 해석학은 가다머와 리쾨르Paul Ricoeur, 1913~2005에서 정점에 이른다. 그들에 대해서는 다음 장에서 자세히 설명할 텐데, 그때는 좀더 일상적인 언어로 비교적 쉽게 설명할 수 있을 것이다. 그러나 이번 회에 다루는 후설Edmund Husserl, 1859~1938과 하이데거Martin Heidegger, 1889~1976는 그러기가 쉽지 않았다. 이들은 해석학자라고 하기는 어렵지만 슐라이어마허 이후 해석학의 발전에 징검다리가 되었던 철학자들이다. 현상학의 사고방식이 해석학과 깊은 관련이 있기 때문이다. 강독에서와는 달리 글에서 그들의 이론을 일상어로 번역해 설명하기는 무척 어렵다. 말과 글은 무척 다르고, 추상적인 단어를 사용하는 철학 텍스트에 대한 해석 역시 매우 유동적일 수밖에 없기 때문이다.

해석학은 현상학을 주창했던 후설에서 논리학이나 수사학, 문헌학의 일부가 아니라 철학의 한 방법 또는 철학 그 자체가 될 준비를 시작했다. 자세히 들여다보면 그의 주장은 앞 회에서 설명했던, 칸트의 코페르니쿠스적 사고혁명을 발전시킨 것이다. 지식은 대상이나 경험이 아니라 인간의 오감에서 시작되며, 물자체物自體, Das Ding an sich는 알 수 없고 드러난 현상만 알 수 있다는 것이다.

후설은 한 발 더 나아가 인간이 감각한 대상을 어떻게 알 수 있느냐는 질문에 답했다. 현상학의 시작은 실증주의에 반대하는 기획이었다. 실증주의는 과학만능주의를 주장했다. 기술 발달뿐만 아니라 인간도 '심리학'으로 완벽하게 설명할 수 있으리라는 기대는 잘못된 사고방식이라는 것을 지적한 것이다.

이런 예로 설명할 수 있다. 인간은 산소 65.0%, 탄소 18.5%, 수소 9.5%, 질소 3.2%, 칼슘 1.5%, 인 1.0%, 칼륨 0.4%, 황 0.3%, 나트륨 0.2%, 염소 0.2%, 마그네슘 0.1%, 기타 0.1% 이하로 이루어져 있다.[7] 그렇다면 이 구성원소가 인간인가? 절대로 그렇지 않다. 전체는 부분의 단순한 총합이 아니다. 분석된 것은 분석된 부분일 뿐 전체는 부분의 합 이상의 의미를 가진다. 특히 인간(생명)과 관련해서는 리버스 엔지니어링이 불가능하다. 적어도 지금까지는. 말하자면, 저런 식으로 원소를 구성한다고 해서 인간이 만들어지는 것은 아니다.

게다가 이런 '귀납법적인 실험 과학' 역시 인간이 만든 학문이다. 다시 말하면 인간의 감각을 사용해서 만들어진 것이다. 그렇게 보면 과학 역시 하나의 현상일 뿐이므로 그 현상으로 인간의 모든 것을 설명한다는 것은 어불성설이다.

더욱이 과학은 '귀납법적인 결론'이다. 귀납법이란 경험(실험이라는 뜻으로 쓰이는 experiment는 원래 경험이라는 뜻이었다)에 의한 결론이다. 경험이 달라지면 결론도 달라질 수밖에 없다. 과학사를 공부해보면 확실한 법칙은 하나밖에 없다. 부정되지 않은 과학법칙은 없다는 것이다. 한 과학역사가는 '과학의 종말'에 대해 언급하면서 다음과 같이 말했다. "(과학이) 주변세계를 해석하려는 인간

---

7    https://en.wikipedia.org/wiki/Composition_of_the_human_body

적인 노력을 외면하면 고급문화의 중심에서 충분히 밀려날 수 있을 것이다."[8]

오차가 없는 법칙도 없다. 위에서 보인 인간의 원소비율도 발표자에 따라 조금씩 다르다. 그 변화는 '시간의 경과'와 관련되어 있다. 인간의 수분 함량은 나이에 따라 달라질 뿐 아니라 성별에 따라서도 다르다. 아기일 때는 몸의 78%가 수분으로 이루어져 있지만, 이는 나이가 들어감에 따라 줄어든다. 성별에 따라서도 다르다. 성인 여성의 수분함량은 50%가 채 안 되고, 남성의 경우는 60%에 가깝다. 수분함량의 비율이 달라진다는 것은 위에서 설명한 인체의 원소구성 비율도 달라진다는 것을 뜻한다. 그렇다면 이 '인간의 원소구성 비율'은 '누구의 비율'일까? 평균치라면 어느 집단의 평균치일까? 인류의 평균치라고 믿기는 어렵다. 현재 인류의 숫자는 80억에 육박한다. 인종과 라이프스타일에 따라 차이가 날 수밖에 없을 것이다. 설사 실제 평균치에 가깝다고 해도 편차가 적지 않을 것이다.

또하나, 실증주의적인 사고방식의 가장 큰 문제는 주체와 객체가 '분리되어 있다'는 것이다. 관찰자가 관찰대상을 정확하게 관찰할 수 있다는 말은 근본적으로 오류일 수밖에 없다. 관찰자도 끊임없이 변할 뿐 아니라 관찰대상도 끊임없이 변한다. 그 변화 속에는

---

[8]  제임스 E. 매클렐란 3세·해럴드 도른 , 전대호, 『과학과 기술로 본 세계사 강의』, 모티브북, 2006(p.565)

관찰을 주도하는 감각의 변화도 포함된다. 이는 같은 관찰자가 '지속적으로' 같은 대상을 같은 방식으로 관찰한다는 것은 불가능하다는 뜻이다.

이 모든 것을 이해하게 된 현대과학에서는 어떤 법칙이든 예측치를 확률로 표시한다. 그 확률도 고정적인 것이 아니다. 어떤 맥락 속의 구체적인 특정 현상에 대한 가능성일 뿐이다.

후설의 현상학에서는 이 설명과 조금 다른 방식으로 주체와 객체의 분리를 부정한다. 현상(객체)은 그와 관련된 지향성을 가진 우리의 의식에 의해 인지되는 대상일 뿐 외부에 따로 존재하지 않는다는 것이다. 이는 이후 하이데거에 의해 부정된다. 이 부분에 대해서는 이어지는 하이데거에서 다시 다루겠다.


## 현상학으로 생각하는 방법

과학도 현상을 감각으로 해석하여 만들어진 것들 가운데 하나일 뿐이다. 그렇게 보면 결국 인간이 세상을 이해하는(해석하는) 가장 근본적인 출발점은 드러난 현상을 감각하는 것이다. 그것이 후설의 현상학이다. 움베르토 에코는 현상학을 '간략하게 정의하면 주체가 무엇인가를 인식하는 데 쓰이는 여러 가지 방법에 대한 분석'9 이라고 정의했다. 후설이 현상을 중심으로 인간이 감각하는 방식으로서 다양한 의식의 지향성을 말한 것은 이런 맥락에서 이해해야 한다.

문학의 죽음에 대한 소문과 진실

후설은 그 현상을 '잘 해석하는 방법'으로 에포케epoché를 제안했다. 어떤 현상을 제대로 파악하기 위해서는 멈춤 내지는 거리두기를 통해 성찰의 장을 마련해야 한다는 것이다. 에포케는 판단보류라는 뜻인데, 신기원(새로운 시작)이라는 의미로도 쓰인다. 멈춤과 시작이라는 의미 모두를 가진 낱말이다.

다시, 후설에 따르면 선입견이나 주체의 상황과 맥락이라는 변수를 괄호에 넣고(무비판적으로 받아들이지 말고) 해석해야 한다는 것인데…… 과연 인간이 주체의 정체성을 완전히 벗어나 객관적인 입장에서 해석하는 것이 가능한가?

후설이 제안한 방법은 이런 것 같다.[10] 에포케 이후, 자신에게 의식되는 어떤 현상을 잘 이해하기 위해서는 그 현상에서 드러나는 특성이 개인적이고 우발적인 것이 아니라 보편적인 것인지를 '직관적으로 이해'해야 한다. 그런데 이 '직관적인 이해'는 개인의 능력과 주관에 좌우되지 않을 수 없다. 더 나아가 현상 역시 유동적일 뿐 아니라 그 현상을 '직관하는 주체' 역시 유동적인 의식을 가지고 있으므로 다양한 해석을 긍정하는 철학적 기반을 공고히 한 셈이다.

---

9    움베르토 에코·리카르도 페드리가, 윤병언,『움베르토 에코의 경이로운 철학의 역사 3』, 아르테, 2020, 전자책

10   '같다'고 쓴 것은 너무나 추상적인 그의 설명을 필자가 독해한 결과이기 때문에 '이다'라고 할 수는 없기 때문이다. 물론 학자들마다 조금씩 다른 독해 결과를 참고했다.

이렇게 이해하고 보면 후설의 현상학은 그리 대단해 보이지 않을지도 모른다(인문학에 입문한 현대인에게는 상식에 가깝지 않은가?). 그러나 여기에서는 해석학과 관련된 내용들을 조금 추려서 일면만 보여주고 있으며, 위험을 무릅쓰고 단순화한 면도 있다는 점을 잊지 말았으면 좋겠다. 후설이 남긴 저작물의 양은 우리가 평생 읽어도 다 읽지 못할 정도다. 후설이 남긴 유고는 아직 완간되지도 못했다. 다만 철학사의 흐름 속에서 후설의 특성 일부를, 그것도 매우 간추려서 의미만 설명한 것일 뿐이다. 현대철학에서 다시 조금 더 자세히 다루겠지만, 그래도 이 역시 후설의 일부분임은 분명하다.

### 하이데거의 현실태와 질문 그 자체

현대적인 해석학적 입장을 분명히 보여준 마틴 하이데거는 후설의 제자이자 동료였다. 그가 후설의 현상학에 더한 것은 '시간'이었다. 『존재와 시간』(1927)은 미완성작임에도 불구하고 발표 당시부터 엄청난 반향을 불러일으켰고, 현대의 유명한 철학자 거의 모두에게 영향을 미쳤다.

하이데거는 존재(물자체라고 바꾸어 읽어도 무방하다)를 정의할 수 없고 있는 그대로 볼 수 없다고 해서 없는 것은 아니라고 보았다. 사실 후설의 설명에서도 존재(또는 객체)를 완전히 부정한 것은 아니다. 인간이 보고 느끼는 현상이 비록 지향성을 가진 의식 속에 있는 것일 뿐이라고 해도, 외부 어디엔가 무엇인가가 존재하기 때문에 지향성을 가진 의식이 작동했을 것이기 때문이다. 지향성이 란 바깥에 무엇인가가 있어서 생기는 것임은 분명하다.

하이데거가 내놓았던 독창적인 개념 가운데 하나는 삶의 현사 실성Faktizität이다. 어떤 존재의 삶은 생물학적이거나 역사적으로 주어진, 객관적으로 주어진 사실 또는 상태도 아니며 존재의 주관 적인 심리적 조건, 예를 들어 기대나 두려움, 또는 어떤 계획에 의 한 것도 아니다. 그렇게 보면 마치 존재의 삶이 삶 그 자체가 아니 라 다른 무엇에게서 유래하는 것이 되기 때문이다. 하이데거의 현 사실성에 따르면 삶은 실재하고 있는 방식, 지금 이 순간 살아가고 있 는 고유한 내용이나 상황 그 자체를 가리킨다. 여기에서 '고유하다' 는 것은 현재라는 찰나를 구성하는 수많은 요소들의 조합이 만들 어낸 유일무이한 맥락을 말한다.

조금 풀어서 설명하면 우리의 삶은 마치 객관성과 주관성의 결 합처럼 보이지만 그것으로 충분하지 않다. 그게 무엇인지 설명하 기는 어렵지만 삶은 나름대로 근원적이고 원천적인 (아마도 도무지 알 수 없는 방식으로) 존재한다는 것이다. 이 말을 이해하는 것은 그 리 어렵지 않다. 우리는 우리의 실제 삶이 객관적으로든 주관적으 로든 해석되지 않는 방식으로 이어진다는 것을 잘 알고 있기 때문 이다. 그렇지 않다면 우리는 우리의 앞날을 예측할 수 있을 것이다. 해석되지 않아서 예측 불가능한 존재의 삶에 대해서 제대로 알고 싶다면 존재하는 현사실성을 관찰함으로써 의미를 파악할 수밖에 없다.

여기에서 하이데거의 독특한 '시간' 개념이 드러난다. 그가 말하는 '존재와 관련된 시간'이란, 삶 속에서 여러 가지 사건들이 생기고 전개되는 틀로 이해되는 시간이 아니라 삶이 실재하는 방식으로서의 시간(순간의 연속이라고 해도 좋을 것 같다)을 말한다. 존재가 시간을 가졌기 때문이 아니라 시간이 존재의 조건이기 때문에 존재의 의미는 현사실적인 삶을 살아가고 있는 현존재를 통해서만 파악될 수 있다. 말하자면 삶은 삶 자체로 끊임없이 환원되는 미완의 운동 속에서만 실존하는 것이다.

이를 텍스트 해석에 적용하면, 어떤 텍스트는 객관성, 그러니까 단어의 의미와 문장구조가 뜻하는 바와 그에 대한 해석자의 주관적인 해석 방식에 갇혀 있는 것이 아니라는 의미가 된다. 하이데거가 말했던, '언어는 존재의 집'이라고 했던 말도 그런 의미일 것이다. 사람이 언어를 통해 말하는 것이 아니라 언어가 사람을 통해 말을 한다(언어학에서 이렇게 설명한 적이 있다).[11] 그렇기 때문에 텍스트의 의미는 어느 순간에 가능한 해석에 머무는 것이 아니라 끊임없이 재해석된다. 그리고 그 해석은 어느 순간의 현사실성에만 적합한 것이다.

그런 점은 평소에 듣던 노래의 가사가 실연당한 후 완전히 다른 느낌으로 다가온 경험을 떠올려보면 쉽게 이해할 수 있을 것이다.

---

11  하이데거도 같은 말을 했다. 언어는 언어 본질상 표현이나 인간 행위가 아니다. 언어가 말한다Die Sprache spricht.

그러나 그것도 일시적이다. 세월과 함께 다시 변한다. 그렇게 보면 어떤 텍스트에 대한 해석 역시 현사실성 속에서 유동하는 것이다.

그리하여 분명해지는 것은 삶을 해석하기 위한 철학은 존재 그 자체에 대한 것이 아니라 존재의 의미를 다루는 존재론이라는 점이다. 이 경우, '존재의 의미가 무엇인가?'라는 질문은 '질문의 의미는 무엇인가?'라는 질문이기도 하다.

질문에는 언제나 질문의 대상(무엇)과 대답할 누군가가 전제되어 있다. 당연히 질문은 답을 얻을 수 있으리라 짐작되는 방향을 향할 것이다. 앞에서 설명한 현사실성에 대한 하이데거의 존재의 의미를 이해한다면, 이 질문은 현존재에게 존재의 의미를 묻는 것이다. 결국 질문을 하는 자와 질문을 받는 자가 동일하다는 의미이다.

존재 자체가 가장 중요한 현존재에게 존재의 의미를 묻는다는 것인데, 현존재의 존재 의미는 그 시간 속에서 존재하는 방식 그 자체이고, **존재하고 있다는 것은** (설사 설명하기는 어려울지 몰라도) **존재의 의미를 이해하고 있다는 의미이기도 하다.** 존재에 대한 이해는 현존재의 존재 방식 그 자체이기 때문이다. 이는 현존재가 존재의 의미를 열어둔 상태로 살아간다는 의미이기도 하다.

이런 식의 사고방식은 현대 해석학에서 해석의 결과(텍스트의 의미가 무엇인지를 묻고 답하는 것)가 아니라 해석 그 자체(해석이란 무엇인가)에 대한 관심을 통해 드러난다.

## 해석의 행복한 융합에서 갈등까지

후기 하이데거는 언어의 본질이라는 문제에 깊이 빠져들었다. 인간은 언어가 하는 말을 잘 듣고 대답해야 한다. 우리는 보고 생각하면서 말을 불러내는 것이 아니다. 어떤 상황 속에서 언어가 말을 하면 우리는 그 말에 대해 반응하는 것이다.

행복해서 웃는 게 아니라 '웃으면 행복해진다'거나 존재하기 때문에 생각하는 것이 아니라 '생각하기 때문에 존재한다'는 말도 상당히 그렇다. 이렇게 앞뒤가 바뀐 문장을 읽으며 생각에 빠지는 것도 마찬가지다.

그런 의미에서 인간의 말은 모두 신탁oracle과 비슷한 데가 있다. 특히 시가 그렇다. 그런 점을 이해하면 유명한 시인들의 난해한 시의 존재 이유를 조금은 짐작할 수 있다. 그것들이 어떻게 의미를 전달하는지도. 예를 하나 보자. 다음은 허수경 시인의 작품 『혼자 가는 먼 집』의 마지막 부분이다.

당신이라는 말 참 좋지요, 내가 아니라서 끝내 버릴 수 없는, 무를 수도 없는 참혹……, 그러나 킥킥 당신[12]

첫 문장을 빼면 무슨 의미인지 정확하게 알기는 어렵다. 그러나 느낄 수 있다. 마침표도 없이 끝나는 이 시의 마무리, '킥킥'과 '당

---

12 허수경, 「혼자 가는 먼 집」, 『혼자 가는 먼 집』, 문학과지성, 2020, 전자책

문학의 죽음에 대한 소문과 진실

신'은 앞에서도 마치 신탁의 주문呪文처럼 여러 번 되풀이된다. 언어가 스스로 말한다는 의미는 이런 예에서 조금 느낄 수 있다.

일상에서 우리는 언어를 소통의 도구로 사용한다. 그렇지만 그것이 언제 어디서 누가 어떤 의도로 만든 것인지(는) 조금도 알지 못한다. 예를 들면 '표현'이 왜 표현으로 불리게 되었는지는 아무도 모른다. 그럼에도 불구하고 '표현'은 '설명'과는 다른 것으로, 오랜 세월 동안 사용되면서 축적된 의미를 담고 있다. 그것이 무엇인지는 예시를 통해 조금 보여줄 수 있을 뿐 분명하게 규정되지 않는다. 예를 들어 이런 문장이 있다고 하자. '시는 설명하지 말고 표현해야 한다.' 이것은 '설명'이다. 반면 시는 '이끼 덮인 창턱에 있는 / 옷소매에 닳은 돌 같은 침묵'[13]이어야 한다고 쓴 것은 아이러니가 담긴 표현이다.

언어가 도구로 쓰일 때에는 일시적이고 단순한 의도로 사용된다 하더라도 언어 자체에 담긴 전통과 역사의 함의는 조금도 손상되지 않는다. 언제나 발화자도 모르는 여러 가지 복합적인 의미가 잠재되어 있다. 시만 그런 것은 아니다. 진지한 문학은 다 마찬가지다.

그런 의미에서 텍스트는 모두 신탁과 비슷한 '성질'을 조금씩 가지고 있다. 같은 말을 해도 어떤 사람에게는 칭찬이 되기도 하고,

---

13  Archibald MacLeish(1892~1982)의 「Ars Poetica」, 'Silent as the sleeve-worn stone/Of casement ledges where the moss has grown-', https://en.wikipedia.org/wiki/Ars_Poetica_(Archibald_MacLeish) 재인용

어떤 사람에게는 모욕이 되기도 한다. 그래서 우리는 맥락이 분명해 보이는 때에도, 해석자에게 다르게 받아들여졌다는 것을 알고 나면(왜 다르게 해석했는지 알 수는 없지만) '그런 뜻으로 한 말이 아니'라고 말하게 된다.

그럼에도 불구하고 언어를 통하지 않고는 사물의 본성이나 존재의 본질을 파악하고 소통할 수 있는 방법은 없다. 우리가 인식할 수 있는 것은 언어로 남은 현사실성[14]이라는 현상일 뿐이기 때문이다. 다시 한번 더 강조하지만, 우리는 아는 것은 현사실성이 아니라 언어로 남은 현사실성이다.

여기에서 '언어로 나타난 것'이라고 말하지 않는 이유는 (사물의 본성이나 존재의 본질은) 비디오나 회화, 사진, 소리 등의 방식으로도 나타날 수 있기 때문이다. 그렇지만 우리가 그것들의 의미를 파악하려면 다시 언어가 말해주기를 기다려야 한다. 해석을 기다리는 마지막 단계는 언제나 언어로 구조화된 텍스트이기 때문이다. 그런 의미에서 하이데거는 '잘 보아야 한다'가 아니라 '잘 들어야 한다'고 말했을 것이다.

이제 어떻게 해야 '잘 들을 수 있을 것'인가 하는 문제가 남는다. 하이데거는 선판단(선입견으로 읽어도 무방하다)의 중요성을 강조했다. 우리는 대개 어떤 장르의 글인지를 알고 텍스트를 읽기 시작하는데(언어가 하는 말을 듣는데), 이 과정은 언제나 선판단, 즉 기대지

---

14    이 개념은 앞 장을 참조할 것.

평으로 시작된다. 그 기대지평은 텍스트를 읽어가는 동안 변증법적인 과정을 통해 의미가 더해지고 수정되고 융합되면서 텍스트 전체의 의미를 구축해나간다.

가다머는 이런 식의 해석 방법을 게임에 비유했다.

해석은 주관적인 행위라고 할 수 없다. 전통의 과정 속에 자신을 올려놓는 행위이다. 이 과정에서 과거와 현재가 끊임없이 융합된다.[15]

가다머에 따르면, 해석은 해석자가 특정 게임의 규칙에 자신을 복종시키고 그 게임의 규칙에 따르는 객관적 행위이다. 잘 해석하기 위해서는 전통과 규범에 대한 지식을 갖추는 것이 필수조건이다. 그럼으로써 '개인적인 기대지평과 텍스트에 담긴 의미의 지평[16]'이 실질적으로 융합될 수 있다. 텍스트의 역사적 지평은 개인의 기대지평과 융합함으로써 해석 속으로 사라지는 것이다. 이런 과정이 효과적인 역사의식의 역할이다.[17]

가다머에게 '효과적인 역사의식'은 언어로 나타난다. 언어로 구

---

15 Hans-Georg Gadamer, *Truth and Method*, Bloomsbury Academic, 2013, Kindle Edition
16 여기에서 지평이라는 개념은 열린 상태에서 다른 어떤 것과 변증법적으로 융합할 수 있는 상태라고 이해하면 좋겠다.
17 앞의 책

조화된 텍스트 해석은 궁극적으로 해석자가 주도하는 작업이고, 해석자는 텍스트가 구조화된 전통과 규범 속에서 그 의미를 파악할 수 있다. 그러나 해석자가 파악한 것은 의미의 총체 그 자체는 아니다. 단지 시공간의 제약을 받은 한 해석자의 현사실성이라는 맥락 속에서 드러나는 일시적인 의미일 뿐이다. 그럼에도 불구하고 가다머는 이 과정을 통해 진리의 일면을 경험할 수 있다고 보았다.

가다머는 인간이 진리에 접근할 수 있는 (불완전하지만) 유일한 방법이 해석학적인 경험이라고 주장했다. 그러니 해석학은 인문과학을 위한 방법론적인 기예art나 도구method가 아니라 하나의 실천철학으로 보아야 했다. 이러한 의미에서 가다머의 유명한 저작물인 『진리와 방법』은 (해석학적) 방법을 통한 진리 경험에 대한 내용이라고 볼 수 있다.

현대의 독자들은 매우 의문스러울 것이다. 해석자는 언제나 두 가지 지평의 행복한 융합을 경험하게 되는 것인가? 그 행복한 융합이라는 것은 어떻게 해석할 때인가(또는 해석의 내용이 어떤 것인가)? 텍스트가 가진 전통과 규범에 해석자는 복종해야 하고 언제나 행복한 융합만을 목적해야 하는가? 신탁적인 성격을 가진 텍스트는 과연 완벽한 것인가? 거꾸로, 해석자가 지평의 융합에 실패하고도 성공했다고 판단할 가능성은 없는가? 개인적인 기대지평과 텍스트의 의미지평이 갈등할 가능성은 없는가? 갈등할 수밖에 없다면 어떤 해결책이 있는가?

가다머의 이론을 가장 날카롭게 비판했던 이는 하버마스Jurgen

Habermas, 1929~이다. 그는 인간의 의사소통 과정에 개입된 온갖 종류의 이데올로기적 억압과 해석작업에 수반되는 이데올로기적 행위의 역할에 대한 특별한 분석이 더해져야 한다고 주장했다. 이런 문제에 대한 비판적인 내용은 문학에서도 쉽게 찾아볼 수 있다. 조지 오웰George Orwell, 1903~1950의 『1984』(1948)나 로이스 로리Lois Lowry, 1937~의 『기억전달자The Giver』(1993)가 그런 작품이다. 한 사회의 전통과 규범에 따른 언어 사용과 그 해석은 지배층이 통제하는 이데올로기적인 억압에 복종하는 일임을 너무나 잘 보여준다. 지배층은 질서 유지라는 명목으로 텍스트뿐만 아니라 삶의 모든 현상과 그에 대한 해석의 결과인 개인의 감각까지 통제하려 드는 것이다.

『1984』 앞부분에서 그런 예를 볼 수 있다. '전쟁은 평화이며 자유는 굴종이고 모르는 것이 힘이다.' 소설 속 사회는 주어진 언어와 정해진 의미에 복종하고 감정까지 그 언어 속에 머물라고 강요한다. 역사적으로 보면 이런 상황이 순전히 상상의 산물인 것만은 아니다. 그런 의미에서 가다머의 '행복한 융합'은 순진무구하다고 여겨질 정도다.

한국에서는 온 국민이 암기하도록 만들었던, 국민교육헌장(1968)이나 군대식 암기훈련이 그런 것과 비슷하다.

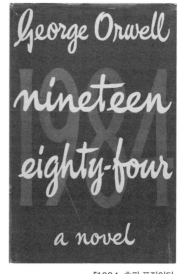

『1984』 초판 표지이다.

필자도 어린 시절에 그것이 어떤 의미인지도 모르고 '강제로 외웠다(주입되었다)'. 이렇게 시작한다. '우리는 민족중흥의 역사적 사명을 띠고 이 땅에 태어났다.' 개인의 목숨이 민족을 위한 것임을 강조한다. 오늘날 한국인들은 그 누구도 이해할 수 없는 문장이다. 마무리는 '대통령 박정희'이다. 더 어처구니없다. 이는 일제강점기의 일본군국주의 정신을 그대로 계승한 것이다. 실제로 이 헌장의 모태는 일제강점기에 조선인들에게 강제로 암기하게 했던 황국신민서사(맹세)(1937)이다. 자유당 정권 시절(제1공화국)에도 이와 아주 유사한 '맹세'가 있었다. 우리의 맹세(1949)인데, '충성은 조국에, 사랑은 민족에, 목숨은 통일에(바치자)'였다. 조지 오웰의 『1984』가 아주 먼 곳에 있어서 어딘지도 모르는 남의 나라 이야기가 아니었던 것이다.

또한 하버마스가 처음 세상에 이름을 알렸던 것도 나치 독일의 가능성을 보여준 하이데거 사상에 대한 비판이다. 현사실성이 존재를 파악할 수 있는 유일한 상황이라는 것이나 전통과 규범에 의한 현사실성으로서의 언어만을 분석 대상으로 한다면 도대체 비판적인 수용을 통한 사회 변화 가능성은 어디에서 찾을 수 있을 것인가?

가다머는 그런 하이데거의 해석학적 입장을 비판 없이 받아들여 발전시킨 것으로 보인다. 그럼에도 불구하고 언어의 해석은 기대지평과 텍스트의 의미지평의 결합임에는 분명하다. 다만 행복한 융합만 있는 것은 아닐 것이다. 갈등을 통한 비판적인 해석으로 새로운 텍스트로 변화시킬 수 있는 가능성 역시 하나의 행복한 해석이 될 수 있음이 틀림없다.

이 문제는 폴 리쾨르에 의해 잘 극복된 것으로 보인다. 그의 주저 역시 그런 해결책을 겨냥한 듯 『해석의 갈등』(1969)이다. 그는 데카르트의 '나는 생각한다, 고로 존재한다'는 선언을 뒤집었다. 나는 존재하기 때문에 생각한다. 생각은 언어로 이루어져 있으며 그 언어를 통해 타자를 이해할 수 있다. 문제는 언어가 모호하기 때문에 해석의 문제가 남는다는 것뿐이다.

가다머는 텍스트를 전통과 규범 속에서 사용된 것으로 보고 그에 대한 지식을 바탕으로 의미를 파악해야 하는 것으로 보았다. 텍스트를 완벽한 실체로 가정하고 그에 대해 동원할 수 있는 모든 지식을 적용하여 텍스트에 잘 맞추어 해석해야 한다는 것이다. 그러나 리쾨르는 그런 가정을 부정했다. 공공의 영역에 던져진 텍스트는 누구나 나름대로 해석하고 이용할 수 있는 하나의 독립된 작품이라고 본 것이다. 독자는 그런 자율성을 가진 독립적 텍스트를 자기 나름대로 이해하여 자신에게 도움이 되게 만들 수 있다. 그런 의미에서 '행복한 하나의 융합' 같은 것은 없다. 오히려 텍스트를 자기 것으로 만들려는 다양한 목적과 이해관계, 방법을 통해 여러 가지 해석 가능성을 인정해야 한다. 이처럼, 가다머가 텍스트를 의미론적인 것으로 보았다면 리쾨르는 기호학적인 관점으로 보았다. 독자가 전통과 규범이라는 게임의 규칙에 복종해야만 하는 것이 아니라 그 객관적 차원의 의미만큼 주관적 관점의 의미 역시 중요하다는 것이다.

텍스트의 의미는 뒤에 감춰져 있는 것이 아니라 앞에 드러나 있다. 우리는 텍스트가 쓰인 최초의 상황이 아니라 텍스트에 쓰인 어떤 상황에 대한 지시 내용reference을 이해해야 한다. 그 내용은 작가와 작가의 상황과는 관계가 없다. 해석은 텍스트에 의해 만들어진 세상의 모습을 파악하는 것이다. 텍스트를 이해하는 일은 텍스트의 일차적인 의미를 파악하고, 그 의미가 말하고자 하는 바(의도)가 무엇인가를 알아내는 것이다. 일차적인 의미를 파악하기 위해서는 낱말과 문장에 대한 구조적인 분석이 필요하고, 그 의미는 독자의 주관적인 입장에서 해석된다. 그런 의미에서 해석의 주관성 역시 객관성만큼이나 중요하다.[18]

이 인용문은 거의 원문 그대로이지만 리쾨르 텍스트의 전체적인 의미를 파악한 다음 어느 정도는 필자의 '주관적인 입장에 따라' 맥락에 맞추어 해석(의역)했다.

말하자면 리쾨르는 텍스트를 전통이나 규범을 가지고 있는 권위적인 대상으로 보지 않고 새로운 세계에 적용될 수 있는 가능성의 대상으로 본 것이다. 게다가 비평적인 관점을 해석학적 경험의 중

---

18 Paul Ricœur, *Interpretation Theory: Discourse and the Surplus of Meaning*, Texas Christian University Press, 1976(pp.87~88)

심에 두어야 한다고 보았다. 그러지 않는다면 그 행위는 단순한 이데올로기의 실행일 뿐이다. 그런 의미에서 비평적인 관점은 그 자체로 해석학적인 것이다.

이렇게 보면 텍스트는 언제나 해석되어야 하는 것은 아닐 수도 있다. 어떤 텍스트는 유효성이 다했다고 규정될 수도 있는 것이다. 아무리 '대단한 텍스트'라 하더라도(누군가가 위대한 고전이라고 추켜세운다고 한들) 한 개인 독자의 삶 속에서 유효한 의미로 해석되지 않는다면 아무 소용없다.

다음은 해석학 소개를 마치면서 리쾨르의 관점에서 정리한 것이다.

우선, 텍스트 해석은 제각각 다른 선판단에 의해 시작된다. 이런 주관적인 면 때문에 해석은 모두 달라질 수 있다. 해석학적 순환 과정에서 비평적 관점을 통해 텍스트와 갈등할 수도 있고, 텍스트의 관점을 받아들이면서 행복한 융합도 가능하다. 절대적인 해석 방법 같은 것은 없다.

둘째로, 텍스트는 해석학적 순환 과정 속에서 독자와 역동적인 관계를 주고받는다. 그 경험이 독자의 생각과 삶을 변화시킬 수 있다. 이는 비평적인 관점과 나름대로의 맥락, 그리고 이해관계가 반영된 결과이다.

셋째로, 해석의 상대성은 어디까지 가능하고, 그 설득력은 어떻게 확보할 수 있는가? 이 부분에 대해서는 좀더 자세한 논의가 필요하지만, 간단하게 줄이면 적절한 근거 제시를 통한 논증이 설득력을 발휘한다면 그것으로 충분하다.

넷째로, 독자가 파악하는 텍스트의 새로운 의미는 개인의 세계관과 깊은 관련을 맺으며 만들어진다. 그런 의미에서 해석의 결과는 해석자의 세계에서 일어나는, 또는 일어날 가능성이 있는 상황이다.


## 비평이론으로의 정신분석학

현대인들은 누구나 정신분석학적인 관점으로 세상을 들여다본다. 동서양을 막론하고 조금 독특한 행동을 하는 사람을 만나거나 상대의 정체를 '진지하게' 파악할 때는 '백그라운드(성장배경)'에 대해 알아보려 하는 것이다. 현재의 모습은 과거의 결과일 수밖에 없기 때문이다. 다만 백그라운드를 있었던 그대로 알 수는 없는 노릇이라 대충 어떤 집안에서 자랐고, 어떤 교육을 받았으며 어떻게 살아왔는지(이력)를 조사해본다. 이는 그의 정체를 분석적으로 이해하는 데 어느 정도 도움이 된다. 정신분석학의 기본 아이디어는 이것과 조금도 다르지 않다. 어린 시절에 받은 마음의 상처가 성장한 뒤 행동의 원인이 된다는 것이다. 프로이트의 정신분석학이론은 지나칠 정도로 그 상처의 원인을 거의 모두 '성적인 에너지'와 관련지어 설명한다.

실제로 심리학Psychology은 행동의 이유를 밝히는 학문이고, 정신분석학Psychoanalysis은 프로이트Sigmund Freud, 1856~1939에게서 시작된 심리학의 한 분야이다. 심리학은 과학적인 연구 방식을 지향하지만(실증적인 방식으로 이론을 전개하지만) 정신분석학은 상당 부분 문학적[19]·철학적이다. 실증적으로 증명할 방법이 없는 내용이어서 그런지도 모른다. 정신분석학에서는 '무의식'이 이론의 핵심 요소인데, '없는 의식' 또는 '알 수 없는 의식'을 어떻게 실증적(과학적)으로 증명하겠는가? 심리학의 다른 분야에서도 무의식을 부정하지는 않는다. 행위자라 해도 자신의 행동을 설명할 수 없는 경우가 많기 때문이다.

그런 관점에서 보면 심리학은 논픽션이고 정신분석학은 픽션에 가깝다. 그러나 앞에서도 언급했듯이, 이 세상에 논픽션은 없다. 굳이 논픽션이라는 용어를 쓰는 것은 태도의 차이 때문이다. 실증적인 방식으로 쓴 것이 논픽션이다.

어떤 방식의 실험이든 그 계획에서부터 결과에 이르기까지, 해석을 달리할 수 있는 여지는 늘 많다. 실험 대상이 인간이기 때문에 실험 방식과 내용이 철저히 분석적이기도 어렵다. 그래서 통계적인 방법이나 모델링, 심지어 측정하는 방법을 고안해낸다 하더라도(예를 들면 IQ나 EQ처럼) 무엇인가가 증명된 수치라기보다는 무엇

---

19 '문학적'이라는 말이 과학적 신뢰도가 떨어진다면 '매우 진지한 문학적인 태도로 구성된 학문'이라고 말할 수 있겠다. 실제로 프로이트의 정신분석이론들은 상상력과 통찰력의 결과였다. 그의 이론들은 매우 주관적인 임상 관찰 결과와 꾸며낸 내용을 바탕으로 쓰였다. 그런 이론이 대단한 설득력을 발휘했다는 것은 놀라운 일이다.

인지 분명하지 않은 수치일 뿐이다.[20] 게다가 그 해석 역시 '언어'를 사용한 것이니, 여전히 그 의미는 관점에 따라 달라질 수 있다.

게다가 논픽션이 픽션보다 더 진실에 가까운 것도 아니다. '문학은 무엇이었던가'를 다루는 글에서 근대 소설의 시작이 사실주의였고, 그 사실주의는 현실에 대한 연구 결과였다. 자연주의 작가들은 아예 과학자가 되려 했다. 사고방식으로서의 사실주의는 거의 모든 예술에 그대로 적용된다. 예술은 픽션이지만 거기에는 논픽션으로서는 알지 못하는(또는 알 수 없는) 진실이 담긴다.

해석학에서도 그런 내용이 있었다. 현상학이라는 관점에서 보면 실증적인 태도나 방법, 그 결과도 '하나의 유용한 현상'일 뿐이다. 그렇게 보면 정신분석학이 비록 픽션의 성격을 많이 가지고 있기는 하지만 심리학과 완전히 동떨어진 이론이라고 볼 수는 없다.

그러나 뇌과학과 진화생물학의 발달로 도무지 이해할 수 없었던 행동의 심리적, 또는 구조적인 이유의 일부는 실증적인 방법으로도 설명이 가능하게 되었다. 무의식이라고 여겼던 것 중 일부는 무의식이 아님을 알게 된 것이다. 이런 주제를 다룬 현대의 과학책을 통해 공부해두어야 '심리학이론'이나 심리학이론을 적용한 비평문

---

20  IQ가 인간의 어떤 지능에 대한 지표인지는 정확하게 알 수가 없다. 몰입에 대한 연구의 권위자인 미하이 칙센트미하이는 아무 의미 없는 수치라고까지 말한다. 예를 들어, 리처드 파인만처럼 어릴 때부터 천재로 소문났던 사람도 IQ 수치는 평균보다 조금 높은 122였다. 낮은 수치는 아니지만 세계 최고의 물리학자라는 명성에 비하면 매우 평범한 수준이다.

의 논리적 타당성을 판단할 수 있다.

예를 들어 이런 사건이 있었다고 가정해보자.

그림을 좋아하는 사람이 갤러리에 들어섰다가 곧바로 나왔다. 자신의 취향과는 맞지 않는다고 판단한 것이다. 전시장에 들어서면 왼쪽 끝에는 비 내리는 풍경에 우산으로 뒤덮인 거리를 그린 그림이, 오른쪽 끝에는 독수리의 날카로운 갈고리 발톱 그림이 있었다. 표현주의적인 수법으로 그려진 것이라 두 사물만 유난히 강하게 드러나 있었다.

"뭐가 그렇게 마음에 안 들었어?"

"독수리 갈고리 발톱이 너무 무서웠어."

함께 갔던 친구는 전시회 그림카드를 가지고 있었다. 탁자 위에 늘어놓으며 그림을 찾고 있는데 친구가 어떤 그림인지 짚어주었다. 오른손으로 독수리 갈고리 발톱 그림을 가리켰다. 동시에 왼손은 우산을 가리키고 있었다.

"독수리 갈고리 발톱이 무서워서 나왔다면서?"

"그런데 독수리를 쫓아버리려면 우산 같은 것이 필요할 것 같다는 생각이 갑자기 들었어."

"전시회장에서 우산을 본 건 아니고?"

"아니야."

정신분석학에서는 이런 식의 상황 전개가 어린 시절에 새겨진 무의식 때문이라고 설명할지 모른다. 두 가지를 다 보았지만 독수리의 갈고리 발톱 또는 그와 비슷한 형태에 대한 두려움이 너무 깊이 새겨진 나머지 그것만 기억하는 것이고, 자기도 모르게 우산을 가리키는 이유는 우산과 관련된 억압된 기억이 있으리라는 식이다.

그러나 뇌 과학자라면 좌뇌와 우뇌의 역할 때문에 생긴 인지부조화라고 설명할 것이다. 좌뇌는 언어를 관장하기 때문에 본 것을 그대로 다룰 수 있다. 좌뇌는 몸의 오른쪽 기관을 통제한다. 오른쪽 눈으로 본 것을 기억하고, 오른쪽 손으로 그림을 가리킨다. 우뇌는 왼쪽 눈으로 본 것을 기억하고 왼쪽 손을 사용하여 표현한다. 그러나 좌뇌와 '잘 소통해서 정리되기 전'에는 언어화되지 않는다. 갤러리에서 나오자마자 질문을 받았을 때 좌뇌가 곧바로 대답할 수 있었던 것은 오른눈으로 본 것이었다. 그러나 왼눈으로 본 것에 대한 기억도 아직 사라지기 전이라 왼손으로는 우산을 가리켰다. 뇌과학 연구에 이런 사례가 너무 많아서 좌뇌와 우뇌의 역할 분담이 '실증적'으로 아주 잘 설명된다. 마치 무의식처럼 여겨지는, 이유 없는 사물의 등장은 우뇌가 경험한 것일 확률이 높은 것이다.

짧은 예를 하나만 더 들자면 이런 경우도 있었다. 한 아이에게 장래희망을 물었다. 말로 물었을 때는 데생화가였는데(좌뇌에게 묻고 답한 것), 우뇌에게 묻고 대답하게 했더니 자동차경주 선수라고 답했다.

우뇌에서 처리한 정보를 좌뇌가 언제나 완벽하게 수용하여 언어화할 수 있는 것은 아니다. 언어화되지 못한 의식이 전부 그 진원지를 전혀 알 수 없는 과거의 전통이나 사회의 억압, 통제에서 비롯되는 것은 아니라는 말이다. 또 자아ego가 형성되는 과정 역시 명료하게 설명될 수도 없고(설명은 언어를 사용하는 것이기 때문에), 하나의 자아만이 있는 것도 아니다.

우리에게 고전소설로 잘 알려진 작품에도 과학적으로 받아들이기 어려운 상황 설정이나 사건 전개가 있다.

앨더스 헉슬리Aldous Huxley, 1894~1963의 『멋진 신세계Brave New World』는 당시 유행하던 행동주의 심리학이론을 바탕으로 지독하게 통제된 미래 사회를 그렸다. 그러나 그 이론의 대부분은 오래전에 부정되고 폐기된 것들이다. 특히 노동자계급이 쓸데없는 데 시간을 소비하지 않도록 하기 위해 꽃과 책을 혐오하게 만드는 방식은 아예 실현 불가능하다. 무엇보다 인간은 지배계급이 주무르는 대로 만들어지는 찰흙 덩어리 같은 존재가 아니다. 이 소설은 그런 점에서 인간에 대한 이해가 부족해 보인다.

소설을 보면 행동심리학의 중요한 시발점이었던 '파블로프의 개'에 대한 이야기가 나오는데, 그 역시 현대적인 관점에서 보면 난센스에 가깝다. 먹이를 줄 때마다 종소리를 들려주면 종소리만으로도 침을 흘리게 만들 수 있지만(길들일 수 있지만) 종소리만 들려주고 계속 먹이를 주지 않으면 어느 순간부터 종소리에 반응하지 않는다(한번 길들여졌다고 영원히 지속되는 것이 아니다). 당연하지 않은가? 사리분별이 조금 더 나은 원숭이는 한 발 더 나아간다. 다른 원숭이와 비교해서 차별받고 있다는 판단이 들면 잘 받아먹던 먹이를 줘도 거부하고 화를 낸다. 그렇게 '찰흙처럼 주무르는 대로 간단하게 길들여지지 않는 것'이다.[21] 인간이 그들보다 못하겠는가? 심리적 상처(트라우마)가 행동에 미치는 영향력 역시 마찬가지다. 어린 시절의 기억이 평생의 행동에 지속적으로 영향을 미친다는 것은 인간의 적응력이나 창의력을 지나치게 과소평가하는 것이다. 인간은 무엇이든 학습할 수 있는 것이 아니라 학습할 수 있는 것만 학습할 수 있고 그 학습의 효과도 무한히 지속되는 것이 아니다.

게다가 1980년 수잔 미네카Susan Mineka의 공포 실험을 통해 검증되었듯이 사람을 '무엇에든 공포스러워하거나 혐오하도록 길들이는 것'은 불가능하다. 이런 이야기다. 뱀을 본 적이 없는 동물원 원숭이는 뱀을 무서워하지 않지만, 야생 원숭이가 뱀을 무서워하는 것을 보면 뱀을 무서워해야 한다는 것을 학습한다. 원숭이의 유전자에는 그것을 학습할 씨앗이 있는 것이다. 그러나 꽃을 무서워하게 만들 방법은 없다. 꽃을 무서워(혐오)하는 원숭이가 없어서 배울 수도 없었지만, 비디오로 조작해서 '가르쳐보아도' 아무 소용이 없었다. 그 어떤 원숭이도 꽃을 무서워하게 만들 수 없었던 것이다.

이 실험 결과를 고려하면, 사람들이 자기보다 작은 벌레나 쥐, 뱀은 무척이나 무서워하면서도 실제로 더 위험한 도구인 칼이나 총

---

21  이 실험은 2003년 〈네이처〉지에 실린 것으로, 미국 에모리대학교 영장류학자인 사라 브로스넌Sarah Brosnan과 프란스 드 발Frans de Waal 박사가 꼬리감는원숭이를 대상으로 공평과 불공평에 대해 진행한 반응실험 결과이다.

은 그 자체로 무서워하거나 혐오하지는 않는 것도 이해할 수 있다.

영화 〈컨택트Arrival〉(2017)에도 그런 '과학적 오류'가 보인다. 주인공 가운데 한 사람이 언어학자인데, 언어학의 관점에서 보면 실현 불가능한 방식으로 사건이 전개된다. 영화의 원작은 테드 창Ted Chiang, 1967~의 『당신의 이야기Story of Your Life』(1998)이다. 스토리 전개가 그다지 현대과학적이지 않아서, 말 그대로 '공상' 과학소설로 읽힌다.

물론 언어의 미래지향적인 측면, 또는 예언이라는 속성을 극단적으로 확대해석하면 '미래를 볼 수 있는 언어'를 배운다는 공상도 그럴듯해 보인다. 그러나 적어도 현재의 호모사피엔스가 가진 생물학적인 조건에서 사용되는 언어 능력으로는 불가능한 사건 전개이다. 픽션이니까 스토리에 공감한다면 줄거리를 은유적으로 읽을 수도 있다. 그렇지만 픽션은 아예, 대놓고 꾸며낸 것이기 때문에 '그럴듯'해야 설득력을 발휘한다. 오래된 '옛날이야기'들이 실없는 것으로 느껴지는 이유는 실현 가능성이 거의 없어 보이기 때문이고, 실현 가능성이 적다면 그 이야기의 의미 역시 진지하게 받아들이기 어렵다.

비슷한 언어학적인 관점에서 불가능한 상황 설정은 조지 오웰의 『1984』에서도 발견된다. 소설의 배경은 만들어진 언어인 뉴스피크(신어)만을 사용하는 사회이다. 그러나 인간이 '만들어진 언어만 사용'하도록 강제하는 것은 불가능하다. 아니, 언어는 누군가, 또는 어떤 집단이 만들어 딱 그대로만 사용하게 통제할 수 있는 것이 아니다. 언제나 통제되지 않는 상태에서 만들어지는 자연발생적인 것이며 무한히 확장 가능한 도구이다. 이런 조건을 완전히 무시한다면 그 사회는 현생인류인 호모사피엔스의 사회에 대한 이야기라고 볼 수 없다.

로이스 로리의 『기억전달자』는 그런 작품들과 초점이 조금 다르다. 심리, 사상, 행동 통제의 수단으로 언어를 통제하는 사회에서 일어나는 사건을 다루지만, 그런 식의 '언어 통제'가 불가능하다는 것이 사건 해결의 실마리가 된다. 당연히 사건 전개 과정이 그럴듯하고, 공감할 수 있다.

본격적으로 정신분석 비평이론을 다루기 전에 이런 이야기를 길게 쓰는 것은 '과학을 외면하고 공상에 가까운 이론'에 너무 경도되지 않기를 바라기 때문이다. 거꾸로도 마찬가지겠지만 인문학에만 매몰되어서는 안 된다. 인간을 더 잘 이해하는 데 자연과학의 도움 역시 절실하기 때문이다.

오늘날 대단한 인기를 누리고 있는 마블 스튜디오의 작품들은 대개 '다중우주'를 전제하고 만들어졌다. 현대물리학에서 '다중우주'라는 미친 생각이 어떻게 상식이 되었는지[22]를 알고 보면 꽤 실감나는 이야기다. 〈인터스텔라〉는 다들 잘 알다시피 현대 천체물리학이론을 바탕으로 구성된 장면이 아주 많다. 알면 다르게 보인다.

---

22  『평행우주라는 미친 생각은 어떻게 상식이 되었는가』(토비아스 휘르터·막스 라우너, 김희상, 알마, 2013)라는 제목에서 평행우주를 다중우주로 바꾸어 썼다.

현재란 과거를 바탕으로 미래를 준비하는 찰나에 불과하다. 그 속에는 불안이라는 '본질적인 요소'가 내재해 있다. 늘 미래를 준비하지만 미래는 예상대로 되지 않기 때문이다. 현대로 올수록 세상이 변하는 속도는 인간이 감당하기 힘들 정도로 빨라졌고, 불안감도 강해졌다. 현대인에게 불안과 힐링이 (중요한) 키워드가 될 수밖에 없는 이유가 있었던 것이다. 우리 언어에는 그런 의식이 깊이 스며들어 있다. 그래서 사람들은 카르페 디엠Carpe Diem을 외친다. 불가능한 희망을 잡으려는 몸부림이다. 괜찮다고 굳이 말할 때 괜찮지 않다는 의미가 담기는 것처럼. 이것도 무의식의 일종이라고 할지 모르겠지만, 적어도 그 불안의 원인은 어린 시절에 받은 상처 때문만은 아닐 것이다.

그런 의미에서 문학은 그 소재가 무엇이든, 설사 과거를 다룬다고 해도 미래를 예측하는 시뮬레이션 기능을 가진다. 의미 있는 픽션이 되려면 '그럴듯'해야 하는 것이다. 그러기 위해서는 자연과학을 통해 증명된 사실의 바탕 위에서 진지하게 구성해야 한다.

다음 장에서는 고전적인 정신분석학과 라캉의 정신분석학에 대해 구체적으로 다룰 것이다. 그에 앞서 언어학과 행동심리학과 관련된 작품에 대해 언급한 것은 픽션에서 자연과학의 성과를 무시하거나 지나치게 느슨하게 적용하지 않기를 바라기 때문이다.

## 프로이트 이론이라는 픽션

"인간사회를 이끌어가는 궁극적인 동기는 경제이다."[23] 이 문장은 마르크스의 『자본론』이 아니라 프로이트의 『정신분석 입문』(1917)에 나온다. 사회적인 동물인 인간은 자신에게 할당된 만큼 또는 그 이상으로 노동해야 한다. 그 노동을 통한 경제활동이 '현실 원리principle of reality'가 된다. 일상적인 삶을 가능케 하는 '물적 기반'을 유지하기 위한 것이다. 이 현실 원리는 '쾌락 원리principle of pleasure'를 억압한다. 사회생활을 유지하기 위해서는 자기 마음대로 행동해서는 안 되는 것이다. 그러나 지나치게 억압당하면 견딜 수 없다. 병이 되는 것이다. 노이로제neurose, 신경증이다. 누구나 어느 정도는 억압받을 수밖에 없기 때문에 인간은 노이로제에 걸린 동물이다.

노이로제는 불행의 원인일 수도 있지만 창조력의 근원이기도 하다. 현실 원리 속에서는 도저히 충족시킬 수 없는 욕망을 좀더 가치 있는 형태로 승화sublimation시키는 것이다. 프로이트는 불가능에 가까운 예술작품들이나 발명품, 사회활동 등은 모두 승화의 결과로 본다. 문명이 바로 이런 승화의 결과물이다. 예를 들면, 레오나르도 다빈치Leonardo Da Vinci, 1452~1519가 비행기 제작에 관심을 가졌던 것도 성적인 억압의 결과이다. 그렇게 보면 목숨을 걸고 비

---

23   Sigmund Freud, *A General Introduction to Psychoanalysis*, The Project Gutenberg EBook

행 실험을 하고 발명한 라이트 형제(윌버Wilbur Wright 1867~1912, 오빌 Orville Wright 1871~1948)도 성적으로 끔찍한 억압을 받았고, 그 억압을 성공적으로 승화시킨 사람들인 셈이다.

이런 인간은 다른 동물과 달리 특히 어린 시절의 경험이 그 자체로 억압의 원인이 된다. 인간만큼 무력하게 태어나는 포유류는 거의 없다. 적어도 몇 년, 길게는 10년에서 20년이라는 양육 기간을 거친 뒤에야 사회의 구성원으로서 살아갈 수 있다. 부모의 보호 아래에서 오랫동안 살아야 하는 것이다. 이 시기는 현실 원리를 배우며 사회화하는 학습 과정이기 때문에 강력한 억압을 경험하게 된다. 보호는 곧 억압이기도 하다.

게다가 생물학적인 존속을 위한 행위가 쾌락 원리와 연결되어 있기도 하다. 생존하기 위해 엄마의 젖을 빨지만 그것이 쾌락임을 알게 된다. 프로이트는 이것을 인간의 성욕에 대한 최초의 경험으로 보았다. 젖을 떼고 나면 손가락을 빨고, 나중에는 다른 사람과 키스함으로써 쾌락을 느끼게 된다. 이런 과정에서 아이는 어머니와 리비도적인 관계가 형성된다. 리비도는 성적인 욕구라고 번역할 수 있지만 단순히 성기와 성기의 결합을 가리키는 좁은 의미의 성욕은 아니다. 넓은 의미의 사랑으로 보아도 무방할 정도다. 어머니를 어머니로 사랑하는 마음이나, 우정이나 연애 감정도 리비도의 한 종류이다.

한 가지 짚고 넘어가자면, 프로이트는 이런 인간의 성욕을 도착perversion적인 것으로 보았다. 음식물을 먹기 위한 입이 성행위 도구로 사용될 뿐 아니라 최초의 성적인 쾌락을 어머니에게서 얻고, 어머니를 향하게 된다는 점에서 그렇다. 여아의 경우는 나중에 아버지를 사랑하게 된다(뒤에서 설명한다. 그 이유가 어처구니가 없기는 하지만).

짐작할 수 있겠지만 프로이트가 이런 식으로 리비도를 설명했을 때 사회적인 비난이 엄청났다. 프로이트는 인간에게 수치스러운 것을 발견했고, 그 발견을 대담하게 발표했기 때문에 고통스러운 시간을 보내야 했다고 말했다. 그러나 이런 식의 설명은 사실과 다르다. 그는 자신의 이론이 냉대를 받았다며 '고난을 거쳐 승리'한 것처럼 말했지만 그렇지 않다.『꿈의 해석』이 발표된 1899년 11월 이후 40명의 검토 결과를 보면 부정적으로 평가한 사람은 8명밖에 되지 않는다. 프로이트주의자이면서 정신분석의 역사를 연구한 역사학자인 한나 데커Hannah Shulman Decker, 1937~에 따르면 프로이트의 꿈 이론에 대한 일반 대중의 반응은 가히 열광적이었다. 당연하다. 유사 이래 인간이 해몽에 대한 관심이 열광적이지 않았던 적이 없었을 테니까.

그러나 프로이트가 발견했다고 주장한 것들은 상당 부분 상상력의 결과이다. 그의 연구는 철저한 사실 관찰을 통해 이루어진 논픽션이 아니라 상당 부분 픽션임이 분명히 밝혀졌기 때문이다. 모든 픽션은, 어쩌면 모든 글은 쓴 사람의 일대기라는 관점에서 보면 이런 식의 상상은 프로이트의 어린 시절을 반영하는 것이다(여기서는 프로이트의 어린 시절까지는 다루지 못한다).

재미있는 것은 소설가였던 토마스 만의 평가이다. 그는 프로이트를 '신탁을 전하는 사람'으로 보았다. 당시에는 칭찬이었는지 모르겠지만 '모든 것이 다 드러난' 지금에 와서 보면 매우 적절한 평가로 보인다. 프로이트는 심리학이론이 아니라 심리학처럼 보이는 '신탁'을 썼던 것이다. 신탁은 제정신으로 쓰는 게 아니다. 신이 내린 상태에서 '자유연상' 기법으로 떠오르는 대로 내뱉는 이야기다.

아이러니한 사실은 자유연상 기법으로 쓰인 그의 이론이 엄청난 설득력을 발휘하고 일부는 '오늘날까지도' 살아남았다는 것이다. 그러나 버지니아 울프나 마르셀 프루스트의 '자유연상 기법'이 매우 섬세하게 의도된 것임을 잊지 말자. 프로이트도 마찬가지였다고 봐야 한다.

다시 리비도 이야기로 돌아가자. 리비도는 성장하면서 구순기oral stage, 항문기anal stage, 남근기phallic stage를 거치며 발달한다. 구순기는 앞에서 설명하는 방식으로 시작되는 첫 단계이고, 항문기는 항문이 성감대가 된다는 것인데 배변할 때 느끼는 쾌감 같은 것을 가리킨다. 무엇인가를 축출(expulsion, 왕따시키는 것과 비슷한 의미가 있다)하거나 파괴를 통해 쾌감을 느끼는 경향이라 가학적sadistic이다. 여기에서 재미있는 점은, 배변을 참는 법을 배우듯 이 시기에 자기를 조절하는 힘을 기르기도 한다는 것이다. 남근기에는 성기의 쾌락에 집중한다. 그럼에도 불구하고 생식기genital stage라고 부르지 않고 남근기라고 부르는 것은 남자의 성기만을 성기로 보기 때문이다. 말하자면 여성의 경우에는 성기가 보이지 않아서 (자신의 성기가) 없다고 생각할 뿐 아니라 결핍감을 느끼고 남근을 선망하게 된다는 식이다. 여성은 질을 통해 쾌감을 느끼는 것이 아니라 남자 성기에 해당하는 클리토리스를 통해서만 쾌락을 느낄 수 있다고 설명한다.

이런 식의 남근 중심의 사고방식은 D. H. 로렌스의 『채털리 부인의 연인』에 등장하는 섹스 장면에서 아주 잘 드러난다. 발기한 남근에 대한 구체적인 묘사와 찬양, 그리고 그것이 수동적인 여성의 성기를 파고드는 능동성만 강조될 뿐이다. 여성의 성기는 그저 남근의 쾌락을 위해 필요한 하나의 구멍 정도로만 취급된다. 그 장면에서 여주인공인 코니는 마치 프로이트의 지시를 받은 것처럼 '남근 선망'을 한껏 드러낸다.

케이트 밀렛은 『성 정치학 *Sexual Politics*』에서 이렇게 말한다.

이 소설 『채털리 부인의 연인』의 섹스 장면은 '여성은 수동적이며 남성은 능동적이다'라는 지그문트 프로이트의 지시에 따라 쓰였다. 오직 남근이 전부다. 코니의 것은 주인의 온갖 의지 표명을 감사히 받아들이면서 행위를 당하는 '씹'이다.[24]

현대의 연구 결과를 보면 남자는 능동적이고 여자는 수동적이라는 공식은 완전히 부정된다. 여성의 성감대 역시 클리토리스가

---

24  케이트 밀렛, 김유경, 『성 정치학』, 쌤앤파커스, 2020, 전자책

전부가 아니다. 프로이트의 설명은 전혀 과학적이지 않은 가부장제 이데올로기의 상상력일 따름이다. 당연히 페미니스트들의 격렬한 공격 대상이 되었고 오늘날에는 학자들 대부분이 이 이론에 동의하지 않는다.

이런 리비도의 발달단계는 순서대로 아주 잘 정리되어 드러나는 것도 아니다. 순서가 바뀌기도 하고 뒤섞이기도 한다. 특히 어린 시절에는 무자비할 정도로 쾌락 원리가 지배한다. (프로이트에 따르면) 어머니와 육체적으로 밀접한 관계 속에서 생활하는 남자아이는 무의식적으로 어머니와 성적인 결합을 바라게 된다. 여자아이의 경우 초기에는 동성애적이지만 시간이 흐름에 따라 아버지를 향한다. 이처럼 아이들은 가족관계 속에서 발달하는 리비도 때문에 모두가 삼각관계에 들어서게 되고 그 삼각관계 속에서 현실 원리의 억압을 받은 오이디푸스 콤플렉스가 작동한다. 남자아이는 어머니를 사랑해서 아버지를 라이벌로 인식하게 되지만, 그런 근친상간적인 리비도는 아버지에 의한 거세 위협으로 꺾일 수밖에 없다. 거세 위협은 실질적인 것이라기보다는 비유적인 의미가 강하다. 아이는 아버지의 권위에 복종해야 하는 상황에서 쾌락 원리보다 현실 원리에 따라야만 한다는 것이다. 그러지 않으면 거세되는 것과 맞먹을 정도의 강력한 처벌을 받을 수 있다. 현실 원리에 복종하면 보상도 분명하다. 당장은 어머니를 소유할 수 없지만 미래에는 자신이 가부장이 되어 아버지의 자리를 차지하게 되는 것이다. 그러리라는 것을 분명히 알게 되면서 남자아이는 아버지와 화해하고 동일시하게 된다. 오이디푸스 콤플렉스를 성공적으로 극복하는 것이다. 그리하여 사회화에 성공하고 아버지의 뒤를 이어간다. 이런 상황에서 남자아이는 금지된 욕망을 무의식의 영역에 처박아놓는다. 성공적으로 극복하지 못한다면 사회적으로나 성적으로 남자의 역할을 제대로 해내지 못한다. 그뿐만 아니라 동성애로 나아갈 수 있다고 한다. (이 문단에 담긴 내용도 오늘날에는 부정된다.)

로렌스의 『아들과 연인Sons and Lovers』(1913)의 스토리는 오이디푸스 콤플렉스를 아주 잘 보여주는 작품이다. 문학에서 어떤 식으로 드러나는지 잘 알고 싶다면 이 작품을 읽어보기를 권한다.

프로이트는 오이디푸스 콤플렉스를 여자아이도 겪는다고 설명한다. 이 부분 역시 가부장제적인 사고방식이 만든 픽션으로 보아야 한다. 여자아이는 이미 거세된 상태이고 남근 선망을 가지고 있다. 어머니도 자신과 마찬가지로 거세된 상태라는 것을 알고 나면 여자아이는 어머니에게서 환멸감을 느낀다. 그래서 리비도의 방향을 아버지 쪽으로 돌려 유혹하려 한다. 문제는 여자아이의 입장에서는 아버지를 유혹하려는 욕망을 버려야 할 아무런 이유가 없다는 데 있다. 이미 거세당한 상태이기 때문이다. 그러니까 여자아이의 오이디푸스 콤플렉스는 어떻게 해결되는지 분명치 않다. 다만 현실 원리가 쾌락 원리를 억압하여 그 상황에서 빠져나올 것이라는 정도로 추측할 수 있을 뿐이다.

융은 여자아이의 경우 엘렉트라 콤플렉스를 겪는다고 설명했는데, 이는 그리스 신화에 등장하는 엘렉트라의 이야기를 비유적으

로 채용한 것이다. 그 줄거리를 요약하
면 이렇다.

엘렉트라는 미케네의 왕 아가멤논의
딸이다. 아가멤논은 자신의 어머니이자
왕비인 클리타임네스트라와 그의 정부
인 아이기스토스에 의해 살해당한다.
엘렉트라는 훗날 동생인 오레스테스와
힘을 합쳐 어머니와 정부를 살해한다.
그러나 설득력이 떨어진다. 이런 신화적
인 스토리는 매우 특수한 경우이기 때
문이다.

엘렉트라 콤플렉스가 적나라하게 드
러난 작품은 1931년에 처음으로 공연된

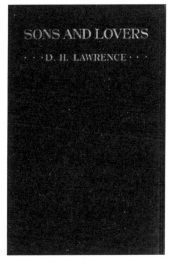

『아들과 연인』 초판본 표지. D. H. 로렌스의 작
품의 표지는 거의 대부분 이처럼 밋밋하게 제
목과 저자 이름만 쓰여 있다. 이 경우는 특히
새까만 바탕을 사용했다.

유진 오닐의 〈상복이 어울리는 엘렉트라Mourning Becomes Electra〉이
다. 이 작품은 배경만 미국 남북전쟁 직후로 바꾸어 각색한 것이다.
아버지에게 집착하는 딸과 어머니에게 집착하는 아들이 함께 어머
니의 정부를 죽이고 어머니는 자살한다. 읽어보면 이 작품 역시 상
당 부분 '프로이트의 지시에 따라' 쓰였음을 알 수 있을 것이다.

오이디푸스 콤플렉스는 한 사람이 성장하는 과정에서 어머니를
중심으로 한 애착관계와 아버지로 상징되는 사회화 과정에 대한
비유라고 보면 그리 이상한 이야기가 아니다. 남자아이든 여자아이
든 현실 원리로 무장한 초자아super ego가 형성되면 자연스럽게 오

이디푸스 콤플렉스를 극복하게 될 것이기 때문이다.

그러나 프로이트식으로 보면 오이디푸스 콤플렉스는 사라지지 않고 무의식 속에 갇힐 뿐이다. 이 무의식은 현실 인식이 전혀 없다. 쾌락 원리에만 충실할 뿐 조금도 이성적이지 않다. 또 무의식은 노이로제 형태로 나타나기도 한다. 거리를 지날 때 모든 가로등을 짚어야만 하는 것과 같은 방식의 강박증이나 아무런 이유도 없이 손이나 다리가 마비되는 히스테리 발작이나 공황장애를 일으키기도 한다. 유난히 스트레스에 약한 사람들이 이런 증상을 많이 겪는다고 한다.

더 심각한 경우가 편집증paranoia이다. 자아가 무의식적인 욕망의 포로가 되는 것이다. 이런 상태에서 자아는 실제 현실을 무시하고 무의식이 구축한 현실을 받아들인다. 노이로제 환자라면 팔이 마비되는 것을 느끼는 정도이겠지만, 편집증적인 망상에 사로잡히면 자기 팔이 코끼리의 코로 변했다고 생각하는 것이다. 그런 예는 프란츠 카프카의 「변신」에서 찾아볼 수 있다. 억압받고 소외된 한 인간이 흉측한 해충으로 변한 뒤 비극적으로 죽어가는 이야기이다. 그 변신을 편집증적인 망상으로 읽을 수 있다. 그렇다면 아버지가 던진 사과 한 알에 맞아 치명상을 입고 고독하게 죽어가는 모습은 오이디푸스 콤플렉스를 극복하지 못한 결과인 셈이다.

이런 무의식의 상태를 이해할 수 있는 방법 가운데 하나가 꿈을 분석하는 것이다. 프로이트에게 꿈은 무의식적 소망이 상징적으로 충족되는 장소였다. 꿈에서는 압축condensation과 상징symbolisation,

문학의 죽음에 대한 소문과 진실

그리고 환치displacement(전치라고도 번역한다)하는 방식으로 메시지를 모호하게 만들 뿐이지 그 나름대로는 논리적이라는 것이다. 예를 들면 남성의 상징으로 대포나 돔 형태의 지붕을 가진 둥근 건물이 등장한다. 프로이트에 따르면 상징은 주로 성적인 대상을 표현한다. 전치는 '다른 것으로 바꾸는 방식'이다. 예를 들어 낮에 창백한 얼굴을 가진 상사에게 재수없게 '물렸다'고 생각했다면 꿈에서는 하얀 개의 목을 조른다. 하얀 얼굴의 상사가 하얀 개로 등장한 것이다.

압축은 조금 긴 설명이 필요하다. 프로이트가 하나의 예로 제시한 '식물학 연구 논문'에 대한 꿈을 보자. 내용은 간단하다. 식물학 연구 논문을 펼쳐서 보고 있다. 거기에는 원색 삽화와 말린 식물표본이 있었다. 그것들을 보다가 잠을 깼다. 프로이트는 자신의 무의식이 매우 압축적으로 표현된 꿈이라고 했다. 프로이트는 식물학에 대한 트라우마가 있었다. 경제적으로 어려웠던 시절 빨리 유명해져서 돈을 벌어 사랑하는 여자와 결혼하고 싶었다. 조금 성급하게 코카인을 동료에게 시험해보았는데 그만 그가 죽고 말았다. 좌절할 수밖에 없었다. 꿈에는 그 코카인이 식물학 연구 논문으로 전치된 것이다. 식물표본의 등장 역시 경제적인 여유와 관련이 있다. 부인이 꽃을 좋아하는데 자주 사줄 수가 없었다. 그런 사정이 늘 미안했던 것이다. 그뿐만 아니라 자신의 환자 중에는 플로라(꽃)라는 이름을 가진 환자도 있었다. 그러니까 일상에서 '꽃'이라는 이름 또는 이미지와 연결되는 사건이나 사람들에 대한 생각들이 식물표본으로 압축되어 등장했다는 것이다. 원색 삽화는 어린 시절의 기억과 관련이 있다. 그 당시 기준으로 보면 연구 논문에 원색 삽화가 들어갈 이유가 없다. 원색 삽화는 어린아이를 위한 그림책에나 쓰였기 때문이다. 프로이트는 어린 시절부터 어머니의 기대를 한몸에 받고 자랐다. 여자형제들은 모두 방 하나에 모여 지냈던 데 비해 언제나 혼자 자신만의 방도 가지고 있었을 정도다. 어머니는 늘 프로이트에게 너는 훌륭한 사람이 될 거라고 말해주곤 했다. 그러나 이 꿈을 꾸었을 때는 아직 유명해지지도 않았고, 되고 싶은 대학교수가 되지도 못했다. 이런 원색 삽화의 등장은 프로이트에 대한 조롱도 담고 있다. 정신분석 연구에 대한 이론을 세상에 발표했는데, 그 내용이 유치하다고 조롱을 받기도 했던 것이다.

무의식에 접근할 수 있는 다른 방법은 착오행위parapraxes를 분석하는 것이다. 말실수, 엉터리 기억, 착각, 농담과 같은 것들이다. 그런 말이나 행동 속에는 무의식적인 욕망이 포함되어 있다는 것이다. 그럴듯한 이론이지만 설사 그렇다고 해도 해석의 문제가 남아 있다. 그런 것들이 어떤 욕망이나 의도를 표현한 것인가? 과연 정확한 해석이 가능한가? 그렇지 않다면 현실을 혼란스럽게 만들거나 심각한 부작용을 가져오지는 않을 것인가?

마지막으로 알아두기를 바라는 개념은 이드id와 자아, 초자아이다. 프로이트는 인간의 마음이 이 세 가지 층으로 이루어져 있다고 설명한다. 이드는 타고나는 것으로 성 에너지로 가득찬 동물적 본성을 가지고 있다. 쾌락 원리가 지배한다. 초자아는 도덕 원리

문학의 죽음에 대한 소문과 진실

또는 현실 원리가 지배하는 층이다. 그 가운데 자아가 있다. 자아는 현실 원리와 쾌락 원리를 중재해서 사회적인 삶을 가능케 하는 역할을 한다. 예를 들어 배가 고프다고 해도 가진 돈이 없다면 식당에 들어가서 음식을 주문할 수 없다. 이드는 그건 나중 문제고 일단 먹고 보자고 한다. 초자아는 절대 그래서는 안 된다고 한다. 자아는 그 현실 원리와 쾌락 원리 사이에서 쾌락 원리를 실현시킬 수 있는 방법을 찾는다. 식당에 들어가서 주인에게 사정을 설명하고 식사를 하게 해주면 설거지라도 하겠다고 협상안을 제시하는 것이다.

여기에서 두 가지를 기억해둘 필요가 있다. 무엇보다 현실 원리와 쾌락 원리는 대립적인 것이 아니다. 자아는 현실 원리에 충실할 수밖에 없지만 이는 쾌락 원리를 실현하기 위한 것이다. 또, 세 층위가 뚜렷이 구분되는 공간에 따로 존재하는 것은 아니다. 생각의 편의를 위해서 범주화시킨 것이다.

이런 '프로이트의 정신분석학 대강'을 독자들은 어떻게 받아들이는지 잘 모르겠다. 앞에서 언급했지만 프로이트의 이론은 상상력에 의한 통찰이기 때문에 과학적으로 반박하는 것은 거의 불가능하다. 프로이트의 해몽이나 그의 해석 방식에 동의하지 않는다고 해도 틀렸다는 것을 증명할 방법도 없다. 과학이 아니기 때문에 과학적으로 증명할 길도, 반박할 방법도 없는 것이다.

그럼에도 불구하고 그의 이야기는 어느 정도 설득력을 발휘한다. 그런 의미에서 그의 저작물은 대단히 문학적이다. 필자가 보기에 프로이트의 가치는 거기에 있다. 언어학에서 설명했듯이 인간의 언어는 존재하지 않는 무엇인가를 가정하고, 그 가정을 통해 미래, 또는 과거의 무대를 현재로 가져와 자세히 검토해볼 수 있게 해준다.

　프로이트의 정신분석학은 라캉의 등장을 예고한다. 디테일한 부분은 어처구니없을 정도로 엉터리가 많지만 그의 통찰은 현상학적인 근거를 가지고 있기 때문이다.


## 프로이트 이후, 자크 라캉과 줄리아 크리스테바

　미국의 한 행동주의 심리학자가 이런 말을 한 적이 있다. "프로이트 저작물 내용의 난점은 그것이 단지 불알testicle일 수 없기 때문이 아닙니다."[25] 여기에서 불알testicle은 검증 가능한testable이라는 낱말 대신에 농담처럼 쓰인 것이다.

　프로이트 이론은 검증 가능한 것이 아니어서 과학이라고 볼 수 없을 뿐만 아니라 가부장제 이데올로기가 지독할 정도로 반영되어 있다. 게다가 인간 행동의 이유를 거의 언제나 '성적인 에너지'로 환원시킨다. 그것도 남성 섹슈얼리티의 관점이다. 그 역시 공감하기는 쉽지 않다. 어머니와 근친상간을 꿈꾸는 아들이나 아버지를 유

---

25　Terry Eagleton, *Literary Theory: An Introduction*, Univ Of Minnesota Press, 3rd Edition(p.140). 이 말을 한 행동주의 심리학자가 누군지는 확인할 수 없었다.

혹하려는 딸에 대한 이야기라니! 비유적으로도 이해하기 어렵다. 서구인들에게 이런 이론이 가능했던 것은 고대 그리스 로마 신화를 통해 내려온 '상상력의 씨앗'이 있었기 때문이 아닌가 싶다.

어쨌든 근친상간은 어떤 사회에서든 '금지 항목'이다. 그런 충동이 생긴다 해도 억눌러야 하는 것이다. 프로이트에 따르면 그 억압된 성적 욕망은 무의식에 갇혀 있다가 이따금 농담이나 말실수를 통해 드러난다. 행동주의 심리학자 가운데 한 사람이 이런 이론의 난점들을 '불알' 하나로 표현한 것이다. 프로이트주의자라면 이 말을 듣고 다음과 같이 평가했을지 모른다. '그는 어린 시절에 겪은 불알과 관련된 트라우마로 고통받고 있을 거예요.'

무의식이 한 사회의 전통을 일부 반영하는 것이라고 보면 이 이론 자체가 서구인들의 무의식에 기반한 것이다. 앞에서도 언급하기는 했지만 이 이론은 프로이트 자신의 성장 환경 또는 무의식과도 무관하지 않다. 그의 저작은 수동적이고 나르시시즘적이며 마조히스트적일 뿐 아니라 남성들보다 여성들은 덜 양심적이라는 가부장제의 남녀차별 이데올로기에 매몰되어 있다.

그럼에도 불구하고 페미니스트들은 프로이트 이론을 외면할 수 없었다. 묘한 설득력을 바탕으로 사회문화적으로 너무나 큰 영향력을 가지게 되었다는 것보다 더 중요한 것은 이 이론이 유년기의 가족관계와 깊이 관련되어 있기 때문이다. 그들에게 새로운 해석 가능성을 보여준 사람이 바로 자크 라캉이다. 그렇다고 그가 페미니즘에 우호적이었던 것은 아니다. 오히려 여성운동에 대해 오만하

고 경멸적인 태도를 보였다.[26]

라캉이 사용하는 어휘 역시 가부장제 이데올로기를 그대로 드
러낸다는 점에서 '여전히' 매우 불편하다. 그럼에도 불구하고 라캉
의 이론은 가부장제 이데올로기를 바탕으로 구성된 프로이트의
무의식을 '언어'와 관련시킴으로써 가부장제의 편견에서 조금은 벗
어날 수 있었다.

그 씨앗은 사실 프로이트 이론에서 나온 것이다. 초기 저작물들
인 『히스테리 연구』(1895)나 『꿈의 해석』(1899), 『농담과 무의식의 관
계』(1905)에 그런 내용이 나온다. 무의식은 본능이 아니라 '언어로
표현된 충동'과 그 의미가 담긴 장소이다. 무의식은 남성의 성기를
연상시키는 몽둥이를 보여주는 대신 언어를 사용한다. (라캉의 말에
따르면,) 무의식은 언어처럼 구조화되어 있다.

예를 들면 딕Dick이라는 영국인을 죽이고 싶을 만큼 미워했던
독일인이 있었다. 그는 어느 날 갑자기 살을 빼고 싶어했다. 프로이
트가 찾아낸 이유는 '언어'였다. 독일어로 딕dick은 뚱뚱하다는 의
미였던 것이다. 한국 사람의 경우라면, 수정이를 좋아하는 사람이
수정으로 만들어진 샹들리에가 아름다운 방에서 행복해하는 꿈
을 꾸는 것이다.

이처럼 무의식이나 분열된 자아라는 문제를 모두 '언어'의 문제
로 환원할 수 있다면 가부장적인 어휘들을 버리고(살해하고) 비교

---

26 　앞의 책(p.142)

적 가치중립적인 입장에서 말할 수 있으리라 기대할 수 있다. 그런 시도를 했던 철학자가 줄리아 크리스테바다. 그는 라캉의 '상상적 단계'를 '기호적 단계'로 명칭을 바꿈으로써 다음 단계인 '상징적 단계'의 팔루스(남근)적인 의미도 변화시킨다. 이 내용을 이해하려면 먼저 라캉의 상상적 단계와 상징적 단계를 알아야 한다.

라캉의 '상상적 단계'란 거울 단계라고도 하는데, 이는 현상학에서 설명하는 인지 방식과 비슷하다. 인간은 '물 자체'에 대해서는 알 수 없고 현상만을 감각할 뿐이다. 인간에게 감각된 현상은 어떤 의미로 파악된다. 어떤 현상을 언제나 하나의 '문화적 의미'로 파악하는 것은 인간뿐인 것 같다. 유인원에게 거울을 주고 들여다보게 하면 거기에 비친 모습에 그다지 흥미를 느끼지 않는다. 그러나 사람은 거기에 비친 현상에 열광한다. 그동안 볼 수 없어 궁금했던 '나'라는 존재(시니피앙signifiant)에 대한 '의미(시니피에signifier)'를 알게 되었기 때문이다. 앎은 정신적인 평안을 얻기 위해 통과해야 할 첫번째 관문이다. 그러나 거울은 절대로 있는 그대로의 나를 비춰주지 못하고 상황에 따라 다른 모습을 보여준다. 마치 언어 같은 것이다. 누가 비치느냐에 따라 다른 모습을 보여주기도 하고, 같은 사람이라고 해도 상황에 따라 다른 모습을 보여준다. 언어는 거울처럼 텅 비어 있다가 누군가가 사용할 때 '일시적인 모습(의미)'을 보여준다.

여기에서 말하는 거울을 비유적인 표현으로 해석할 수도 있다. 주변 사람들 역시 하나의 거울 역할을 한다. 그들에게 내가 어떻게 비치는가? 어린 시절에는 '어머니'라는 거울에 비친 자신의 모습이 만족스러울 가능성이 크다. 꼭 '어머니'일 필요는 없다. '아버지'이거나 유모 같은 양육자일 수도 있다. 그러나 '상징적인 의미'를 담아 아버지와 구별하기 위해 굳이 '어머니'라고 지칭한다. 그리고 그 어머니와 완벽한 성적 합일에 대한 욕망을 근원적인 것으로 설명한다. 앞에서 말했듯이 이런 설명은 공감하기도 어렵고 지나칠 정도로 남성적이다. 그 때문에 '여자아이'의 경우에 대해서는 설득력 있는 설명을 내놓지도 못한다.

아무튼, 라캉에 따르면 이때 '자아'가 탄생한다. 거울에 비친 긍정적인 이미지를 바탕으로 자신을 이상화하고 통합된 존재로 여기는 것이다. 이런 나르시시즘적인 상상적 단계는 주로 아직 언어를 배우기 전의 유아기를 가리킨다. 그렇다면 '상상적 단계'라는 용어보다는 '감각적 단계'가 더 적당하지 않을까? '상상적'이라는 말은 상징계에 속한 어른들의 언어이다. '실제와 다르다'는 의미가 담긴 것이다.


## 상상계/상징계/실재

용어 사용에 있어서 혼란을 막기 위해 실제와 실재의 차이를 짚고 넘어가는 것이 좋겠다. 라캉은 인간 세계를 상상계, 상징계 그리고 실재로 구분한다. 상징계는 아버지의 이름으로 규범화된 '금지 사항'이 가득찬 어른들의 세계를 가리킨다. 상징계라고 이름 붙여진 이유를 거칠게나마 단순화하면, 전통과 역사가 만들어낸 언어가 상징체계이고, 그 상징체계가 실제 사회를 구성하고 작동시키는 역할을 한다는 의미이다. 이때의 상징체계는 가부장적인 성적·사회적 질서를 담고 있다. 우리가 사용하고 있는 언어는 가부장제 이데올로기가 충만한 상징체계인 것이다.

상징이라는 낱말에는 이중적인 의미가 담겨 있다. 상징은 조금도 닮지 않은 어떤 것을 대신하는 것이다. 아름다운 여인의 모습을 장미로 표현하는 식이다. 또 언어는 암호 같은 것이어서 그 의미와 '글자' 역시 아무런 관계가 없다. 장미라는 단어는 장미처럼 생기지도 않았고 장미 향기를 가지고 있지도 않다. 장미라는 단어가 가시 돋친 가지 끝에 달려 있는 것도 아니다. 언어 자체가 조금도 닮지 않은 무엇인가를 상징한다.

이는 한 사회문화집단의 일원이 되기 시작한다는 의미이기도 하다. 금기를 받아들이는 훈련이 시작되면서 결핍을 경험하게 되고, 상징일 뿐인 '텅 빈 언어'를 사용함으로써 절대로 채워질 수 없는 욕망을 가지게 된다. 라캉은 이 시기에 겪게 되는 오이디푸스 콤플렉스가 '아버지의 이름으로nom du père' 시작된다고 말하는데, 이때 쓰인 이름nom은 금지라는 의미로 쓰일 때의 non과 발음이 같다.

'언어'가 텅 비었다고 말하는 이유는 무엇일까? 가장 이해하기 쉬운 예 가운데 하나가 이런 것이다. '어제 개에게 물렸다.' 이 말에서 쓰인 개는 동물인 개일 수도 있고, 행실이 나쁜 어떤 사람을 지칭하는 것일 수도 있다. 설사 동물이라고 하더라도 구체적으로 어떤 개인지는 정확하게 알 수 없다.

도둑이 한 말이라면 도둑질하다가 집을 지키는 개에게 물려 혼쭐이 났다는 의미일 수 있다. 이때에도 동물인 개가 아니라 경비장치를 가리키는 것일 수 있다. 길거리를 지나가다가 우연히 만난 미친개에게 물렸는지도 모른다. 설사 더 자세한 설명을 들었다고 해도 여전히 그 개가 어떤 개인지 정확하지는 않다. 말의 내용 속의 그 개는 '지금 그곳'만이 아니라 '지금 여기'에도 없기 때문이다. 설사 사람을 지칭한다 해도 정확하게 '누구'를 가리키는지 알 수 없다. 정말 사람이 개처럼 물었다고 해도 그 개는 지나간 시간 속에 있을 뿐이다. 어쩌면 알 수 없는 어떤 상황에 대한 말하는 사람의 해석일 뿐인지도 모른다. 경우에 따라서는 약속을 지키지 못한 변명이거나 아예 거짓말일 수도 있다.

이처럼 '어제 개에게 물렸다'는 말은 빈 그릇 같은 것이다. 맥락에 따라 다른 해석이 담긴다. 국을 담으면 국그릇이 되고 밥을 담으면 밥그릇이 되듯이 해석된 뒤에야 의미가 드러나는 것이다. 그 의미도 지속적이지 않다. 그릇은 언제나 비워지기 때문이다. 그런 의미에서 언어는 언제나 빈 그릇처럼 부재와 결핍을 드러낸다. 그 언어는 구체적인 맥락 속에서 사용될 때 무엇인가를 의미할 뿐이다. 그것도 아주 잠깐이고 부재중인 무엇인가를 호명한다. 의미 역시 결핍 상태인 것이다.

라캉이 말하는 실재the Real는 인간의 능력으로는 파악할 수 없는, 칸트식으로 말하면 '물 자체'의 상황을 말한다. 이렇게 이해하고 보면, 라캉의 실제 세계는 '아버지의 이름으로 만들어진 상징계'일 뿐이다. 아버지의 세계가 '상징'으로 표현되면서 가부장 질서에 균열의 가능성을 보여주기는 했지만 그의 이론 역시 가부장제 이데올로기를 그대로 안고 있다.

다시 상상계 이야기로 돌아가자.

어린아이 입장에서는 자신의 '감각세계'가 실제와 다르다는 것을 느끼지 못한다. 상상력 때문이 아니라 감각할 수 있는 만큼만 이해할 수 있을 뿐이기 때문이다. 그런 세계를 잘 보여주는 것이 유아용 그림책의 세계다. 그 세상은 대개 이상적일 뿐 아니라 행복한 곳이다. 벌레 먹은 과일은 없고 늘 잘 정리되고 깨끗한 환경에 이상적인 보호자가 있는 매우 만족스러운 세상이다. 그런 세상이야말로 '상상적 세계'인데, 그것은 어린아이가 실제로 감각하는 곳이라기보다는 상징계에서 살아가고 있는 어른들의 바람이 잔뜩 담긴 이데올로기가 발명한 공간이다.


## 가부장제의 아브젝시옹

이렇게 보면 크리스테바의 명칭과 의도에 더 깊이 공감하게 된다. 그 시기는 감각하면서 의미를 파악하기 시작하는(만족스럽다거나 불만족스럽다는 식의 가치 판단이 담기지 않은) '기호적 단계'이다. 게다가 그 '기호계'는 '상징계'로 들어서기 전에 거치는 곳일 뿐, '영원히 잃어버리게 되는' 단계라는 자리매김을 거부한다.

크리스테바는 아브젝트-abject와 아브젝시옹-abjection이라는 개념을 바탕으로 가부장제의 사회 현실을 당연한 실제처럼 분석한 정신분석학에 반기를 든다. 아브젝트는 비천한 어떤 것이라는 의미이고 아브젝시옹은 비천한 경험(삶), 그래서 폐기된 어떤 것이라는 의미이기도 하다. 이는 그의 주저 가운데 하나인『공포의 권력』에 나오는 개념인데, 처음에는 무척 낯설 수밖에 없다. 왜 하필 비천해서 버려지는 것에 대해 관심을 가졌을까? 그는 라캉의 팔루스적인 상징계가 모성적인 것 내지 여성적인 것을 아브젝트화하고, 아브젝시옹함으로써 성립, 존속하는 곳으로 파악했기 때문이다. 그러나 이것들은 가부장제사회가 버리려 해도 버려지지 않는 근원적인 생명력으로 가부장제 이데올로기에 저항한다.

인간 역시 상징계의 언어를 습득하기 전에는 본능적인 욕구가 만들어내는 패턴에 의해 모든 것을 감각적으로 받아들인다. 감각역시 하나의 의미작용인 것이다. 크리스테바는 그것을 본능적 언어, 세미오티크-le semiotique라고 부른다. 그것은 생명의 근원이기 때문에 적어도 살아 있는 한 사라지거나 버려질 수 있는 것이 아니다. 그 힘은 어떤 종류의 상징계에서든 무엇인가에게 어떤 의미를부여할 때 드러난다. 말하자면 의미는 이 기호계의 근원적인 힘과상징계 권력의 역학관계를 통해 만들어지는 것이다. 크리스테바에게 문학은 바로 그 버려진 것들, 아브젝트를 위한 저항이다.

현대문학은 초자아적인 혹은 도착적인 입장을 견지하는 데서 쓰이는 것 같다. (…) 도착으로서 현대문학은 아브젝트를 위해 거리를 유지한다. 아브젝트에 매혹된 작가는 아브젝트의 논리를 상상하고, 아브젝트에 몸을 맡기고, 아브젝트를 투입하고, 결국에는 체계언어langue(스타일과 내용)를 전복시킨다.[27]

이 근원적인 힘으로 시작되는 기호계는 라캉의 버려지는 단계인 상상계와 다를 수밖에 없다. 성장하면서 '거치는 하나의 과정'이 아니라 오히려 어떤 상징계 안에서든 그 상징체계(이데올로기)에 저항하는 비언어적인 리듬으로 작용하는 것이다.

크리스테바에 대해서는 소개되는 경우가 많지 않지만 필자는 그가 매우 중요하다고 판단했다. 그럼으로써 라캉과 비교되고, 비교되면서 라캉이 제시한 의미도 좀더 분명하게 설명할 수 있으리라 믿었기 때문이다. 마지막으로, 이런 이론은 어떻게 사용될 수 있을 것인가? 이에 대한 답은 다음과 같은 질문으로 대신한다. 줄거리 속에서 상상계의 흔적을 보이는 부분은 없는가? 여기에서 상상계란 유아적인 '행복한 망상'을 전제로 한 것이다. 실제 세상인 상징계의 냉혹한 규범이나 타인의 다른 관점을 조금도 헤아리지 못하는 인물이나 상황이 없을 리 없다. 상징계의 흔적도 그리 어렵지

---

27  조광제, 「줄리아 크리스테바, 혐오스러운 매력의 영역으로」, 『처음 읽는 프랑스 현대철학』(철학아카데미, 동녘, 2013, 전자책)에서 재인용했다. 이 부분은 서민원이 번역한 한국어판인 『공포의 권력』(동문선, 2001, p.41)의 번역과 꽤 다르게 읽힌다. 필자는 조광제의 번역을 선택했다.

않게 찾을 수 있을 것이다. 배경이 되는 시대의 주류 이데올로기나 사회적 규범이 바로 상징계의 모습이다. 또 상징계와 상상계의 갈등은 어떤 식으로 드러나는가? 본능적인 욕구와 상징계의 대립을 문학작품에서 찾아보는 것은 그리 어렵지 않을 것이다. 독자 여러분도 문학작품을 읽을 때 이런 질문을 통해 지금까지 소개한 정신분석학이론을 적용해볼 수 있을 것이다.

크리스테바의 이론을 통해 읽을 만한 문학작품으로는 대개 의식의 흐름을 사용한 경우를 든다. 제임스 조이스나 버지니아 울프를 인용하는 경우가 많은데 필자의 판단으로는 설득력이 충분하지 않다. 가장 큰 이유는 기호계의 언어, 세미오티크가 비언어적 방식의 본능적인 표현이기 때문일 것이다. 그런 의미에서 윌리엄 포크너의 『소리와 분노』에서 좀더 설득력 있는 예를 찾을 수 있으리라 짐작한다. 그것도 쉽지는 않을 것이다. 이런 사정은 당연해 보인다. 지금까지의 문학작품은 상징계의 언어, 그것도 가부장제가 만든 언어로 쓰였기 때문이다. 크리스테바의 이론 역시 가부장제의 정신분석학이라는 프레임을 완전히 벗어나지 못했다. 실제로 크리스테바가 다루고 있는 '혁명적인' 작가들은 대개 남성이기도 하다.[28]

여기에서는 프로이트의 경우도 마찬가지이지만 라캉이나 크리스테바의 이론에 대해서도 아주 중요한 부분을 '조금' 다루었을 뿐

---

28  Terry Eagleton, *Literary Theory: An Introduction*, Univ Of Minnesota Press, 3rd Edition(p.164)

이다. 현대철학에서 조금 더 자세히 다루기는 하겠지만 거기에서도 충분히 다루기는 어려울 것이다.

## 포스트모던 문학과 데리다의 해체론

해체론은 무엇을 해체하는 것일까? 무엇보다 언어의 의미를 해체한다. 언어의 의미가 분명하다는 생각을 해체하는 것이다. 그리고 세상을, 정체성을, 문학의 의미를 해체한다.

예를 들어 이런 문장이 있다고 하자. "너는 오늘 오후에 그 집에 가지 않아도 된다." 정확하게 무슨 뜻일까? '너는'이 강조되었다면 다른 사람은 가야 하지만 '너는' 가지 않아도 된다는 의미로 해석할 수 있다. '오늘 오후'가 강조되었다면 오늘 오후가 아니라 다른 시간에 가도 된다는 의미일 것이고, '그 집'이 강조되었다면 다른 곳에 가도 된다는 의미일 것이다. '가지 않아도'가 강조되었다면 '가는 것이 좋겠지만 꼭 가야 하는 건 아니'라는 의미가 된다. 이처럼 매우 구체적인 문장도 맥락에 따라 다른 의미를 만들어낸다.

여기에서 '다른 의미'는 기의가 아니라 다른 기표를 불러낸다. '너는'이 강조되면 '다른 사람들'을, '오늘 오후'는 '다른 시간'을, '가지 않아도'는 '가도 되지만'을 불러낸다. 말하자면 기표는 기의가 아니라 또다른 기표를 불러내는 것이다. 그러면서 의미의 확정은 지연된다. 이런 상황을 두고 차이의 결정이 연기된다는 의미에서 차연差延 또는 차이로 인해 의미가 변한다는 의미에서 차이差移라고 한다.[29] 이는 프랑스어 '디페랑스différance'를 번역한 것이다.

언어가 이처럼 안정적인 의미를 담보하지 못하고 애매하다고 해서 언어를 사용하지 않을 수는 없다. 인간은 언어 안에서 세상을 바라보고 사고하며 느끼는 존재이기 때문이다. 그리고 언어는 다양한 이데올로기(신념이나 가치관)로 이루어진 것이다. 오늘날 인간의 언어가 대부분 가부장제 이데올로기의 표현인 것은 극단적인 두 단어에서 쉽게 확인할 수 있다. 여러 남자와 섹스를 하는 여자는 '걸레 또는 잡년slut'이라고 하지만 여러 여자와 섹스하는 남자는 '종마 또는 정력적인 남자stud'라고 한다.

이처럼 특히 이항대립적인 개념을 가진 언어가 이데올로기를 바탕으로 한 위계질서를 잘 보여준다. 오른쪽/왼쪽과 같은 낱말은 가치중립적인 위치를 표시해야 함에도 불구하고 아예 '옳고/그름'이라는 의미를 담고 있다. 오른은 '옳다'에서 왼은 '그르다'는 뜻을 가진 '외다'에서 온 말이다. 아예 바른손/그른손이라고 하는 경우도 있다. 영어left 역시 나약하거나 바보 같다는 의미에서 나온 말이다. 아마도 오른손잡이가 왼손잡이에 비해 절대적으로 많아서 생긴 인식일 것이다. 이런 위계적인 어휘 사용은 현대로 들어서면서 상당히 '해체'되고 있기는 하지만 아직은 충분하지 않다. 이런 것들 가운데 의미를 해체해야 할 중요한 개념어 중에는 '객관과 주관'도 있다.

---

29  언어학에서도 이 개념을 다루었다. 그 부분도 참조하기 바란다.

객관적이라는 말에는 합리적이며 지적이라는 의미까지도 담긴다. 반대로 주관적이라는 말에는 개인적이고 감정적이며 지적이지 못해서 미덥지 못하다는 의미가 담긴다. 객관적인 것은 과학적이고 지식을 생산하는 힘이 되지만 주관적인 것은 그저 하나의 의견일 뿐이라는 것이다. 이처럼 대개의 경우 주관적인 것보다 객관적인 것에 더 높은 가치를 부여한다. 그러나 객관성이란 무엇인가를 추적해서 분석해보면 그것 역시 주관성의 다른 이름임을 알게 된다.

역사학자나 과학자들은 자료를 수집하고 분석해서 발견한 패턴을 바탕으로 '객관적인' 결론에 이르는 것이 보통이다. 그러나 학자들 역시 인간이다. 과연 자료 수집 과정에서 주관적인 판단이 조금도 개입되지 않을 수 있는가? 그 직업을 갖게 된 동기를 포함해서 주관적인 필요성과 공포, 욕망 등과 같은 개인적인 것들이 자료 수집 과정에서 어떤 식으로든 영향을 미치지 않을 수 없을 것이다. E. H. 카E. H. Carr, 1892~1982는 『역사란 무엇인가What Is History?』[30]에서 이렇게 말한다. '역사적 사실은 순수하게 객관적일 수 없다.' 이는 지난날의 모든 사건이 역사적 사실이 되는 것이 아니라 역사가의 주관성이 개입되어 선택된 특정한 사건만이 역사적 사실이 된다는 의미이다. 더 나아가 카는 객관성이라는 개념 자체도 실재하는 것은 아니지만 굳이 그 용어를 써야 한다면 그것은 '사실과 해석 사이의 논리적인 관계' 정도로 이해해야 한다고 주장한다. 그렇다면 객관성

---

30  Penguin Books, 2018, Kindle Edition

은 주관성의 또다른 이름일 뿐이다.

이와 같은 이항대립은 다시 이성과 감성이라는 기표를 불러낸다. 객관성과 합리성은 이성의 영역이고, 그 반대편에 감성이 있다. 그러나 뇌과학의 연구 결과를 보면 모든 선택은 이성이 아니라 감성의 결정이다. 이성은 감성의 결정을 돕는 자료제공자인 것이다. 이렇게 현대 과학은 이성 위의 감성이라는 위계질서를 해체한다. 여기에서 중요한 문제는 '전복되는 것이 아니라는 점'이다. 맥락을 고려한 상대적이고 다양한 해석의 가능성을 제시하는 것이지, 또다시 새로운 위계질서를 만들자는 것은 아니다.

여기까지 생각을 밀고나가보면 언어의 해체는 그동안 분명해 보이던 존재 근거ground of being까지 해체한다. 동서양을 막론하고 '철학' 또는 '형이상학'의 중심에는 진리, 또는 천리(天理, 하늘이 내려준 이치)라는 절대개념이 있다. 플라톤의 경우에는 이데아가 있다. 우리의 현실은 완벽한 형태인 이데아가 시공간의 변화에 따라 끊임없이 변하는 그림자일 뿐이라는 것이다. 이데아가 모든 것의 존재 근거이다. 이데아는 기독교의 '하나님의 말씀'으로 이어진다. 그러다가 지적인 인간의 출현을 긍정하게 되면서, 데카르트에게서는 코기토(Cogito, 나는 생각한다)가 되었고 칸트에 이르면 인간이라면 모두가 가진 선험적인 인식 능력이 된다. 동양의 경우는 고대 성인의 가르침이 쓰인 사서삼경이 있다. 이런 절대개념은 의미가 모호할 뿐만 아니라 끊임없이 '차이'를 보이는 언어 바깥에out of play 존재한다. 이것이 이성[로고스]중심주의logocentrism 철학이다. 포스트

모더니즘 이전의 철학에서 공통적으로 드러나는 특징이다.

그러나 잘 생각해보면 이런 사고방식은 논리적이지도 않다. 그 진리라는 것도 인간이 사용하는 언어로 만든 개념이다. 그렇다면 어떻게 언어의 바깥에서 분명한 의미로, 그것도 변함없는 형태로 존재할 수 있을 것인가? '언어가 역동적이고 불안정한 것'이라면 언어로 된 것은 모두 마찬가지여야 하지 않을까? 이 글의 서두에서 보았던 문장의 예처럼, 해석의 중심이 달라지면 의미도 변한다. 이처럼 하나의 기표가 다른 기표로 변하면서 다양한 의미로 뿌려질 수 있는 것[31]은 절대개념 또는 진리와 같은 하나의 중심 같은 것을 만들 수 없다. 하나의 담론discourse이 아니라 다양한 담론이 존재하는 것이다. 해체론은 이런 논리를 바탕으로 하나의 절대개념(또는 진리)으로 무장하고 다양한 형태로 드러나는 삶의 의미를 하나의 중심으로 환원시키려 했던 서구철학을 해체하고 탈중심화한다.

또하나 중요한 개념은 언어가 경험을 통한 결과가 아니라 경험을 규정한다는 것이다. 이런 예는 스페인 탐험가들이 미국의 그랜드 캐니언을 처음 보고 그 규모를 얼마나 잘못 파악했는지를 통해 잘 드러난다. 그들이 가진 '세상에 대한 개념'으로 볼 때 그랜드 캐니언의 바닥을 흐르는 콜로라도강은 협곡 위에서 아래로 겨우 100미터 밖에 안 되는 곳에 있었다. 실제로는 1,200미터 정도 아래이다. 그

---

[31]  이를 산종散種, dissemination이라고 한다. 마치 민들레 홀씨가 바람에 날려 뿌려지듯이 하나의 기표가 다양한 의미가 되어 날아가는 모습을 상상하면 된다.

·

곳으로 정찰 임무를 띠고 파견된 군인들은 한 사람도 돌아오지 못했다. 이는 우리가 가진 '선험적 감각'으로 판단할 경우(우리가 가진 언어를 바탕으로 생각할 경우) 실제로 일어날 사건과 얼마나 큰 차이가 있는지 잘 보여주는 사례이다. 새로운 지식이 생산되어 그것이 우리의 세계를 구성하는 언어로 정리되고서야 비로소 제대로 인식된다. 그러기 전에는 우리의 생각이, 생각을 위해 사용되는 언어가 경험을 규정한다(어떤 의미에서는 이 역시 '언어로 규정된 세상의 모습'에서 벗어나는 것은 아니다). 오래된 한국 속담에 이런 말이 있다. '서울에 가본 사람보다 가보지 않은 사람이 서울을 더 잘 안다.'

인간은 언어로 구성된 존재이기 때문이다. 그 언어 속에는 이데올로기가 은밀하게 작동하고 있다. 그러니 인간의 주체성 역시 이데올로기 작용의 결과로 만들어지는 것이다. 그렇다면 우리가 느끼는 안정적인 정체성도 일시적인 문화적 환경과 공모하여 구성된 것일 뿐이다.

말이 나온 김에 '담론'이라는 용어도 짚고 넘어가는 것이 좋겠다. 담론을 간단하게 정의하기는 쉽지 않다. 언어학적으로 담론은 '여러 문장으로 구성된 텍스트'이다. 이는 언어학에서 글을 분석할 때 쓰는 범주 중 가장 큰 것이다. 참고로 언어학적 분석 대상을 단위별로 보면, 형태소, 단어, 구, 절, 문장과 같은 것이 있다.

그렇다면 담론은 텍스트와 어떻게 다른 것일까? 언어학자인 미셸 페쇠Michel Pêcheux, 1938~1983는 담론을 계급투쟁 속의 특정한 상황에서 특정한 방식을 통해 특정하게 선택된 언어활동으로 규정한다.

담론은 사회정치학적인 의미를 담은 텍스트인 것이다. 그런 의미에서 담론이라는 언어적 실천은 거시사회 전체를 바꿀 수 있는 강력한 힘을 가질 수 있다. 또한 개인적으로는 어떤 담론 속에서 사회적 정체성을 확정하고 참여자들끼리 관계를 맺으며 집단을 형성할 수 있다. 그 과정에서 특정한 담론 속의 지식체계를 형성하거나 그 영향권에 놓이게 된다. 담론 역시 텍스트일 뿐 아니라 사회적 실천으로서의 언어 단위이므로 이데올로기와 깊이 관련될 수밖에 없다.

이런 담론 안에서 작동하는 이데올로기를 확인하려면 두 가지를 짚어보는 것이 좋다. 쓰여진 내용보다는 쓰여지지 않은 전제조건과, 너무나 명료해서 자연스럽거나 상식적으로 느껴질 만큼 분명한 내용이 무엇인지를 확인하는 것이다. 이 점은 해체론의 방법과 비슷하다.

앞에서도 말했지만 현대는 다양한 담론이 함께 어우러진 시공간이다. 개인의 삶 역시 그 다양성에 적응할 수밖에 없다. 당연히 정체성은 파편화되고 복합적일 것이다. 만일 편안하고 안정된 하나의 정체성에 안주하고 있다고 느낀다면 자기기만일 가능성이 높다.

아무리 활동반경이 좁은 사람이라고 해도 부모에게 보이는 모습과 형제자매에게 보이는 모습, 친구나 애인에게 보이는 모습은 분명히 다를 것이다. 많은 사람을 상대하는 직업을 가졌다면 순간순간 다른, 파편화된 모습으로 변하며 다른 언어를 사용할 것이다. 다른 언어를 통해 다른 정체성이 드러나는 것이다.

여기까지 설명한 해체론을 요약해보면 다음과 같다. 우선 언어는 다양한 의미를 끊임없이 드러낸다는 점에서 모호하고 불안정할 뿐 아니라 역동적이다. 둘째, 어떤 존재든 '언어의 결과'이므로 고정된 토대를 가진 것처럼 안정적일 수 없다. 텍스트 역시 마찬가지임은 지극히 당연하다. 셋째, 인간이라는 존재는 '언어로 규정된 정체성'을 가지므로 끊임없이 유동할 뿐 아니라 파편화된 상태이다.

이렇게 유동적일 뿐 아니라 불안한 존재인 인간이 파편화된 배경에서 제작한 문학이 어떤 것일지는 쉽게 짐작할 수 있는 일이다. 의도나 의미가 텍스트 안에 안정적으로 고정되어 있을 리 없다. 찾아내거나 수동적으로 받아들여야 할 의미를 담고 있지 않다는 말이다. 끊임없이 '차연'되고 '차이'되는 의미는 독자가 읽는 순간의 맥락에 의해 형성된다. 독자의 언어 놀이 과정에서 만들어지는 것이다. 그렇게 만들어진 의미 역시 '고정되는 것'이 아니다. 마지막 해석 같은 것은 없다.

명백하거나 상식적인 해석이라고 판단되는 것도 특정한 문화집단의 이데올로기에 바탕한 독법의 결과이다. 너무나 익숙해서 자연스러운 것으로 느껴질 뿐이다. 그것은 텍스트를 작성한 작가가 받은 '상호텍스트성'의 결과이기도 하고 마찬가지로 그 영향권 안에 있는 독자의 해석이기도 하다. 그런 의미에서 문학작품만이 아니라 비평과 메타비평까지도 끝없이 해체될 수 있다.

텍스트를 해체하는 것은 의미의 결정 불가능성undecidability과 텍스트에 숨겨진 채 은밀하게 작동하는 이데올로기를 드러내는 일이다. 여기에서 결정 불가능성이란 아무런 의미도 가지지 못한다는 것이 아니다. 텍스트의 의미는 다양할 뿐만 아니라 독자의 독해 과정과 불가분의 관계를 맺고 있으므로 '하나의 해석'은 일시적인 것이라는 의미이다. 하나의 텍스트에서 풍요롭고 흥미진진한 다양한 해석의 지평을 경험해볼 수 있는 것이다. 사실은 없다, 다양한 해석만 있을 뿐이다.

이제 '어떤 이야기인가'가 아니라 '어떤 이야기로 해석되는가'가 중요해진다. 정답으로 여겨지는 '마지막' 해석이 아니라 끊임없이 새롭게 해석되는 것이기 때문에 그 과정과 맥락이 중요해지는 것이다. 그런 맥락에서 메타소설이 등장한다. 포스트 모던 작가인 존 바스John Barth, 1930~의 『키메라Chimera(three linked novellas)』(1972)가 그런 작품이다. 이야기가 아니라 이야기하는 과정을 이야기한다. 이 소설은 세 개의 연결된 이야기로 이어져 있는데, 길을 잃고 방황하는 인물들이 주인공으로 등장한다. 데리다식으로 말하면 안정된 정체성이 해체된 인물들이다. 이 이야기들은 모두 원형 신화를 바탕으로 하되 그 내용을 의식적으로 편집하고 가공한 것이다. 해석한 결과를 패러디하는 방식으로 이야기하는 과정을 이야기한다. 이미 현대의 고전으로 자리잡은 줄리안 반스Julian Barnes, 1946~의 『플로베르의 앵무새Flaubert's Parrot』(1984)도 스타일은 아주 다르지만 비슷한 의미가 있다. 이 작품 역시 메타소설로, 메타비평으로 읽을 수 있다.

텍스트에 담긴 이데올로기의 문제는 관점과 가치에 관한 것이다. 이는 텍스트의 핵심 주제를 구조화하며 갈등하는 이항대립들을 찾음으로써 비교적 손쉽게 규명할 수 있다. 이 문제는 특히 우리 일상에서 억압적으로 작용하는 이데올로기의 기능을 파악할 때 아주 유용한 도구로 쓰인다. 실제로 마르크스주의 비평이나 여성주의 비평에서는 문화나 문학을 분석할 때 이런 식의 해체론적인 원리를 사용했다. 이론이 발전되고 정리되어 해체론이라고 부르기 전부터 그랬고 여전히 사용하고 있다.

필자의 욕심 같아서는 해체론적인 비평 방식으로 작품을 분석하는 사례와 함께 중요한 이론을 더 많이, 더 자세히 설명하고 싶다. 그러나 이 책의 목적은 한 분야를 깊게 파고드는 것이 아니다. 전체의 흐름을 설명하고 이해하기 어려운 개념을 쉽게 풀어냄으로써 독자들이 혼자서도 어려운 책을 읽어낼 수 있도록 돕는 것이다. 언젠가 필자가 비평이론의 모든 것을 다룰 기회가 있기를 바라며, 여기서는 이런 정도로 마무리해야 할 것 같다. 사실은 벌써 데드라인을 훨씬 넘어선 상태다.

'문학은 무엇이었던가'에서 다룬 근현대문학사에서 볼 수 있었던 주제와 기법의 변화에서, 문학이론을 다룬 해석학, 정신분석학, 해체론까지, 생각의 흐름을 잘 새겨보면 포스트모던한 오늘날까지도 왜 문학의 죽음에 대한 소문이 사라지지 않는지 충분히 짐작할 수 있으리라 믿는다.

# 참고문헌

- 『1984』조지 오웰 I 김기혁 I 문학동네 I 2009
- 『21세기 자본』토마 피케티 I 장경덕 I 이강국(감수) I 글항아리 I 2014
- 『3기니』버지니아 울프 I 오진숙 I 솔 I 2019
- 『T. S. 엘리어트』황철암 I 건국대학교출판부 I 1994
- 『감정 교육 1-2』귀스타브 플로베르 I 지영화 I 민음사 I 2014
- 『고골』정명자 I 건국대학교출판부 I 1995
- 『고리오 영감』오노레 드 발자크 I 이동렬 I 을유문화사 I 2010
- 『공포의 권력』쥘리아 크리스테바 I 서민원 I 동문선 I 2001
- 『과학과 기술로 본 세계사 강의』제임스 E. 매클렐란 3세·해럴드 도른 I 전대호 I
  모티브북 I 2006
- 『그라마톨로지』자크 데리다 I 김성도 I 민음사 I 2010
- 『근대문학의 종언』가라타니 고진 I 조영일 I 도서출판b I 2006
- 『기독교의 본질』루트비히 포이어바흐 I 강대석 I 한길사 I 2008
- 『기억전달자』로이스 로리 I 장은수 I 비룡소 I 2007

- 『김기림』 김용직 | 건국대학교출판부 | 1997
- 『꿈의 해석』 지크문트 프로이트 | 김인순 | 열린책들 | 2020
- 『나귀 가죽』 오노레 드 발자크 | 이철의 | 문학동네 | 2009
- 『나나』 에밀 졸라 | 김치수 | 문학동네 | 2014
- 『나사니엘 호손』 장병길 | 건국대학교출판부 | 1995
- 『나의 방랑』 아르튀르 랭보 | 한대균 | 문학과지성사 | 2015
- 『남과 북』 엘리자베스 개스켈 | 이미경 | 문학과지성사 | 2013
- 『노인과 바다』 어니스트 헤밍웨이 | 이인규 | 문학동네 | 2021
- 『농담과 무의식의 관계』 지크문트 프로이트 | 박종대 | 열린책들 | 2020
- 『당신 인생의 이야기』 테드 창 | 김상훈 | 엘리 | 2020
- 『대위의 딸』 알렉산드르 뿌쉬낀 | 석영중 | 열린책들 | 2009
- 『댈러웨이 부인』 버지니아 울프 | 정명희 | 솔 | 2019
- 『더블린 사람들』 제임스 조이스 | 성은애 | 창비 | 2019
- 『도스토예프스키』 정창범 | 건국대학교출판부 | 1994
- 『드라큘라』 브램 스토커 | 이세욱 | 열린책들 | 2009
- 『등대로』 버지니아 울프 | 정영문 | 은행나무 | 2022
- 『디 아워스』 마이클 커닝햄 | 정명진 | 비채 | 2018
- 『뚜르게네프』 이항재 | 건국대학교출판부 | 1996
- 『랭보의 마지막 날』 이자벨 랭보 | 백선희 | 마음산책 | 2018
- 『레미제라블』 빅토르 위고 | 정기수 | 민음사 | 2012
- 『루이 보나파르트의 브뤼메르 18일』 칼 마르크스 | 최형익 | 비르투 | 2012
- 『마담 보바리』 귀스타브 플로베르 | 김남주 | 문학동네 | 2021
- 『마르크스의 유령들』 자크 데리다 | 진태원 | 그린비 | 2014
- 『막간』 버지니아 울프 | 정명희 | 솔 | 2019
- 『막심 고리끼』 이수경 | 건국대학교출판부 | 1996
- 『말라르메』 최석 | 건국대학교출판부 | 1996(1997)
- 『매트 리들리의 본성과 양육』 매트 리들리 | 김한영 | 이인식(해설) | 김영사 |

문학의 죽음에 대한 소문과 진실

2004

- 『멋진 신세계』 올더스 헉슬리 | 안정효 | 소담출판사 | 2015
- 『모든 것이 산산이 부서지다』 치누아 아체베 | 조규형 | 민음사 | 2008
- 『모비 딕』 허먼 멜빌 | 김석희 | 작가정신 | 2011
- 『모팽 양』 테오필 고티에 | 권유현 | 열림원 | 2020
- 『모히칸족의 최후』 제임스 페니모어 쿠퍼 | 이나경 | 열린책들 | 2012
- 『목로주점 1-2』 에밀 졸라 | 박명숙 | 문학동네 | 2011
- 『목신의 오후』 스테판 말라르메 | 김화영 | 민음사 | 2016
- 『무기여 잘 있거라』 어니스트 헤밍웨이 | 권진아 | 문학동네 | 2020
- 『문학과 예술의 사회사 1-4』 아르놀트 하우저 | 반성완·백낙청·염무웅 | 창비 | 2016
- 『문학의 죽음』 앨빈 커넌 | 최인자 | 문학동네 | 1999
- 『문학이론』 조너선 컬러 | 조규형 | 교유서가 | 2016
- 『문학이론』 폴 프라이 | 정영목 | 문학동네 | 2019
- 『문학이론 입문』 테리 이글턴 | 김현수 | 인간사랑 | 2006
- 『미들마치』 조지 엘리엇 | 이가형 | 주영사 | 2019
- 『미메시스』 에리히 아우어바흐 | 김우창·유종호 | 민음사 | 2012
- 『발작』 김중현 | 건국대학교출판부 | 1995
- 『백치 1-2』 표도르 도스토옙스키 | 김희숙 | 문학동네 | 2021
- 『버지니아 울프』 태혜숙 | 건국대학교출판부 | 1996
- 『분노의 포도 1-2』 존 스타인벡 | 김승욱 | 민음사 | 2008
- 『브레히트』 이상일 | 건국대학교출판부 | 1996
- 『비평이론의 모든 것』 로이스 타이슨 | 윤동구 | 앨피 | 2012
- 『빅 슬립』 레이먼드 챈들러 | 김진준 | 문학동네 | 2020
- 『빅토르 위고』 이규식 | 건국대학교출판부 | 1997
- 『뻬쩨르부르그 이야기』 고골 | 조주관 | 민음사 | 2002
- 『사냥꾼의 수기』 이반 세르게예비치 투르게네프 | 진형준 | 살림 | 2019

- 『사람이 알아야 할 모든 것 : 생각의 역사 1』 피터 왓슨 l 남경태 l 들녘 l 2009
- 『사무엘 베케트』 김소임 l 건국대학교출판부 l 1995
- 『상복이 어울리는 엘렉트라』 유진 오닐 l 이형식 l 지만지드라마 l 2019
- 『서양미술사』 E. H. 곰브리치 l 백승길·이종승 l 예경 l 2017
- 『설득』 제인 오스틴 l 전신화·원영선 l 문학동네 l 2010
- 『성 정치학』 케이트 밀렛 l 김유경 l 쌤앤파커스 l 2020
- 『세계 최고의 여행기 열하일기 상, 하』 박지원 l 김풍기·길진숙·고미숙 l 북드라
  망 l 2013
- 『세월』 버지니아 울프 l 김영주 l 솔 l 2019
- 『소리와 분노』 윌리엄 포크너 l 공진호 l 문학동네 l 2013
- 『수사학/시학』 아리스토텔레스 l 천병희 l 숲 l 2017
- 『스타인벡』 김유조 l 건국대학교출판부 l 1997
- 『스탕달』 원윤수 l 건국대학교출판부 l 1997
- 『신학적 해석학: 해석학의 역사와 특성』 베르너 진론드 l 최덕성 l 본문과현장사
  이 l 2000
- 『아들과 연인 1-2』 데이비드 허버트 로렌스 l 정상준 l 민음사 l 2002
- 『아리스토텔레스 수사학』 아리스토텔레스 l 박문재 l 현대지성 l 2020
- 『아우구스티누스 고백록 강의』 가토 신로 l 장윤선 l 교유서가 l 2016
- 『아이반호』 월터 스콧 l 서미석 l 현대지성 l 2018
- 『아킬레스의 방패』 W. H. 오든 l 봉준수 l 나남 l 2009
- 『악령 상, 하』 표도르 도스또예프스끼 l 박혜경 l 열린책들 l 2020
- 『악의 꽃』 샤를 보들레르 l 윤영애 l 문학과지성사 l 2021
- 『안나 카레니나』 레프 톨스토이 l 박형규 l 문학동네 l 2013
- 『안똔 체홉』 문석우 l 건국대학교출판부 l 1995
- 『압살롬, 압살롬!』 윌리엄 포크너 l 이태동 l 민음사 l 2012
- 『앙드레 말로』 송기형 l 건국대학교출판부 l 1995
- 『앵무새 죽이기』 하퍼 리 l 김욱동 l 열린책들 l 2015

- 『어네스트 헤밍웨이』 김유조 | 건국대학교출판부 | 2001
- 『어둠의 심연』 조지프 콘래드 | 이석구 | 을유문화사 | 2008
- 『어려운 시절』 찰스 디킨즈 | 장남수 | 창비 | 2009
- 『에드거 앨런 포우』 홍일출 | 건국대학교출판부 | 1996
- 『에밀 졸라』 유기환 | 건국대학교출판부 | 1996
- 『에즈라 파운드』 김영민 | 건국대학교출판부 | 1998
- 『에크리』 자크 라캉 | 홍준기 | 새물결 | 2019
- 『역사란 무엇인가』 E. H. 카 | 김택현 | 까치 | 2015
- 『영국문학사』 이해남 외 | 신구문화사 | 1983
- 『역주 원중랑집 1-10』 원굉도 | 심경호·박용만·유동환 | 소명출판 | 2004
- 『영미문학의 길잡이 1: 영국문학』 영미문학연구회 | 창비 | 2001
- 『영미문학의 길잡이 2: 미국문학과 비평이론』 영미문학연구회 | 창비 | 2001
- 『예브게니 오네긴』 알렉산드르 뿌쉬낀 | 석영중 | 열린책들 | 2009
- 『예이츠』 서혜숙 | 건국대학교출판부 | 1995
- 『오든』 허현숙 | 건국대학교출판부 | 1995
- 『오만과 편견』 제인 오스틴 | 김정아 | 펭귄클래식코리아 | 2009
- 『오트란토 성』 호레이스 월폴 | 하태환 | 황금가지 | 2007
- 『올랜도』 버지니아 울프 | 박희진 | 솔 | 2019
- 『왕자와 거지』 마크 트웨인 | 김욱동 | 민음사 | 2010
- 『왜 그 음식은 먹지 않을까』 정한진 | 살림 | 2008
- 『움베르토 에코의 경이로운 철학의 역사 3』 움베르토 에코 | 리카르도 페드리가 (편저) | 윤병언 | 아르테 | 2020
- 『워싱턴 어빙』 함용도 | 건국대학교출판부 | 1995
- 『월든』 헨리 데이빗 소로우 | 강승영 | 은행나무 | 2011
- 『위대한 개츠비』 F. 스콧 피츠제럴드 | 김영하 | 문학동네 | 2009
- 『윌리엄 포크너』 강희 | 건국대학교출판부 | 1994
- 『유럽사회문화』 3집 유럽사회문화연구소 | 연세대학교출판부 | 2009

- 『유진 오닐』박용목 ┃ 건국대학교출판부 ┃ 1995
- 『율리시스』(제4개역판) 제임스 조이스 ┃ 김종건 ┃ 어문학사 ┃ 2016
- 『의심스러운 싸움』존 스타인벡 ┃ 윤희기 ┃ 열린책들 ┃ 2009
- 『이반 데니소비치 수용소의 하루』알렉산드르 솔제니친 ┃ 이영의 ┃ 민음사 ┃ 1998
- 『인간 짐승』에밀 졸라 ┃ 이철의 ┃ 문학동네 ┃ 2014
- 『잃어버린 시간을 찾아서 1-11』마르셀 프루스트 ┃ 김희영 ┃ 민음사 ┃ 2012
- 『잃어버린 시간을 찾아서 1-8』마르셀 프루스트 ┃ 스테판 외에(각색) ┃ 정재곤 ┃ 스테판 외에(그림) ┃ 열화당 ┃ 2022
- 『잃어버린 시간을 찾아서』오선민 ┃ 작은길 ┃ 북드라망 ┃ 2014
- 『잃어버린 시절을 찾아서 1-12』마르셀 프루스트 ┃ 이형식 ┃ 민음사 ┃ 2020
- 『자기만의 방』버지니아 울프 ┃ 이미애 ┃ 민음사 ┃ 2008
- 『자본론 1-3』카를 마르크스 ┃ 김수행 ┃ 비봉출판사 ┃ 2015
- 『작은 아씨들』루이자 메이 올콧 ┃ 강미경 ┃ 알에이치코리아(RHK) ┃ 2020
- 「저자의 죽음」(1967), 『텍스트의 즐거움』롤랑 바르트 ┃ 김희영 ┃ 동문선 ┃ 1997
- 『적과 흑』스탕달 ┃ 이규식 ┃ 문학동네 ┃ 2010
- 『전쟁과 평화 1-4』레프 톨스토이 ┃ 박형규 ┃ 문학동네 ┃ 2017
- 『젊은 예술가의 초상』제임스 조이스 ┃ 진선주 ┃ 문학동네 ┃ 2017
- 『정신분석 강의』지크문트 프로이트 ┃ 임홍빈·홍혜경 ┃ 열린책들 ┃ 2020
- 『제3세계 문학과 식민주의 비평』치누아 아체베 ┃ 이석호 ┃ 인간사랑 ┃ 1999
- 『제인 에어』샬롯 브론테 ┃ 조애리 ┃ 을유문화사 ┃ 2013
- 『제인 오스틴』김경진 ┃ 건국대학교출판부 ┃ 1995
- 『제임스 조이스』김학동 ┃ 건국대학교출판부 ┃ 2001
- 『조셉 콘라드』민경숙 ┃ 건국대학교출판부 ┃ 1996
- 『존재와 시간』마르틴 하이데거 ┃ 이기상 ┃ 까치 ┃ 1998
- 『죄와 벌』표도르 도스토옙스키 ┃ 이문영 ┃ 문학동네 ┃ 2020
- 『주석 달린 드라큘라』브람 스토커 ┃ 레슬리 S. 클링거(주석) ┃ 김일영 ┃ 황금가지

| 2013

• 『주홍 글자』 너새니얼 호손 | 김욱동 | 민음사 | 2007

• 『지옥에서 보낸 한철』 아르튀르 랭보 | 김현 | 민음사 | 2016

• 『진리와 방법 1-2』 한스게오르크 가다머 | 이길우 외 | 문학동네 | 2012

• 『차일드 해럴드의 순례』 조지 고든 바이런 | 황동규 | 민음사 | 2022

• 『찰스 디킨스』 전승혜 | 건국대학교출판부 | 1996

• 『채털리 부인의 연인 1-2』 D. H. 로렌스 | 이인규 | 민음사 | 2003

• 『처음 읽는 프랑스 현대철학』 철학아카데미 | 동녘 | 2013

• 『첫사랑』 투르게네프 | 이항재 | 민음사 | 2003

• 『친구와의 서신 교환선』 니콜라이 고골 | 석영중 | 나남 | 2007

• 『카라마조프가의 형제들 1-3』 표도르 도스토옙스키 | 김희숙 | 문학동네 | 2018

• 『카프카』 박병화 | 건국대학교출판부 | 1995

• 『키메라』 존 바스 | 이운경 | 민음사 | 2010

• 『태양은 다시 떠오른다』 어니스트 헤밍웨이 | 김욱동 | 민음사 | 2012

• 『테레즈 라캥』 에밀 졸라 | 박이문 | 문학동네 | 2009

• 『토마스 하디』 장정희 | 건국대학교출판부 | 1995

• 『톨스토이』 정창범 | 건국대학교출판부 | 1996

• 『팍스 아메리카나와 미국문학』 무라카미 하루키 외 | 이규원·남명수·최규삼 |
웅진지식하우스 | 2011

• 『폭풍의 언덕』 에밀리 브론테 | 김정아 | 문학동네 | 2011

• 『폴 발레리의 문장들』 폴 발레리 | 백선희(엮고 옮김) | 마음산책 | 2021

• 『풀잎』 월트 휘트먼 | 허현숙 | 열린책들 | 2011

• 『프란츠 카프카』 프란츠 카프카 | 박병덕 | 현대문학 | 2020

• 『프랑스혁명에서 파리 코뮌까지, 1789~ 1871』 노명식 | 책과함께 | 2011

• 『프랑스 상징주의』 김경란 | 연세대학교출판부 | 2005

• 『프랑켄슈타인』 메리 셸리 | 김선형 | 문학동네 | 2012

• 『플로베르』 김동규 | 건국대학교출판부 | 1995

- 『플로베르의 앵무새』 줄리언 반스 I 신재실 I 열린책들 I 2009
- 『피네건의 경야』 제임스 조이스 I 김종건 I 어문학사 I 2018
- 『하이데거의 『존재와 시간』 강독』 박찬국 I 그린비 I 2014
- 『해변의 묘지』 폴 발레리 I 김현 I 민음사 I 2022
- 『해석의 갈등』 폴 리쾨르 I 양명수 I 한길사 I 2012
- 『해체』 자크 데리다 I 김보현 I 문예출판사 I 1996
- 『허만 멜빌』 신문수 I 건국대학교출판부 I 1995
- 『허먼 멜빌』 허먼 멜빌 I 김훈 I 현대문학 I 2015
- 『허영의 시장 1-2』 윌리엄 M. 새커리 I 서정은 I 웅진지식하우스 I 2019
- 『허클베리 핀의 모험』 마크 트웨인 I 김욱동 I 민음사 I 2009
- 『헨리 제임스』 여경우 I 건국대학교출판부 I 1994
- 『혁명의 시대』 에릭 홉스봄 I 정도영·차명수 I 한길사 I 1998
- 『혼자 가는 먼 집』 허수경 I 문학과지성사 I 2020
- 『황무지』 T. S. 엘리엇 I 황동규 I 민음사 I 2017
- 『히스테리 연구』 지크문트 프로이트 I 김미리혜 I 열린책들 I 2020

- *An Analysis of Chinua Achebe's An Image of Africa: Racism in Conrad's Heart of Darkness*, Clare Clarke, Macat Library, 2017, Kindle Edition
- *Felix Holt, The Radical*, George Eliot, Kindle Edition, 2010
- *Interpretation Theory: Discourse and the Surplus of Meaning*, Paul Ricœur, Texas Christian University Press, 1976
- *James Joyce*, Richard Ellmann, Oxford University Press, NewYork, Revised Edition, 1982
- *Literary Theory: An Introduction*, Terry Eagleton, Univ Of Minnesota Press, 3rd Edition, 2008
- Modern Fiction, *The Common Reader*, Virginia Woolf, The Hogarth Press, Kindle Edition, 1957

- *Phoenix: The Posthumous Papers of D. H. Lawrence*, D. H. Lawrence, Viking Press, 1972
- *The Complete Tales Of Washington Irving*, Washington Irving, Da Capo Press, 1998
- *The Death of Literature*, Alvin Kernan, Yale University Press, 1990
- *The Trial of Lady Chatterley*, C. H. Rolph, Paul Hogarth, Penguin Books, 1961
- *The Four Trials of Lady Chatterley's Lover and Other Essays on D. H. Lawrence*, Saburo Kuramochi, Mami Kanaya, etwas Neues, 2nd edition, 2016
- *The Sketch-Book of Geoffrey Crayon*, Gent by Washington Irving (Author), Susan Manning (Editor), Oxford University Press, 2009
- *The Trial Of Lady Chatterley's Lover*, Sybille-Bedford, Daunt Books, 2016
- *Ulysses: With Original Annotation*, Kindle Edition, 2022


- 韓國近代西洋文學移入史硏究(上), 金秉喆, 乙酉文化史, 1980
- 韓國近代西洋文學移入史硏究(下), 金秉喆, 乙酉文化史, 1982

지 은 이
# 강 창 래

20여 년간 출판편집기획자로 지냈다. 현재 여러 분야의 글을 쓰며 강연 활동을 하고 있다. 건국대학교와 중앙대학교 예술대학에서 강의했다. 저작물로는 한국 출판평론상 대상을 수상한 『책의 정신』, 프로가 되고 싶은 아마추어를 위한 글쓰기 비법서인 『위반하는 글쓰기』가 있다. 에세이 『오늘은 좀 매울지도 몰라』는 드라마와 영화, 웹툰으로 제작되고 있다.

그의 글은 어려운 주제라 해도 쉽고 재미있게 잘 읽히는 것으로 정평이 나 있다. 인문학을 주제별로 정리하는 글을 쓰고 있는데, 그 첫번째 저작이 바로 문학을 주제로 다룬 본서 『문학의 죽음에 대한 소문과 진실』이다. 2023년부터 순차적으로 서양미술사를 다루는 『이미지의 삶과 죽음』(가제)과 현대철학사를 다루는 『아모르 파티에서 인정투쟁』(가제), 현대과학을 인문학자의 관점에서 다루는 『모르는 것이 무엇인지 아는 현대과학』(가제)을 집필, 출간할 예정이다.

문학의 죽음에 대한
소문과 진실
**강창래의 세계문학 강의**

초판 인쇄 2022년 11월 4일
초판 발행 2022년 11월 14일

지은이 강창래

편집 김윤하 이원주 ㅣ 디자인 백주영
마케팅 배희주 김선진 ㅣ 브랜딩 함유지 함근아 김희숙 고보미 박민재 박진희 정승민
저작권 박지영 형소진 이영은 김하림 ㅣ 제작 강신은 김동욱 임현식 ㅣ 제작처 천광인쇄사

펴낸곳 (주)교유당 ㅣ 펴낸이 신정민
출판등록 2019년 5월 24일 제406-2019-000052호

주소 10881 경기도 파주시 회동길 210
문의전화 031-955-8891(마케팅) 031-955-2680(편집) 031-955-8855(팩스)
전자우편 gyoyudang@munhak.com

인스타그램 @gyoyu_books ㅣ 트위터 @gyoyu_books ㅣ 페이스북 @gyoyubooks

ISBN 979-11-92247-44-1 03800

종이 한 장에 펜 한 자루
오롯이 걸어가는 작가의 길에
소중한 길라잡이가 되어주는 책

# 읽으며 익히는 작법서로
# 독자를 넘어 저자로 거듭나다

## 짧게 잘 쓰는 법
짧은 문장으로 익히는 글쓰기의 기본

벌린 클링켄보그 지음 ┃ 박민 옮김

글을 더 잘 쓰기 위하여
쓴다는 것의 의미를 이해하기 위하여

"글쓰기에 관한 한 단연 최고의 책이다. 이처럼 논리정연하며
재미있고 지혜로 가득한 책은 없었다." _〈뉴욕저널오브북스〉

# 위대한 작가는
# 어떻게 쓰는가

### 작가 지망생을 위한 글쓰기 수업

●

**윌리엄 케인 지음 ┃ 김민수 옮김**

**당신만의 글쓰기, 거장에게 배워라!**

발자크에서 카프카, 오웰, 헤밍웨이, 스티븐 킹까지
위대한 작가 21인의 작품으로 만나는 글쓰기 수업

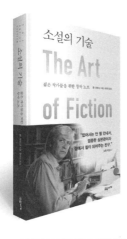

# 소설의 기술

### 젊은 작가들을 위한 창작 노트

●

**존 가드너 지음 ┃ 황유원 옮김**

**"위대한 작가가 되고자 하는 젊은 작가들에게는
어떤 고정된 법칙도, 한계도, 제약도 있을 수 없다."**

진지한 작가 지망생들을 위한 소설 쓰기의 기술
레이먼드 카버에게 소설 쓰기를 가르쳐준 존 가드너!

# 교유서가 〈첫단추〉 시리즈
## 옥스퍼드 〈Very Short Introductions〉

교유서가 〈첫단추〉 시리즈는 '우리 시대의 생각 단추'를 선보입니다. 첫 단추를 잘 꿰면 지식의 우주로 들어서게 될 것입니다. 이 시리즈는 세계적으로 정평 있는 〈Very Short Introductions〉의 한국어판입니다. 역사와 사회, 정치, 경제, 과학, 철학, 종교, 예술 등 여러 분야의 굵직한 주제를 알기 쉽게 설명합니다. 이 시리즈는 새로운 관점으로 '나와 세계'를 볼 수 있는 눈을 열어줄 것입니다.